跟蒲松龄诗去旅行

王光福 刘悦 著

山东省社会科学普及应用研究项目（2021-SKZZ-71）研究成果
淄博市校城融合项目（2021SNPT0091）研究成果

文匯出版社

图书在版编目(CIP)数据

跟蒲松龄诗去旅行 / 王光福,刘悦著. —上海：
文汇出版社,2023.8
ISBN 978-7-5496-4102-4

Ⅰ.①跟… Ⅱ.①王…②刘… Ⅲ.①蒲松龄(1640—1715)-诗词研究 Ⅳ.①I207.2

中国国家版本馆CIP数据核字(2023)第164571号

跟蒲松龄诗去旅行

作　　者 / 王光福　刘　悦
责任编辑 / 张　涛
封面插画 / 张　渊
封面装帧 / 梁业礼

出 版 人 / 周伯军
出版发行 / 文匯出版社
　　　　　上海市威海路755号（邮政编码：200041）
经　　销 / 全国新华书店
排　　版 / 南京展望文化发展有限公司
印刷装订 / 上海新文印刷厂有限公司

版　　次 / 2023年8月第1版
印　　次 / 2023年8月第1次印刷
开　　本 / 787×1092　1/16
字　　数 / 405千字
印　　张 / 24

ISBN 978-7-5496-4102-4
定　　价 / 68.00元

· 版权所有　侵权必究 ·

开头的话

蒲松龄是"世界短篇小说之王",是举世闻名的大文豪,这不用我们说,也几乎尽人皆知。

除包括近500篇文言短篇小说的《聊斋志异》外,蒲松龄还洋洋洒洒创作了包括15部俚曲作品的《聊斋俚曲集》,这就算我们不说,知道的人也有不少。

可是若说他还有包括1000多首诗的《聊斋诗集》,你可能就会大吃一惊了:"啊,真的吗?蒲松龄还会写诗,并且还写了这么多?"

真的,我们虽然没有出家,这辈子也不打算出家,却也不会打"诳语"。

蒲松龄不但会写诗,写了很多诗,而且在诗歌创作上还达到了很高的艺术水平,算得上是个大诗人。

蒲松龄生前,由于家资不丰,无力刊刻,其诗只是以抄本的形式流传,见过的人很少。所以300多年来,就算是"聊斋学"研究者,专门研究聊斋诗的人也不多见。而广大的"聊斋学"爱好者,就更不知道聊斋诗的存在了。

到了现代,随着"聊斋学"研究的不断深入,"聊斋学"研究者在聊斋诗的整理研究方面取得了很大的成就。

1936年,上海世界书局出版了"聊斋学"专家路大荒先生编辑的《聊斋全集》。1962年,中华书局上海编辑所出版路大荒先生编订的《蒲松龄集》,1963年重版。1986年,上海古籍出版社又重印此书。1998年,学林出版社出版盛伟先生编校的《蒲松龄全集》。

这些集子中,自然都包括《聊斋诗集》,可是仅限于在专家学者中流传,一般读者极少购买这样的"大部头",所以很难见到。

1983年，齐鲁书社出版了殷孟伦、袁世硕先生选注的《聊斋诗词选》，印数很大，66000册，薄薄的一本，可影响似乎不大。1996年，山东大学出版社出版了赵蔚芝先生的《聊斋诗集笺注》，蒲松龄诗有了第一个全注本，人们研读蒲松龄诗也终于不再对着满眼的典故无所适从了。可是，这是一部100多万字的学术专著，一般读者虽然喜欢蒲松龄的诗，仍然被其"大部头"和繁体字吓住。

再后来，虽然还有过两个蒲松龄诗歌的选注讲析本，因都是自费出书、个人发行，读者更是少之又少。

也就是说，直至目前，蒲松龄诗歌还没有一个篇幅适中、讲析详尽的选本在社会上广泛流传，以供广大"聊斋学"爱好者研习欣赏之用。

《聊斋诗集》中有1000多首诗，怎样才能选出一个让时下的普通读者喜闻乐见的聊斋诗选本呢？

经过反复推敲构思，我们认为，蒲松龄尽管游迹不广，除了到过一次江苏之外，一生足迹不出山东，可他是一个热爱自然风光与人文遗迹并善于记录描写之的人。不管是在江苏的一年，还是在山东的数十年，他都用优美的文笔，把他所处时代的自然风光与人文遗迹，经过其艺术家之眼的过滤升华，忠实而又鲜活地留给了我们。

时间过去300多年了，那时在大运河上坐"夜航船"是一种怎样的感受？那时在大堤上看到的射阳湖是一种怎样的风光？那时济南的历下亭、珍珠泉、大明湖唤起了诗人怎样的心灵感应？那时的崂山海市和泰山日出还能带给我们怎样的感受？……

考虑过这一切之后，我们就打算以蒲松龄的游迹为线索，来编选一本聊斋诗选，并对所选诗歌进行细致而宽展的分析鉴赏，以此来开阔读者的视野，激活聊斋诗沉睡300多年的生命基因，为当前的传统文化繁荣和文化强市、强省战略贡献一点儿微薄的力量，也算是为这个大时代的大锦绣贡献出一枚小花朵。

我们这部著作，50篇文章讲析了聊斋诗81首。从他平生流传的第一首诗《青石关》讲到其72岁青州归来的《归途》。通过这些诗歌，你不只可以欣赏到山东和江苏两地优美的自然风光和人文景观，也能借此了解蒲松龄一生的心路历程——不但是一次景观地理之旅，还是一次人文心理之旅。

这次我们这本《跟蒲松龄诗去旅行》，或许可以弥补聊斋诗普及方面的缺憾了。

目录

开头的话 / 001

江苏篇

    青石关 / 003

    雨后次岩庄 / 010

    早行 / 015

    途中 / 024

    宿王家营 / 033

    黄河晓渡 / 037

    平河桥贻孙树百 / 045

    早春 / 053

    湖上早饭 / 061

    射阳湖 / 070

    堤上作 / 077

    元宵酒阑作 / 086

    赴扬州 / 097

    夜发维扬 / 106

    舟过柳园 / 114

    早过秦邮 / 124

    秦邮官署 / 129

    扬州夜下 / 135

    泛邵伯湖 / 139

    泰山远眺 / 146

山东篇

草庐 / 153

般河 / 161

河洲夜饮 / 167

三台山 / 181

夹谷行 / 192

登簀山 / 201

山村 / 208

登东山 / 217

奂山道上书所见 / 225

青云寺 / 229

豹山 / 237

石隐园 / 243

过明水 / 252

女郎山 / 260

水月寺 / 267

白雪楼 / 274

郡城南郊偶眺 / 285

游东流水 / 291

古历亭 / 297

稷门客邸 / 305

过舜庙 / 309

客邸晨炊 / 317

稷门湖楼 / 327

出城见杏花 / 332

珍珠泉抚院观风 / 337

超然台 / 342

崂山观海市 / 348

登岱行 / 354

青州杂咏 / 361

归途 / 370

告别的话 / 377

江苏篇

古代的知识分子,信奉"读万卷书,行万里路"的格言,只要条件允许,就会聚书和旅游。

蒲松龄19岁即以县、府、道三第一考中山东头名秀才,闻名齐鲁大地。可是十几年后,书读得越来越多,知识学问越来越丰富,却仍然不能中举做官。于是为了养家糊口,也为了"文章得江山之助",就产生了借自然山水以陶冶胸襟、滋润笔墨的"湖海豪气"。

适逢同乡进士孙蕙任江苏宝应县知县,邀请蒲松龄到县衙做幕僚,蒲松龄就在31岁那年辞家"壮游",饱览了鲁南和苏北大地的大好河山。

这些都有诗记之。

到达宝应县衙之后,蒲松龄这个北方的汉子为南国的湖光山色所陶醉,眼界胸襟都自然开阔起来。后来又借公务出行之便,游赏了高邮、扬州这些历史名城的自然风光和人文古迹,更是倍感文思大进不虚此行。

这些也都有诗记之。

蒲松龄的这次南方之游,是他创作《聊斋志异》的契机和开端,也是我们现在见到的《聊斋诗集》的开端。蒲松龄诗歌的踪迹是伴着他南游的足迹开始的。

让我们跟随蒲松龄的足迹、听着他平平仄仄的吟诵去到江苏,开始这趟300多年前的诗歌之旅。

青石关

蒲松龄的蒲家庄,在淄川县城东 8 里处。出蒲家庄南行 20 里,就是孙蕙的老家笠山村,此村因近旁有山如笠而得名。孙蕙的号就叫笠山,就像蒲松龄的号是柳泉,都是对家乡名胜的纪念。

江苏宝应在淄川很远很远的南边,笠山村在淄川很近很近的南边。蒲松龄一定顺道先到了笠山村,捎上孙蕙家人准备的土特产和家书,然后才继续南行的。路途遥远,仅凭人的脚力,一是颇为累人,二是时间不允许,所以蒲松龄是骑着马上路的。此次这匹马跟着蒲松龄走南闯北,也算见了大世面,不虚此生了。

就这样,大包袱小嘟噜都挂在马身上。由于蒲松龄不是专业骑手,所以这匹马一定是一匹驯良温顺的马,它知道它还要走很长的路,身上的这些东西行走起来颇为不便,有时还蹭得皮肤不大舒服,可是它能有什么办法呢?好在背上的这个精壮青年脾气性格颇合它的性子,不紧不慢悠游自在,从笠山村走到 20 里路之外的博山,它的屁股上也没有挨过一鞭子。

那时博山还不叫博山,还是青州府益都县颜神镇——因孝妇颜文姜传说而得名——清雍正十二年(1734 年),始称博山县。蒲松龄的蒲家庄属于济南府淄川县。所以一到博山,就算是跨州过府了。随后,他还要经过泰安府、沂州府、徐州府、淮安府,才能到达扬州府的宝应县。

扬州府宝应县,马上的蒲松龄是知道这个目的地的。他一路上打听方向,也一定不止一次提到过这个地名。可是我敢肯定,蒲松龄身下的这匹马尽管知道一直在往南行,却一定不知道到哪里才能停止,所以只管闷着头走就是,反正饿了就有人伺候它吃饭。

当然了,它更不知道的是,它身上驮着的这个人,别看现在只是一个落魄的普通秀才,几十年后他就是名满神州的小说名家,几百年后他就是驰誉世界的"短篇小说之王"了。

出博山再往西南行 18 里,就迤逦进入了一条既深且长的大山沟。进入山沟,人就像钻进了一口大瓮之中,一说话四周就有嗡嗡的回声,因此人称此地为瓮口道。顺着瓮口道再走,到与莱芜搭界的地方,就看见著名的青石关了。

在蒲松龄时代,青石关属于青州府,而莱芜属于泰安府。现在随着行政区划的变化,青石关已属于济南市莱芜区和庄镇了。不管属于何州何府、何市何区、何乡何镇,青石关的威名都不会改变。它是春秋时期齐长城上的重要关隘,出关往南就是鲁国的地界了,故素有"齐鲁第一关"之美誉。

青石关原来建有围城,分设四个城门,城门上均有阁楼耸立。南门与北门之间相距100米,南门楼上设有炮台,炮口指向鲁地。砰的一声,鲁国人就会吓一跳。2000多年后的今天,只能见到北门门洞和残碑了。南门上的"青石关"匾额,也已垒进了门址东侧废弃学校的山墙之上。门址之南还有清嘉庆年间记述铺筑石板的"奕世流芳"碑。

"奕世",就是后世、代代的意思。蒲松龄在自己的画像上题词云:"尔貌则寝,尔躯则修。行年七十有四,此两万五千余日,所成何事,而忽已白头。奕世对尔孙子,亦孔之羞。"——你的相貌虽然丑陋,你的个子却很高大。已经活了七十四个年头,两万五千多个日子,究竟干成了什么事呢,却转瞬之间变成了白头老翁。后世通过这张画来面对子孙,也会感到非常不好意思的。这是蒲松龄的自谦之语,现在不光他的子孙后代,每一个淄川人、淄博人都因为和他是老乡而感到自豪呢!

蒲松龄骑着马嘡哧嘡哧进了瓮口道,走向青石关。这是当时从现在淄博地区南下的必由之路,蒲松龄肯定早就听说过这里的幽深险要。他那匹马却没有足够思想准备,真有些战战兢兢。蒲松龄过青石关,写下一首五言古诗《青石关》。

通过这首诗,我们来看看当时这一人一马的表现如何。

青石关

身在瓮盎中,仰看飞鸟渡。
南山北山云,千株万株树。
但见山中人,不见山中路。
樵者指以柯,扪萝自兹去。
勾曲上层霄,马蹄无稳步。
忽然闻犬吠,烟火数家聚。
挽辔眺来处,茫茫积翠雾。

青石关　　王春荣绘

《聊斋诗集》中收入诗歌1000余首,这首蒲松龄31岁时写的《青石关》是其第一首。

我们知道,蒲松龄19岁以县、府、道三第一考中秀才后,就和淄川秀才张笃庆、李希梅等组建"郢中诗社",还亲笔写了《郢中社序》,号称要以"下里巴人"的身份而写"阳春白雪"的诗歌,幻想着"同学少年多不贱,五陵衣马自轻肥"(唐杜甫《秋兴八首》其三)——年轻时一起游学的人大多不再贫贱,他们住在五陵轻裘肥马享受富贵——的未来生活。

可是从19岁到31岁,这10余年的时光里,蒲松龄竟然没有一首诗保留下来,这是十分可惜的事情。是不是这段时间里蒲松龄并没有真正写诗呢?不是的。据山东大学邹宗良教授博士学位论文《蒲松龄年谱汇考》,仅康熙三年(1664年),也就是蒲松龄25岁那年,张笃庆就有好几首诗与其唱和,这从其诗题就可以看得出来。比如《答蒲柳泉来韵》《希梅、留仙自明湖归,与顾当如社集同赋》《龙兴寺同蒋左箴、王鹿瞻、蒲留仙限韵》《和留仙韵》。既然是唱和,蒲松龄是一定也写了诗的。

可是关于蒲松龄早期的诗歌创作情况,蒲松龄本人和他的诗友及子孙,后来都没有只言片语提及。特别是蒲松龄,是一个很爱惜自己作品的人,连一些参加科举考试的拟作试卷和一些针头线脑的对联、格言等都什袭珍藏着,这十几年的诗歌作品不知何故就没有了,并且从不提及,真是令人不解。

在此之前,蒲松龄除了每三年一次到济南参加选取举人的乡试,足迹从没离开过淄川县境。这次他要南去远游了,他留给读者的诗歌长廊也正式开始了。那就让我们跟随他的诗歌足迹一同旅行吧。

"身在瓮盎中,仰看飞鸟渡",诗人没有从怎样进入瓮口道写起,而是一提笔就写瓮口道中的情景。

"瓮",不用说我们都知道是什么东西,就是现在我们还经常见到的大水缸。现在生活都城市化,家家通上了自来水,很多孩子可能没见过真实的水缸是什么样子,可是孩子们几乎是听过故事或看过绘本《司马光砸缸》的,司马光砸的那个"缸",就是这里蒲松龄所说的"瓮"。

假如有机会见到真的水缸,碰巧里边又空着没有水,建议你趴到瓮沿上朝里吆喝两声。因为或许一时到不了瓮口道,体会不到那种回声嗡嗡的音响效果,你趴在瓮沿上喊一嗓子,也可以慰情聊胜无了。我们有时候听到一些山东大汉说话就瓮声瓮气的,也像是这种大瓮里发出的声音。

可是我要提醒你,假如瓮里边有水,你可千万不要趴上乱叫啊,因为司马光不是随时随地都在的。就算司马光随时随地都会出现,他也不会随时随地都带着一块沉甸甸的大石头,专门瞅寻有小孩脚乱扑腾的大水缸。

"盎",是一种口小肚子大的陶质器皿,大概相当于我们常见的坛子、罐子之类。当然有些年轻人可能只见过储钱罐,连真正的坛子、罐子也没见过,那就真是见识短浅,连《聊斋志异》中的那只狐狸也不如了。

《聊斋志异》中有一篇《农人》,写的是一个农夫在山下锄地,他老婆用一个陶器给他送饭。吃完后就把陶器放在地边上。等傍晚要回家的时候,看到陶器里边剩余的稀饭已经没有了——连着好几天都是这样。这农人心生疑惑,就一边锄地一边偷看着地边儿,就算分散了精力锄死几棵庄稼也在所不惜。

谁知不看不知道,一看真奇妙。竟然有一只狐狸跑来,把头伸到陶器里偷喝稀饭。那狐狸把头伸到陶器里什么也看不见,这农人就拿着锄头蹑手蹑脚走过去,抢锄就打。可能是第一次见到这样的奇观心中没底,也可能是心疼那陶器不舍得打碎,一锄头下去,竟然没有把狐狸揍趴下,只是把它吓了一大跳。

那狐狸感觉不妙,拔腿就跑。腿是拔起了,可陶器套得很紧,脑袋拔不出来,只好像没头苍蝇一样顶着陶器乱窜。因为看不见,就吭哧摔了个跟头,哐的一声,那陶器也就摔碎了。狐狸拔出头来定定神,朦胧之中看到那农人手执兵器飞奔而来，就吓得屁滚尿流吱吱叫着跑到山后去了。

多年以后，山南边有一个富贵人家的女孩子被狐狸缠上了，念咒求神都不管事儿。那狐狸说："那些写在纸上的咒符，其奈我何？"这个女孩倒也聪明，就假装呆萌地问道："你道术确实高明，我也很乐意与你长相依伴。可是我想问一下，你平生难道就没有害怕的时候吗？"狐狸倒也实在，说："我什么也不怕，只是十年前我道业尚浅的时候，在北山的地边上偷喝稀饭，碰到一个人，头戴宽边的斗笠，拿着一把弯脖子的兵器，差点儿把我打死，至今想起来还瑟瑟发抖。"

那女孩就把这情况偷偷告诉了父亲，她父亲知道这个人就是能降伏狐狸的人，可不知道他姓甚名谁、家住何村，只能徒唤奈何。

这家的仆人因事来到一个山村，就当笑谈说起这件事情来了。旁边一个人说："你说的事情，和我当年碰上的一样。难道是我追赶的那只狐狸，现在能作怪害人了吗？"这个仆人一听，感到很奇怪，就回去告诉了主人。

主人大喜，立即让仆人去把那农人请来为女儿驱怪。农人笑笑说："当年我确实遇到过一只狐狸，可是你家的这只未必就是那只，再说它当年呆头呆脑，现在却能变幻作怪了，恐怕也不会再怕我了。"

那仆人家再三恳求，农人就答应试试。于是像当年一样，戴上宽檐的大斗笠，手执铁锄头，走进那女孩的房间里，将锄头在地上一顿，怒喝道："我整天找你找不到，原来藏在这里！今天让我碰上，算你倒霉，绝不让你再跑掉！"话音刚落，就听狐狸鸣叫起来。那农人更是生气，恶狠狠举锄作势要打，狐狸立即哀告求饶。农人大骂说："还不快滚，等着挨揍吗！"那女孩就看到那狐狸抱头鼠窜而去。

从此以后，也就安然无恙了。

这个故事大概是蒲松龄听来的，所以他只说妇人用"陶器"给农人送饭，没说明到底是坛子还是罐子。不过从狐狸伸进头去拔不出来的情景看来，肯定是口小肚子大的"盎"无疑。这个农人和那家人家也是不够聪明，假如在头戴斗笠、手持锄头之外，再手提一个"陶器"，走进屋内二话不说，哐的一声摔碎在地，不把那狐狸吓死才怪呢。不过这样做也有不妥之处，万一把那女孩和狐狸一起吓死了，那可如何是好——说来说去，还是人家比我聪明。

蒲松龄骑着马在瓮口道中嘚嗒嘚嗒走着，脸几乎靠着悬崖峭壁，啥也看不见，只好仰起头来看天。他倒是看见天上的飞鸟从这边飞到那边，就像喜鹊渡过银河，那马却不敢抬头，只能看着脚下一方土地。万一只抬头看天不低头看路，就有一头撞南墙的危险——马才不这样傻呢。

"南山北山云,千株万株树",到了这样的环境当中,看着看着就眼晕了。虽然字面上写的是"南山北山",我看蒲松龄此时此地一定分不清东西南北了,反正就是一条路,不用人引导,马自己蒙着头走就是。看不见太阳,又没有星星,方向是绝对辨不清了,说"南山北山云",就仿佛是说东西南北周围的山上都是缭绕的云雾。缭绕的云雾之下什么也看不清,只看到"千株万株树"——到底多少株谁也数不清,反正很多很多,满山上都是。

　　"但见山中人,不见山中路",走着走着还真见到了山中的人。这人大概是从对面走来的吧,蒲松龄哈腰问道:"请问,离青石关还远吗?"对方仰脸回答:"不远了,再走一会儿爬上去就是。"可是这个人好像是从过去世界或未来世界而来,他的身后迅速被树木合拢,根本看不到路途,在这样的地理环境中,至于"不远"是多远,蒲松龄心中也着实没数。不行,还得打听打听,万一黑了天还走不出去,被老虎吃了马,那可就赔大了。

　　"樵者指以柯,扪萝自兹去",博山虽然盛产煤炭,可蒲松龄生活的年代还没有大规模开采。就算大规模开采,老百姓也没钱去买,还是从身边砍伐树枝做柴火烧好——总不能守着干草饿死驴吧? 所以蒲松龄就遇到了打柴人。

　　他扬一扬马鞭:"喂,老哥,到莱芜怎么走?""啊,不远了,紧走几里路,爬上青石关就不远了!"声音"嗡嗡"作响,虽听不大清楚,看他拿着斧子比比画画的样子,大概也就是这个意思。

　　于是,蒲松龄翻身下马——动作到底好不好看先不去管他——一只手牵着马缰绳,一只手拽着路边的藤萝,连哄带骗,让马往前走。

　　"勾曲上层霄,马蹄无稳步",马是听话的,否则晚上就会饿肚子。但是脾气好归脾气好,就好比人脾气好不证明酒量就大、脚步就稳。山路越来越高、越来越险,曲里拐弯眼看就到云霄里去了。

　　这样的场景,马平生连做梦也没梦到过,脚步实在走不稳了。新钉的马蹄铁踩在滑出溜的山石上,咔哧咔哧响,瘆得人只想呕吐。别说临时还不是,就算当时你就是著名小说家,我也不会给你面子再坚持了——说着说着四蹄滑得厉害,就像跳起了鬼步舞,眼看就要倒下。

　　"忽然闻犬吠,烟火数家聚",就在人马进退失据、无可奈何之际,忽然听到了几声汪汪汪的狗叫。在陌生的地方听到狗叫,本来是让人害怕的——我们上了年纪的人,小时候逢年过节走亲访友,谁没有在别的村庄里被狗追着咬的经历呢? 可是现在不同,不管是人还是马,突然之间竟心神安定了下来——有狗叫就有人家,有人家我们就什么也不用怕。抬手拍拍马脖子。

这不正说着,一扭头就看到了几股袅袅的炊烟。天色已经渐渐暗了下来,今晚就得住在这几户人家的其中一户了。好在刚上路,兜里还有充足的盘缠。山里人纯朴厚道,又不是客舍,说不定都不要钱。

"挽辔眺来处,茫茫积翠雾",终于到了平坦之地,人马都站稳了。蒲松龄喘息半天,一手攥着马缰,一手抚着心胸,回头一看,刚才走过的地方什么也看不见了,只剩下一片茫茫的翠绿色的烟雾——难道我们是从云雾中而来?

尽管早就听过唐三藏骑着白龙马取经的故事,可打死也没想到自己也会有骑着马穿云破雾到青石关这一说啊。古人所说的"云游"难道就是这个意思?

春秋末年,老子骑青牛路过函谷关。函谷关的驻军首领尹喜看到紫气东来,就猜到有重要人物即将到来。果然老子来了,尹喜就央求他写下了著名的五千言的《道德经》。

在今天看来,五千言似乎不长,可那是在还没有发明自来水笔和电脑的古代,要把字一个一个写在竹简上。写错一个就要用刀刮去重新写,写完还要一片一片将竹简编起来,万一编错了顺序,还要拆开重新编,否则就是"错简"。那可真是麻烦。

话又说回来,就是今天能用电脑写作了,也不是说想写5000字就能写出5000字的。不信你写写试试——当然了,你看过我们这本书后,提高了写作水平,古人所说的"倚马可待""援笔千言"等神奇事情,就有可能在你身上发生。写这篇5000多字的文章,我就没用了一天时间。

老子出函谷关西去,神龙见首不见尾,留下了一部《道德经》传诵至今。蒲松龄出青石关南去,开启了他的诗歌人生——过不了几天,他的小说人生也会开启。德国诗人荷尔德林说,人要诗意地栖居于大地之上,蒲松龄就这样开启了他的诗意人生。

蒲松龄出关的时候,青石关肯定已经不像春秋时那样完整雄伟了,可也不会有205国道和滨莱高速。我就想啊,他这首诗的题目叫《青石关》,可怎么没有一个字提到青石关的建筑情况呢?假如题目不是《青石关》的话,我们绝对想不到这写的是青石关。这首诗的题目我看应该是《瓮口道》,因为过了瓮口道就是青石关,青石关这名字比瓮口道响亮古雅,所以蒲松龄就叫它《青石关》了。

反正不管怎么说,终于出关了。正有一路的好风景等着蒲松龄,也等着我们这些300多年后的读者去旅行呢——"慢慢走,欣赏啊!"

雨后次岩庄

蒲松龄和那匹马大概在青石关附近住了一宿。蒲松龄平生没有赶过这么长而难走的路,累得很。吃过晚饭,倒头就睡下了。

马平时走没走过比这更长的路,我们不知道,估计绝对没走过比这更难的路。路上有没有因为踩不住青石板而摔一跤,蒲松龄没写,我们也不好随便猜测。假如摔了一跤磕破了膝盖的话,马腿上没有多少肉,也一定是很疼的。假如马圈里再有苍蝇不停地飞到伤口上叮血吃,那就更麻烦了。

马绝对没有办法用苍蝇拍子将苍蝇打死,假如碰伤的又是前腿,甩动尾巴又够不着,就只能不停地抖动膝盖,临时把苍蝇赶走。可是苍蝇转了一个圈并不降落在别处,而是又飞了回来,就是闭着眼睛光凭鼻子也能找到马膝盖上的伤口。马腿于是就不停地抖,不知道的还以为马腿上通了电。

小时候农村的生产队里,我有一个玩伴最喜欢看马抖腿。看着看着自己不由得也抖起来,一来二去就落下了个爱抖腿的毛病。马腿是因为有苍蝇咂咂得难受才抖,他腿上穿着裤没有苍蝇也抖。抖来抖去抖到现在也没抖上个媳妇。

前几天我到一个全羊店去吃羊肉,看到邻桌一个人面熟,因为一个"小二"即将喝完,就晕乎乎没想起是谁来。突然我看到桌子底下有条腿抖了起来,我定睛一看确定不是桌子腿而是人腿,不由得就喊出了他的名字。他当时也很高兴,我们俩就凑到一桌,又一人喝了一个"小二"。走出小店,再站着说了一会儿话,我看他的腿倒很正常,我就想,大概是喝多了忘了抖吧。

马就想:这觉看来站着是睡不成了,还是趴下把伤腿埋在肚子底下保险。可是转念又一想:若是明天早晨压麻了腿,可怎么驮着蒲秀才赶路呢?它转动耳朵听听蒲秀才已齁齁睡去,就一咬牙管不了许多,最后一次抖抖腿,顾不上原地踏步消食,就倒头睡下了。

我说的这些都是"假如",可到底"假如"了没有呢?我们真不知道——反正不管怎么着,第二天早晨,马一声嘶鸣精神头儿很足,人伸个懒腰,也腰不酸腿不疼,这一人一马又披挂起来正常赶路了。

不知走了几天,就走到泰安府的岩庄。既然是泰安府,离泰山就不是很远了。泰山是自古闻名的天下圣山,虽说那匹马可能不感兴趣,蒲松龄是一定想去看看的。可是这次出来不是纯为游山玩水,还要及时赶到宝应县衙去上班,所以也只能朝着泰山的方向多看几眼,仿佛过屠门而大嚼,咽几口唾沫过过瘾算了——蒲松龄上泰山的愿望几年之后还是实现了,这要等到山东篇我们再说。

岩庄又名颜庄,是莱芜有名的大村,自古以来就有官道穿村而过。既然是大村,又有官道,就肯定有旅社。蒲松龄骑在马上是算计着时辰赶路的。有时候走得快一点儿,有时候走得慢一点儿,就是唯恐错过了宿头或赶不上宿头。这样一来,就把那匹马弄得丈二和尚摸不着头脑了:这一会儿快一会儿慢的,到底唱的是哪一出呢?

看看天空阴了上来,紧赶慢赶,还是下起雨来。像蒲松龄这样赶长路的人,身上一定带着雨具,正如俗话所说,不知道哪块云彩会下雨,马倒不要紧,人在旅途,若淋坏了身子,可不是件小事,所以赶紧撑起伞来。好在没有风,若是风大了咱也有办法,就收起雨伞披上蓑衣。

我们这里的农村里流传着这样几句农谚:"六月六看谷秀,七月七割谷吃,八月八捞(pǎng)谷茬,九月九剜秫秫头。"——"秫秫头"就是高粱穗头。八月十五刚过,地里的谷茬或许还没捞完,早熟的高粱或许也期待有人去杀它们的头了。

一场小雨没有影响蒲松龄的雅兴,也没有影响农人的劳动热情。看着眼前的一切,蒲松龄兴冲冲写下一首七言绝句《雨后次岩庄》。

雨后次岩庄

雨余青嶂列烟鬟,岭下农人荷笠还。
系马斜阳一回首,故园已隔万重山。

"雨余青嶂列烟鬟",说的是雨过天晴之后眼前所见的山光云色。"余",是剩下的、多余的意思。"雨余",就是雨过之后。

诗人都是很有艺术眼光,懂得艺术剪裁的。尽管所写是一首七言绝句,四七二十八个字,也完全可以从开始下雨写到雨停,表现一个完整的下雨过程。比如宋人苏轼就说过:"黑云翻墨未遮山,白雨跳珠乱入船。卷地风来忽吹散,望湖楼下水如天。"(《六月二十七日望湖楼醉书五首》其一)——黑云翻滚如同墨汁还没有遮住远山,白色的雨滴就似跳跃的珍珠乱纷纷飞入小船。一阵狂风忽然贴地卷来把乌云吹散,望湖楼下的水色像天空一样碧蓝——这也是一首妇孺皆知的名诗。

可是蒲松龄没有这样写下雨的全程,他只是抓住秋雨之后天色转晴这一瞬间的眼前之景和心中所感来写,内容像画幅一样并列闪过,就显得既集中又精彩了。

苏轼那首诗写的虽说是下雨的全程,其实也只是一瞬间的事,所以读来感觉节奏感很强。因为那是夏天的雨,倏来忽往,电光石火,用四句诗写一个降雨过程不算拖沓。

蒲松龄写的这是秋雨,没有夏雨那样的速度,所以他在同样的时间里,只写雨后一顾之间的四幅画面。

我想,那一年的秋天应该和今年秋天一样多雨,否则山间不会因为一场小雨就出现那么多的烟雾。"青嶂",就是青翠的山峰,"嶂"就是直立着像屏风一样的山峰。既然像屏风一样,就不会是一座山峰,而是一列山峰。所以蒲松龄说是"列烟鬟"——这里的山峰就像是排列着的一队美女的烟雾一般的发鬟。

今天早晨,醒来斜倚床头,照例先看手机。学校的公众号"掌上淄师"推文《她们,是淄师最美的风景》,介绍学校校园文化馆的讲解员。她们都是我校的女学生,个个面目姣好、身材高挑,十个人排成一排,虽然没有"鬟",看到那十头乌发,我就不由得想到了蒲松龄这句诗。

蒲松龄尽管在《聊斋志异》中写尽了天下美女,我相信,他一定没我见过的美女多。我们学校近万名学生,女生最少也得八千多,就算蒲松龄到了宝应,跟着县太爷孙蕙在各种场合见识了不少美女,也绝对不会有这么多。可惜的是我见过的虽多,却很少写到文章里,蒲松龄见过的不多,却都写到小说里了——看来我得从今天开始加把劲儿了。

蒲松龄喜欢美女,这次到宝应确实跟着孙蕙过足了瘾。但是此时眼福还没有到来,他只是望着眼前烟雾缭绕的山峰出了一会儿神。等他回过神来,没看到什么美女——"岭下农人荷笠还"——倒是看到了一队背负斗笠的庄稼老汉儿。

那时已是八月中秋之后,太阳不是很毒,所以他们戴斗笠的目的主要不是防晒而是防雨,这也证明那一年雨水偏多,得时刻防着。

刚才下雨的时候,斗笠一定在头上。现在雨停了,戴在头上捂得慌,所以干脆往后一推,挂在背上,露出光油油的大脑门儿。那时是清朝康熙年间,"剃发令"已经推行多年,摘掉斗笠,脑袋一定很凉快,可是这和刚才的烟鬟雾鬓反差也实在大了点儿吧。

我们还记得前一篇说过的那农人戴着宽边大斗笠驱狐的故事。若是这一队老汉一起把斗笠戴上,一起把肩膀上的锄头举起来,一起发出吼吼的叫声,表演一支"驱狐舞",效果会是怎样的呢? 一定会是一支远近闻名的专业队伍吧?

只是有一点,锄头拐弯处挂着的那个"盉"千万不能摔了,否则回家老婆会给他好脸色看的:"我叫你跳五跳六,你明天空着肚子跳吧,那样身子更轻巧,跳得更轻松!"

岭下的农人都纷纷往家赶去,家里的媳妇们也纷纷生火做饭。转眼之间,炊烟便袅袅于不远处的村庄上空。

那马不是狐狸,不会想着把头伸到农人的"盉"里偷饭吃,但肚子一定是咕噜咕噜响得很的——马和人一样,肚子饿了也响吗? 我真不知道——这一响不要紧,蒲松龄的肚子也马上响了起来,逗引得那匹马不由得昂首嘶鸣了一声:"咴儿——"小样儿,这儿化音弄得还挺俏皮的。

蒲松龄不由得笑了。他翻鞍下马——这一次是在从容之中,身姿一定比上一次漂亮——溜达着朝前面的岩庄走去。没走多远,就与那一队老汉会合了。

"客官要到哪里去?"

"扬州府宝应县。"

"远得很,不急。"

"不急,不急。"

"不急,今晚就住在村子里吧,有好吃的嘞。"

"好,好,肚子正饿嘞。"

那马不知听懂了还是碰巧了,又用鼻子哼出一个儿化音,一口白牙龇得怪吓人的,仿佛在说:"你不给我好吃的,我就不给你赶路了。"蒲松龄拍拍它的肚子,对着那伙老汉一乐:

"这老兄也上馋瘾了——哪家旅社最好?"

"村北头,一进村就是。"众人齐声答道。

到了旅店里,看到一棵不粗不细的白杨树,青枝绿叶,没有一点儿秋天的迹象。几只蝉借着最后的晚霞在死命地唱着,把那匹马也引得抬头看了两次。好啊,你不是喜欢看吗,就把你拴在树上让你看个够吧。

"系马斜阳一回首",可是不知怎么着,心竟咯噔一下凝重起来——因为"故园已隔万重山"了。

有一年春天,宋人王安石来到长江北岸的瓜洲,回头一看对岸的京口和不远处的钟山,思乡之情顿生胸中,写下一首名诗:"京口瓜洲一水间,钟山只隔数重山。春风又绿江南岸,明月何时照我还?"(《泊船瓜洲》)——京口和瓜洲给一条长江隔开,我居住的钟山就在那几座山的后面。春风又一次吹绿了长江的南岸,明月何时才能照着我回到钟山?王安石刚出发就想回家了。

从济南府的蒲家庄到泰安府的岩庄,中间还隔着一个青州府的颜神镇,距离比一条长江宽远得多,其间的山也比王安石看到的多得多,再说就是想家也得随着大雁继续往离家越来越远的南方走啊,此时此地的忧伤思念之情,伴着那隐隐的一带远山,逐渐洇上蒲松龄的心头,也洇满了我们读者的眼睛。

蒲松龄是伟大的小说家,这谁都知道。可蒲松龄也是优秀的诗人,这不一定任何人都知道。我说这首小诗也是一首精美之作,你大概不会反对吧?随着我们一路旅行下去,你会越来越发现,蒲松龄的诗歌真是写得很棒的,就算没有《聊斋志异》,他在中国诗歌史上也应该占有一席之地。

同前一首《青石关》一样,这一首《雨后次岩庄》——"次"是在一个地方停留三宿以上,这里泛指住宿——却也没有说到住宿的具体情况。拴下马,一回头,或许就再也没有心绪写了。

只不知今晚这一人一马的饭吃得怎样?

早　行

　　那一年秋天真是多雨。

　　出了泰安府,就是沂州府。到了沂州府,又碰上下雨,走不了,蒲松龄就找一家旅店,住在了红花埠。

　　红花埠,位于鲁南与苏北交界处,现属于山东省临沂市郯城县。这是一个比岩庄还要出名的大村庄,明清时期曾设有驿站。传说乾隆下江南,曾路过并下榻于此。不过乾隆或许知道蒲松龄,蒲松龄并不知道乾隆皇帝的事,因为要再过41年乾隆才出生,出生之后的很多年里他也不叫乾隆,而只叫爱新觉罗·弘历。

　　蒲松龄怕雨,别人也怕雨,旅店里就住进了不少人。其中一个叫刘子敬的,和蒲松龄颇聊得来。那时,蒲松龄大概已经对鬼狐故事颇感兴趣了,说着说着,刘子敬看蒲松龄也不是外人,就拿出一卷文章给蒲松龄看。这篇文章有一万多字,作者叫王子章,题目叫《桑生传》。

　　蒲松龄看后,喜欢得像得了什么宝物似的。原稿人家是不给的,抄又没有时间,于是就深深记在脑海里,后来改编成了《聊斋志异》中的名篇《莲香》,并奠定了一男娶二女的"聊斋体""双美模式"。而这"双美"正是一狐一鬼,也是《聊斋志异》鬼狐故事的典型代表。

　　《莲香》的故事梗概是这样的:一个叫桑晓的小伙子,租房子住在红花埠。有人和他开玩笑说:"你自己住在这里,不怕有鬼狐吗?"桑生大笑道:"男子汉大丈夫,怕什么鬼狐? 公的来了我有利剑,母的来了我就开门让她进来。"

　　后来,真的先后来了两个美女。一个叫莲香,是个狐女;一个姓李,是个鬼女。两个人争着献媚于桑生,桑生的身体吃不消,几乎丧命。再后来,李氏借别人之尸体而还魂,莲香也托生为人,都成了桑生的好媳妇儿。

　　《桑生传》本来就长,蒲松龄虽然取其大概进行改编,《莲香》也依然是《聊斋志异》中的长篇故事,写得真是很好看。那种一夫两妻的生活,别说现在,就是蒲松龄也只是想想而已——想想是不犯法的,过完了瘾,还是该和谁过和谁过,该干啥干啥。

　　20多年前的一天,我们学校组织老师到上海华东师大参观学习,由于买不上返程的火车票,就租一辆中巴沿京沪高速公路去把我们拉回来。

天气薄阴,我迷迷糊糊望着窗外,突然之间一抬头,就看到了"红花埠"三个大字。当时我真像被电流电着了,竟然一下子站了起来,把同位吓了一跳,一把拽住我,以为我要跳车窗。我说:"我一直以为'红花埠'是蒲松龄虚构的地名,没想到就在这里,今天见到,真是过瘾!"——今天想起来,似乎那三个字的颜色还是红色的。至于到底是红色的,还是绿色的而我因为有个"红"字而想成了红色的,就像《聊斋》中的那些美女的模样,我真的记不清了。

天晴了,蒲松龄迫不及待骑马继续赶路。不知走了多远就看到一片茫茫的湖水,一下子又泅湿了他浓郁的诗性,写下一首七言律诗《早行》。

早 行

月落蘋花霜满汀,湖中潮气晓冥冥。
萤流宿草江云黑,雾暗秋郊鬼火青。
万里风尘南北路,一蓑烟雨短长亭。
何人夜半吹湘笛,曲到关山不忍听。

我们应该还记得鲁迅小说《药》的第一句:"秋天的后半夜,月亮下去了,太阳还没有出,只剩下一片乌蓝的天;除了夜游的东西,什么都睡着。"

蒲松龄就是这样一个"夜游的东西"。

只是蒲松龄似乎比华老栓起得还早,月亮还没有完全落尽,它惨白的光芒还照在白色的蘋花上,也不知月光和蘋花哪一个更白。反正它俩都是天生丽质,不会因为谁比谁白一点儿而羡慕嫉妒恨得昏天黑地的。

"蘋(pín)",是一种水生植物,叶柄较长,顶端集生四片小叶,叶间好像用一个"十"字分开,所以又叫"四叶菜"或"田字草"等。夏秋之时开花,花白色,因此又称"白蘋"。

南唐词人温庭筠《望江南》词云:"梳洗罢,独倚望江楼。过尽千帆皆不是,斜晖脉脉水悠悠。肠断白蘋洲。"——梳洗完毕,独自倚在望江楼上极目远眺。千帆过尽都不是我所等待的,斜阳脉脉江水悠悠,看看眼前的白蘋洲,我的肠子都要因惆怅而断了。

这里所说的"白蘋洲"就是长满白蘋的沙洲。由此我们也知道,这说的是夏秋之间的事情。不但肠子快断了,也可以说是望穿一双秋水——清澈明亮的眼睛——了。

毕竟已是中秋时节,半夜之后天空竟落下霜来。我已经多年没有早起的习惯,偶尔早起,也是在灯光如昼的街道上行走,不记得农历八月的夜间下不下霜了。

蒲松龄是把月色或者蘋花看成了霜,还是真的下了霜,我也不敢肯定。但这里所写,又是"霜"又是"汀"又是"月"又是"花",下句接着还有个"潮",这几乎让人怀疑是《春江花月夜》的景致了。

蒲松龄一直生活在淄川,除了到济南赶考见过大明湖,这样大的湖泊他还是第一次见到,又因为起得早,所以竟一时眩晕起来,想起了唐人张若虚的诗意。

这个湖是什么湖呢?江苏是一个湖泊众多的省份,从红花埠往南进入苏北的第一大湖就是骆马湖。发源于山东省淄博市沂源县的沂河,经过300多公里的不息奔腾注入的就是骆马湖。

可惜沂河没有航运能力不能行船,否则蒲松龄从沂源坐船一路漂流南下,一定会节约不少时间和体力。不过若是真那样的话,后来的《聊斋志异》还有没有,还是不是这个样子,就都要画个大问号了。

因为湖的水面大,所以潮气也就大。刚才有月光,眼前的景色还能看个大概,现在临近天亮,眼前的东西反而看不清了。其实就算没有潮气,临近天明的时候天也会突然黑一阵,用文雅的说法,就是"黎明前的黑暗"。

这个蒲松龄当然知道,但是常年守着的只是一条流经淄川的水流不大的孝妇河和一条水流更小的般(pán)河,这样的水汽蒸腾他还真是第一次见到,不由得就感觉天色越来越黑,仿佛时间倒错,不是早晨,而是进入了晚上。"冥冥",就是视线模糊不清的样子。

当然,此时并不是所有东西都看不清楚,有两样东西反而因为天色黑暗而愈显分明,从而也就更加使人惊心动魄。

一样是萤火。

中国的一本古书叫《礼记》,《礼记》中一篇叫《月令》——记述一年四季中12个月的气候变化,以及生物、农作物的生长特点,还有相应保护、管理生产的各种政策措施及每月应办的大事等。每一个季节三个月,分别以孟、仲、季称之。比如春天是一、二、三月三个月,各以"孟春之月""仲春之月""季春之月"开头,叙述各月的情况。每个月要叙述好几件事,每一件事又都以"是月也"——这个月——开头。

由于《礼记》是《五经》之一,是封建社会读书人的必读书,再加上这种文体确实新颖别致,所以对后世文人影响很大。

《聊斋志异》中有一篇《王六郎》,讲述一个渔夫和一个水鬼真情交往的故事。在这篇小说的结尾,蒲松龄顺带讲了一件人情淡薄的事情,借此讽刺社会上的不良现象。

说的是有那么一个人,家里穷得揭不开锅,就记起自己儿时的玩伴正做着很有油水的大官,想去投奔他多少得点儿周济。他竭尽所有置办了行装,不远千里前去拜访。没想到好不容易到了那里,却热脸贴了个冷屁股,啥也没有得到。路费花光了,只好卖掉马匹买头驴子骑着回家。

他有个堂弟很幽默,就作了一段《月令》来嘲笑他:"是月也,哥哥至,貂帽解,伞盖不张,马化为驴,靴始收声。"——这个月,哥哥回来了,貂皮帽子也不戴了,车的伞盖也不再张开了,马也变成驴了,也不再穿着靴子出门了。

当代著名作家汪曾祺先生有一篇散文名作《葡萄月令》,也是有意仿照《月令》的样子来写:"一月,下大雪……二月里刮春风……三月,葡萄上架……"就这样,一直写到十二月,把每个月和葡萄有关的事情写个遍。用旧瓶装新酒,实在雅得很,美得很,过瘾得很。

《月令》在写到夏季六月时说:"季夏之月……温风始至,蟋蟀居壁,鹰乃学习,腐草为萤。"——夏天的最后一个月……开始吹暖风了,蟋蟀跳到墙壁上鸣叫,雏鹰开始学习飞翔,腐草之中变出了萤火虫——没有读过的人都认为经书枯燥乏味,看看这写得多好玩儿,怪不得古人读了2000多年而不厌倦,一直到今天还有人着意学习呢。

唐人李商隐有一首名诗《隋宫》,写的是对隋炀帝在江都(今江苏省扬州市)修建的宫殿的凭吊之情。其颈联云:"于今腐草无萤火,终古垂杨有暮鸦。"——如今隋朝宫苑的腐草中已不见萤火虫,只看到长久的垂杨上傍晚落满了乌鸦。这里的"腐草萤火",用的就是《礼记·月令》中关于萤火虫是从腐草当中变化而来的典故。

现代人懂得科学,知道是萤火虫产卵于水边草丛之中,次年化成萤火虫,就说古人不懂科学,认为萤火虫是直接由腐烂的草变成的。

其实古人就算再不懂科学,也知道鸡是由鸡蛋变成的——尽管先有鸡还是先有蛋,他们不会明白,说实话,到现在我也不明白——只要知道鸡是怎么来的,就会以此类推知道萤火虫也是由其卵变来的,他们绝对不会傻到以为植物草会变成动物萤。他们之所以说"腐草为萤",是因为这在当时是尽人皆知的事情,不必细细说出。

退一步,就算2000多年前写《月令》的人不懂科学,难道到了唐代,人们还不明白这点儿道理?不是的,这道理李商隐肯定懂,但懂了不一定说出来,因为他这不是在写科普论文,而是在写艺术诗歌——诗歌要用典故,作者和读者都要假装不懂才好,否则就索然无味了。不信,我把道理说给你听听。

据《隋书·炀帝纪》记载,隋炀帝杨广,虽然老大不小个人,却仍然玩心不退。有一年秋天,他在洛阳景华宫征集萤火虫,得到了好几十斗。夜出到山间游玩时一起放起来,萤光照亮了山崖沟谷。

据说扬州有个放萤苑,也是隋炀帝放萤火虫的地方。李商隐表面上是说隋炀帝把萤火虫都给逮尽了,实际上是在讽刺其瞎胡闹的作风。试想一下,假如李商隐不这样说,而说隋炀帝把萤火虫都给逮尽,就没有萤火虫下卵了;没有萤火虫下卵,也就没有新的小萤火虫了——这样说起来不但费事,而且也缺少趣味和韵味。

到了清代的蒲松龄,这点儿道理更是应该明白无误了。可是他仍然说"腐草为萤"。这就是所谓用典,就是传承自古以来的文化密码。你这样用谁都懂,因为约定俗成;你改一下,别人就不懂了,就会怪你乱了章法;而乱了章法,就是没有文化的表现,别人是不会瞧得上你的。

蒲松龄说"萤流宿草江云黑","宿草"就是隔年之草,就是去年的烂草,也就是"腐草"。此句意思是,眼前是遥远无垠的江边的云雾,看去一片黑暗,只有几只萤火虫从天幕上无声地飞流而过,显示出这个世界还是动的。

写到这里,我突然想起了自己30多年前写过的一首小诗,默写在这里,博大家一笑。题目是《童年》,诗云:

童年是遗落在草丛里的梦
梦发酵了
便酿出了萤
童年是萤火虫屁股上的灯

《聊斋志异》中有一篇《放蝶》故事,写江苏如皋县的县令王峤(dǒu)生喜欢玩蝴蝶,就让犯人缴纳蝴蝶抵罪,大堂之上经常千百齐放,如凤飘碎锦。

如皋县在苏南江都正东不远处,可能确实隋炀帝把萤火虫逮绝了种,直到明清之际还没有恢复种群,否则这个县令不光白天玩蝴蝶,晚上一定还要玩更好玩儿的萤火虫。而蒲松龄现在还在离江都很远很远的苏北骆马湖一带,中间还隔着黄河、洪泽湖、高邮湖、邵伯湖等好多好多的水面,所以还看到稀稀拉拉的萤火。

当然,以上所说都是笑话。蒲松龄现在还没有开始《聊斋志异》的创作,《放蝶》的故事还没有放在心上。但流萤飞过夜幕的这个电光石火的瞬间,实在给了他一个十分深刻的触动,以至于多少年后,他还记得这一情景,把它移植到了《连琐》那篇小说中。请听听鬼女连琐那哀楚凄婉的吟诵吧:"玄夜凄风却倒吹,流萤惹草复沾帏。"——夜间漆黑寒风倒卷着吹来,乱飞的萤火虫从草间飞到衣裙上来。

吸引蒲松龄眼球的另一样东西,就是鬼火。

世界上到底有没有鬼呢?我不知道,可我知道确实有鬼火。因为我活了60岁了,从来也没有见过鬼,而在我小时候,是经常见到鬼火的。我没见到的,我就说不知道;我见到了的,我就说是有。

那时,我家住在村里的西山顶上,东山坡上有好几片墓地。由于修整梯田,好多年久无主的坟墓就被扒开,骨头都暴露在光天化日之下,白惨惨的。到了晚上,我们吃完饭坐在院墙上听爷爷拉呱——讲鬼狐故事——就隔着村庄看到一缕一缕青绿的火苗在东山的坟地里游动。

我爷爷说,那就是"鬼火"。一个村子存在了好几百年,村子周围都是死人,有鬼火也是正常的,所以并没有人感到奇怪。就像我,小小一个孩童,也没有任何怕感,竟然有一天跑到有鬼火的东山上去看了看,确实见到几块碎骨头,也不知是人的还是牛羊的,没看到上边有火烧过的痕迹。

后来才知道,所谓"鬼火"就是"磷火",因为人的骨头上含有磷元素,人死后会生成磷化氢,磷化氢的燃点很低,可以在空气中自燃。有时候碰巧了,走路时会带动它在后面移动,不小心回头看到,会吓一跳。

小时候我是经常走夜路的,常听到身后有人走动,倒没看到有什么鬼火。鬼火的颜色大致有三种:绿色、蓝色、红色。因为人体含有的元素不同,所以鬼火的颜色也不同。听说还有色彩缤纷的鬼火,那是因为死者体内某些微量元素含量特别多的缘故——这样的人不知活着时是吃什么食物的,大概是当官的吧,穷人不会有那么多东西吃。

时至今日,小孩们别说怕鬼,就是不怕,想见见鬼火过过瘾,也几乎没有可能了。因为人死后都火化了,什么都烧没了,也就不会再有鬼火了。若是真想欣赏鬼火的话,还得到蒲松龄的《聊斋志异》中寻找。

如《鬼哭》篇就说:"往往白昼见鬼,夜则床下磷飞,墙角鬼哭"——常常白天就能见到鬼,夜间就会床下有磷火飞动,墙角有鬼魂哭泣。"夜抛鬼饭,则见磷火营营,随地皆出。"——夜里抛撒鬼饭,就看见鬼火盘旋,地上随处都会冒出来。连鬼火是磷火蒲松龄都知道,他更应该知道萤火虫不是烂草变成的。

秋天的郊野一片浓雾,暗无天日,只有鬼火发出青绿的光芒来回游动,可见此地死人之多。有那匹马给他壮胆,蒲松龄倒也不害怕。关键时刻给马一鞭子,马不用扬起前蹄,只要扭头"咴儿"一声来个漂亮的儿化韵,一切邪毛鬼祟都会退避三舍、溜之大吉的。

从济南府的淄川县到扬州府的宝应县,虽说骑在马上要走很多时日,可也绝没有一万里远。蒲松龄说"万里风尘南北路",是用泛指的手法,点明这一南一北两个县城离得实在远。启程之初根本没想到风餐露宿会有如许麻烦,现在越走越感到旅途艰辛,可是走到这里了,只能硬着头皮一路往南走下去。

走到泰安府岩庄时下雨,走到沂州府红花埠时又下雨,这一路上还不知道会遇到多少次风雨烟云。好在咱随身带着雨具——有没有蓑衣呢?不敢肯定。或许有,或许没有,但却必须这样写,因为这是一个很美的形象。

因为这是一首七言律诗,"万里风尘南北路,一蓑烟雨短长亭"两句是其颈联,按格律和上一联"萤流宿草江云黑,雾暗秋郊鬼火青"一样,上下联的"南北"和"短长"必须对仗,否则蒲松龄一定写出宋人苏东坡"一蓑烟雨任平生"(《定风波》)——有一身蓑衣蔽体就可以任我过完一生——的气度。

"短长亭"不是又短又长的亭子,其实尽管字面上有个"亭",实际上倒不一定真有亭子。从秦朝开始,实行郡县制。中央政府之下是郡,郡之下是县,县之下是乡和里。此外还有负责地方治安并兼管公文传递的"亭"。秦朝末年的刘邦就担任泗水郡沛县泗水亭长。后来的驿站邮亭就是由此发展而来。

"亭"就是古代设在路旁的公房,供旅客停宿之用。按照古人的解释,"亭,停也,人所停集也"——亭就是停留的意思,是人停留聚集的地方。若真修建得像现在公园里的亭子,无遮无挡、透风撒气,那是无法住宿的。就算是夏天不怕冷,光蚊子叮咬苍蝇哑哑,也够人喝一壶的。

在古代的官路——官府修建的大道,就是国道——上,隔不远就有这样的

"亭"供行人食宿。所以古人有"十里一长亭,五里一短亭"之说。相传为唐人李白所作的那首《菩萨蛮》词说"何处是归程?长亭更短亭"——哪里是我归家的路途啊,一望无际的是长亭连着的短亭。

熟悉中国戏剧的人大概还记着,元人王实甫《西厢记》杂剧第四本第三折,上来老夫人就说:"今日送张生赴京,十里长亭安排下筵席。我和长老先行,不见张生、小姐来到。"——今天送张生进京赶考,在这十里长亭上安排好酒宴。我和长老走在前边,看不见张生和小姐跟上来——我们都习惯上称此折为"长亭送别"。

到蒲松龄生活的清代初年,关于驿站邮亭的建制我不大清楚,蒲松龄住的也可能是普通的旅店而不是官办的驿站邮亭。但是,和上文我们说过的一样,古人行文作诗都有个调调,就是用典,用现成的好看的字眼词语来代指普通的事物,这样诗歌作品就显得蕴藉有味道,否则就会流于打油腔。

一个人骑着马,在烟雨之中,走过长亭,走过短亭,走过五里,再走过十里,就这样一五一十地走下去,走的人未必多么舒服,看的人是不是像是在看电影,感觉很美?

可是走着走着,特别是在这样流萤鬼火的环境中,蒲松龄真的想家了。刚才,他还说是"早行",是"晓冥冥",现在却又说是"何人夜半吹湘笛",时间提前了好几个小时,这是怎么回事呢?蒲松龄总不会性急地半夜三更爬起来赶路吧?

我想这可以有两种解释。首先,是真的有人在夜半吹笛,惊醒了蒲松龄。"湘笛",就是用湘妃竹做成的笛子,是对笛子的美称。看到"湘妃"这两个字,我们就会想到投湘水而死的大舜的两个妃子娥皇和女英。蒲松龄这次南行,虽说不是去湖南,毕竟一是往南二是到了水乡泽国,想起湘妃也是自然之事。其次,也有可能是蒲松龄疏忽了,忘了时间的先后顺序,犯了一个无意识的小错误。

听着听着,蒲松龄竟有些不忍心再听下去了。为什么呢?难道蒲松龄不懂得欣赏音乐?不是的,正因为蒲松龄会欣赏,所以才听不下去了,再听就走不成了,太想家了。"曲到关山不忍听","关山",是一首古代有名的横吹——笛子——曲子,就是《关山月》,是抒发离愁别绪的。

所以唐人王昌龄才在《从军行七首》其一中说:"更吹羌笛关山月,无那金闺万里愁。"——又听到羌笛吹出《关山月》的曲调,无奈这笛声更牵动了我对万里之外的妻子的思念。据说笛子是从少数民族羌族传入的,所以古代称笛子为"羌笛"。不管是"羌笛"还是"湘笛",只要吹的是《关山月》,都会让人想家。

这样说来,可能蒲松龄在时间上并没有犯错误。他大概是在半夜的时候听到有人吹奏《关山月》的曲子,引动了思乡恋家之情。翻来覆去实在睡不着,不如索性早起赶路——原来这是倒叙,前边的事情倒是后发生的。

　　我们现代人读古诗,不必太死心眼儿。或许蒲松龄啥也没听到,只是想家了,就借一首古代思乡曲的名字抒发感情而已。这不是哄人,这是真情实感的别样流露。

途 中

我一直认为,年轻时的蒲松龄是拿定主意做诗人的,因为这次南游路途上的言鬼谈怪,才又使他迷恋上了怪异小说创作。然而也没有就此改弦易辙放弃诗歌的吟咏。

实际上,他从还没写小说的时候就写诗,小说写完好多年了还继续写诗,一直写到去世时的倒数第22天。可以说是诗歌创作伴随他走完了76年的漫漫人生路。

蒲松龄到底哪一年开始《聊斋志异》的创作,他和他的友人、后人都没有明确说过,当代学人——包括我自己——的许多考证文章,也都是尽量接近事实,而不会就是事实。

但诗歌创作就不然了,蒲松龄说过它的具体开始时间,这些话就记载在那篇《郢中社序》中。

蒲松龄19岁那年,以县、府、道三第一考中山东头名秀才,声名大振。第二年,他就与淄川秀才张笃庆、李希梅等结成了"郢中社"。《郢中社序》是研究蒲松龄生平的重要文章,普通读者很难见到全文。即使见到,也不易看懂。现在我把全文引在这里,并试着翻译成白话文,一则让大家明白世人盛传已久的"郢中社"或"郢中诗社"是怎么回事,二则让大家见识一下蒲松龄年轻时的散文风采。

《序》云:

谢家嘲风弄月,遂足为学士之章程乎哉? 余不谓其然。顾当今以时艺试士,则诗之为物,亦魔道也,分以外者也。然酒茗之燕好,人人有之。而窃见夫酒朋赌社,两两相征逐,笑谑哄堂,遂至如太真终日无鄙语;不则喝雉呼卢,以消永夜,一掷千金,是为豪耳。耗精神于号呼,掷光阴于醉梦,殊可惜也!

余与李子希梅,寓居东郭,与王子鹿瞻、张子历友诸昆仲,一埤堄(pì nì)之隔,故不时得相晤,晤时瀹(yuè)茗倾谈,移晷(guǐ)乃散。因思良朋聚首,不可以清谈了之,约以谳(yàn)集之余晷,作寄兴之生涯,聚固不以时限,诗亦不以格拘,成时共载一卷,遂以"郢(yǐng)中"名社。

或疑名之大而近于夸矣,而非然也。嘉宾宴会,把盏吟思;胜地忽逢,捻髭(zī)相对,此皆燕朋豪客所叹为罪不至此者也。其有闻风而兴起者乎?无之矣。此社也,只可有一,不可有二;调既不高,和亦云寡,"下里巴人",亦可为"阳春白雪"矣。

抑且由此学问可以相长,躁志可以潜消,于文业亦非无补。故弁(biàn)一言,聊以志吾侪(chái)之宴聚,非若世俗知交,以醉饱相酬答云尔。

译文:

晋朝谢安家那样吟诗作赋描风写月,可以作为读书人生活的规定程式吗?我认为不能那样。当今之世通过八股文考试读书人,看来写诗这件事,也算是歪门邪道、分外之事了。可是喝酒品茶的欢聚宴会,是人人都少不了的。我看到那些聚在一起喝酒赌博的人,一对一对猜拳行令,嬉笑戏谑喧闹哄堂,有的竟至于满口污言秽语;否则就吆吆喝喝地开赌,来消磨长长的夜晚,一掷千金,也算得上爽快了。把精神浪费在咋天呼地,把光阴虚掷在醉生梦死,真是可惜啊!

我和李希梅,住在淄川城的东边,和王鹿瞻、张历友兄弟,也只隔着一道城墙,所以经常见面,见面时烹茶畅谈,久久方散。于是想,好朋友相聚,不能仅仅闲谈一阵就拉倒,就约定,在聚饮完毕之后,也做一些寄托情趣的事情。聚会不一定定时,写诗也不规定统一格式,写成之后都抄录在一卷上,就为诗社起了个名字叫"郢中社"。

有人说这社名太大近于夸张,这种说法是不对的。嘉宾在一起宴会,手执酒杯吟咏玩味;相约游览风景名胜,捋着胡子相对而谈,就是喜欢喝酒和赌博的人,也都认为这不是什么不当行为。有跟我们一样也这样做的吗?没有。我们这个诗社,淄川只能有一个,不会有两个;调子虽说不高,能与我们唱和的人也不会太多,我们这几个"下里巴人",唱的也可以算是"阳春白雪"了。

再说了,写诗和学问还会相互促进,浮躁的心绪也可以慢慢消磨掉,对于科举所需的八股文也不是没有帮助。所以写一篇序言,借此记下我们这几个人的宴饮聚会,不仅像世俗的知心朋友,只是今天你请我、明天我请你,以酒足饭饱相互答谢罢了。

我们都知道,蒲松龄这里所用的"下里巴人""阳春白雪"两个成语,出自战国时楚国宋玉的《对楚王问》。清代以后的人大都是通过《古文观止》读到宋玉这篇文章的。

《古文观止》是清代康熙年间绍兴府山阴县吴楚材、吴调侯叔侄编选的,于1695年雕版行世。那时蒲松龄已经56岁,而写这篇《序》的时候,蒲松龄才20岁,所以他不可能是从《古文观止》里边看到宋玉这篇文章的。

宋玉这篇文章的出处是梁昭明太子萧统所编的《文选》,蒲松龄定是从这部书中看到的。看这样的书对学习八股文作用不大,蒲松龄完全是为创作诗歌而读此书的。

我们再想一想,作为一个出身于乡村人家的穷秀才,既想着通过科举考试获取功名,就应该把主要精力放在"四书五经"上才对,可是他偏偏去看这些文艺范儿的《文选》之类,这证明他确实不仅想当一个达官贵人,他还想当一名留名青史的文人——此时他想到的可能主要是诗人——尽管他在散文方面也下了极大的功夫。

《对楚王问》中有一段是这样写的:

> 客有歌于郢中者,其始曰《下里》《巴人》,国中属而和者数千人。其为《阳阿(ē)》《薤(xiè)露》,国中属而和者数百人。其为《阳春》《白雪》,国中属而和者,不过数十人……是其曲弥高,其和弥寡。

译文:

> 有个人在楚国的都城郢里唱歌,一开始他唱的是《下里》《巴人》这样的民间乐曲,都城里跟着他一起唱的有好几千人。后来他又唱《阳阿》《薤露》这样较为有难度的歌曲,都城里跟着他一起唱的也有几百人。等到他唱《阳春》《白雪》这样高雅的歌曲的时候,都城里跟着他一起唱的只不过几十人……由此看来,歌曲越是高雅,跟着和唱的人也就越少。

这就是蒲松龄他们所结的"郢中社"取名的由来。其实他们只叫"郢中社",因为结社的主要目的是写诗,后人也习惯性称其为"郢中诗社"。不知蒲松龄们当时想到没有,他们的这一风雅举动,在彼时或许只是心血来潮的灵机一动,他们正儿八经的集会也不会很多,可是在中国文学史上却留下了一段佳话。

时至今日,淄川的留仙湖畔、般(pán)河边上,还有人附庸风雅立一块2米多高的太湖石,上书"郢中诗社"四个大字供人凭吊——这也是一件很有意义的事情。

蒲松龄要做诗人,除了发自内心的欲望驱动,可能还有榜样力量的外部影响。

蒲松龄18岁那年,也就是考中秀才的前一年八月,新城(今淄博市桓台县)王士禛游济南,与诸诗友结"秋柳社",在大明湖畔写成《秋柳四首》组诗,一时传为佳话,和者甚众,声名大噪。

大明湖是省城济南的名胜之地,又是文人雅集之所,蒲松龄借到济南科考的机会,是一定会去看看,想着王渔洋(王士禛号渔洋山人)们的文采风流,不免心潮澎湃一番的——这大概也是年轻的蒲松龄作诗情结形成的原因之一。

通过《郢中社序》,我们知道蒲松龄最起码在20岁时就想做诗人了。可是我们也知道,蒲松龄最终最大的名声不是诗人而是小说家。

那么蒲松龄是什么时候想做小说家的呢?大概要到10年以后的南游途中。通过《途中》这两首七言律诗,我们可以得到一点儿这方面的有关信息。

途 中

其 一

青草白沙最可怜,始知南北各风烟。
途中寂寞姑言鬼,舟上招摇意欲仙。
马踏残云争晚渡,鸟衔落日下晴川。
一声欸乃江村暮,秋色平湖绿接天。

其 二

风尘漂泊竟何如?湖海豪襟气不除。
花影一帘新剑佩,云山万重旧琴书。
人家绿树寒烟里,秋色黄流晚照余。
钓艇归时鱼鸟散,西风渺渺正愁予。

若说前一首《早行》,是蒲松龄迎着骆马湖走去,然后沿着骆马湖继续南行。根据行程,下一首诗是《宿王家营》,再下一首诗是《黄河晓渡》。在骆马湖和黄河之间很长一段距离内,没有水面需要坐船渡过。

途中　王春荣绘

　　然而蒲松龄这两首诗的第一首中说"舟上招摇意欲仙"，这分明是坐过船的样子。若是真给蒲松龄找一条需要渡过的河流，那就是六塘河。可是据资料记载，六塘河是康熙十七年（1678年）引骆马湖水东注而成，而蒲松龄此次南行是康熙九年（1670年），那时还没有六塘河。如此，我们真不敢确定蒲松龄渡过的是哪片水域或哪道水面了。

　　蒲松龄南游26年后的康熙三十五年（1696年），青州府颜神镇的大诗人赵执信（shēn）也开始南游了。孟秋时节来到苏北，写有一首《新晴过骆马湖》五言律诗。其中有句云："日射晓帆紫，始怜湖上晴。持篙雄意气，挘（liè）舵碎波声。"——旭日照在船帆上闪着紫光，湖上晴朗的气象真是可爱。那个持篙的船夫精神头儿十足，船一转弯波声都给打碎了。

　　由此可见，赵执信是坐船渡过骆马湖的。接下来赵执信也写到渡过黄河、到了清江浦等事。看来这是一段官路，没有特殊情况，此段行程都是一样的。那么，蒲松龄也极有可能渡过的是骆马湖了。

　　不管究竟如何，毕竟是到了南方，蒲松龄就像一只旱鸭子猛然见了水，莫名其妙地兴奋异常，瞪大眼睛看着岸上的青草、水边的白沙，都觉"蛮可爱蛮可爱"的。他愣怔怔想了半天，这样的景色在家乡淄川确实不曾见过，随即他明白了：

噢,这是到了南方,南方和北方的风光景色真是大不相同。诗的首联"青草白沙最可怜,始知南北各风烟",说的就是这个意思。

七言律诗的写法,中间的两副对子要各有侧重,或者一联写人一联写物,或者一联抒情一联写景。现在我们看到的这几首诗,尽管是《聊斋诗集》中开头的几首,可是其手法已经非常娴熟老到,这应该是写诗写了多年之后自然成熟的表现,只可惜其前十余年的诗作我们看不到了——或许永远看不到了。

颔联"途中寂寞姑言鬼,舟上招摇意欲仙",是写人,也是抒情。蒲松龄19岁前忙于科举考试,19岁后除了科举考试,还忙于文友聚会诗歌创作,或许还加上已经开始了私塾教师生涯,更何况还有家里吵吵闹闹一日三餐的老婆孩子,整天忙到脚打后脑勺,烦还烦不过来,他是不会感到寂寞的。

这一次离家南游,尽管身体有些鞍马劳顿,思想上却真正放了假,慢慢轻松起来。就连那匹马,也感到越走身上的重量越轻,只是它没有说出蒲松龄的思想到底减了几斤几两,我们也不好随便猜测。

这时寂寞、无聊、孤独感就像湖边的潮水,慢慢浸润上了蒲松龄的心头。这种"苦其心志"的感觉,虽说不像"劳其筋骨"那样有形,时间长了,也足以把一个人压垮,使之成为一具活生生的死尸。

于是,他就想起了苏东坡在黄州和岭南时的破愁解闷之法:找人谈鬼。

宋人叶梦得《避暑录话》卷上载:

子瞻在黄州及岭表,每旦起,不招客相与语,则必出而访客。所与游者,亦不尽择。各随其人高下,谈谐放荡,不复为畛畦(zhěn qí)。有不能谈者,则强之说鬼。或辞:"无有。"则曰:"姑妄言之。"于是闻者无不绝倒,皆尽欢而后去。

译文:

苏东坡被贬黄州和岭南的时候,每天早晨起来,不招呼客人来家交谈,就去拜访客人和人家交谈。和他交游的人,他也不加选择。各人按照各人的才分和性情,尽情笑谈,也没有什么分寸隔阂。有个别人实在无话可谈,苏东坡就硬让人家说鬼。有人推辞说:"连鬼也不会说。"苏东坡就说:"你随便编一个说说。"于是大家都笑得不行,尽欢而散。

前文我们说过，在红花埠的旅店里避雨的时候，蒲松龄就和人家交流鬼狐故事了。一路上交流了多少，我们不知道，交流得颇为兴奋、颇为有得，则是可以想见的。为了赶路早起晚眠，还要抽空摸空交流鬼狐故事，大脑已经成了一盆糨糊，再加上这又是平生第一次乘船——人晕船还能坚持，那匹马实在难受得不好控制——就更加有些晕晕乎乎，好似逍逍遥遥升上天空，变成了不食人间烟火的神仙。"招摇"的"招"在这里读"sháo"，"招摇"就是逍遥的意思。

　　以上这联诗，是研究蒲松龄创作《聊斋志异》始期的珍贵资料。这是现存文字中，他第一次提到和鬼狐有关的事情。学者们都认定，即便此时他还没有正式开始小说创作，最起码也已经开始构思，有了创作志怪小说的想法了。

　　颈联"马踏残云争晚渡，鸟衔落日下晴川"，是写物，也是写景。不知过了多久，蒲松龄牵着马下了船，才慢慢回过神来，由神人神马变成了真人真马。这是一次难忘的经历——接下来还要渡过黄河，那一次更是难忘，不过目前还没有到来——再回头看看对岸吧：自己是渡过来了，还有无数的人骑着无数的马奔向渡口，仿佛把傍晚的云彩都给踏碎了。

　　由于隔得较远，再加上人声嘈杂，听不到马蹄声，但马的嘶鸣声偶尔飘过来，逗引得自己那匹马也叫了起来。人们争先恐后上船过渡，只嫌那匹马少生了一双翅膀，否则就不用受这排队等候之苦了。

　　是啊，你看那天上的飞鸟，多么自由自在，不需要骑马，不需要坐船，也不需要谈鬼说狐，它们就能任意南北东西。还是别让思绪任意驰骋了，赶路要紧，你看那鸟叼着一缕晚霞飞到了晴空万里之下的一马平川之上，远远的那棵大树上可有它栖身的巢穴？——我的巢穴还远得很，再不走就赶不上晚饭了。

　　蒲松龄回过头来骑上马继续赶路。眼睛扭了过来，耳朵却仍然挓挲着。你听，周围的河汊湖港都响起了"欸乃"的摇橹声。这就像我们北方，到了傍晚，农夫们就都挑着担子、赶着牲口收工回家吃晚饭了。

　　你看，那条船上那条大鱼，还活蹦乱跳的，回家不管是清蒸还是油焖，肯定都好吃。自己在家乡的孝妇河、般河里也钓过鱼，可是从来没有钓到过这么大的。沉住气，到了宝应县衙，还有更好的美味佳肴等着自己一饱再饱三饱口福呢。

　　"一声欸乃江村暮，秋色平湖绿接天"，上联写耳朵，下联写眼睛。都紧紧抓住水乡泽国的特点来写，很是生动新鲜，很吸引读者的耳目。只不知这秋色之中、绿接天际的"平湖"是哪个湖，到底有点儿遗憾。

蒲松龄是个有大才气的人，又不是很喜欢写长篇古体诗和排律，最擅长七言绝句和七言律诗。七言绝句或律诗不过就是四句或者八句，在有限的句数内，很难完全表达出他井喷一般的无限才思。

于是写一首不够就写两首，两首不够就写三首，三首不够就写四首，有的竟至于写到十余首。也就是说，蒲松龄擅长写由七言绝句或七言律诗组成的组诗。

这两首《途中》也是一组组诗。蒲松龄写了其一，感觉还有意思没有表达尽，于是又写了其二。尽管其二和其一一样也是七言律诗，但在布局安排和整体意境上，却还有着较大的区别——若是区别不大也就没必要写第二首了，之所以写第二首不就是为了显示自己才大气壮吗？

其一首联写眼前所见之景，其二首联写心中所感之情。"风尘漂泊竟何如？"蒲松龄劈头就来一个问句：在旅途之中奔波不停，到底为的哪般？接着就做了斩钉截铁的回答："湖海豪襟气不除。"因为自己漫游江湖的豪放胸襟还没有被社会、家庭的各种庸俗、烦躁清理掉。

在后来的《感愤》诗中，蒲松龄说："漫向风尘试壮游，天涯浪迹一孤舟。"他是把这次南游看作一次"壮游"——满怀豪情壮志的游历——的。所谓豪情壮志，也就是这里所说的"湖海豪襟"之"气"。

其一颔联写途中情景，其二颔联写旅途两头之情景。"花影一帘新剑佩"，透过花影看到的是一道帘幕，帘幕开处看到的是佩带宝剑玉饰的达官显贵——一切都是那样新鲜。这说的是即将到达的宝应县衙和县衙的主人、县令孙蕙。

"云山万重旧琴书"，现在还没到宝应，自己的家园却在千万重云山之外了。前些日子刚到莱芜岩庄，就在《雨后次岩庄》诗中写道"系马斜阳一回首，故园已隔万重山"。现在斜阳下不知已经回首多少次了，故园更是不知隔了多少个万重——就是故园书斋里的琴和书，因为落满了灰尘，也会显得陈旧不堪了吧。这说的是离得越来越远的蒲家庄里的"聊斋"。

其一颈联写的是秋日晚景，其二颈联写的也是秋日晚景。可其一主要是写动物："马"和"鸟"，其二主要是写植物："绿树"和"秋色"。"人家绿树寒烟里"，是说眼前的村庄里，尽管已经是中秋过后，可因为是在南方，加之水流充沛土地湿润，各种树木还是一片碧绿。

有过乘车旅行经验的人都知道，在平原上野外的树木是不多的，因为都是农田。而当你看到一片蓊蓊郁郁的碧绿树林时，那一定是一个村庄，人家的房前屋后都种满了树，就像晋人陶渊明《归园田居》其一所说"榆柳荫后檐，桃李罗堂前"——榆树和柳树遮盖着房屋的后檐,桃树与李树罗列在房屋的前面。一则可以长木材,二则可以结果实,三则可以遮阴凉,四则可以听鸟鸣。还有没有其他好处呢?我临时想不出来了。

看到这样长满树木的村庄,一般情况下人们是兴奋的、愉悦的。但前提得是在合适的季节有合适的心情。我们还记得鲁迅的小说《故乡》的开头:"时候既然是深冬,渐近故乡时,天气又阴晦了,冷风吹进船舱中,呜呜的响,从篷隙向外一望,苍黄的天底下,远近横着几个萧索的荒村,没有一些活气。我的心禁不住悲凉起来了。"鲁迅这次回家是去变卖家产并与之告别的,再加上是深冬,所以心情不好,只看到"荒村",也没见出什么美来。

可是蒲松龄不同。他是到宝应县衙上任文牍师爷的,是去"挣大钱"的,说不定还有其他意想不到的收获。他是兴冲冲满怀希望的,加之此时不冷不热正是赶路的好时节,所以他眼里的景物也满是美感。你看,鲁迅看到的"苍黄"也是"黄",蒲松龄看到的"黄流"也是"黄",可鲁迅感到的是阴冷的"萧索",蒲松龄感到的却是一片充满暖意的明丽。

"秋色黄流晚照余"中的"黄流",指的是黄河。什么?没听错吧?黄河不是从山东入海吗,怎么流到江苏去了?你说得没错,黄河现在是通过山东淄博的高青县最终流入渤海,蒲松龄时代,黄河却是从苏北流入黄海的——黄河因为水黄而叫黄河,黄海也是因为近岸的海水是黄色的,才叫黄海——没有黄河,哪来黄海?

蒲松龄生活的鲁中大地,人们是以种庄稼为生的。苏北一带,人们当然还是以种庄稼为主要生活来源,但他们的水产品也占很大比重。尽管说是"靠山吃山,靠水吃水",但靠水总比靠山自然灾害少些,因而收获也来得容易一些。

看来这江村的渔家生活对蒲松龄的视觉刺激实在是大,他感觉在其一中没有完全点出渔家生活是一种遗憾,家乡的人们不一定看得明白,所以就在诗的尾联中说:"钓艇归时鱼鸟散,西风渺渺正愁予。"

钓鱼的船儿"欸乃"着纷纷归来,把水中的鱼、树上的鸟都给惊散了。忽然一阵秋风吹过,蒲松龄忆起,虽说到处还是青枝绿叶犹似春光,可季节毕竟是秋天了。家乡自己的那20多亩薄田收成咋样啊?庄稼开始登场了吗?老婆孩子开始在场里忙碌起来了吧?自己也快要到达目的地了,这一去会有什么收获呢?

想想这些真是愁人!天不早了,还是赶路再说吧。

"驾!"

宿王家营

清朝蒲松龄时代的黄河,从西北的山东河南交界处进入今江苏境内向东南流去。经徐州府骆马湖南岸流到淮安府(今淮安市)马头镇(今属淮阴区),折向东北,经清江浦(今清江浦区)迢迢流向大淤尖(今盐城市滨海县),然后流入黄海。

马头镇所在的淮阴一带,黄河在此拐弯,是一个人杰地灵的地方。鼎鼎大名的汉朝军事家韩信就出生在这里,至今位于淮安市淮安区的古运河堤畔,还有韩侯钓台——韩信少年时代钓鱼处、漂母祠——为纪念曾供给韩信饭食的漂母而立的祠堂——等遗迹,供人凭吊。

祠堂的门联是:"人间岂少真男子,千古无如此妇人。"——自古以来人间真正的男子汉大丈夫不能算少,可是能识英雄于微时的妇人只有一个。真是千古有余情的好对子。

据史料记载,历史上很长一段时间——从金朝的1194年至清朝的1855年,共661年——黄河以淮河的河道做出海口,史称"夺淮入海"。蒲松龄南游时候的黄河,侵占的仍是淮河的水道,所以他得渡过黄河——实际上也就是渡过淮河——才能继续南下。

现在黄河已经从山东入海了,但是淮安市还建有"古黄河生态民俗园",以纪念那段漫长的黄河灾难与光荣史。

马头镇在黄河南岸,其西南是著名的中国第四大淡水湖洪泽湖,其东北不远处黄河北岸的王家营,是明清时期的交通大码头,不管是南渡的还是北归的人,都须在此住店休息。王家营南岸就是有名的清江浦。

蒲松龄骑马来到王家营,已经是傍晚时分,过不了黄河了。无奈之下,就寻一家客舍住在了这里。蒲松龄这是第一次见到黄河——他一生见过两次黄河,第二次就是第二年回来时再次渡过黄河,后来登上泰山还又远远地看过一次,不算真看见——兴奋得睡不着觉,跑到河边去看景致,看完回到旅店,还要和旅人们交流渡河经验。

于是写下这首七言绝句《宿王家营》。

宿王家营

长河万里泻回环,箫鼓楼船碧汉间。
尽道五更宜早渡,平明风起浪如山。

这首诗的题目底下有四字小注:"淮阴境内。"蒲松龄的每一首诗都有一个写作地点,为什么大多数诗没有这样的小注而极少数诗却有小注呢?我想是担心读者弄错地理位置。

比如说徐州市睢宁县还有个王家营集,在骆马湖之南的黄河南岸。最初看到"王家营"的时候,我还认为蒲松龄是在这里住宿的,同时也感觉《途中》诗其一坐船渡过的应该是骆马湖。究竟是不是骆马湖,就不去管了,反正这四字小注,就是怕后人会发生误会,所以注释清楚。

"长河万里泻回环",这一句抓住黄河的走向来写,真是非常传神。我们刚刚说过,黄河万里奔腾而来,进入江苏境内之后,由西北狂泻东南,在马头镇拐个大弯儿又折向东北,从大淤尖入黄海。整体上看起来,仿佛是一个反写的"√"。

我们现在看着地图来进行描绘,容易。当年蒲松龄没有地图,"泻回环"这三个字也不知他是怎样想象出来的?

"箫鼓楼船碧汉间",是说黄河上奏着音乐的高大的船只,仿佛是从天河上驶来的。"箫鼓",本指两种乐器——管乐器箫和打击乐器鼓——这里指箫声和鼓声。"楼船",指有楼房并绘有彩饰的大船,一般是官府或富贵人家所有。

具有一定文史知识的人,看到"箫鼓楼船"这四个字,一定会想到汉武帝和《秋风辞》的故事。

有一年秋天,汉武帝率领文武百官来到汾阴(今山西省运城市万荣县)立后土祠,祭祀土地神。那时,汉武帝和大臣们乘坐楼船,在汾河上一边宴饮一边观览,乘兴写了一首《秋风辞》。

《辞》云:

> 秋风起兮白云飞,
> 草木黄落兮雁南归。
> 兰有秀兮菊有芳,
> 怀佳人兮不能忘。

泛楼船兮济汾河，
横中流兮扬素波。
箫鼓鸣兮发棹歌，
欢乐极兮哀情多。
少壮几时兮奈老何！

译文：

地上秋风吹起天上白云飘飞，
草木枯黄凋落大雁向南回归。
秋兰开出鲜花秋菊散发芳香，
想念美人啊一时也不能相忘。
乘坐着楼船啊渡过汾河，
船到中流啊激起白色水波。
吹起箫来打起鼓齐唱船歌，
因为过于高兴哀伤也随之增多。
少壮能有几时啊老了怎么过！

汉武帝去汾阴的时候是北方的秋天，虽然还有秋兰秋菊点缀风景，无奈何到处一番衰败凋落之景象，再说那一年汉武帝已经44岁了，古人平均年寿短，说不定什么时候就到了生命的尽头。所以尽管贵为皇帝，可以尽情享乐，最终也还是乐极生悲，面对必将到来的衰老无可奈何。

蒲松龄则不然。此时他才31岁，正是身体最强壮、精力最旺盛、心气最高远、吃嘛嘛香的时候。再说南国的风景一片青绿，比北国美丽诱人多了。还有，蒲松龄只是一个普通的秀才，没有汉武帝那样的沉重负担和浩茫心事。因而，他这一路上尽管也有忧伤和寂寞，但是程度还没有严重到成为悲哀。他尽可以兴兴头头游历这条传说中的大河。

蒲松龄看到的这座"楼船"，尽管也有"箫鼓"，因为并没有戒严，也只是哪家富人接亲或哪家贵官上任而已，一定不是康熙皇帝的御船。所以他只是头一回见，看看说说，有点儿惊讶而已。

当年刘邦到咸阳去出民工，看到秦始皇的盛大仪仗，羡慕得口水流到脚面上，说"大丈夫当如是"——人生熬到这样，才算得大丈夫啊！同样秦始皇游览会稽郡渡浙江时，项羽看到其盛大仪仗，也忍不住心潮澎湃，说"彼可取而代也"——那个人，我要取代他！这样的想法，蒲松龄都没有。

"碧汉间"这三个字和"泻回环"这三个字配合，真是再好不过。试想，一座"楼船"从西北沿黄河快速往东南驶来，到马头镇打个漩儿，再缓缓驶向东北——真好像是从天河里冲下来的。

这不由得让人想到李白那著名的诗句"黄河之水天上来"（《将进酒》）——黄河的水仿佛是从天上来的——和王之涣那著名的诗句"黄河远上白云间"（《凉州词》）——黄河的水远远地流到白云间去了。蒲松龄肚子里存货真多。

当看完"箫鼓楼船"的时候，太阳已经落山，时光已经不早。就有人说："得赶紧回旅店吃饭休息，明天早晨五更天的时候最适合渡河，一到黎明起了风，浪头就会像山一样了。"于是，呼啦一声，纷纷回到旅店，先嘱咐店家给马备好草料，再点上菜、要上酒，一边吃喝，一边漫谈。毕竟年轻力盛，睡觉也不急着这一霎儿。

"尽道五更宜早渡，平明风起浪如山"，这两句诗好像两句谣谚，大概是蒲松龄在王家营的旅店里听来，随即整理成诗句，现学现卖的。由此我们还可以想象到当时黄河、淮河汇流，那样一种风急浪高的险恶形势。

汉武帝在船上看到的是"素波"，蒲松龄看到的黄河会是怎样的呢？

黄河晓渡

在王家营的客舍里，饭饱酒足之后，蒲松龄到槽上去看看那匹马，也在细嚼慢咽地享受着夜晚的悠闲，就回到房间里倒头睡下了。年轻是真好，说吃就吃，说喝就喝，说睡就睡，说醒就醒。五更时分，真的一个激灵爬起来——账是昨天晚上就结了——把随身物品披挂到马上，牵着就咯嗒咯嗒朝黄河码头走去。

昨天晚上睡梦中说不定还打了打草稿，现在牵着马在船上又仔细观察思考了一番，等渡过黄河牵马下船，这首七言律诗《黄河晓渡》就写成了。

黄河晓渡

扁舟风急晓伶仃，宿酒萦怀醉未醒。
河汉微茫人影乱，鱼龙出没浪花腥。
当窗丛荻移新绿，隔水长堤送远青。
一曲棹歌烟水碧，沙禽飞过白蘋汀。

大概起得过于早了，蒲松龄是第一个到达码头的人。我们没有见过当时黄河上的渡船是什么形制的，是载一个人的，还是载多个人的？是人和马同载，还是人和马分载？蒲松龄在诗中没有写到他那匹马。是和蒲松龄同坐一条船过河蒲松龄没顾上写它，还是它单独过河蒲松龄不必写它呢？我想不管怎么样，肯定不是好几匹马同船过河——生马见了面撕咬踢打起来，那阵仗可不是闹着玩的。

马是会游泳的，船夫也肯定会游泳，船翻了正过来也可以再用，可假如不是为了拍电影或电视剧，谁也不会闲得无聊去找这些麻烦。

为什么说蒲松龄起早了呢？我是有根据的。你看，诗的第一句说"扁舟风急晓伶仃"，"扁（piān）舟"，就是小船。"风急"，就是风刮得很猛。"晓"，不用说就是早晨。"伶仃（líng dīng）"，就是孤独的样子。就算一只小船一次只能运载一个人过河，偌大河面上也不会只有这孤苦伶仃的一只小船吧？这说明了什么呢？这说明蒲松龄确实来早了，此时别的旅客还没有到来，别的船只还都在等客没有启动呢。

黄河晓渡　王春荣绘

在前边讲到的《郢中社序》中，蒲松龄就说他和张笃庆、李希梅等诗友经常聚会。根据我的经验，二十来岁正是喝酒不怕吐的年纪。既然是聚会，喝酒当然是少不了的。蒲松龄在后来的诗歌中经常提到喝酒——他在外教私塾，东家招待先生，当然断不了酒，尽管菜肴不一定多么丰盛，酒却一定是真酒；有时东家来了客人，还要让有文化会应酬的蒲松龄陪客，自然也少不了喝酒；好长时间不回家，东家发了薪酬回家交给老婆，老婆孩子也得招待这不在家的家长喝酒——到底酒量多大，我们却不知道。

明天早晨要坐船渡黄河，这是人生一件奇遇。有的人经常来回，大多数人一生也难有一次。危险固然危险，刺激也确实刺激，抑制不住渡河前兴奋的心跳，还是提前喝点儿小酒压压吧。于是就和旅店的其他客人觥筹交错喝了起来。

根据蒲松龄的性格，我想他一定会用敬酒交换几个鬼狐故事的。这些故事也一定写到了后来的《聊斋志异》中，只是具体是哪几个，就像一滴水滴到黄河里边，已经很难考证分辨了。

喝过酒的人都知道，喝少了不过瘾，喝多了就难受。想喝到不多不少，因为肚子里没有尺子量着，所以很难掌握好分寸，结果往往是喝多的时候多，喝到正好的时候少,喝少的时候几乎没有。

再说还有一个奇怪现象,不知大家发现没有。不管干什么,都是赢了的一方得到的多,输了的一方得到的少。而喝酒是个例外,不但自己搭上酒老劝着别人喝,假如划拳赢了,还是输了的喝。就算是嗜酒如命的酒鬼,喝酒的时候也是想尽量赢了拳让对方喝酒,以图一乐,也没见为了喝酒而故意输拳的。

这天晚上不知划拳没有,反正蒲松龄是喝了不少。假如划拳的话,一定很热闹,因为南北语音口诀不同,往往会出现误差、误会和争执,这时就需要"掌拳人"——裁判——出来判决调解。一旦解说明白,双方以及全桌的人定会朗声大笑。不管是南方人还是北方人,甚至中国人和外国人,笑声倒是没有多少区别,听不出方言笑和普通话笑有何不同。

当然了,蒲松龄是读书人,那时尽管没有推广普通话这一说,官方对读书人的语言,还是有一定要求的。否则到南方去给县长当秘书,除了县长,别人都听不懂他的淄川话,就很难顺利展开工作并迎接各种检查了。

昨天晚上都想好了,今早上船一定精神百倍,不能低头弯腰皱着眉头给淄川人丢脸。

蒲松龄既想做诗人,还想做小说家,再说不久就到宝应县衙了,这些船夫正是当时最好的新闻传播人,要在不知不觉当中告诉他们,我是山东的头名秀才,我的朋友是宝应县长,将来看到我的书的时候,他们还会说:"这个作者我认识,当时坐过我的船——器宇轩昂、神采奕奕,一看就是文曲星下凡,不同凡响。"

只可惜没有手机啊,不能让他们给我拍几张船上的照片,过几天放到宝应县政府的公众号上,也好转给家人和"郢中社"的朋友们看看。

"哎,客官,请站好了,你会游泳吗?"

"不会。会我也不游,你看这河水黄乎乎的,弄脏了衣服咋捣鼓。"

船夫笑笑摇着船走向水面深处。蒲松龄也笑笑:"嘿,还想开我玩笑。"

于是迎着秋风,双手搓搓脸。有几滴浪花飞溅到脸上,凉丝丝的,精神为之一振,随即胸口又泛上一阵难受:"他娘的,这酒还真有劲,没想到倒醉了——真想跳到水里洗个澡啊。可是都说'跳进黄河洗不清',万一船夫不知道是我喝醉了,误认为我寻短见,一定会给宝应县政府带来不良影响,所以还是免了吧。但是'宿酒萦怀醉未醒'是句好诗,得记好了,下船写下来。"

我们当代人不会写格律诗,以为这是件很难的事。这件事确实很难,不是人人都能写好的。就是在古代,也不是人人都会作诗。可是只要你用心读诗,你就会发现,作诗也是有道道的,掌握了其中的道道,就算写不好,也能装模作样附庸风雅一番。

蒲松龄正在无边遐想着,天就蒙蒙亮了,大脑也随着天色,渐渐清醒过来。诗已经有了两句,下边该写什么呢? 现在天快亮了,视觉慢慢清晰,那就先写看到的呗。上下四方看到的东西也太多了,先写啥后写啥呢? 这两句诗是诗的颔联,需要对仗,总得从相反相对的角度入手啊。

现在最亮最吸引眼球的是天上的银河,就先来一句"河汉微茫人影乱"吧。"河汉"就是天上的银河,"微茫"就是模糊不清的样子。这好理解。可是"人影乱"呢? 银河里也有人影吗? 有倒是有,可那是"七夕"之夜啊,现在八月十五都过去很久了,牛郎织女还没走?

晋朝人张华《博物志》云:

> 旧说云天河与海通。近世有人居海渚者,年年八月有浮槎(chá),去来不失期。人有奇志,立飞阁于槎上,多赍(jī)粮,乘槎而去。十余日中犹观星月日辰,自后芒芒忽忽,亦不觉昼夜。去十余日,奄至一处,有城郭状,屋舍甚严,遥望宫中多织妇。见一丈夫,牵牛渚次饮之。牵牛人乃惊问曰:"何由至此?"此人具说来意,并问此是何处。答云:"君还至蜀郡,访严君平,则知之。"竟不上岸,因还如期。后至蜀,问君平,曰:"某年月日,有客星犯牵牛宿。"计年月,正是此人到天河时也。

译文:

据传说,天上的银河和地上的大海是相通的。近代有人居住在海岛上,年年的八月里都有木筏往来于银河和大海之间,从来没有错过时限。有个人怀有奇志,在木筏上建一座高阁,带上足够的粮食,乘上木筏向银河驶去。开头的十几天,还能看到日月星辰,后来就恍恍惚惚,分不清白天黑夜了。行驶了十几天,突然到了一个地方,像是一座城市的样子,房屋都十分整齐,远远看去房子里有很多织布的妇女。还看到一位男子,牵着牛来到河中的小岛边让牛喝水。牵牛人一扭头看到这人,吃惊地问:"你来干啥?"这人详细说明来意,接着问这是什么地方。牵牛人说:"你回去到成都,拜访严君平,就知道了。"这人没有上岸,就按照木筏来去的日期回家了。又来到了成都,去问严君平,严君平说:"某年某月某日,我看到一颗客星触犯了牵牛星。"算一算年月,正是这人到达银河的日期。

读完这个故事,我们就明白了。原来每年的七月初七,牛郎织女只是在鹊桥上见面。鹊桥撤了以后,他们还是住在银河两岸。织女和大家一起织布,牛郎放完了牛就到河边饮牛——可惜那牛不是水牛,否则就可以骑着渡过去了。虽说银河比黄河宽,可也绝对用不了一年的时间,比干等365天强多了。

可是还是不行,就算渡过银河用不了一年,用三个月也不行。据说水牛也是吃素的,不能用鱼充饥,还游不到河中心早就饿死成了鱼的食物了——只好一天一天,等着一年一次的会面。

这个"八月浮槎"的故事实在诱人,连大名鼎鼎的孔子都为之神往不已。他说:"道不行,乘桴浮于海。"——我的主张不能实行,我就乘坐木筏子到海上去——"桴(fú)",就是木筏子,也就是上文那个人乘坐的"槎"。

蒲松龄熟读"四书五经",雅爱"搜神志怪"之书,这些故事都烂熟于心,如在《聊斋志异·蕙芳》中,蕙芳说:"我适送织女渡河,乘间一相望耳。"——我正好送织女渡过天河,趁机会来看看你。读得熟练,用起来自然也就浑然天成,不着痕迹了。

蒲松龄在船上仰望星空,想象着牛郎织女的故事,想象着他的诗和远方。可是对于这句诗,我还有新的看法。一开始蒲松龄是看着天空遐想加瞎想的,可是看着看着,脖子累了,就不免低下头来。

谁知这一低头不要紧,神奇的一幕出现了:水里边竟然也有个人影,难道是牛郎坐着飞船来到了黄河?"黄河之水天上来"——黄河的水是从天上流下来的——难道不是夸张而是真的?这可太有意思了。假如此时蒲松龄还牵着他那匹马的话,水中的人影会更像牛郎牵着牛的样子。只是船桨一摇,影子就乱了,有些没大认清。

蒲松龄尽管有些醉意,尽管也有些轻微的晕船,他使劲儿摇摇头、轻轻揉揉眼,还是由幻想回到了现实,明白自己是提前250年用上了西方的电影剪辑手法"蒙太奇"。

反正用一次也是用,用两次也是用,既然用开了"蒙太奇"——"Montage"这个法语发音对蒲松龄还有一定难度——那就再用一次吧:"鱼龙出没浪花腥。"干脆一不做二不休,把牛郎和牛或者自己和马的影子想象成出没河中的"鱼龙"

得了。

"鱼龙",就是鱼和龙,泛指水生动物。我们知道,唐人张若虚《春江花月夜》云:"鸿雁长飞光不度,鱼龙潜跃水成文。"——鸿雁不停地飞也飞不出无边的月光,鱼龙在水中跳跃也游不出月光照耀下的波纹。

看来春天是鱼龙活跃的季节。杜甫《秋兴八首》其四云:"鱼龙寂寞秋江冷,故国平居有所思。"——在这鱼龙寂寞秋江凄冷之时,想起了当年长安的平静生活。不用说"秋江冷",读者看到"鱼龙寂寞"四个字,也知道这是秋季。

据《水经注》云:

鱼龙以秋日为夜。龙秋分而降,蛰寝于渊,故以秋日为夜也。

译文:

鱼龙把秋天作为黑夜。龙在秋分的时候降落,蛰伏睡眠在深渊当中,所以就把秋天看作是黑夜。

意思就是说,秋天相当于"鱼龙"的夜晚。为什么这样说呢？秋分以后,天上就很少有雷声了,因为龙落下来藏到深水里边蛰伏起来了。蛰伏起来相当于人在夜晚睡觉,所以秋天是鱼龙的夜晚。

现在情况有点儿特殊。为了赶路,人在夜晚不能睡觉;因为有人赶路,惊动得水底的鱼龙也不能睡觉,忍不住浮上水面看个究竟。一看不要紧,吓得扭头就往回跑。因为他们看到了"写鬼写妖高人一等,刺贪刺虐入骨三分"的蒲松龄。那时蒲松龄自己还没意识到自己的驱邪威力,这些河中的水族却早已感觉到了。尽管它们非"鬼"非"妖",也不"贪"不"虐"——反正不管是诗还是小说,只要让他一写,立马就现了原形。

"鱼龙"们跑得还是稍微慢了点儿。它们出没的身影蒲松龄虽说没有看清,空中飘浮的浪花中的"腥"味儿,却泄露了它们来过的消息。电光石火之间,蒲松龄写成的"鱼龙出没浪花腥"这句诗真是好诗,不但有杜甫的味道还有李贺的情致。真像宋人陆游所说的那样"文章本天成,妙手偶得之。粹然无疵瑕,岂复须人为"(《文章》)——文章本是天然形成的,是高超的作者在偶然间得到的。纯白自然没有瑕疵,并不是人力刻意追求到的——了。

"鱼龙"们跑远了，蒲松龄也终于回过神来，跺跺脚，伸展一下四肢——砰，不小心被船篷碰疼了头。乘坐的虽说是一只小船，可竟然还有船舱。一开始蒲松龄是站在外边甲板上看夜景加野景的，大概是因为冷，不知什么时候就躲进了舱内。他是一个有板有眼的山东大汉，尽管说不上粗壮，身高还是标准的。他这一碰碰得船舱心疼，也把自己碰明白了。摇摇头，哎，酒醒了，一点儿也不晕了。

　　就坐下继续看吧。大概是快到南岸了吧，窗外边是一丛一丛的芦苇。"荻"，是一种多年生草本植物，生长在水边，秋天开紫花。因为形状像芦苇，自古以来诗人们就"芦""荻"不分，混着用，就和"杨""柳"一样，偶尔分得清楚，多数情况下都糊里糊涂。

　　窗外的"丛荻"这时没有开花——若是开了花，蒲松龄一定会写——还只是一色的嫩绿，就好比春天的颜色。这使得蒲松龄感到很新鲜，很生动，很新鲜生动。

　　"新绿"的"丛荻"排成一排，顺着过去，船把"新绿"擦拭一遍，"新绿"更"新"更"绿"；"新绿"把船舱里的蒲松龄的眼睛擦拭一遍，眼睛感到更新鲜生动，不但眼前的景物看得分明，就连远处的一道"长堤"也看得清清楚楚：那里推"送"过来的一道"远青"，正和这里"移"动过去的一排"新绿"连成一体呢。

　　"当窗丛荻移新绿，隔水长堤送远青"，这是很好的一副对子，让我们想起宋人王安石《书湖阴先生壁》中的那个名对："一水护田将绿绕，两山排闼送青来。"——一条水流护着稻田将碧绿缠绕，两座高山推开大门把青翠送来。蒲松龄想出这副对子也一定很得意，只是不知道他用淄川普通话吟诵没有。假如他吟诵了，偏巧那个船夫又听到了，船夫又是一个附庸风雅的人，船靠岸之后让蒲松龄给他写下来，他贴在船舱门口，他这艘小船一定买卖兴隆，乘客不断。

　　若是他怕贴在船上被水打湿了，或者怕人揭去收藏了，他也可以找两块木板雕刻出来，或者用钉子钉在船上，或者挂在家里。不管怎么说，到现在拿出来卖，一定能换座楼房——只是不知道国家一级文物，能不能自由买卖。

　　那船夫虽然没有得到蒲松龄的墨宝真迹，但隐约之中他看到这个人有时神采飞扬，有时张口结舌，神神叨叨、二二怔怔，不像个正常人。不知是真高兴了还是忍不住看笑了，就借势唱起歌来。唱的啥歌呢？我们不知道。

　　大概是30年前吧，那时电视上还有"华东六省一市春节联欢晚会"，有人唱了一首江浙一带的民歌非常好听，我听了一遍就记住了。多少年来总想找找听听，印证一下自己唱得对不对，可是找来找去竟没有找到。这是我平生憾事之一。

声音是没法通过文字展示了,现在我把歌词默写在这里。歌的名字似乎叫《阿青哥的小白船》:

> 船里头美不过小白船,
> 阿青哥在船上扬白帆。
> 白过了天上的白云朵,
> 白过了地上的白牡丹,
> 阿青哥哥的小白船。
> ……………

反正谁也不知道那船夫唱的什么歌,就暂且假定他唱的是这首歌吧。不管怎么说有"船"有"帆"的,离着"棹歌"——前边讲《宿王家营》时,我们曾经引用汉武帝的《秋风辞》,《秋风辞》说:"箫鼓鸣兮发棹歌,欢乐极兮哀情多。""棹(zhào)"就是船桨,"棹歌"就是船夫行船时所唱的歌——虽不中也不会很远了。

听着悠扬的船歌,看着青碧色的"烟水",蒲松龄的心情也不禁舒畅清朗起来。忽然眼前有只水鸟掠过,这样的水鸟在孝妇河里没有见过,在般河里没有见过,淄河里有没有呢?蒲松龄70多岁的时候到青州府去考取"岁贡生"的头衔,往东走肯定是要经过淄河的,淄河离着淄川六七十里路远,蒲松龄青壮年之时忙于赶考、坐馆,一定没有去过,至于有没有水鸟,有何种水鸟,他更是不知道了。

眼前的这只水鸟别说猛然飞过,就是停在那里让蒲松龄看半天,他也不一定叫得上名来,所以只能称它为"沙禽"——栖息于水边沙洲的水鸟。当然他也可以问问那船夫,可是写诗又不是写硕士论文,需要写"文献综述",谁有耐心问那些劳什子?

"一曲棹歌烟水碧,沙禽飞过白蘋汀",一般人写律诗写到尾联,就显得力不从心了。蒲松龄却不然,别说写一首,就是写一组他也不怕。"白蘋汀",就是长满白蘋的沙洲,这在前边讲《早行》那首诗时我们已经说过了。诗是写完了,劲头还很充沛,思绪便跟着那只水鸟飞远了。

只是可别跟着水鸟跑了,想着牵上那匹马呀!

平河桥贻孙树百

今年,我参与撰稿了两部很重要的纪录片。一部是《脉动泰山》,已于7月在中央四套和山东卫视播出;一部是《三孔春秋》,将于明年适当时候先在中央四套后在山东卫视播出。

说这两部纪录片重要,不是因为我和我师妹姜维枫撰写的解说词多么好——当然自认为很好了——而是因为这是很重要的国家项目:全国的55个世界遗产都要拍成纪录片,坐落在各省内的46个遗产各拍成上下两集,比如山东省内的泰山、三孔;9个跨省域的遗产各拍成三集,比如长城、运河。这样两年内一共拍成119集,陆续播出,总名为《人类记忆:中国的世界遗产》。

还有一个规定:省内的遗产由各省组织拍摄,跨省的遗产由中央台组织拍摄。因为泰山和三孔都在山东,就由山东电视台来拍摄完成。《脉动泰山》的撰稿人本来是我师妹姜维枫——她是山东社会科学院文化研究所的研究员——她就拉我入伙,一起来写。

《脉动泰山》播出之后,反映颇佳,山东电视台的邵波主任,也是《脉动泰山》的编导,又约姜维枫和我继续为《三孔春秋》撰稿。

这两部片子的解说词各一万余字,写起来并不困难,难的是一遍一遍无穷无尽的修改。首先是求真求美,我们自觉自愿地改;其次是为了使各方面都满意,我们遵命而改。《脉动泰山》修改了50多遍,到目前为止,《三孔春秋》已经修改到第73遍了。

近日有人联系我拍短视频,准备在"抖音"之类平台推出。我从手机收藏的公众号中得知,陈丹青有一套讲述世界美术家和美术史的视频节目叫《局部》。我从网上看了几集,参考参考。因为感觉颇好,随即就订购了三大册视频讲稿。

在《局部》(第一季)《陌生的经验》中,陈丹青说,毕加索为美国女士特鲁德·斯坦因画了一幅肖像,共画了110次。前几天我还和邵波主任开玩笑说:"顶多改到120遍,再多不干了。"看来我们真有希望超过毕加索了。

近半年以来,除了上课,我把主要精力都搭在两部片子上了。先是泰安跑了三趟,后是曲阜跑了三趟,把一个怵头出差坐车的人,生生给逼得坐高铁上了瘾。

当然我抽空摸空也给自己干了点儿活儿。首先是校对完毕和刘悦教授合著的《聊斋题咏赏解》，已由山东大学出版社顺利出版。其次是从10月底开始来写这部《跟蒲松龄诗去旅行》，打算写50篇文章20万字左右，现在写到第七篇了——若不是因为为纪录片撰稿，我早就写完开始写下一部书了。

写《脉动泰山》，因为多年前上过几次泰山，所以我连山也没再上，就趴在酒店里写。写《三孔春秋》，因为多年前尽管去过两次三孔，可印象已经模糊，就又去转了一圈，然后趴在酒店里写。

假如大运河还由我和姜维枫写的话，我一定会去实地考察，因为除了有一年在德州看过一小段，真的没有任何实际感受。可是有关大运河的纪录片由央视来拍，人家家大业大人才多，肯定不会找我和姜维枫来撰稿，这"假如"也就不存在了。

不存在就不存在嘛，这有什么遗憾的，看你唉声叹气的样子。山东的两部片子就把你和姜维枫折腾魔怔了，还嫌受罪不够?! 不是的，我之所以聊到有关大运河的纪录片，是因为我这篇文章非说大运河不可，而我对大运河又没有实地考察，这说起来就不免底气不足了。

哎呀，真笨！等大运河的片子播了，你看看不就明白了。是啊，道理是这样，我明白，可实际上就算央视播了，我也看了，恐怕还是帮不上我的忙。我要说的这个地方与大运河史虽说有关联，却又不是很重要，别说三集，就是十集也不一定提到它。

再说了，就算提到它，我这部书明年秋天还要出版结项，也没时间等啊——我还是查查资料，多费点儿工夫，从纸上来到纸上去吧。

那天早晨，蒲松龄从王家营坐船渡过黄河，到了清江浦。前边讲《途中》那首诗时我们说过，这条南游之路后来博山的赵执信也同样走过。赵执信比蒲松龄小22岁，和他的大儿子蒲箬同岁，属于后辈。

可是赵执信年少成名，在京城做过官，交游广泛，又是著名诗人，他南游的时候，蒲松龄57岁，还在淄川西铺的毕际有家坐馆做私塾先生，《聊斋志异》虽说基本创作完毕，他的名声还限于文朋诗友间。

尽管蒲松龄在淄川一带是名人，修桥铺路、盖庙建祠，也都找他题碑写序，但那都是后来的事，此时大概还没有发生过，因此一路上人们都感觉这个淄川秀才不错，可也没人请他题写任何文字。

赵执信就不同了，因为是大名人，这次南游之后数十年，来往的人们还记得他。他晚年的时候,写有一篇《大河北岸新建山东行馆碑并铭》,大意是说,黄河北岸王家营的旅店,占据着地理优势,任意要挟客人,索取无厌。于是就有几个山东客人商议,不如自己凑钱建一处房舍,供本省的旅客来往住宿,也免受当地人的宰割。于是就在四通八达的路口买一座大宅院,建成了"山东行馆"。

这是一大盛举,自然应当刻石记之。就有人自告奋勇,不远千里到博山向赵执信求碑文。当时赵执信已经年老力衰,就口授一篇碑文,让儿子赵庆抄下来,给来人带去刻碑了——只是不知道此地现在还有没有"山东行馆"的遗迹,赵执信那块碑还能不能找得到?

好在碑文还在,就收录在赵执信的《饴山文集》之中。其中有句云:

大河在淮安境,其南为清江浦,人所趋也。北岸为王家营,凡将渡及却渡者,必于是焉栖息,托乎逆旅。

译文:

黄河在淮安府境内,河南岸就是清江浦,是行旅聚集的地方。河北岸是王家营,凡是将要渡河南去或走不了退回来的旅客,都要在这里休憩,住在旅店里。

蒲松龄此次南游,有没有被王家营人敲诈,我们不知道。通过赵执信这几句话,我们可以看出,当时从王家营渡过黄河,是要经过南岸的清江浦的。

大运河江苏境内的中段叫里运河。北端就是淮阴的清江浦一带,往南经过宝应、高邮直到南端扬州,所以也叫"淮扬运河",古代亦称作"邗(hán)沟"。从清江浦南去,得继续沿着里运河的西岸行走。可是进了扬州府,宝应县治在里运河东岸。也就是说,从清江浦到宝应,必须在某个地方横跨里运河——或者坐船或者走桥,否则到不了目的地。

蒲松龄是怎样从里运河西岸到了里运河东岸的呢?我们来看他的这首七言律诗《平河桥贻孙树百》。

平河桥贻孙树百

平河桥上会通津,桥下黄流注海漘。

秋树半笼游子展,夕阳一簇唤船人。
弦歌原子推廉吏,庐舍何曾问水滨?
百尺楼头湖海气,年年屈膝向风尘。

同《宿王家营》一样,这首诗的题目下也有一个小注:"山阴境内。"很明显,这个小注不是蒲松龄写错了,就是后人抄错了。我们知道,"山阴"在浙江境内,属于绍兴府,蒲松龄这次南游不经过那里。因此,这里的"山阴"可能是"淮阴"之误。但据乾隆《山阳县志》卷四记载:

平河桥镇,城南五十里,枕堤跨河,村落市肆两相映带,田畴沃美,帆樯络绎,开淮甸之门。

译文:

平河桥镇,在山阳县南50里处,两头枕着大堤,桥身跨在运河上,两岸村落店铺相互映衬,田野肥沃美好,船只络绎不绝,是进出淮河流域的门户。

《清一统志·淮安府二》亦云:

(平桥镇)在山阳县南五十里,枕堤跨河,田畴沃美,帆樯驿络,为淮甸门户。

译文:

(平河桥镇)在山阳县南50里处,东西两岸枕着运河大堤,桥身横跨运河,两岸田地肥沃美好,河中船只络绎不绝,是淮河流域的门户。

这两处志书说的意思基本一样。由此看来,小注中的"山阴"不是"淮阴"之误,实为"山阳"之误。山阳县治在今江苏省淮安市。据清同治《重修山阳县志》卷二《建置·桥渡》记载:

平河桥,城南四十里。宋时建,今废。

译文:

平河桥,在山阳县城南40里。宋朝时修建的,现在已经废弃了。

平河桥镇离着山阳县50里,平河桥离着山阳县40里,平河桥在离平河桥镇10里远的地方。平河桥虽然早就废弃不见了,平河桥所在的大运河东岸却仍有一个平桥镇,就是今淮安市东南的淮安区平桥镇。

"贻",就是赠送,这里是寄送书信的意思。孙蕙,字树百。他的名和字来自屈原《离骚》中"余既滋兰之九畹兮,又树蕙之百亩"——我已经栽了兰草二三百亩啊,又种了蕙草一百亩——此时正担任宝应县知县。这在江苏篇的小序中我们已经提到过了。行行重行行,还有40余里路程,离宝应县越来越近,蒲松龄期盼的心情也越来越迫切。到平河桥这地方写一首诗,正好碰上孙蕙派来迎接他的人,抑制不住内心的激动,就先让此人带给孙蕙,与之分享。

既然题目中有"平河桥",那就开门见山从平河桥写起吧。"平河桥上会通津","通津",是四通八达的渡口。根据上文所引资料,这里既是进出淮河流域的门户,大运河上自然就设有南来北往的码头。"会",是聚会、合在一起的意思。不管是经商的商人、旅行的客人,还是上任、卸任的官人,都日夜不停地朝这里涌来,这真是一个热闹非凡的地方。

桥上是这样,桥下呢?"桥下黄流注海漘","漘(chún)",水边,"海漘",就是海边的意思。我们知道,京杭大运河北到北京,南到杭州,本身是不通大海的。可是因为中间连着淮河,蒲松龄的时代,淮河水道又被黄河侵占,前文我们说过,黄河在江苏盐城的大淤尖入黄海,所以说蒲松龄的这一说法也是符合事实算不上夸张的。"黄流"就是黄色的水流,这一点给蒲松龄印象非常深刻,他在前边《途中》其二中也说过"秋色黄流晚照余"。

平河桥既然是一个大渡口、大码头,就一定有官府派人管理,否则非乱作一锅粥不可。虽然不能像火车站那样有自动闸门,却一定安排人招呼着,那些人手里说不定还举着鞭子呢,谁不听话硬闯,劈头就是一皮鞭,看你的头皮硬,还是老子的鞭硬。

好不容易排到自己,蒲松龄上了桥。骑在马上朝远处一看,哇,等着过桥的人可真多——"秋树半笼游子屐"。"秋树",就是秋天的树。"屐(jī)",就是鞋子。"游子屐",这里指行人。"半笼",就是有一半笼罩在大树底下。

这些从桥上走的人都是过河的,或者从东往西,或者从西往东。也不知桥上是几分钟往西走再几分钟往东走,还是一边儿往西走一边儿往东走,反正有一半人在走动,还有一半人在大树底下等着排队——虽说是秋天,在太阳底下直晒,恐怕也不是个好滋味。

当然更多的还是坐船南上或北下的客人。他们也不能全部及时上船,就多少人凑成一伙,老远地招呼着船家:"哎,到我们这里来,我们凑齐了,我们先走!"——"夕阳一簇唤船人"。由于船必须在水中行走,就是停靠也不能离开水边,所以等船的人也只好一伙一伙在太阳底下晒,头上的油汗冒出来,比河里的水还要浓,还要黄。

这首诗是写了寄给宝应县令孙蕙的,所以不能光写自己的路途所见,还得写写和孙蕙有关的事情。眼看就要到了,奉承人家几句,见面也好说话啊。下面四句,就转向了写孙蕙。本来是写过桥和等着过桥、上船和等着上船的人,怎么能一下子转到写孙蕙呢?

你看那些等着过桥和等着上船的人,他们都在传颂一个人的动人事迹。这个被传颂的人,就是离此不远的宝应县的县令孙蕙。"弦歌原子推廉吏",这是用言偃的故事来赞美孙蕙这位廉洁的官吏。"原子"在这里不好解释,可能是"言子"之误。言偃,字子游,孔子弟子,是"七十二贤"之一,是"孔门十哲"中的第九位。曾担任过鲁国的武城县(今属德州市)县令。

《论语·阳货》记载:

  子之武城,闻弦歌之声。夫子莞尔而笑,曰:"割鸡焉用牛刀?"子游对曰:"昔者偃也闻诸夫子曰:'君子学道则爱人,小人学道则易使也。'"子曰:"二三子! 偃之言是也。前言戏之耳。"

译文:

  有一次,孔子到了武城,听到弹琴唱歌的声音。孔子笑笑说:"杀鸡何必用宰牛的刀子啊?"子游听后回答说:"以前我听老师说过:'做官的人学习礼乐之道就会爱人,老百姓学习礼乐之道就会听从使唤。'"孔子赶紧说:"同学们,言偃的话说得对。我刚才说的话是和他开玩笑的。"

蒲松龄为了科考,"四书五经"是读得烂熟的。所以像这样的典故,他伸手就来,毫不费力。再说了,言偃是常熟人,是孔子三千弟子中唯一的南方人,人称"南方夫子"。孙蕙在南方做官,用"南方夫子"言偃的德政来推崇孙蕙,是再得体恰当不过的了。

孙蕙是康熙八年(1669年)任宝应县令的。宝应紧靠大运河,大运河长期以来淤塞严重。康熙九年秋天,河道都御史罗多令孙蕙召集7000名民工疏浚河流,并限定40天完工。孙蕙体察民情疾苦,只征集了1000名民工应付公事。罗多大怒,声言要上奏朝廷,弹劾孙蕙。有人劝孙蕙向罗多行贿免灾,孙蕙严词拒绝。

宝应百姓闻听此事,自动聚集起一万余人,仅用六天时间,就把几十里的运河疏通完毕。孙蕙自己有诗记之:"一夜荒城走万人,两月之工六日毕。"(《浚河行》)——一夜之间荒凉的县城就奔走出一万人,两个月的工期六天就完成了。罗多不由得赞叹道:"向闻宝应令能声,果非虚语矣。"——早就听说宝应县令贤能的名声,果然是名不虚传。为此,宝应的百姓还绘制了一幅《浚河图》,来纪念这一盛事。

"庐舍何曾问水滨?","庐舍",指古代道路上隔适当距离设置的供人住宿休息的房屋。"何曾(zēng)",西晋大臣,一生穷奢极欲,特别讲究饮食之美。他每天花费在饮食上的钱财,就超过万金,饶是如此,还说味道不佳,没有可以下筷子的地方。这就是人们常说的"何曾食万"典故的来历。

在这句诗下边原有一小注"时淮阳水灾"——当时淮阳一带正发生水灾。由此推测,蒲松龄是用奢侈无度的何曾,来比喻居住在庐舍驿馆里前来视察水灾的钦差大臣,说这样的人何曾问过河边上老百姓生活的疾苦?在这里"何曾(zēng)""何曾(céng)"一语双关,拿人名开玩笑,让人忍俊不禁,颇具幽默感。

对于这两句诗,赵伯陶先生有不同看法。他认为,若校改"原子"为"原自"——也就是说"原子"本应是"原自",因两词音近写错了——意思就更为顺畅了。"原子"改成"原自"——本来、原来——"何曾"就可以读为"何曾(céng)"——何尝、几曾——而不必是人名了。(《〈聊斋诗集笺注〉商榷举隅》)这样,"弦歌原自推廉吏,庐舍何曾问水滨"的意思就更好理解了:这样的礼乐之地原本就属于这样廉明的官吏,只关心百姓的安危不关心官府的浚河任务。如此一来,正好凸显出孙蕙为官清廉、爱惜民生的地方官吏的正面形象。可以参考。

"百尺楼头湖海气,年年屈膝向风尘",这两句诗,表达了蒲松龄对孙蕙的无限同情和对世风的无可奈何。上联说的是三国时刘备和陈登的故事。《三国志·魏书·陈登传》云,有一次,许汜(sì)对刘备说:"陈元龙(陈登)这个人很有豪气。"刘备就问许汜:"你说他有豪气,有什么表现呢?"许汜说:"有一次我去见陈元龙,他好久不和我说话,然后上大床睡觉,让我睡在下床上。"刘备说:"您整天忙着买地购房子,不关心天下大事,陈元龙凭什么和您说话?若当时是我的话,我就自个儿睡在百尺楼上,让您睡地下,岂止是上下床之间?"蒲松龄说孙蕙像陈登、刘备那样,具有远大抱负和豪情壮志。

可是现在形势不同于三国时代了,有豪情壮志也无法实现。就像当前,闹了这样大的水灾,皇上派钦差来视察民情,可是钦差住在旅社里作威作福、颐指气使,还想借机搜刮民脂民膏中饱私囊。就算孙蕙有陈登、刘备那样的豪放胸襟,也是无可奈何,只能年年低声下气,在世俗的纷扰中讨生活了。

蒲松龄还没有到任,就对官府有着如此深刻的一针见血的认识——这也是他"刺贪刺虐"的开始吧?

再下一站就到宝应了,蒲松龄沿途亲自考察了大运河的情景,央视的那三集纪录片若是让我和姜维枫来写,我俩不一定愉快胜任,若是让蒲松龄来撰稿,效果会是怎样的呢?

早 春

平河桥在淮安府山阳县和扬州府宝应县之间，从平河桥所在的平桥镇往南再走40余里就到宝应县了。平桥镇和宝应之间还有一条泾河，河水自西向东注入射阳湖。泾河也是一条古老的河流，河上设有关口泾河关。《西游记》中写魏征梦斩泾河龙王，所说的泾河，大概就是这条河流了。

《西游记》的作者吴承恩是淮安府山阳县人，号射阳居士，又称射阳山人。就如同蒲松龄因喜爱老家之东里许的柳泉，而称柳泉居士。吴承恩既然称射阳居士或射阳山人，对射阳湖一带的自然风光和民间传说就会喜爱有加并如数家珍，也是自不待言。

蒲松龄是怎样过的泾河关，有没有虾兵蟹将阻拦，我们且不去管他。我们关心的问题是：蒲松龄是什么时候到达宝应县衙见到孙蕙的。关于这件事，没有明文记载，但是通过有关文献，我们也可以推测个八九不离十。

蒲松龄到达宝应县衙不久，有人回淄川——县令孙蕙是淄川人，县衙里自然少不了南来北往的淄川人，蒲松龄就写一封信并两首诗让人捎回家。家信中写的什么内容，我们虽然没有见到过原件，却也能猜个大概，不外是报平安到达请家人放心之意，同时也少不了几句想家的话。

蒲松龄诗中说："雁足帛书何所寄？布帆无恙旅愁新。"（《寄家》其一）——大雁的脚上寄的是什么内容的丝帛家信？只不过写了些小船平安旅愁新增而已——大致也就是我们猜测的这个意思。不过"雁足帛书"这个典故，用得稍微有点儿不够恰切。"雁足帛书"就是鸿雁传书的意思，蒲松龄的家乡在北方，而此时鸿雁正往南飞，所以方向有点儿不大对头。不过这是用典不是写实，也可以说得过去。蒲松龄那两首诗的题目就叫《寄家》。

蒲松龄写诗寄给家里的谁呢？那时他的父亲已经去世，母亲已经老迈，他的儿子还小不认识字，他的诗只能寄给他的妻子刘氏。刘氏夫人比蒲松龄小3岁，其父也是淄川县的秀才，她自然能够识文断字，阅读家书不会有问题。蒲松龄与她夫妻多年，对她的阅读习惯和理解能力也有基本的把握，所以写信会考虑她的认知水平，这也可以想象得到。

但是不管怎么说,写两首七言律诗寄给她,她是一定不会看懂的——就连我这小大学的老教授,还不敢说完全理解了蒲松龄的诗中之意呢。

所以我推测,蒲松龄的主要意思,都通过信件来说,这两首诗只不过是附加上的。那时刘氏夫人还不够30岁,用现在的眼光来看,蒲松龄是文学青年,他的妻子也会有一定的文艺范儿,不管看懂看不懂,夫妻间的这点儿小情趣还是要有的。说不定此次蒲松龄还把一路上写的诗稿,都整理好一起寄回家让妻子替他保管着,准备将来集中付梓呢。

蒲松龄在《寄家》二首其二中又说:"桂树丛丛飘晚香,夜深竹影落绳床。"——一丛一丛的桂花树晚上飘着芳香,夜深之后竹子的影子落在交椅上。我们都知道"八月桂花香",就算蒲松龄赶上的是桂花香的末期,也不能晚于九月。蒲松龄到宝应后为孙蕙所写的书信、公文,都收录在《鹤轩笔札》当中,本年度共有35篇书启,其第一篇的写作日期是十月初三日。

结合起来考察,我觉得蒲松龄大概是九月到了宝应,休息几天,再熟悉一段业务,十月就开始正式上任工作了。我们说对蒲松龄的行程日期猜测个"八九不离十"——八月出发,九月到达,十月工作——是差不离的。当然,这里所说的月份都是旧时阴历,那时候的人还根本没听说过公元和公历。

一上班就忙了起来。别说堂堂一个县政府,就是一所小学里,办公室人员也是整天屁股像着火,东跑西颠、楼上楼下、电脑电话,脚打后脑勺,一刻也不得安闲。

饶是蒲松龄聪明学得快,可毕竟没接触过官府这套玩意儿,所以接下来的整个冬天,他很少写诗,只实心实意、安安分分,忙着帮县令孙蕙处理各种公私事务了。

冬天终于过去。春天来了,一切走上正轨,工作日益娴熟,蒲松龄的诗歌创作也出现了"井喷",此年度他共写60余首诗,是他平生写诗最多的一年。

我们先来看这首七言律诗《早春》。

早　春

近城风细水如罗,莲幕生寒渺翠波。
花落已惊新岁月,燕归犹识旧山河。
年随风雪桥边尽,春向江梅枝上多。
回首可怜人事改,故园物色近如何?

早春　王春荣绘

宝应县沼泽湖荡众多、河流水沟纵横。现在较大的湖荡还有白马湖、宝应湖、氾(fàn)光湖、射阳湖、广洋湖、和平荡、绿草荡等近十个。在蒲松龄时代,这里的大小湖荡更是数不胜数,出门都是"水光潋滟晴方好,山色空蒙雨亦奇"(苏轼《饮湖上初晴后雨二首》其二)——晴天下水光明亮动荡当然好看,雨天里山色空灵迷蒙也很神奇。

我们先说宝应湖。宝应湖本是宝应县治西南、白马湖南部及东南部一片低洼水面,后来人们把彼此相连的清水湖、氾光湖、洒火湖、津湖合称为宝应湖。"氾光""洒火",光看看这些湖名,就让人满眼金屑。再加上南部连为一体的高邮湖,那真是汪汪一碧、气象万千了。

这片水面整体有多大?一口说不过来,但从地图上看,虽然形状不同,其总面积却应该和其西北部的洪泽湖差不许多。须知,洪泽湖可是中国第四大淡水湖啊。自然,宝应湖也通过三河与洪泽湖息息相通,有很大一部分水量来自洪泽湖的灌注。

蒲松龄尽管坐在宝应县衙的楼阁上办公,却也感到了春天的气息,因为风从靠近县城的水面上吹送过来,虽然是细细的,就像拖着蝌蚪尾巴的细细的音符,却也使蒲松龄这个感觉细腻敏锐的诗人兴奋莫名了。

我们平时总说"和风细雨",蒲松龄写这首诗的时候,没有下雨光有风,于是就把这个"细"字移来形容风。风当然很高兴,一高兴就满脸笑开了花,把风下边的水面吹拂得如绫罗绸缎的花纹一样美丽。

看到"近城风细水如罗"这句诗,我们或许还能想到朱自清著名散文《绿》中的片段:"这平铺着、厚积着的绿,着实可爱。她松松的皱缬(xié)着,像少妇拖着的裙幅;她轻轻的摆弄着,像跳动的初恋的处女的心;她滑滑的明亮着,像涂了'明油'一般,有鸡蛋清那样软,那样嫩;她又不杂些儿尘滓(zǐ),宛然一块温润的碧玉,只清清的一色,但你却看不透她。"

蒲松龄是在写一首七言律诗,字数有限,容不得自由自在用博喻手法。他只抓住一点"松松的皱缬着",就使我们眼前一亮、心中一热了。

通过读《聊斋志异》中那些描写少女心事和少妇作为的篇什,我们都知道,蒲松龄的敏感心思和细腻文笔绝不在朱自清之下,朱自清所想到的他也几乎都想到了。朱自清翻来覆去说的不就是个"绿"吗,在下一句诗中,蒲松龄也把这层绿意轻巧地写了出来,只不过他用的不是"绿"字而是"翠"字。

"莲幕生寒渺翠波","莲幕"的"幕"指的是幕府。"幕府"本指将军在外驻兵时的营帐,后来泛指政府机构。因此,"幕僚"原指古代将帅幕府中的参谋、书记等,后泛指官署中的辅助人员。

这些辅助人员不是国家安排的正式在编职工,而是行政长官自己花钱聘任的,他们到行政长官所在的"幕府"之中任职,就称为"作幕"。蒲松龄就是应宝应县令孙蕙的邀请到此作幕的。

当然,"幕"只是一种形象化的说法,县政府里头楼阁亭台,不会再扯上大幕在帐篷里边办公。可是春天虽说来了,毕竟还有些寒意,门帘之类的屏幕还是要的。蒲松龄就由这一点生发开思维,想到了历史上那个著名的"莲幕"。

据《南史》记载,南齐大臣王俭德高望重、学问渊深,深得时人赞许,把他的官署比作莲花池,把到他的幕府中做幕僚称作在清澈的池水中泛舟,依傍着盛开的芙蓉,是一件十分美好的事情。

在这里,蒲松龄是用"莲幕"来赞誉孙蕙的幕府,同时也显示了自己的美好人格。但是诗是语言的艺术,我们抛开背后含义,仅来看它的字面意思。

"莲幕",就是帷幕上开满莲花。因为是早春,看到这些莲花,人都觉着有些寒冷,好像这寒冷是从莲花下边的水面上产生出来并升腾起来的。这升腾起来的当然是风,风一吹,开满莲花的帷幕上就泛起了翠绿的水波。这水波一荡漾一圈儿就漾满了县衙,再一荡漾一圈儿就漾到城外的湖泊中,和浩渺的湖水连成一片,一圈儿一圈儿,大圈儿套小圈儿无穷无尽——那是一种多么美好的景致啊,在家乡淄川活了30多年,从来没有见过。

家乡的孝妇河上,虽说有个"留仙湖",那也得等到300多年后才有,现在的"留仙"当然不知道这个"湖"。

说到这里,我想岔开一句。蒲松龄的主攻方向是科举考试,科举考试的必读书是"四书五经"。可是我们看看他写的诗歌,连《南史》这样在二十四史中不是很重要的书中的典故,他都能毫不费力伸手拿来就用,可见其读书之广和记性之好。那时人读的都是繁体竖版、没有标点的线装木刻书,若是让现代的人看,翻不上两页就会头昏脑涨、眼花耳鸣的吧。

由此我就想到了《儒林外史》——它的作者吴敬梓是安徽全椒县人,离宝应县也不远了——第七回中的故事。

那时范进中了进士,钦点山东学道——蒲松龄19岁连中三元考中山东头名秀才那一年,著名诗人施闰章所担任的就是这一官职——在试卷中没有查到他老师周进嘱咐他照顾的荀玫。酒宴之上,有人拿苏轼和他开玩笑,他却认真说:"苏轼既文章不好,查不着也罢了,这荀玫是老师要提拔的人,查不着,不好意思的。"

还有第十四回,八股文名选家马二先生游西湖,来到"片石居",见有人请仙,也想进去问一问功名。当听到人家说李清照、苏若兰、朱淑真时,马二先生道:"这些甚么人? 料想不是管功名的了,我不如去罢。"

看看这些人的一脸傻相,再看看蒲松龄的文采风流,我们不得不说:"人和人的差别怎会这样大呢?"

虽说是早春,可早开的花已经开始凋落,新的一年开始了,让人不由得吃惊。新岁月、新景物,这些固然让人吃惊,感到时不我待。对蒲松龄来说,最重要的是自从19岁考中秀才,已经连续几次到济南参加乡试,尽管笑话人家范进连苏轼是谁都不知道,可人家毕竟中了举,自己连李清照、朱淑真等都知道又怎样呢? 自己后来不是还自称"十年颇得黄州意"——用十年的时间领会了苏轼与人谈鬼的用心——了吗? 可结果呢? 还不是落了个"冷雨寒灯夜话时"(蒲松龄《次韵答王司寇阮亭先生见赠》)——在冷雨寒灯的凄凉时刻与人夜谈?

所以当一个新的春天到来之时,蒲松龄是感到惊心动魄,颇有压力的——明年又是乡试年了,是继续在这里作幕,还是回家准备考试,这是个大问题。莎士比亚比蒲松龄出生早，他的《哈姆雷特》尽管从空间上不允许，从时间上来说，蒲松龄应该知道。"活着还是不活，这是个问题"，"考，还是不考，也是个问题"——不但心惊，甚至还有些心焦了。

这时，他听到了燕子呢喃的啼鸣。天上的大雁和小燕一样，都是候鸟，都是春天北上秋天南归。现在春天来了，北方暖和了，燕子便开始吵吵闹闹着北上了。古人有句词叫"燕子归来寻旧垒"——燕子今年秋天飞向南方，明年春天回来还会飞到同一人家，找到去年的旧巢产卵孵雏。有好事的主人，就逮一只燕子在它的腿上系一道红布条，明年春天真的看到那只燕子飞回来了，就像定期而至的客人一般，那时的心情该是多么兴奋啊。

蒲松龄看到燕子朝北飞去，就想到自己一个男子汉大丈夫，还不如小小的一只燕子自由自在。自己来到这里已经过了一个春节，这也是平生第一次在外边过春节——此后这种事情再也没有发生过——去年的来时路倒还记得清清楚楚，可是能够和燕子一样回去吗？显然是不能的。人还不如小动物自由，也真是想想丧气，让人无可奈何。

说到无可奈何，我马上想到了宋人晏殊那首有名的《浣溪沙》词，其中有句云："无可奈何花落去，似曾相识燕归来。小园香径独徘徊。"——百花凋零感觉无可奈何，燕子归来却是似曾相识。独自在花香扑鼻的小路上走来走去。

蒲松龄写"花落已惊新岁月，燕归犹识旧山河"这两句诗，心里肯定早就存着晏殊这首词。能够把前人的词句化用到自己的诗里，水乳交融不露痕迹，真不愧是大手笔啊。

手笔再大，也拦不住心中的无可奈何。蒲松龄确实有些烦躁，可又不便明显表现出来，就只好在院子里独自徘徊来徘徊去，把鹅卵石上的青苔都打磨光了。

院子的主人孙蕙虽然不说，却也看在眼里，理解蒲松龄的苦闷，就说："既然不想在办公室坐着，就出去散散心吧。"于是蒲松龄就走出县衙，来到城外。

"城中桃李愁风雨，春在溪头荠菜花"（宋辛弃疾《鹧鸪天》）——城市中的桃花李花还在担心风雨吹打，城外溪流边的荠菜花已烂漫开放——春天来了。蒲松龄看没看到荠菜花我们不知道，此时他满肚子翻滚的都是有关春天和诗的典故，我们是知道的。

他既想用典，又不愿意让人一下子看出他在用典故，所以这首诗中的典故，就像他心中的情绪一样，展现得非常隐约含蓄——你知道用了典故，就会思接千载，觉着诗句韵味无穷；你不知道用典故，诗句也照样形象动人，让你觉着眼前很美。

"年随风雪桥边尽",用的是唐人的典故。五代人孙光宪《北梦琐言》卷七有云:

> 唐相国郑綮(qǐ),虽有诗名,本无廊庙之望……或曰:"相国近有新诗否?"对曰:"诗思在灞桥风雪中驴子上,此处何以得之?"盖言平生苦心也。

译文:

> 唐朝的相国郑綮,尽管很有诗名,却没有在朝廷上做官的希望……有人问他说:"相国近来作新诗了吗?"郑綮说:"诗思只有骑着驴子在风雪中到灞桥那里才能寻得,整天上班开会看文件,怎会有诗思?"这说的大概就是平生作诗的苦心了。

宝应县衙里虽然不是灞桥,也没有骑驴,风雪也尽了,但缥缈的诗思还是给蒲松龄寻到并抓住了。

"春向江梅枝上多",用的也是唐人的典故。唐人杜审言——杜甫的爷爷——《和晋陵陆丞早春游望》诗云:"独有宦游人,偏惊物候新。云霞出海曙,梅柳渡江春。"——只有远离家乡外出做官的人,才感觉自然物候的更新变化特别惊心动魄。海上云霞从曙光当中升腾起来,春天从江南来到江北——梅花红了,柳树绿了。

蒲松龄的南游算不上"宦游",因为一个渺小而临时的秘书,根本算不上是"宦",但思乡恋家的感觉是一样的。"偏惊物候新",也就是蒲松龄上面所说的"花落已惊新岁月"。"梅柳渡江春"是说春天来了,梅花红了、柳树绿了,春色也要渡过大江汹涌北来了。

这里蒲松龄没有写柳,只写梅花。春天来了,江边的梅花开满了枝头。

此时,蒲松龄大概想到了好多有关梅花的古代诗词。最起码,他还应该想到了王维那首有名的《杂诗》:"君自故乡来,应知故乡事。来日绮窗前,寒梅著花未?"——您刚从我的家乡到来,应该知道家乡的事情。您来的那一天,我家雕花窗下那株蜡梅开了没?

蒲松龄淄川的老宅子里倒不一定有寒梅,但"故乡"这两个字实在撩拨得人心痒痒。唐人孟浩然还有一首《洛中访袁拾遗不遇》:"洛阳访才子,江岭作流人。闻说梅花早,何如北地春?"——到洛阳拜访才子袁拾遗,他已被流放到岭南大庾岭外去了。听说岭上的梅花早开,那里的春天和北地的春天相比怎么样呢?

蒲松龄说,宝应这里的梅花开得虽然早,可怎比得我那北国的家乡的春天啊,那里不但鸟语花香,还有比花香更香的呢——老婆孩子们可吃上喷喷香、香喷喷的香椿烙鸡蛋和香椿拌豆腐了吗?

尽管来到宝应时间不长,才几个月,可是对社会人生真的有了新的更深刻的认识。官场的腐败黑暗、人情的聚散离合,今天看着还是一个样,明天一回头又是一个样,这些情况都让人觉得人生真是可怜可悲啊。

蒲松龄尽管后来学着苏轼谈鬼说狐,写怪异小说,可他没办法像苏轼那样旷达。宋人苏轼是"回首向来萧瑟处,归去,也无风雨也无晴"(《定风波》)——回头看看刚才走过的风吹雨打之处,回去好了,也没什么风雨也没什么晴朗。蒲松龄做不到,他只能是"回首可怜人事改"。

这里的"人事改"了,故乡的情况怎样呢?——"故园物色近如何?""人事"就是有关人的事情,"物色"就是有关物的情况。蒲松龄在这一联诗中,用"人事"和"物色"这两个词互文见义,就把社会和自然的所有现象都给概括全了。最后尽管是个问句,但答案是在不言中的。一切都在变化,这是人和物都逃躲不了的发展规律。

可是毕竟是早春,正像朱自清散文《春》说的那样——

春天像刚落地的娃娃,从头到脚都是新的,他生长着。
春天像小姑娘,花枝招展的,笑着,走着。
春天像健壮的青年,有铁一般的胳膊和腰脚,他领着我们上前去。

——但愿家乡的人和物也都安好。

湖上早饭

蒲松龄的家乡淄川,虽说不是典型水乡,像宝应那样烟波浩渺、湖河成网,可名字里边既然有个"川"字,从高空看也确实像个"川"字,当然也就和水脱不了干系。只是这里的水彼此分隔较远,就像钱锺书小说《围城》里边形容方鸿渐归国途中同船的那个小孩儿,眉毛跟眼睛远隔得彼此要害相思病,连不成片,成不了规模,不够动人心魄和爽人眼目。

淄川东边60余里处有一条淄河——淄川之所以叫淄川,就是因为淄河的存在。

淄河,发源于山东省济南市莱芜区东部,流经淄博市博山区、淄川区、临淄区,最后由渤海南部的莱州湾入海,全长300多里。它算不上中国有名的大河,它的历史却是非常古老。中国最古老的书籍《尚书》的《禹贡》篇中就说:

海岱惟青州。嵎(yú)夷既略,潍淄其道。厥土白坟,海滨广斥。

译文:

从渤海到泰山之间这片地域叫青州。嵎夷——渤海沿岸——的水利工程,也大略完成了。潍水与淄水的故道,也已经疏通好了。这里地势较高,土地灰白,沿海一带辽阔地区都是这种盐碱地。

这里所说的"淄",指的就是淄河。

淄川西边20余里处有一条范阳河,全长不足百里,是一条小型地域性河流。我不记得什么早期典籍上记载过它的名字,只记得清代《淄川县志》上说:

明水,原名萌水,今名范阳河,源出夹谷山东北。

译文:

> 明水，原名叫萌水，现在叫范阳河，从夹谷山东北发源。

"夹谷山"即夹谷台，位于今淄博市博山区石门镇石门村北，是淄博一大名胜。山顶峭壁上有清代摩崖石刻"夹谷台"三字，相传春秋时期著名的齐鲁夹谷之会，就是在这里举行的。

在那次会盟当中，孔子凭借自己的大智大勇，为鲁国的胜利立了大功。这在山东篇讲《夹谷行》那首诗时我们还会说到。

淄川中央，有一条河流穿城而过，这就是孝妇河。北魏郦道元《水经注》卷八《济水二》云：

> 陇水南出长城中，北流至般阳县故城西南，与般水会。水出县东南龙山，俗亦谓之为左阜水。

译文：

> 陇水发源于南部的齐长城中，北流至般阳县的老城西南，在此与般水汇合。般水发源于县东南的龙山，当地俗称为左阜水。

这里所说的"陇水"又称"笼水"，就是今天的孝妇河。

这里所说的"般阳县"，就是今天的淄川区，因为其南有这条又称"左阜水"的般（pán）河，西汉时期就设有般阳县。古代地理上以东为"左"，"阜"是山丘或者高地的意思。"左阜水"，就是从东边山区的高处流来的一条水。

"般"是盘旋的意思，"阜"是高地的意思。不管是雅称"般水"，还是俗称"左阜水"，都把淄川境内这条小河的样貌形制给描绘出来了。

如今，这四条河上都建了拦河坝。淄河上的拦河坝叫太河水库，是一座库容量超过1亿立方米的大型水库。范阳河上的拦河坝过去叫萌山水库，现在叫文昌湖，是一座库容量9000立方米的中型水库。孝妇河上的拦河坝叫留仙湖——以蒲松龄的字命名，是一座小型水库。般河流到孝妇河汇入留仙湖，入湖前的河段中也有几个拦河坝，那都是一些供游观之用的小水池子了。

说来说去，淄川有河也有"湖"，这些"湖"有的还与蒲松龄的名字有关。可这些"湖"蒲松龄都不知道。淄河蒲松龄平生只走过一个来回，就是70多岁到青州府考取岁贡生的那次,这在山东篇讲《青州杂咏》那组诗时我们还会说到。

范阳河蒲松龄走过不知多少次,他从蒲家庄到西铺教书,来回都要经过。般河和孝妇河离家近,这是蒲松龄经常接触的河流,在山东篇赏析到本地诗篇的时候,我们都要说到。

总之,淄川有水,但没有宝应的规模大,蒲松龄还是更喜欢宝应的湖水——那不是水库或水池,是真正的一望无际、一碧万顷的湖。

春天来了,天气暖和了。蒲松龄一伙嫌在家里没意思,要图新鲜、求刺激、寻乐子,就招呼着到湖上去吃饭。弄不好还是带着炊具在湖边挖取野菜,边划船边做边吃呢。

这个湖是哪个湖呢?蒲松龄没说,我们推测应该是宝应湖。因为只有人们说得最多、不点名大家也知道的湖,才不用在题目中特别点出名来。在宝应县,宝应湖应该是最为出名、最为约定俗成可以直称为"湖",而不用加限制成分的湖了。

这是早晨,似乎不大适宜喝酒,因此蒲松龄没有写到酒。但他写另外一样事情,一件比喝酒还要雅致的事情——写诗。写诗是要押韵的。一个人写诗的时候,你可以随便押哪个韵,只要整首诗押一个韵就行。可人数一多,每人写一首诗,就不能按着各人的喜好随便押韵了,因为那样没法比较好歹高低。

就好比现代运动会,赛跑总得上跑道,否则有的在跑道上围着跑,有的横穿操场而去,这赛比得就不公平。因而也就失去意义,参赛者不再有兴趣了。

这次在湖上吃早餐并参加限韵赋诗的,除了蒲松龄还有谁呢?孙蕙应该算一个。那时没有"八荣八耻""八项规定"等要求,领导干部的行动比现在自由。可是,在上班日呼朋唤友出外野餐,似乎也不大合适,让人家看了去给告了上级,也够他喝一壶的。

所以我想,这次野餐假如有县长孙蕙参加的话,那一定是在休息日。因为是在休息日,孙蕙不上班,其他工作人员也不用加班,所以来的人才会多,聚会才会热闹。我突然想起一个叫刘孔集的人,这次他一定也来了。

刘孔集这个人,是蒲松龄在宝应孙蕙幕府中的僚友,也就是同为幕僚的朋友。此人虽说和蒲松龄一样为人作幕,却原是有一番宏远志向的,这从他的名和字就可以看得出来。

刘孔集,名大成,字孔集,其名和字来自《孟子·万章下》这句名言:"孔子之谓集大成,集大成也者,金声而玉振之也。"——孔子是位集大成的人物,什么叫集大成呢,就像奏乐一样,先敲钟后击磬,有始有终。曲阜孔庙大成殿的名字也来自这句话,大成殿南边就有一座石牌坊上刻"金声玉振"四个大字,让人一看,耳朵里就音乐悠扬。

《聊斋诗集》中有好几首诗是写给刘孔集的。比如在宝应县衙接到淄川寄来的家书,就写一首诗抒发感慨,题目叫《十九日得家书感赋,即呈刘子孔集、孙子树百两道翁》——后来改为《感愤》。"即呈"就是立即呈上的意思。既然是立即呈上,就不会隔得太远。既然是同时呈给刘孔集和孙蕙的,那刘孔集一定也和孙蕙在一起。

蒲松龄40岁时还写诗赠给刘孔集,说:"同居经岁久,关切似埙篪(xūn chí)。千里孤帆外,连床夜雨时。"(《赠刘孔集》)——同住在一起一年多,互相关心如同埙篪和鸣。现在你坐船在千里之外,我又想起了当年并床而卧的情景。

蒲松龄43岁时刘孔集去世,他还有诗哀悼说:"千里莲花幕,连床经岁余。相将共杯酌,豪饮能十壶。"(《伤刘孔集》)——在千里之外的莲花幕府之中,我俩并床而卧一年多。经常一起喝酒,你酒量大一次能喝十壶。

这都说明,在蒲松龄作幕宝应一年稍多的时间里,刘孔集也是同在孙蕙幕府作幕的。

多人一起写诗,必须限韵。怎么个限法呢?我们来看《红楼梦》第三十七回"秋爽斋偶结海棠社,蘅芜苑夜拟菊花题"中的描写:

> 迎春道:"既如此,待我限韵。"说着,走到书架前抽出一本诗来,随手一揭,这首竟是一首七言律,递与众人看了,都该作七言律。迎春掩了诗,又向一个小丫头道:"你随口说一个字来。"那丫头正倚门立着,便说了个"门"字。迎春笑道:"就是门字韵,'十三元'了。头一个韵定要这'门'字。"说着,又要了韵牌匣子过来,抽出"十三元"一屉,又命那小丫头随手拿四块。那丫头便拿了"盆""魂""痕""昏"四块来。宝玉道:"这'盆''门'两个字不大好作呢!"

蒲松龄们在湖上野餐作诗,倒不一定真领着小丫鬟、带着"韵牌匣子"。他们常年作诗,声韵格律都滚瓜烂熟装在肚子里了,限韵的过程却也应该和宝玉们似的像煞有介事说明一番。只是宝玉们限的韵是"上平声十三元",蒲松龄们限的韵是"上平声五微"。

所谓"上平声五微",就是《佩文诗韵》中上平声韵第五类以"微"打头并同韵的那些字。像这首诗中的韵脚"微""机""肥""薇""矶",就都在里边。"五微"韵中的常用字,还有辉、围、霏、希、依等。

别人的诗写得如何,我们不知道,我们只来看蒲松龄这首。诗题较长,我们只取前四字作为本篇题目。

湖上早饭,得肥字

湖上烟寒远树微,平沙鸥鹭尽忘机。
归鸿一字愁中断,浓绿千山雨后肥。
驿路新栽彭泽柳,天涯分饭首阳薇。
芳洲蛱蝶深深见,乱扑菱花上钓矶。

湖上早饭　王春荣绘

"湖上烟寒远树微",看到这句诗,我首先想到的是相传为唐人李白所作的那首《菩萨蛮》词中的头两句:"平林漠漠烟如织,寒山一带伤心碧。"——远处平展展的树林被交织的烟雾笼罩着一片迷蒙,带着寒意的山色就像一条带子显出让人伤心的碧绿。

蒲松龄看到的不是"平林"只是"远树","漠漠"却是一样的,"烟"也是一样的,"寒"也是一样的。因为有这么多一样,所以感情也是一样的。李白最后说:"何处是归程?长亭更短亭。"——哪里是我回家的路啊,走过了长亭,接着还有短亭。这种思归之感,蒲松龄没有马上说出来,他留在下方慢慢写,慢慢消化。

第一句写的是远望之景,第二句"平沙鸥鹭尽忘机",写的就是眼前的近景了。湖岸上是平展展的白沙,白沙上是自由起舞的水鸟——白鸥和白鹭。若不是它们或跳或飞或鸣叫,都不容易看到它们的存在。

为什么它们能在此无拘无束地嬉戏游玩呢?因为它们"尽忘机"——都把机诈之心给忘掉了。

看到"忘机"这个词,我又想起了《列子·黄帝篇》中的一个小故事:

> 海上之人有好沤鸟者,每旦之海上,从沤鸟游,沤鸟之至者百数而不止。其父曰:"吾闻沤鸟皆从汝游,汝取来,吾玩之。"明日之海上,沤鸟舞而不下也。

译文:

> 大海边有个人喜欢海鸥,每天早晨都到海滩上,和海鸥嬉戏玩耍,有一百多只海鸥围在他的周围。他父亲说:"我听说海鸥都和你在一起游乐,你抓几只来,让我也玩玩。"那人第二天再到海边,海鸥就只在天空飞舞而不落下来了。

有人评论这个故事说:"机心内萌,则鸥鸟不下。"——人的内心有了机巧伪诈之意,鸥鸟就感觉到危险,不再落下来了。看着眼前这样赏心悦目、毫无"机心"的融洽景象,蒲松龄身上刚才的一点儿寒意大概也驱除殆尽了。

美好的感情是有传递性的,蒲松龄觉着鸥鹭忘掉了机心,鸥鸟也一定觉着蒲松龄没有机心,蒲松龄自己也一定觉着没有机心。否则,那些通人意的鸥鸟早就飞走,不会在此停留供他们观看了。

当然了,"一切景语皆情语"(王国维《人间词话》)——所有写景的语言都是为了抒情,蒲松龄写出湖边沙洲上这番融融泄泄的景象,主要还是为了衬托他们这些诗人的宾主相得、情感融洽。

蒲松龄在宝应作幕,和幕主孙蕙的关系是挺微妙的。孙蕙比蒲松龄大8岁,尽管算不上高一辈,却也似乎不能算平辈。再说人家是殿试二甲的"进士出身",自己只是个屡考举人不中的秀才;人家是堂堂朝廷命官、一县之令,自己是来帮忙的临时工,还需要人家给开工资备饭食。

林黛玉在贾府那是走姥姥家,还时有寄人篱下之感,蒲松龄和孙蕙只是普通老乡关系,这种感觉应该更明显。

这次宝应之行,虽说客观上对蒲松龄的诗歌、小说创作作用很大,但这绝不是他的初心。也就是说,蒲松龄首先不是为了开阔视野、寻找灵感和素材,才不辞辛劳大老远地去体验生活的。他这次南游的目的,主要是为了挣银子贴补家用。假如他在淄川老家有一份收入丰厚且比较稳定的工作,他一定不会到宝应去待上这一年,尽管这会影响他的文学创作成就。

由此,蒲松龄就不免时时有思归之叹。

这不说着说着就来了。"归鸿一字愁中断",又是"归"又是"愁"的,就把脸上的表情、心中的秘密,通过文字告诉我们了。

"归鸿",就是春天到来之后北归的大雁。"一字",就是大雁在天空飞行时排成"一"形的行列。"愁中断",就是自己正在忧愁的时候,大雁的行列从中断开了。雁行中断,就表示有大雁体力不支掉队,成为失群的孤雁。文学家的心灵是极为敏感的,看到失群的孤雁,就想到了自己目前远离亲人家乡的情势,顿生身世孤零与飘零之感。

毕竟年轻,毕竟充满希望,所以忧愁片刻之后,调子马上又欢快起来,嘴里又哼起了"里个啷"。"浓绿千山雨后肥",这境界比宋人李清照的"知否知否,应是绿肥红瘦"(《如梦令》)——知道吗知道吗,应该是绿叶肥了红花瘦了——阔大多了。李清照只局限于一个小小的家庭宅院,蒲松龄眼前的却是无遮无拦的千山浓绿。

现在还是春天,这些散发着绿意的树木花草,还会越来越绿、越来越浓。就像农村人家养的猪,越喂越大,越大肉越多,多到一定程度,就算得上一头肥猪了。肥肉里都是油,绿叶上也仿佛在滴油,怪不得有个词叫"绿油油"。看到这样旺盛的生命力,任是谁也会由衷高兴的。

"归鸿一字愁中断,浓绿千山雨后肥",这一联诗我们觉着好,还因为它有一个体会得到而不易说出的好处。这里我来说明白。

我们知道,这是此首七言律诗的颔联,上下联是需要对仗的。"一字"对"千山","愁中断"对"雨后肥",这一看就能理解。可是"归鸿"和"浓绿",一种是天上的飞鸟，一种是地上的颜色，虽说都是偏正关系的名词，能够组成对仗，可蒲松龄的心思不在这里。原来蒲松龄耍了点儿小"机心"，用了点儿小技巧，不熟悉古典诗词对仗手法的读者不易看得出来。这一联对仗，就是通常所说的"借对"。

原来"鸿"者"红"也，蒲松龄写的虽然是"鸿"，但读者读起来嘴里滚动的是"红"的字音，这样"鸿"和"绿"就可以假借字音以成对了——这是一种很好玩儿的艺术手法。

自己一高兴，就想表扬表扬别人。哪个别人最值得表扬呢？不用问，当然是幕主县令孙蕙了。"驿路新栽彭泽柳"，这就是把孙蕙比作东晋的大诗人陶渊明了。孙蕙虽然不是著名诗人，也是热爱诗歌创作的，有《笠山诗选》传世，清代大诗人王士禛称赞他的精彩诗句："虽古作者，无以加也。"——就是古代的那些诗人，也不会比他写得更好了。

当然，蒲松龄用这句诗来赞美孙蕙，重点还是放在他的个人品质上。"驿路"就是官路，因沿途设有驿站，故称。"彭泽柳"，陶渊明宅边栽种的柳树。陶渊明曾担任彭泽县令，孙蕙担任宝应县令，所以拿来作比，可算是半斤八两不相上下。

陶渊明《五柳先生传》说："先生不知何许人也，亦不详其姓字，宅边有五柳树，因以为号焉。"——先生不知哪里人，也不大清楚他的姓名，他的宅子旁边有五棵柳树，于是就叫五柳先生。在这里，蒲松龄说官路上都新栽了柳树，是借此表明孙蕙的政绩卓著。

孙蕙是位卓有政绩的地方官吏，自己呢？"天涯分饭首阳薇"，自己就像古代的伯夷、叔齐，虽然想在家乡采薇而食、不食周粟，可架不住生活艰辛，还是不远千里跑到这里来请求主人分一杯羹了。

据说，周武王伐纣平定天下，伯夷、叔齐不愿为周民，义不食周粟，隐居到首阳山上去采薇菜充饥。蒲松龄这句诗写得挺无奈，也有点儿恭维讨好的意思，好在用的是很冠冕的典故，也不至于失去体面，现出寒酸相。

好了，不去说这些事了，还是一起看风景吧。

"芳洲蛱蝶深深见，乱扑菱花上钓矶"，你看那蝴蝶从芳洲深处飞出来，纷纷扑向水面的菱花，在菱花上转了一圈儿，就一起飞到那边的钓矶上去了。"芳洲"，就是长满鲜花芳草的小洲，与唐人张若虚所说的"江流宛转绕芳甸"（《春江花月夜》）——江水曲折地绕着长满花草的原野——的"芳甸"一样，都是芳草鲜美的地方。

看到这前一句诗，我们或许会想到唐人杜甫《曲江二首》其二中的"穿花蛱蝶深深见(xiàn)"——蝴蝶从花丛深处飞出来——那句诗。

"钓矶",就是钓鱼人所踞的水边岩石。蒲松龄这是又羡慕起钓鱼翁的自由自在了。看到这后一句诗,我们或许会想起唐人高适那首《渔父歌》:"曲岸深潭一山叟,驻眼看钩不移手。世人欲得知姓名,良久问他不开口。笋皮笠子荷叶衣,心无所营守钓矶。料得孤舟无定止,日暮持竿何处归。"——弯曲的水岸,深深的潭水,一个山中老头儿正在垂钓。他的眼睛紧紧盯着鱼钩,手持渔竿一动不动。有人走过问他姓甚名谁,等了好久他也不回答。头戴竹编的斗笠,身披碧绿的荷叶,对世俗之事不闻不问,只守着他那块钓鱼的石头。看水中的那只小船漂来漂去,天黑后他将拿着渔竿归向何处呢?

宝应湖在明朝的时候,名声就很大了。《金瓶梅》第八十一回写西门庆的伙计和家仆韩道国和汤来保,拿着西门庆4000两银子到江南置办货物。两人在扬州寻花问柳、饮酒宿妇,"一日,请扬州盐客王海峰和苗青游宝应湖"——可见,宝应湖自古以来确是一处游览胜地。

今天,蒲松龄们也来到了这里。据学者考证,刘孔集可能是山东人,说不定还是邻近的邹平县人。只不知这些诗人早晨喝酒没有,听说刘孔集酒量很大,酒瘾也不小。假如喝酒的话,他们用家乡话划起拳来,一定很好听。

"春来得早啊,兄弟俩——仨——好啊!"

射阳湖

孔子是个十分珍惜时光的人。越是珍视时光的人越是感到时光飞逝不留情面,所以他时常看着河流慨叹:"逝者如斯夫,不舍昼夜。"(《论语·子罕》)——流逝的时光就像这河水,人晚上还要休息,可它白天黑夜不停地奔跑,所以人也要夜以继日地工作,才能不被时光抛弃。

鲁迅也是一个非常珍惜时光的人,所以才在不算长的生命历程中写下了那么多振聋发聩的文字。他说:"美国人说,时间就是金钱;但我想:时间就是性命。无端的空耗别人的时间,其实是无异于谋财害命的。"(《且介亭杂文·门外文谈》)

我们一般人没有孔子和鲁迅那样的忧患意识和社会责任感,因此我们的时间观念也不够强,浪费了大把大把的时间。可不管怎么说,只要是人,就总得做点儿事;只要做点儿事,就总会有感觉时间不够用的时候。

康熙十年(1671年),蒲松龄32岁。这年春天,过得尤其匆匆。他尽管没有读过朱自清的散文《匆匆》,就是读过,以他这样的年纪也不会再像少年一般呀呀诵读,可相同的感觉大概还会有的:

燕子去了,有再来的时候;杨柳枯了,有再青的时候;桃花谢了,有再开的时候。但是,聪明的,你告诉我,我们的日子为什么一去不复返呢?——是有人偷了他们罢:那是谁?又藏在何处呢?是他们自己逃走了罢:现在又到了哪里呢?

......

你聪明的,告诉我,我们的日子为什么一去不复返呢?

尽管19岁就以县、府、道三第一考中秀才,"文名籍籍诸生间"(张元《柳泉蒲先生墓表》)——在山东的秀才之中声名大振。可与"郢中社"的社友比起来,蒲松龄考中秀才不算早。

张笃庆16岁就以县、府、道三第一考中秀才。蒲松龄比张笃庆大两岁,所以考中秀才还比张笃庆晚了一年。李希梅 15 岁考中秀才。蒲松龄比李希梅大 3 岁，所以考中秀才也比李希梅晚一年。这是当时颇为有名，后来影响不大的诗人。

至于赫赫有名的传世大诗人，桓台的王士禛，17 岁以郡、邑、提学三第一考中秀才，18 岁考中举人，25 岁就中了进士；博山的赵执信更厉害，14 岁考中秀才，17 岁考中举人，18 岁就成了进士。还有宝应县的县令孙蕙，同为淄川人，虽然仕途发达比较晚，却也是 26 岁中举、30 岁中进士。

除了赵执信当时才 10 岁，蒲松龄不知道他，像王士禛和孙蕙的飞黄腾达，肯定是会在他心理上造成很大压力的。

到蒲松龄这般年龄的时候，人家都高官任你做、骏马任你骑、银子任你挣了，你还在这里寄人篱下，舞文弄墨、摇唇鼓舌，混口饭吃、讨俩赏钱。除非是个白丁文盲，没有科举上进的意识，干啥也是一天，在哪儿也是一年，就像一只猪或一根木头，否则就不会对时间飞逝没有任何感触。

在中国思想史上，蒲松龄没法和孔子相比，但却是儒家思想的忠实信徒；在中国文学史上，蒲松龄是中国古典文言小说的集大成者，鲁迅是中国现代白话小说的开创者，应该不相伯仲。不管怎么说，他们都是对中国的人心世道产生过巨大影响的文化巨人，他们都视时间如生命。

假如他们有幸分在一个班读小学六年级的话，他们一定会一起抱着语文课本大声朗读："我们的日子为什么一去不复返呢？"或者拍着手一起唱："时间都去哪儿了？"

这不，春天才来没几天，匆匆就到了暮春。在老家的时候，领着七长八短几个孩童教教学，在孝妇河、般河边上转转，唱唱"暮春者，春服既成，冠者五六人，童子六七人，浴乎沂，风乎舞雩，咏而归"（《论语·先进》）——在暮春三月里，穿上妈妈新做的春日服装，领着五六个小青年，六七个少年，到沂水中洗洗澡，到舞雩台吹吹风，然后唱着歌回家——也是件惬意的事情。

可是蒲松龄的志向并不仅止于以一个秀才的身份当一辈子私塾先生，他是想正儿八经进入仕途，就像《聊斋志异》中他写的那些清官一样，为国为民尽一份力的。

目前最主要的事情，不是教书，不是作幕，而是准备科考。所以蒲松龄现在真是身在曹营心在汉，看着眼前的射阳湖，又产生了时间紧迫的思归之叹。我们来看这首七言律诗《射阳湖》。

射阳湖

射阳湖上草芊芊,浪蹴长桥起暮烟。
千里江湖影自吊,一樽风雨调同怜。
春归远陌莺花外,心在寒空雁影边。
翘首乡关何处是?渔歌声断水云天。

射阳湖　王春荣绘

射阳湖,其旧址处于今扬州、淮安、盐城、泰州四市交界处,当初也是一片好大的水面。以宝应湖为基准,洪泽湖在其西北,射阳湖在其东北,就像一个拳击手,举着两只大拳头,不要说观其实景——有射阳湖的时候,人们还没有鸟瞰大地的条件——就是仅从地图上看看也是颇为引人入胜,使人迅即产生欲往一观之愿的,尽管蒲松也不可能看过江苏地图。

可是后来射阳湖水流逐渐淤塞,由湖泊变为沼泽。清末之后,更是多数或淤为荡滩,或垦为农田。近几十年来,在人们的视野中,射阳湖似乎已经不存在了。

令人惊喜的是,2018年"扬州发布"称宝应射阳湖并没有完全消失,说目前射阳湖水面还有大约8平方公里。这与蒲松龄看到的湖面是不可能同日而语了,但慰情聊胜无,有总比没有好,因了蒲松龄,倒还值得我们去看一看。

"射阳湖上草芊芊",蒲松龄先从辽阔的视野写起。"芊芊(qiān qiān)",草木茂盛翠绿的样子。有学者统计,《聊斋志异》中所用的典故成语,涉及典籍2000多种。这还没算上诗歌中的,若把诗歌中的也算上,蒲松龄的阅读数目还会更大。

蒲松龄对于《列子》一书,真是爱不释手,不但熟读牢记,还选出精美篇什与《庄子》美文合在一起,编成一本书——《庄列选略》,说:"千古之奇文,至《庄》《列》止矣。"(《〈庄列选略〉小引》)——千古以来的奇妙文章,到《庄子》《列子》就算到顶了。

在前边讲析《湖上早饭,得肥字》时,我们说过,其中的"平沙鸥鹭尽忘机"用的是《列子·黄帝篇》的典故,这首诗中的"芊芊",用的是《列子·力命篇》中的典故:"齐景公游于牛山,北临其国城而流涕曰:'美哉国乎!郁郁芊芊,若何滴滴去此国而死乎?'"——齐景公到牛山去游玩,望着北边的国都临淄城流下泪来,说:"多么美好啊,我的国土!草木繁茂,郁郁葱葱,可是人的生命就像淄河的流水,我总有一天会离开这座都城而死去,这可如何是好呢?"

我们都知道孔子的临川而叹,我们却很少知道齐景公的临城而哭。其实据古人解释"滴滴"——有的地方也写作"滂滂(pāng pāng)"——是"流荡貌",就是流动荡漾的样子。淄河水从南部山区冲出,到了临淄这样的平坦地带,用"流荡"一词来描摹其形状,实在非常恰当。

由此看来,齐景公的临城而哭实际上也是临川而叹:叹息时光易逝,生命无常。只不过他虽然贵为君王,却没有"素王"孔子影响大。人们只记住了孔子的为时间而叹息却忘了他的为时间而哭泣。就是我,也是为了写这篇文章,才翻书看到的,不禁一阵唏嘘。

蒲松龄看到眼前射阳湖上的青翠草木,就想到了发生在离淄川不远的临淄牛山的前人故事——72岁那年的冬十月,蒲松龄还要打此经过,到山东篇讲《青州杂咏》那组诗时,我们还要说——因此就把"芊芊"这个词拿来一用,心上好一阵难过。

接着他把目光转移,就看到了"浪蹴长桥起暮烟"。本来心情就有些追忆逝水年华,加上看到的又是傍晚的景象,当然情绪就越来越消沉了。

不过就算在郁闷之中,蒲松龄有两个动词也用得实在是好。第一个是"蹴(cù)",踢的意思。既然"蹴"是踢,那"浪"就是脚了。一脚踢在哪儿呢?踢在长长的桥上。既然是踢在长长的桥上,那这只脚一定也是很大了。宋人苏轼说:"乱石穿空,惊涛拍岸,卷起千堆雪"(《念奴娇·赤壁怀古》)——乱石插向天空,惊涛拍打江岸,卷起一千堆雪花——既然是"拍",用的肯定是手。手的力量肯定没脚的力量大,所以苏轼看到的是"卷起千堆雪",蒲松龄看到的是"起暮烟",踢得更细更碎了。

都是用了"起"字,效果却不同。苏轼眼前是白亮的"雪",蒲松龄眼前是灰黑的"烟"——这不仅和心情有关,主要还是和傍晚的光线有关。

"千里江湖影自吊"的"千里",不是说射阳湖面有1000里大,是说自己从淄川老家来到这千里之外的宝应县,真可谓"茕(qióng)茕孑(jié)立,形影相吊"(晋李密《陈情表》)——孤孤单单无依无靠,只有自己的身体和影子相互安慰。

熟悉《聊斋志异》的读者,一定还记得《聊斋自志》中的这几句话:"嗟乎!惊霜寒雀,抱树无温;吊月秋虫,偎阑自热。知我者,其在青林黑塞间乎!"——唉!霜降后的寒雀,抱在树上也没有温度;冷月下的秋虫,靠在栏上也只能自暖。了解我的,只有那青青的树林中、黑黑的关塞上的魂魄吗!

这篇《自志》,蒲松龄写于40岁时,一个"吊"字,却早早地就埋在心中了。细思至此,岂不也是让人扼腕长叹乎!

"一樽风雨调同怜",还是曹操说得好,"何以解忧,唯有杜康"(《短歌行》)——怎样才能解除忧愁呢,最好的办法还是喝酒。任你是大英豪还是穷秀才,自古以来解除忧愁的方法都是相同的。细微的区别可能也有,我想曹操喝的酒和蒲松龄喝的酒品质档次不可能一样。但那是蒲松龄平时喝的酒,今天喝的是从县政府带来的招待酒,就算不是当时的全国名酒,恐怕也得是当地名牌了吧?后边我们还要讲析一首《元宵后与树百赴扬州》,其中有句云"沽三白酒供清饮",这次蒲松龄喝的是不是"三白酒"呢?

当时有没有刮风下雨呢?我们也不知道。蒲松龄在这里说"风雨",应该用的是"风雨同舟"的比喻象征义。就是说他只是用"风雨"这个词,来点明他非常不顺达的人生之路。

当然,社会上想做官的人很多,能够真的当上官的却很少,所以总是失意的人多而得意的人少。因此蒲松龄才说"调同怜"——此时此地还有人和他同病相怜,唱着相同的凄苦的调子。

这样的人是谁呢?我想可能就是或其中就有前边我们讲过的刘孔集吧?寒食节的那天,刘孔集不知何故不在宝应县衙,蒲松龄写一组《寒食阴雨,有怀刘孔集》七言律诗来怀念他,一气就写了三首,且篇篇语气恳切、措辞精美,二人感情之好,实在非同一般。

可是喝着喝着,不知哪根神经一动,时间的紧迫感就像那湖中的潮水一样,一脚一脚又踢上心来了:"春归远陌莺花外,心在寒空雁影边。"自然界的春天渐渐远去,可自己真正的仕途的春天却迟迟不肯来临。

上一句是"外",下一句是"边",总之都把中心的这个大活人给抛得远远的了。

"莺花",说的是黄莺啼叫、鲜花盛开,泛指春日之景色。可现在,春天已走,黄莺过了求偶的季节,已经不再啼鸣;遍野的花朵,也开始慢慢生成自己的果实,凋落了娇艳的花瓣。春天回去了,回到了远远的阡陌上鸟啼花开之外,要到明年花开鸟啼时再从远远的阡陌上走来。

可是那个时候自己还在这里吗?

"雁影",大雁的身影。春天远去,大雁北飞,自己却不能回去。虽说肉身不能回去,可心绪却早挂到大雁的羽毛上,和大雁一起呼扇呼扇朝北方的家乡飞去了。

蒲松龄下一年要参加济南府举办的乡试,乡试都是在秋天举行,所以叫"秋闱"。假如自己能像大雁一样飞,就算明年春天回去也不晚,可是人有时候竟不如鸟,为了明年的乡试,看来自己无论如何今年也要回去。他真想像当年陈涉一样,对着高空的大雁高喊一声:"燕雀安知鸿鹄之志哉!"(《史记·陈涉世家》)——燕子和麻雀怎会知道天鹅的志向呢!

可是他竟嗓子一痒,打了个嗝,没有喊出来。

嗓子是没有喊出来,可眼睛还在盯着那行雁影看个不停呢。一直看到看不见了,脖颈儿酸了,还不愿恢复平视状态。为什么会这样呢?因为他实在想家:"翘首乡关何处是?"我的家乡是在正北方呢?还是应该偏西一点儿呢?反正就是仰着脸不肯低头。

有人偷偷看了看,蒲松龄腮上挂着一滴泪珠,眼看就要滚下来。蒲松龄怕掉到地上摔碎了,所以就一直仰着脖子。那人鼻子一酸,眼睛一湿,也赶紧仰起头来,假装找大雁看。

大雁早飞远了,连影儿也看不见了,要等下一群再来,还不知何时。或许明天就有,或许得等到明年。正在彷徨无奈之时,耳朵里就听到了打鱼人摇船归家的歌声:"渔歌声断水云天。"

"渔歌",就是打鱼人所唱的歌。唱的什么内容？不知道。

我只记得唐人张志和的一首《渔歌子》非常有名，就抄在这里，供大家欣赏："西塞山前白鹭飞，桃花流水鳜（guì）鱼肥。青箬笠，绿蓑衣，斜风细雨不须归。"——西塞山前白鹭翻飞，桃花流水鳜鱼正肥。头戴青竹笠，身披绿蓑衣，刮小风下细雨都不必回归——这正是鱼儿上钩的时候。

天渐渐黑下来了，水面上笼起了浓浓的烟雾。只听到渔歌，其实没看到打鱼的人。过了片刻，连渔歌也听不到了，似乎是被厚厚的烟云给遮断了。

你又没看到渔人，你怎么知道他们这是划船回家呢？我猜的。一上来蒲松龄就说湖上起了"暮烟"，这时候天应该更黑了，渔人不回家等会儿就看不见，在湖上迷路了。

渔人们肯定没迷路，只是自己确实有点儿迷失方向了。

堤上作

关于射阳湖，前边我们讲过一首，那写的是暮春景色。《堤上作》这两首七言律诗，是写"堤"上的所见所感。

有大堤，首先得有湖水。从诗中提到的"射阳湖畔柳如萦"来看，这"堤"就是射阳湖上的大堤，说不定就是上一首诗中所说的"长桥"。从诗中提到的"湖山秋色萧条尽""荷粉凋残露几层"和"一棹西风江树暮"来看，时节又是秋季。

我们知道，蒲松龄是本年八月辞幕北归的。此时就算北方的淄川，天气也还和暖，南方宝应的湖上，不可能有如此惨败凋零景象。由此看来，尽管这两首诗在《聊斋诗集》中编在本年度，实际上是作于去年深秋时节。

因为我们这本书的主旨是"跟蒲松龄诗去旅行"——就算是纸面上的旅行——我们就一次在这里看完，犯不上春天去一次，秋天再去一次了。

堤上作

其 一

独上长堤望翠微，十年心事计全非。
听敲窗雨怜新梦，逢故乡人疑乍归。
箫鼓满城帆影乱，水云无际雁行飞。
湖山秋色萧条尽，一叶孤舟荡晚晖。

其 二

射阳湖畔柳如萦，荷粉凋残露几层。
历历明星横野渡，深深远浦隔渔灯。
每缘顾内忧妻子，宁不怀归畏友朋。
一棹西风江树暮，烟波何处采菰菱？

"独上长堤望翠微"，这一次蒲松龄不知何故，一个人走上了射阳湖大堤。我们虽然猜不到他这次出行的具体原因，大致情况却还有个数。蒲松龄在宝应孙蕙县衙,主要负责文秘工作,起草各种政府文告和私人信件,用当时的话说,就是文牍师爷。长官有很多私密的事情,比如与其他县的县令之间有什么个人约定或者给府里的领导送个礼什么的,就会派自己的得力手下去操办。蒲松龄是孙蕙的老乡,又是知己,还会说话能办事,当然是这方面的最佳人选。

至于这一次是去干什么,是去给谁送信或送礼,我们就不再妄加猜测了。

一个人走在长长的大堤上,就算骑着他从淄川骑来的那匹马,仍然感到很是孤单。其实,大堤是任何人都能走的,推车的、担担的、骑马的、徒步的,不会只有他自己。

但是就算熙熙攘攘都是人,可是"相顾无相识"(唐王绩《野望》)——看了半天没有一个认识的——照样和没有人一样,孤独感还是不会离去。

好在这里是南方的水乡,即便到了深秋,极目望去,远处还有一抹青翠的山色,让人眼睛湿润。唐人李白在《下终南山过斛斯山人宿置酒》诗中说:"暮从碧山下,山月随人归。却顾所来径,苍苍横翠微。"——傍晚从碧绿的终南山上下来,山上的月亮也好像跟着我回来了。回头看看来时走过的路,苍苍茫茫满眼一片青翠。

"翠微",就是青翠的山色。幸亏还有景致打磨眼球,蒲松龄不至于烦闷而死。

大堤太长了,似乎总也走不到头,于是就想起了长长的心事。从19岁考中秀才,就满心满意等待当官做老爷,就算临时当不上做不上,也只是再等几年的问题,一切自然都会有的。可是没想到这等待像这大堤一样,似乎太长了,一等就等了13年,到现在还仍然看不到希望——看来以前的打算都错了,真是啪啪打脸。

"十年心事计全非",在时间上是一种取其整数的说法。就是说13年不能说成13年,得说成10年。因为一句诗只能7个字,说13年就多了一个字。为了解决在诗歌中数字不便表达的问题,古人想出了一个很好的办法,比如20不说20说"廿(niàn)",30不说30说"卅(sà)",40不说40说"卌(xì)"等。

"听敲窗雨怜新梦,逢故乡人疑乍归",这一联诗写得有些别扭,这正适合了蒲松龄此时郁结的心情。七言律诗的一般句法节奏是上四下三,就是说每句诗七个字,前四个字为一组合,后三个字为一组合,而前四个字又应当是二二组合,这样读着才觉顺畅自然。我们来看这一联诗的句法节奏是怎样安排的:

正常的句法节奏应该是:

> 听敲——窗雨——怜新梦，
> 逢故——乡人——疑乍归。

而此联的句法节奏是：

> 听——敲窗雨——怜新梦，
> 逢——故乡人——疑乍归。

"敲窗雨"和"故乡人"各自是一个词，在意思上不能断开。但我这说的是词语的意义单位，而在朗诵的时候，还是应该按照正常的句法节奏进行的，否则就破坏了韵律。

就是在意义单位上这一改变，也让人读起来心里咯噔一下了。蒲松龄为什么写出这样别扭的句法呢？他就是想通过改变诗句的节奏，来给读者造成一种突然不适的感觉，进而体会其此时心情的郁结不畅。

像这样的句法节奏，在后边我们还要讲到的《元宵后与树百赴扬州》中还有运用，但那时蒲松龄的心情是愉快的。具体情况，我们到时再说。

"敲窗雨"，就是敲打着窗子的雨滴。蒲松龄说，近来的某一天或某几天夜里，不知为何总会梦到一个从未梦到过的梦境，也就是所谓"新梦"。这个新梦或许和他的科举梦有关，比如说梦中得到了主考官的赏识，或者在梦中中了举、成了进士等等。

但是这个梦都不能完整畅快地做完，每每被敲打着窗子的雨滴惊醒——连做个"新梦"都不让做成，你说可怜不可怜。

其实，虽然说是梦，反映的却是真实的心理感受，折射出蒲松龄对科举生涯的一种畏惧退缩。在他的内心深处，或许已经没有了继续在科考之路上走下去的自信心。现在之所以还能硬着头皮去考，主要还是惯性之下的照顾面子。考不中固然丢人，不去考更是让人笑话。

再说，下次万一考中了呢？为了这未必有的"万一"，首先就得付出实实在在的"一万"。

"故乡人"，就是老家淄川的人。前边我们说过，因为宝应县令孙蕙是淄川人，所以宝应县衙里就常年少不了南来北往的淄川老乡。有的是因为公事，有的是为了私事。比如同乡的官员上任途中在此暂住，或经商的行人从老家捎来了家信、土特产,等等。

蒲松龄在办公室办理各种事务或接待当地各色人等,少不了也得操起宝应话来。可是,每当他听到院子里传来熟悉的家乡话的时候,不用握手打招呼,片刻之间他就产生幻觉,仿佛回到了家乡淄川。说白了,就是不想别人,谁不想自己的老婆、孩子呢。

说到"萧鼓",我们马上想到的是宋人陆游的"箫鼓追随春社近,衣冠简朴古风存"(《游山西村》)——嘀嘀嗒、嘭嘭锵,吹箫打鼓地操练起来,准备庆祝春社的到来;村民们穿衣戴帽都简单古朴,也大有古人遗风。

仔细读过本书前边文章的读者,或许还会想起汉武帝《秋风辞》中的句子:"箫鼓鸣兮发棹歌,欢乐极兮哀情多。"——这个"棹"字,在这两首诗的其二中,蒲松龄也会用到。

我说这些的意思是,不管是皇帝出游也罢,民间庆典也罢,尽管吹箫打鼓不是什么高雅的音乐,可总得有个比较隆重正式的场合才好,不能不管不顾想吹就吹,想打就打。那么"箫鼓满城帆影乱"这句诗写的,一定是宝应县城有什么节日或重要仪式了。你看,不但城里箫鼓之声浩大,城外的湖面上还帆影乱摇——这难道是宝应县举办水上运动会?

朱自清在《荷塘月色》中说:"热闹是它们的,我什么也没有。"蒲松龄此时也大概想到了同样的意思。他说"水云无际雁行飞",天底下是浩渺的湖水,天上头是浩漫的云彩,水天相接之处一望无际,正有一行大雁朝南飞去。可这些和我有什么关系呢?那行大雁连看都不看我一眼——我不和它们一般见识,它们不看我,我却紧紧盯着它们呢,视线把眼珠子都拽疼了。

你疼不疼关我甚事?大雁还是自顾自地飞,变成几个点,最后看不见了。那就把视线放低看看地面上的远处吧。"湖山秋色萧条尽,一叶孤舟荡晚晖",假如是观赏宋元人的古画的话,这样的景色肯定很好看。但是站在这样的现实境界中,蒲松龄不免又感到了萧瑟凄凉。

眼前的湖、远处的山、湖山上笼罩的茫茫秋色,都是一派萧条景象。在夕阳的照射下好像都不动了,渐渐失去了生气。此时,只看到一只小船孤独地在湖面上荡来荡去。这是现实中的小船还是蒲松龄的心船?

随着夕阳西下、夜幕降临,我们也有些看不清想不明了。

《堤上作》是由两首七言律诗组成的组诗,这两首诗在时间上是递进关系。

蒲松龄感到在射阳湖大堤上看湖上风光,换一个时间段就会有一种景致,就会有一种感受。这样的景致和感受,很难用一首诗描写完备表达尽兴,他忍不住心里的思绪万千,就再写一首给我们看。

世上最好的事情莫过于看书写作。近来我集中精力写这本《跟蒲松龄诗去旅行》,晚上睡前,中午睡前、醒后,也忍不住翻翻书、玩玩手机。书我翻的是陈丹青的《局部》第一季《陌生的经验》,手机我看的是微信"在看"中的公众号。

书中有一整页,印的是法国印象派大师莫奈的油画《日出·印象》局部。据说他们这个画派之所以被称为印象派,就是因为这幅画"日出"的"印象"。

莫奈这幅画现藏于法国玛摩丹美术馆,我是不可能看到真迹了。可就是看看这书页上的印刷品,也真够让人心中粼粼波动的。

根据经验,假如有人在"百度"搜索某个词语,以后你打开"百度",满眼就是有关这个词语的内容。可是,我是在书上看的莫奈的画,打开微信"在看",竟然也连篇累牍是介绍莫奈和印象派的公众号推文。其中一篇着重赏析莫奈的组画《睡莲》,那谜一样的水上光影,也真够让人陶醉的。

书本和手机有什么关联呢?真是莫名其妙——名不名不要紧,妙就好,妙就好。

我说"妙",不仅指莫奈的画妙。今天,我带着诸位跟着蒲松龄的诗歌到射阳湖大堤上来旅行,看到蒲松龄这首诗的前两句,我竟然莫名其妙地想起了莫奈的画,就算莫奈看到我这段文字,也会感到无可奈何吧。

因为有这层联想,把读书和写作联系了起来,所以我才说:"读书真好,写作真好,读书写作最好。"

莫奈的《日出·印象》,描绘的是勒阿弗尔港口晨雾笼罩中的日出景象。空中那一圈红湿的太阳,水面那一串橙红色的粼粼波光和天空密布的彤云交相辉映,还有那远处模糊的帆影、近前摇动的小船,都会让人心迷神醉。

假如画名中不出现"日出"两个字只写"印象",我想这幅画的内涵会更加丰厚。生活在港口附近的人,知道有太阳的方向是东方,自然知道这是日出。没到过港口只看画的人,我相信认为这是"日出"或认为这是"日落"的数量,一定会不相上下。

这也就是我看到蒲松龄这首诗就想到莫奈这幅画的原因。

陈丹青说:"莫奈的《日出·印象》,就要捕捉6点钟那一瞬的耀眼景象,他认为捉住了,就回家,回家途中,太阳爬高了,另一种辉煌的光景出现,他会换个日

子去画七八点钟的太阳。"(《局部》第一季《陌生的经验·绘画的放纵》)

蒲松龄所描写的射阳湖的景象,大概是傍晚 6 点钟的吧?

"射阳湖畔柳如荼",既然说到"印象",我对这句诗也有一种波光粼粼的印象。上一首诗的最后一句是"一叶孤舟荡晚晖",一个"荡"字,就把莫奈画的精髓给逛荡出来了。再加上"晚晖"两个字,使人感觉到这不是在读诗,这仿佛是在从背面看有关日出的电影。

农村里的朋友大概还有这样的记忆:村里放电影的晚上,场子里挤满了人,有人在银幕的正方也就是前方,有少数人还在银幕的反方也就是后方。因为正方已经没有好位置,不是太偏就是太远。在银幕的反方倒是可以正正当当地看,只是左右手的动作都反着——奇怪的是,头和脚的动作倒是不反。

因为左手和右手反着,我想早晨和晚上也应该反着,所以我看莫奈的"日出"就相当于看蒲松龄的"日落"。

"射阳湖"为什么叫射阳湖?根据"印象",可能是因为"射阳"。"射阳"为什么叫射阳?我们先不去深究,目前我在字面上看到的是射向湖面的无边的夕阳,也就是"晚晖"。

日光即使再好看,看长了也不免单调,所以《日出·印象》中除了日光,还有桅杆风帆等。莫奈懂得的道理,蒲松龄当然也懂得,所以在"射阳湖"的"晚晖"之中,点缀了缠绵萦绕的几株或一带柳树。

柳树本是柔弱之物,不知为何它的抗冻能力却特别强,别说深秋,就算初冬,柳树也能保持它青枝绿叶的姿态——记得《红楼梦》中,就有相关描写。

当然,"柳如荼"的这个"荼"字,不仅写的是柳树之姿态,更重要的或许还是心灵的情态。关于这一点,画可能就不如诗来得带劲儿了。

岸上的柳丝虽然还绿油油地牵挂着情思,湖里的荷花却已是香消玉殒了——"荷粉凋残露几层"。根据语气揣测,这句诗应该是个问句,就是说才下了几次露水啊,荷粉怎就凋残了?

宋人杨万里说:"毕竟西湖六月中,风光不与四时同。接天莲叶无穷碧,映日荷花别样红。"(《晓出净慈寺送林子方》)——毕竟是六月里的西湖啊,风光与其他季节迥然不同。莲叶接着莲叶一直碧绿到天上,分外红艳的荷花着了太阳的色彩。

现在已是初冬,射阳湖的荷花比西湖的已经晚了三四个月,早就结了莲蓬了。就像唐人杜甫所说"波漂菰(gū)米沉云黑,露冷莲房坠粉红"(《秋兴八首》

其七)——水波上漂动着菰米像沉落的乌云一样黑,寒露凝结在莲房上褪去了好看的粉红——了。

"荷粉凋残",大概是说初生的莲蓬上还带着荷花的粉红色,莲蓬渐渐老去,就由粉色变成老绿,最终因无人采摘而和荷叶一起凋落在湖中吧?

我们平时总说"如诗如画""诗情画意"这样的词,刚才我们把蒲松龄的诗和莫奈的画做比较,像"荷粉凋残露几层"这样的诗句,也很符合莫奈《睡莲》的意境。看到这个"睡"字,我们产生的印象就是晚上的莲花——尽管在蒲松龄的诗里,莲花已经变成了莲蓬。可是诗和画毕竟还有区别,并且区别大于相同之处,否则两种艺术就没有同时存在的必要了。

比如说,在画中"射阳湖畔柳如丝,荷粉凋残露几层"和"历历明星横野渡,深深远浦隔渔灯"这两联诗,甚至每一联诗的上下联,都必须是一幅画。因为这些景物在时间上发生了变化,光线也就随之发生了变化,一幅画只能画较短时间中的景物,一首诗却可以连续不断地说下去。

上一首诗的末尾还有夕阳,这首诗的前两句还看得见柳丝、莲蓬和露珠,现在不行了,地面上的东西都看不见了,地面上晶莹的露珠飞到天空变成了明亮的星星。

"历历明星横野渡",明星之下的野外的渡口,已经空无一人,人们都回家了。但是,我宁愿相信,这"野渡"不是地上的渡口,而是天上银河的渡口。因为只有银河中才有那么多明亮的星星横在中间。

天上的星星一闪一闪,地上远处的水边也有亮光一闪一闪。只不过天上的星光是明亮的,地上的星光是红亮的。这样,才不至于让人混淆了天上和地下。

唐人杜甫说:"野径云俱黑,江船火独明。"(《春夜喜雨》)——野外的小路上笼罩着乌黑的云彩,只有江上小船的一盏渔灯还闪着亮光。

是啊,春夜钓鱼是惬意的,可是春天钓的鱼放不到秋天,为了生活秋夜也得去钓。"深深远浦隔渔灯",尽管隔得较远,我也知道那里有一个钓鱼翁。同时我还知道,他不但秋夜钓鱼,他还要继续钓下去,"独钓寒江雪"(唐柳宗元《江雪》)——独自一人在风雪中寒冷的江面上钓鱼——钓下鱼儿准备过年呢。

不说过年不要紧,一说到过年就想起了老婆孩子。"每缘顾内忧妻子",你说这过了冬天就是春节了,人家都是团团圆圆老婆孩子热炕头,可咱这唱的是哪一出,到这千里之外的宝应来混口饭吃?"宝应啊宝应",就算声音叫得震天响,架不住人家这"宝"就是不"应"。"顾内"就是对家人的忧虑。自己在这里吃香的喝辣的,他们娘儿几个呢?

是啊,是真想他们娘儿几个。可是,还有家乡的朋友,特别是"郢中社"的那几个酒朋诗友呢。前一阵子忍不住思念之情,还给他们写过两首诗,一首是《对月寄般阳诸朋旧》,一首是《夜坐有怀郢社诸游好》。通过这两个诗题,我们也可以看出,蒲松龄是一个善于熬夜的人。

长夜漫漫,亲人不在身边,那该是多么寂寞无聊啊。同时我们也知道,这个时候蒲松龄还没有开始《聊斋志异》的写作,因为此时他还是把主要精力放在诗歌创作上。

当然,我们也由此了解,蒲松龄在后来的《聊斋志异》中,为什么写了那么多夜间出没的鬼狐形象。原因就是他喜欢熬夜,而这种习惯,则是在宝应时养成的。

尽管想念朋友,却也不能回去见面,甚至可以说,正因为想念朋友,所以才不能回去见面。为什么这样说呢? 他是害怕朋友讥笑他呀。朋友讥笑他什么呀? 首先是讥笑他碌碌十几年一事无成,其次我们大胆猜测,此时他已经有了创作《聊斋志异》的打算,只是还不敢公开宣布,怕遭到朋友们的风言风语。

我写《聊斋志异》,又不碍别人的事,别人笑话啥呀? 写《聊斋志异》尽管不碍别人的事,却实在碍自己的事。碍自己的啥事? 此时对蒲松龄来说,练习八股文写作,迎接科举考试才是正经,别的都是不务正业。

事实证明,后来他真的公开了写《聊斋志异》的秘密,包括孙蕙、张笃庆、李希梅在内的朋友,是真的规劝过他的。因此他才在那首有名的《次韵答王司寇阮亭先生见赠》诗中说"《志异》书成共笑之"——"共笑之",笑话他的人还不少呢,尽管我相信这些人的初心都是好的。"宁不怀归畏友朋",说的就是这层担心。

在上一首诗的结尾,蒲松龄说"一叶孤舟荡晚晖",在这首诗的末了,蒲松龄又说"一棹西风江树暮",这个傍晚,在他眼里,怎么都是孤孤单单的"一叶"或者"一棹"呢?

我想,湖面上也好,江面上也好,绝对不会只有一只船。蒲松龄之所以左看右看只看到一只船,是因为他心里孤单,他要用一只船来把这种孤独感表现出来。这既是写诗的技巧,也是抒情的需要。

现在是天晚了,还要赶路,将来有时间了,特别是到了非回家不可的时候,还是得划着一只小船去采些菰米和菱角的。

菰米,我们上文引到杜甫的《秋兴八首》时曾经说过,也叫茭白。菱角就不用说了,我们也都见过。可是,这两种水生植物淄川一带是不生产的。我吃没吃过茭白,我不记得了。我小时候就见过菱角,两头尖尖的,中间鼓鼓的,样子很好看。是我父亲春节前到大集上买几个来供我玩的,玩够了就在火炉子上烧烧吃了,肉白白的,倒也不记得有何香甜,大概只是图个新鲜好玩儿而已。

蒲松龄大概也不常见菰米和菱角这两种东西。因为自己不常见,又感觉味道不错,就想给家乡的亲人朋友带回点儿去,作为出一趟远门的礼物,让他们也尝尝鲜。"烟波何处采菰菱?"——可是,茫茫烟波,到哪一片湖面才能采到最好的菰米和菱角呢?

到哪里去采,孙蕙自然会安排人去办。别说用不着蒲松龄亲自去采,就是连操心也不必。可是蒲松龄在诗里一定得这样写,因为写着写着,他已经又把采摘菰菱和采摘功名联系起来了。茫茫人世,何时何地自己才能获取功名,也像孙蕙一样可以光宗耀祖,在家人和朋友面前把腰板儿挺得笔直呢?

字面上写的是那个,实际上表达的还包括这个甚至更多,这大概就是古人所说的言有尽而意无穷吧。

元宵酒阑作

康熙十年(1671年),蒲松龄32岁,这一年的春节,他是在宝应过的。蒲松龄那么喜欢写诗,不知为何竟然没有留下写这年春节的诗。

照理说,尽管是在异乡过年,可这是去打工挣钱,工作单位是县政府,也算是一般人求之不得的非常体面的事情。再说自己那时正当年,身体倍儿棒,吃嘛嘛香,家里老婆孩子都无病无痒,心情也不至于受到多大影响。

唯一让他不放心的,可能就是妻子怀孕,不知生下来是男是女。假如是男的话,名字也已经起好。老大叫蒲箬(ruò),老二叫蒲篪(chí),这第三个儿子就叫蒲笏(hù)吧——后来蒲松龄还又生了四儿子蒲筠(yún)。但添儿子是好事,家里是一片茂密的竹林,自己就算不在家,又会有什么可担心的呢?因此,这天蒲松龄没写诗,不知是什么原因。

过年没写诗就算了,元宵节假如再不写诗,就直接说不过去了。为什么呢?

一则不能证明自己在宝应的生活状态。蒲松龄是一个普通的乡村穷秀才,能到县政府来帮忙,平生可能就这一次机会——当然,自己当上县太爷更好,可那时还只在想象中当上,后来实际也一直没有当上——怎能不好好抓住,认真写写呢?须知,蒲松龄是有传世思想的——后来写的许多针头线脑的东西都留着——当他写诗的时候就想到后世被人们传诵研究了。

二则对不住主人孙蕙。人家给提供了这么好的生活条件,自己写写赞扬一番,是幕僚应尽的义务。不写就是对主人的漠视。过了元宵节,近期就没有节日了,所以这番热闹非写不可。

元宵节,是传统节日,又称上元节、元夕或灯节,老百姓习惯上称为正月十五。"元"是第一或开始的意思,一国的第一个人就是元首,一年的第一个月就称元月。"宵"是夜晚的意思。"元宵"就是第一个月也就是正月的夜晚。

正月里有三十个夜晚,为什么元宵就是正月十五的夜晚呢?我想,仅仅是我想,这个"元"大概和"圆"谐音,正月十五是一年中第一个月圆之夜,所以称为"元宵节"。

这也可以解释,为什么元宵节吃的元宵是圆的,而南方就叫作"汤圆"。根据道教"三元"的说法，正月十五又称为"上元节"，七月十五又称为"中元节"，十月十五又称为"下元节"——每个节月亮都是圆的。

我们且通过《元宵酒阑作》这首七言律诗，来看蒲松龄的这个上元节——元宵节——是怎么过的。我们也借此到350年前的宝应县衙去游历一番，看一幕历史剧的实拍现场。

元宵酒阑作

元宵击节泛流霞，潦倒渔阳起自挝。
甲第笙歌连夜月，旗亭灯火散天花。
雪篱深处人人酒，爆竹声中客唤茶。
酣醉惟闻箫鼓乱，却忘身是在天涯。

正月十五的晚上到了，县衙的主人孙蕙招呼大家一起过节。

参与宴会者都是县里的主要领导，或许还有地方上有头有脸有鼻子有眼的贤达人士，比如乡绅和富商等。不用说，作为县衙里最有文化的人，再加上又担任文秘工作，差不多相当于现在的办公室主任，蒲松龄不但是此次宴会的积极筹办者，还是宴会席面上的活跃分子——编剧兼导演。

"元宵击节泛流霞"，看到这句诗中的一个"泛"字，我就想到了晋人王羲之《兰亭集序》中的"流觞（shāng）曲水"。"流觞曲水"又称"曲水流觞"，是古人一种边饮酒边游戏的娱乐方式。大致情形是，在漆制酒杯中盛满酒，放进弯曲水道之中任其漂流，酒杯在某人面前停住，某人就取此酒杯饮酒。"觞"，就是酒杯。比如我们常说的"滥觞"，就指江河的发源地水流很小，只能浮起酒杯，比喻事物的起始阶段。

这种风雅别致的饮酒娱乐方式，在晋朝很兴盛，就连王羲之们也玩得兴致勃勃。可惜大多数人都不知道它的来历，玩得有点儿不明不白，心里不够踏实，因此就有人想探个究竟。《晋书·束皙传》记载：

> 武帝尝问挚虞三日曲水之义，虞对曰："汉章帝时，平原徐肇以三月初生三女，至三日俱亡，村人以为怪，乃招携之水滨洗祓（fú），遂因水以泛觞，其义起此。"帝曰："必如所谈，便非好事。"皙进曰："虞小生，不足以知，臣请言之。昔周公成洛邑，因流水以泛酒，故逸《诗》云'羽觞随波'。又秦昭王以三

日置酒河曲,见金人奉水心之剑,曰:'令君制有西夏。'乃霸诸侯,因此立为曲水。二汉相缘,皆为盛集。"帝大悦,赐晢金五十斤。

译文:

晋武帝司马炎曾问挚虞三月三日曲水流觞有何寓意,挚虞回答说:"汉章帝时,平原人徐肇在三月初生了三个女孩,到第三天全死了,村里人感到不吉利,便招呼相携到河边洗浴除灾,于是在水边漂着酒杯饮酒,其意思就是从这里来的。"武帝说:"这样说来,也不是什么好事。"束晢上前说:"挚虞是后学小生,不大明白,还是让我来说说吧。过去周公建成洛邑,在流水上漂浮酒杯饮酒,所以《诗经》之外的古诗上说'在酒杯上插上羽毛倒上酒,浮在流水上随波传送'。另外秦昭王于三月三日在河曲设置酒宴,看到一个金人捧上水心宝剑,说:'让你统治西部中国。'于是昭王便称霸诸侯,因此设立曲水流觞之俗。西汉东汉相沿习,都是盛大的集会。"武帝听后十分高兴,就赏给束晢五十斤金子。

蒲松龄诗中的这个"泛"字,正是挚虞所说的"泛觞"和束晢所说的"泛酒"的"泛"。可是,人家"泛"的时候是三月三,已是暮春时节,那时《论语》中有一群小伙子和小朋友都可以在老师的带领下到曲阜的沂河中去洗澡了。

现在不是时候,宝应尽管地理方位偏南,元宵节之时也照样天寒地冻、呵气成雾。"泛舟"还是可以的——过完元宵节,蒲松龄就陪孙蕙"泛舟"去扬州了——但"泛觞""泛酒"还有些冷,就是性子再急,也还得再忍些日子。

既然不能到寒冷野外的河流边上去"泛",那就在县政府暖和的宴会厅围着酒桌子"泛",反正这个"泛"字太诱人了,今晚非"泛"起来不可——说好了,不"泛"不散。

幸亏那时喝的是白酒,假如那时有人从宝应湖上岸,给他们送来几箱青岛啤酒,倒在大酒杯里,看着"泛"起的泡沫,他们不知会做何感想?不知道蒲松龄会在诗中怎么写?

记得小时候,村里人刚接触啤酒,带着泡沫喝一口,都皱着眉头叫不出是什么味道来。沉吟片刻,才说像马尿,其实谁也没有喝过马尿,只不过看到啤酒泛起的泡沫和淡黄的颜色,与马刚撒到地上的尿差不多而已。

若果真如此,我想首先叫起来的应该是蒲松龄。因为孙蕙和本地人在宝应已久,出门就坐船,基本不接触马了。蒲松龄去年刚骑马来到这里,还要不时到槽上去看看那匹马掉膘与否,准备择时骑着回家,定是经常看到马尿因而深有体会的。

在室内怎么个"泛"法呢?当然就是击鼓传花的样子了。为了今晚上的宴会,鼓早就准备好了。我猜,这种喝酒方式可能是蒲松龄蓄谋已久的方式。因为在这里试验成功,效果极佳,后来他又带到了王村西铺他长期坐馆的毕府,每逢节日就乐此不疲演练起来,把一群小狐狸精都乐得嘻嘻哈哈合不拢嘴。

毕怡庵是蒲松龄的朋友,是个潇洒而多胡子的大胖子,喜欢读《聊斋志异》中的《青凤》篇。一个闷热的夏夜,毕怡庵在楼上睡着了。梦中见到一个四十左右的美妇来到床前。毕怡庵调戏人家,人家说不好意思年龄大了,第二天晚上把自己的漂亮女儿带来送给了他。

过一天,狐媳妇儿说大姐要请客给她贺新郎。宴席之上,大姐姐、二姐姐对新郎新娘大开玩笑,气氛非常欢快。

接下来,有一段非常精彩的文字我抄在这里,让没有看过《聊斋志异》的读者看看蒲松龄是怎样在《狐梦》中描写这群年轻人的饮酒场面的:

忽一少女,抱一猫至,年可十一二,雏发未燥,而艳媚入骨。大娘曰:"四妹妹亦要见姊丈耶?此无坐处。"因提抱膝头,取肴果饵之。移时,转置二娘怀中,曰:"压我胫股酸痛!"二姊曰:"婢子许大,身如百钧重,我脆弱不堪。既欲见姊夫,姊夫故壮伟,肥膝耐坐。"乃捉置毕怀。

入怀香耎(ruǎn),轻若无人。毕抱与同杯饮。大娘曰:"小婢勿过饮,醉失仪容,恐姊夫所笑。"少女孜孜展笑,以手弄猫,猫戛(jiá)然鸣。大娘曰:"尚不抛却,抱走蚤虱矣!"二娘曰:"请以狸奴为令,执箸交传,鸣处则饮。"

众如其教。至毕辄鸣。毕故豪饮,连举数觥(gōng)。乃知小女子故捉令鸣也,因大喧笑。二姊曰:"小妹子归休!压杀郎君,恐三姊怨人。"小女郎乃抱猫去。

译文:

忽然有个少女,抱着一只猫进来,年龄约十一二岁,乳毛还没干,却艳媚到了极点。大姐说:"四妹妹也要来见姐夫吗?这里没有座位了。"就把她提溜在膝盖上,给她拿菜肴水果吃。过了会儿,又把她递到二姐怀中,说:"把我腿都压酸了!"二姐说:"这丫头才这么大,身子就有百斤重,我力气小抱不动她。你既然想见姐夫,姐夫本来就高大,大胖膝盖耐坐。"于是把她放到毕怡庵怀里。

可毕怡庵觉着,少女入怀香软,轻得像没有人一样。毕怡庵抱着她和她用一只杯子喝酒。大姐说:"小丫头别喝多了,喝醉了失态,恐怕姐夫笑话你。"少女笑嘻嘻的,用手抚弄那只猫,猫大叫一声。大姐说:"还不扔掉,爬一身虼蚤虱子!"二姐说:"让我们以猫叫为令,传递筷子,猫叫时谁拿着筷子谁就喝酒。"

大家都同意。筷子一传到毕怡庵手里,那猫就叫。毕怡庵本来酒量就大,连着喝了好几大杯,才知道是这少女存心弄猫让它叫的,于是哄堂大笑。二姐说:"小妹回去睡觉吧!压杀新郎,恐怕三姐怨我们。"少女于是抱猫走了。

好的文言文如同好的古典诗词,是没法翻译的。要想享受其美感,最好是能诵读体味原文。蒲松龄是少有的文言小说大师,其语言之美,已经到了出神入化之境。对于文言水平过关的读者,任何翻译都是多余。对于年轻的读者,可以对照着译文看原文,享受一下《聊斋》之风味,也算是过屠门而大嚼。

在这段文字中,蒲松龄实际上写了两次"击鼓传花"。一次是传那个小女孩,传到毕怡庵身上为止。一次是传筷子,传到毕怡庵手上为止。这样的文字,真是锦心绣口神妙莫测,令人叹为观止击节赞赏,真把"击鼓传花"的传统游戏玩到匪夷所思的极致高度了。

《聊斋志异》的精彩描写多的是,我就不再多说了,免得大家都跑去看《聊斋》没人看我这本书了。

哎呀,你是不知道,我也是在看蒲松龄诗歌的时候想着蒲松龄小说,看蒲松龄小说的时候想着蒲松龄诗歌,这才写了这些把小说和诗歌结合起来说的杂谈文章。

一开始的时候,可能有专门的演奏人员击鼓掌握喝酒节奏。虽然是在室内,周围却都是浮动的流光彩霞。当然,这只是"泛流霞"的字面意思。这就是古典诗歌的神奇之处,不管实际意思如何,光看字面就给你一个光彩照人的美感。

实际上,"流霞"是美酒的泛称,"泛流霞",就是围着桌子转起来,鼓声到哪里停止,哪里座位上的人就得举杯喝酒。一个"泛"字,就把不是曲水流觞而似曲水流觞的高雅意境给表达出来了。

这位击鼓者,猜想可能是一位花枝歌女,并且是第一次来到县衙劝酒。为什么这样说呢?因为凡是酒席上行令,都不会完全公开公平。完全公开公平了,也就没有了长幼尊卑之分,也就没有了合伙作弊之乐。

就像蒲松龄《狐梦》中写的那样,大家要能心照不宣地共同让某一个人多喝,除了这个多喝的人不知道谜底别人都知道。甚至就像毕怡庵那样,仗着自己酒量大,明明知道谜底,也不愿意揭破,以免扫了大家的兴。这样故作声势虚虚实实操作一番,最后大家哈哈一笑,才会宾主俱乐,少长咸宜。

可是这位歌女,人虽说长得漂亮,惹来孙蕙诸人的纷纷狼顾,可脑袋实在不大灵光——可能和刚才硬灌了两杯酒也有关系——尽管蒲松龄一个劲儿给她使眼色,可她的鼓点老是在不该停的地方停、该停的地方不停。

节假日专业人才吃香,这个人大概是蒲松龄从戏班子里硬找来的,也不好对人家发脾气,无奈之下就挽一挽袖子,离席亲自下手,嗵嗵锵锵敲打起来。

敲鼓就好好敲鼓吧,可偏偏肚子里存货多。"潦倒渔阳起自挝",趁着这时还没有酒足饭饱,把储备的知识全部压住,就想起了南朝宋刘义庆《世说新语·言语》中那个有名的"渔阳掺挝(càn zhuā)"的故事:

祢衡被魏武谪为鼓吏,正月半试鼓,衡扬枹(fú)为《渔阳掺挝》,渊渊有金石声,四座为之改容。

译文:

祢衡被魏武帝曹操贬为鼓吏,正月十五这天试鼓,祢衡扬起鼓槌子打奏《渔阳掺挝》,鼓声渊渊,就像钟磬发出的声音,四座之人感动得脸色都变了。

蒲松龄说,自己就像当年潦倒的祢衡一样,只好亲自演奏这《渔阳掺挝》来供大家娱乐了。

这个典故本身,是说明鼓曲好、鼓好、祢衡演奏得也好,所以其艺术效果动人肺腑。再说这个故事发生在正月十五,正是再靠题不过。可是用这个典故有一定风险,很容易让人联想到祢衡击鼓骂曹的故事,那样就未免有点煞风景了。幸亏当时在场的都是有文化的人,不像我这样半瓶醋,所以大家都兴致勃勃,不致产生误会。

元宵节是中国人的节日，不是中国某个人的生日，所以你家过元宵，我家也过元宵。可虽说家家户户都过元宵，穷人家和富人家却不免有很大差别。别的不说，穷人家过元宵，一定不会奏乐唱歌——当然，吹吹口哨，哼哼小曲，一家人融融泄泄也是穷人家的世俗之乐，但请上乐队戏班，正儿八经粉墨演奏起来，那就只有富贵人家才办得到了。

"甲第笙歌连夜月"，这说的就是富贵人家过元宵节的情景。"甲"是第一等的，"第"是大宅子。"甲第"就是第一等的大宅子——当然不包括皇宫御苑——也就是豪门贵族的大宅子。

这样的大宅子里边住着的人，尽管不知道粮食是怎么种出来的，猪是吃什么长大的，他们的耳朵却灵得很，分得清宫、商、角（jué）、徵（zhǐ）、羽，也就是1、2、3、5、6这五个音，有些普通人是一辈子也分不清的——就更别说再加上4和7了——所以叫作"五音不全"。

这些住在大宅子里的人，由于分得清五音——当时没有七音，若有也一定分得清楚——他们的耳朵就比较馋，仅仅听听吹口哨之类即兴伴奏，就觉不是很过瘾。那时虽说没有交响乐，却也有民乐小乐队，逢年过节就到达官贵人家里演出助兴，谋求钱财。

本年二月十六日是孙蕙40岁生日，孙蕙曾大搞排场请乐队演出，有人说是蒲松龄去请的李渔的家庭戏班。虽说经后人考证这是不可能的，借此倒也可见当时孙蕙府第歌舞之盛。

舞不舞我们先不说，我们且说这里的"笙歌"。"笙歌"，本指有人吹笙有人唱歌，由于笙由长短不等的多根簧管组成，能奏和音，相当于一个小乐队，所以常用来伴奏，由此"笙歌"就泛指奏乐唱歌。

"夜月"就是月夜，"连夜月"可以有两方面意思：一是从一更唱到五更，连着唱一宿；二是在整个夜晚这家唱那家也唱，歌声连成一片。不管怎么说，今天晚上是别想睡觉了。那时他们还不知道"过把瘾就死"这句话，古今一理，这个道理他们心中肯定也是明白的。

这些人真是命大，过了把瘾不但没死，反而还想过更大的瘾——他们要到室外去放鞭炮和焰火。他们这一放不要紧，远近周围的酒楼上就像听到命令，也都放起了鞭炮焰火。再加上家家户户悬挂起来的大红灯笼，整个宝应县城，就像是天女散花一般绚丽起来。

"旗亭灯火散天花","旗亭"就是酒楼,这里指供人饮酒取乐的地方。"灯火"指灯笼,旧时有元宵节挂灯笼游街观灯的风俗。"散天花"指天女散花。

关于正月十五挂灯笼观灯,我不再多说。关于"旗亭"和"天女散花",有两个很好的小故事,我讲给大家听听。

先讲"旗亭画壁"的故事。唐人薛用弱《集异记》记载:

开元中,诗人王昌龄、高适、王之涣齐名。时风尘未偶,而游处略同。

一日,天寒微雪,三人共诣旗亭,贳(shì)酒小饮。忽有梨园伶官十数人,登楼会宴。三诗人因避席偎映,拥炉火以观焉。

俄有妙妓四辈,寻续而至,奢华艳曳,都冶颇极。旋则奏乐,皆当时之名部也。昌龄等私相约曰:"我辈各擅诗名,每不自定其甲乙。今者可以密观诸伶所讴,若诗入歌词之多者,则为优矣。"

俄而,一伶拊(fǔ)节而唱曰:"寒雨连江夜入吴,平明送客楚山孤。洛阳亲友如相问,一片冰心在玉壶。"昌龄则引手画壁曰:"一绝句。"

寻又一伶讴之曰:"开箧泪沾臆,见君前日书。夜台何寂寞,犹是子云居。"适则引手画壁曰:"一绝句。"

寻又一伶讴曰:"奉帚平明金殿开,且将团扇共徘徊。玉颜不及寒鸦色,犹带昭阳日影来。"昌龄则又引手画壁曰:"二绝句。"

之涣自以得名已久,因谓诸人曰:"此辈皆潦倒乐官,所唱皆巴人下里之词耳!岂阳春白雪之曲,俗物敢近哉?"因指诸妓之中最佳者曰:"待此子所唱,如非我诗,吾即终身不敢与子争衡矣!脱是吾诗,子等当须列拜床下,奉吾为师!"因欢笑而俟之。

须臾,次至双鬟发声,则曰:"黄河远上白云间,一片孤城万仞山。羌笛何须怨杨柳,春风不度玉门关。"之涣即揶揄二子,曰:"田舍奴!我岂妄哉?"因大谐笑。

诸伶不喻其故,皆起诣曰:"不知诸郎君何此欢噱(xué)?"昌龄等因话其事。诸伶竞拜曰:"俗眼不识神仙,乞降清重,俯就筵席!"三子从之,饮醉竟日。

译文:

唐玄宗开元年间,诗人王昌龄、高适、王之涣齐名。那时他们在东都洛阳游学，都没做官，经常在一个文学圈子里活动。

有一天，天很冷，还下着小雪，三人一起到旗亭酒楼叫酒小饮。忽然有梨园子弟十几人登楼聚饮。三人离席躲到一边，围着小火炉看其表演节目。

一会儿，就有四位漂亮歌女陆续登楼，都穿戴奢华，极为高雅。接着就开始奏乐，演奏的都是流行名曲。王昌龄等私下约定说："我们三人都各有诗名，一直不能分出高下。今天可以偷偷听听她们唱歌，谁的诗唱得多，谁就最高。"

接着，一位歌女跟着伴奏唱起来："寒雨连江夜入吴，平明送客楚山孤。洛阳亲友如相问，一片冰心在玉壶。"王昌龄抬手在墙壁上画一道，说："我的一首绝句。"

随后又一歌女唱道："开箧泪沾臆，见君前日书。夜台何寂寞，犹是子云居。"高适也伸手在墙壁上画一道，说："我的一首绝句。"

随后又一歌女唱道："奉帚平明金殿开，且将团扇共徘徊。玉颜不及寒鸦色，犹带昭阳日影来。"王昌龄又抬手画壁，说："我两首绝句了。"

王之涣自认为出名很久了，就对他俩说："这几个都是一般歌女，唱的歌词都是'巴人下里'之类！那'阳春白雪'之类歌曲，这些俗人怎能唱得了呢？"于是指着歌女中最漂亮最优雅的一位说："等她唱的时候，若不是我的诗，我就终身不和二位争高下了！假如唱的是我的诗，二位就并排拜倒于座前，尊我为师得了！"于是大笑，等着她们继续唱歌。

不一会儿，就轮到那个梳着双鬟的姑娘唱了，她一开口就是："黄河远上白云间，一片孤城万仞山。羌笛何须怨杨柳，春风不度玉门关。"王之涣得意扬扬打趣二人说："土包子，我没说错吧？"于是一起大笑起来。

歌女们听到笑声，不知何故，都起身过来问道："不知各位公子为什么如此欢笑？"王昌龄等就把刚才的事告诉她们。歌女们争着施礼下拜，说："我们肉眼凡胎不认识神仙，恭请屈尊到我们席上赴宴。"三人答应她们，喝了一天，尽醉方归。

我们接着看"天女散花"的故事。《维摩经·观众生品》说：

时维摩诘室有一天女，见诸大人闻所说法，便现其身，即以天华散诸菩萨、大弟子上。华至诸菩萨即皆堕落，至大弟子便著不堕……结习未尽，华著身耳；结习尽者，华不著也。

译文：

> 那时，维摩诘居士家里有一位天女，看到诸位听居士说法的时候，就现身相见，随即把天花散在众菩萨和佛的大弟子身上。那些花落到各位菩萨身上便会掉落下来，落到大弟子身上却不掉落下来……烦恼未尽，花就落在身上；烦恼净尽的人，花就不落在身上了——"天华"就是天花。

这本来是个佛教故事，后来人们就将其世俗化，常用来形容抛撒繁多的东西或大雪纷飞的样子。蒲松龄在这里借用此典故，描摹元宵节晚上缤纷烂漫的焰火，就像天女撒落的鲜花。

蒲松龄很喜欢天女散花的意象，后来还为此编撰一个《画壁》的故事，收在《聊斋志异》当中：

> 东壁画散花天女，内一垂髫者，拈花微笑，樱唇欲动，眼波将流。朱注目久，不觉神摇意夺，恍然凝想。身忽飘飘，如驾云雾，已到壁上。

译文：

> 东边墙壁上画着散花的天女，其中有个垂发少女，手拈鲜花面带微笑，樱桃小嘴似要说话，眼波也像要流动起来。朱举人目不转睛看了很久，不觉神意摇动，倾心爱慕得神不守舍了。忽然间他身子飘飘悠悠，腾云驾雾般，就到了画有散花天女的墙壁上。

不能再引了，就引这么一点点吧，免得大家悠然神往，飞到墙壁上碰晕了头，让你们的家长领着你来找我。

我们小时候调皮，同学之间经常打闹，有时候就扔石头打破了头。破了头的孩子力气小，就回家哭着找妈妈诉苦，妈妈就领着他去找打他的孩子的妈妈——唉，说起来都和做梦似的，摸摸头上的伤疤，都有50多年的历史了，眼看就是文物了。

五颜六色的天花撒落到地面，都变成了皑皑的白雪。白雪凝固在篱笆上，玉树琼枝一般，也十分好看。这样的篱笆围着一个大院子，院子深处传出热热闹闹的欢笑声。"雪篱深处人人酒",这是一家人围坐在一起,你劝我我劝你,都在喝酒吧?

很快,劝酒声听不见了,只听见满天的鞭炮声。"爆竹声中客唤茶",大概是酒喝多了口渴吧,就有客人催促着用人倒茶了。在喝酒的过程中,有些人喜欢不停喝茶,有些人不喜欢喝茶。我是属于不喜欢喝茶的,要等口渴了才喝。因此我猜测,那人可能是酒喝多了口渴。

当然还有一种可能,宝应是有名的水乡,别的水产品我不知道有没有,虾酱总会有吧。我吃过虾酱,真是比盐还咸,虾酱之中就结着大盐粒子。咸归咸,却也是真香——大概"咸中出味"说的就是这个意思。好这一口的人,除了我肯定还有,所以口渴呼茶,也就很正常了——"再来一壶龙井!"

今天晚上高兴得和孩子似的,一个个脸上都"泛"起了红晕。酒也喝足了,虾酱也吃了不少。我小时候喜欢吃生虾酱,不管母亲藏在哪里,我都能找得到,因为我的鼻子是很灵的,几乎比得上我家"小黄"。

虾酱我只吃过两种做法,一种是炒豆腐,一种是把煎饼浸泡后炒煎饼。说真的,反正怎么炒都不如生着香,最起码不如生的鲜。

蒲松龄和我是老乡,比我早300多年,估计在口有同嗜这一点上,不会有多大区别。喝醉了酒,送走了客人,回到宿舍睡觉就是。可是虾酱吃多了口渴啊,就起来喝水。

这一起来,就听到外面还是一片管弦鼓乐之声:"酣醉惟闻箫鼓乱。"这时大脑有些乱,听着外边的音乐也有些乱,几乎分别不清哪是宫哪是商哪是角哪是徵哪是羽了。

毕竟是喝得太多,自己本是有点儿酒量的,架不住又替县长挡了几杯,就醉成了现在这个样子。这若是在家里,老婆就是不把你关在门外,也会没好气数落你一顿——幸亏不是在家里。

就这样,家的影子在大脑中一转,随即逝去,就像天空落下的一粒焰火,熄灭于洁白之雪中。大脑一片空白,什么都忘记了,连自己在哪儿都不知道了:"却忘身是在天涯。"

诗题中的"酒阑",就是酒后的意思。酒后都醉成这样了,还能写诗吗?我是抱怀疑态度的。平时我也是舞文弄墨的,也喜欢喝两口,可喝了酒之后,除了想睡觉啥也不想。第二天醒来,和谁喝的酒,怎么回来的,一概不知道。

试想,这种情况下,还能写诗吗?我是不行,蒲松龄和我一样爱吃虾酱,估计也是不行——他这首诗有可能是第二天酒醒后趴在床头上补写的。

赴扬州

自古以来,官府内的各种道道都神妙莫测,非局外人所能尽知。

比如说宝应县衙,除了县令,还有文丞武尉等官职。可孙蕙对他们不一定完全信任,有什么重要的事情需要出访,贴身带着的,还是蒲松龄这个临时聘任的编外人员。

孙蕙是蒲松龄的恩主,蒲松龄在宝应的一切,都由孙蕙说了算。而县衙里的其他正式官员,虽说级别都在孙蕙之下,一切都要听孙蕙调遣,可那只是行政隶属关系,而不是人身依附关系。其他人和孙蕙一样,都是政府官员。因为同是政府官员,其间钩心斗角的事情就不会避免。因为钩心斗角,所以表面上协同合作,背后却是瞪大眼睛互相防着。冠冕堂皇的事情可以大家商量,有些心照不宣的事情,就只能带着自己的贴身秘书去办了。

不带秘书自己去不行吗?不行。因为许多话自己是不便于说的,得由肚子里的蛔虫替他说出来,自己才既不失尊严也能把心意表达清楚。

在这方面,蒲松龄正是孙蕙肚子里的最佳蛔虫。文采好,口才好,还是标准的山东大汉,主人带着他,不管走到哪儿,都是很有面子的。

这年的春节,蒲松龄是在宝应县衙过的。吃的、喝的、看的、玩的,那肯定没的说,估计30余年来都是第一次接触到。兴奋、过瘾,自然也是不用说的,至于一星半点儿的想家,也会随着噼啪的鞭炮和无边的热闹而随风飘去。

再说,头年也给家里寄了丰盛的年货,家人们——特别是老婆孩子——这年一定过得也是欢天喜地,肚子里比往年有油水。

他这样想想,心里也就渐渐踏实下来,把主要精力投入了工作当中。受人之托,忠人之事。人家孙县长对咱不薄,咱也得对得起人家的一番厚意,你说是不?

这不,元宵节刚陪着孙蕙与民同乐,看完了花灯,喝完了喜酒,没过几日,就要再陪着他到扬州府衙给知府大人赵良相拜年并祝寿了。

他们来回路途的情形是怎样的呢?请看蒲松龄这两首记录行程和心情的七言绝句《元宵后与树百赴扬州》。因诗题较长,我们只取后三字做本篇的题目。

元宵后与树百赴扬州

其 一

沽三白酒供清饮,携岕山茶佐胜游。
分赋梅花漾轻桨,片帆风雪到扬州。

其 二

我到红桥日已曛,回舟画桨泊如云。
饱帆夜下扬州路,昧爽归来寿细君。

元宵后与树百赴扬州　王春荣绘

我小时候常听大人们说:"上有天堂,下有苏杭。"心想,天堂一时半会儿去不了,就算将来去了,天堂里到底怎么个好法,也没法回来眉飞色舞向大家说说,引起大家的羡慕。

可是苏州、杭州还是有希望去的,去了也能回来显摆显摆,臭美一番。可惜至今我只去过两次杭州,苏州到底还没去过。

苏州还没来得及去,前些年又听人说扬州也很好。这不是听活人说的,而是

听早已到了"天堂"的死人说的。这个人就是南朝的梁人殷芸,他在其《小说》卷六《吴蜀人》中说:

> 有客相从,各言所志。或愿为扬州刺史,或愿多资财,或愿骑鹤上升。其一人曰:"腰缠十万贯,骑鹤上扬州。"欲兼三者。

译文:

> 有几个游客凑在一起,各人都说说自己的平生志向。一个说想做官当扬州刺史,一个说想发财成为大财主,一个说想骑着鹤升天成为仙人。最后一个人说:"腰里带着十万贯钱,骑着鹤到扬州去做官。"——他这是想把前三个人的好处全占了啊。

由此可见,当时扬州对人们的吸引力是何等之大。

这说的是有能力去扬州的人,那些没有能力只能在想象中去扬州的人,还不知把扬州想象成怎样的呢。俗话说贫穷限制了想象力,我想,他们一定把扬州想象得比他们镇上的大集还要热闹吧。

我小时候很贫穷,想象力一般。现在我尽管不是富人,倒也积攒了几个钱,虽说还没有十万贯——一贯是一千个制钱(明清官局监制铸造的铜钱,因为其形式、分量、成色皆有定制,所以叫制钱。我小时候,制钱家家都有,有人就用两个方孔制钱摞起来插上一簇公鸡毛做毽子踢。现在制钱不大见了,大概都成文物了),假如一个制钱相当于现在一块钱,那就是一亿,相当于一角,那就是一千万,相当于一分,那就是一百万——可是上扬州打个来回应该是毫无问题了。

可我竟然还停留在想象中没有真去,实在有些对不住腰包里的钱,最起码也有点儿对不住蒲松龄了。

蒲松龄的老家蒲家庄只离我住的淄川城七八里路,昨天我还和我的同事们去了一趟。蒲松龄都从扬州回来350多年了,我还在淄川无边瞎想,真是无颜见柳泉居士了。

从殷芸的时代到蒲松龄的时代,经过1000多年的发展滋荣,扬州更是万商云集、五方杂处、美女如云,成为惹人向往的销魂窟和销金窝。

清人赵翼《游孝女测字养亲》诗就说:"扬州销金窝,动掷千万镒。"——扬州是一个大肆挥霍金钱的地方,一出手就是千两万两。"镒(yì)",20两或24两,此是泛指。

元宵节刚过,从宝应到扬州,沿大运河顺流而去,蒲松龄与孙蕙一路上饮酒、品茶、赋诗,优哉游哉,甚是惬意畅怀。这样的镜头,今天——或许永远——也见不到了,我们看着像是拍电影,其实在古人,可能是他们生活的常态。

因为见不到,所以才珍惜。这不仅是古代诗歌,也是古代任何优秀文化具有永久魅力的原因之一。

"沽三白酒供清饮,携岕(jiè)山茶佐胜游",前边我们说过,这也是一个比较特殊的对句。照理说,正常的句法结构应该是这样:

沽三——白酒——供清饮,
携岕——山茶——佐胜游。

"三白酒"和"岕山茶"是酒名和茶名,都是固定词组,是不能分割的。所以这两句诗按照实际的意义单位应该是这样:

沽——三白酒——供清饮,
携——岕山茶——佐胜游。

这样的句法结构,不是诗句的常规,是一种灵机一动的变调,不足为训。这一点,蒲松龄当然明白。在这里他这样写,就是为了变奏出一种"咯噔"一下的感觉,让你感到很俏皮,甚至很调皮,随着诗歌轻松愉快的节奏,你也不禁轻松愉快起来。

"三白酒",是宋代的一种名酒。"岕山茶",是明代的一种名茶,产于浙江长兴县山中,为茶中佳品。

通过蒲松龄这一联诗我们可以看出,古人诗词中的器物饮食等往往喜欢套用古名。就好比现代人喜欢在家里摆上几个古器物,甚至就是几个仿古器物,居室和居室的主人,也会显得雅致起来。

楚国屈原《国殇》云:"操吴戈兮被犀甲。"——手里拿着吴地出产的戈,身上披着用犀牛皮制成的甲。唐人李贺《南园十三首》其五云:"男儿何不带吴钩,收取关山五十州。"——男子汉为何不带上锋利的吴钩,去收复那五十州的关山?宋人辛弃疾《水龙吟·登建康赏心亭》云:"把吴钩看了。"——手拿吴钩看了又看。

假如说楚国的战士拿着吴地生产的戈还有可能的话——因为春秋时的吴国后来成了战国时楚国的土地——吴钩这种名贵的利刃,是不会人人都能佩带的。还有,蒲松龄在他的诗作《闻孙树百以河工忤大僚》中提到"芙蓉"宝剑,在《元宵酒阑作》中提到"流霞"仙酒。这两种东西,只在传说中存在,蒲松龄和孙蕙是无眼福见到,无口福喝到的。

所以,古人这样写诗,作者和读者都不会当真,只是觉着古色古香,诗意更加醇厚。"古"和"雅"是相连的,所用之物"古"了,人自然也就"雅"了起来。这首诗中写"三白酒""芥山茶"也是同样的道理——光听听这两个传说中的名字,就知道能喝这样酒和茶的人,其品位之高,肯定超出一般人,确实是很"古雅"了。

是啊,他们不仅会喝酒、品茶,为自己的游踪调节氛围、创设情境,他们兴会神到,还要坐在船上作起诗来。

这一次,蒲松龄是跟着孙蕙去给扬州知府赵良相拜年并祝寿的。这是私事,除了他俩,或许还有跟着搬运礼物的厮役,但作诗的,估计就他们二人。他们是坐客船还是坐县里的专用船去的呢?根据现在的情况推断,县长出差绝对没有坐公共汽车的道理,他们大概率是坐县政府的公用船——实际也是县长的私用船——去的。

就两个人,不知划拳没有?反正诗是作了,不但作了,作得还蛮有仪式感:"分赋梅花漾轻桨。"两个人还要限定作诗的题材,是分别赋咏梅花。至于体裁,蒲松龄作的是七言绝句,孙蕙作的肯定也是七言绝句。只不过我们没有见到孙蕙此次的诗作,不知写得如何。

孙蕙虽然不以诗人著称,却也是颇有诗才的,前边我们说过,他的诗还得到过大诗人王士禛的称赞呢。

我们尽管没有见到孙蕙此次分赋梅花的七言绝句,在他的《笠山诗选》中,我们却看到一首七言律诗《广陵寓园》。"广陵"就是扬州的古称,唐人李白的诗题是《送孟浩然之广陵》,诗中却说"烟花三月下扬州"——在烟云如织鲜花盛开的三月驶向扬州。可见"广陵"就是扬州。

孙蕙诗首联云:"梅花馆阁杳难求,酒幔红桥起暮愁。"——开满梅花的馆阁没有找到,傍晚时分倒是见到了红桥边高悬的酒幌子,正好借酒浇愁。关于"红桥"，蒲松龄在下边的第二首诗中，马上就要说到。

古人作诗的时候，还有一种巧妙的构思，就是喜欢将有关色彩的字眼虚实搭配起来。钱锺书先生在《七缀集·读〈拉奥孔〉》中说："诗人描叙事物，往往写得仿佛有两三种颜色在配合或打架，刺激读者的心眼；我们仔细推究，才知实际上并无那么多的颜色，有些颜色是假的。诗文里的颜色字也有'虚''实'之分，用字就像用兵，要'虚虚实实'。"

蒲松龄这首诗，又为我们增添了极好的例子。"三白酒"白不白我们先不说，而"梅花"应该是红的吧？但诗中写的是"赋梅花"，就是写梅花诗。即使岸上某处真有梅花，也不能随身带上船追随着看一路，而梅花诗则可以从上船作到靠岸。"片帆风雪到扬州"，这样，梅花的"虚"红就伴着雪花的"实"白，白雪红梅，一路看花到扬州了。

诗歌语言真是一种神奇的语言，具有魔幻般的法术，能让人目眩神迷。

我们眼前飘飘荡荡的还是白雪中的红梅，没想到红梅的"红"又变成了红桥的"红"，蒲松龄写诗真是变幻莫测，神乎其技。

"我到红桥日已曛"，我们到红桥这个地方的时候，已是天色昏暗的傍晚时分。因为红桥是扬州的著名景点，尽管视线不大清晰，还是忍不住多看了几眼。

红桥，又名"虹桥"，以木制成，故址在今江苏扬州西北，横跨长春湖——就是后来的瘦西湖——上。清人吴绮《扬州鼓吹词序》云：

> 红桥在城西北二里。崇祯间，形家设以锁水口者。朱栏数丈，远通两岸，虽彩虹卧波，丹蛟截水，不足以喻。而荷香柳色，雕楹曲槛，鳞次环绕，绵亘十余里。春夏之交繁弦急管，金勒画船，掩映出没其间，诚一郡之丽观也。

译文：

> 红桥在扬州城西北二里远的地方。明朝崇祯年间，善看地形风水的人修建这座桥来镇锁这里的水道口的。桥上朱红的桥栏杆有好几丈长，一直通往两岸，就算是彩虹横卧在水波上，丹蛟把水流截断这样的比喻，都不足以描摹其形象。再加上荷花的香气、柳树的碧色，雕刻的楹柱、曲折的围栏，像鱼鳞一样紧挨环绕着，绵延十多里路。春夏之交，到处都是音乐声，还有

骑着名马、划着画船的人出没其间,真是扬州城的瑰丽景观啊。

看过这段文字,我们也就明白这座桥为什么叫"红桥"或者"虹桥"了。

清代大诗人王士禛曾任扬州推官,就是知府分管司法的行政助理,数年前也有诗吟咏红桥:"红桥飞跨水当中,一字阑干九曲红。日午画船桥下过,衣香人影太匆匆。"(《冶春绝句十二首》其三)——一架红桥飞跨于湖水之上,桥上的栏杆一字铺展开有九道曲折泛着红光。中午的时候有画船从桥下驶过,可惜衣服上的芳香随着人影匆匆离去了。

到了乾隆年间,人们就将木桥改制成了石拱桥,一字栏杆当然也就像彩虹一般从湖的东岸飞跨西岸,气势比以前的木桥更为宏大,遂称为"大虹桥"。

据说清代诗人在此吟诗作赋数百年不绝,前后多达7000余人,编成书300卷——只不知蒲松龄和孙蕙的诗在其中否——还绘制了"虹桥览胜图"传世。

因为红桥是扬州的瑰丽景观,所以蒲松龄对它兴趣极为浓厚。他有一首七言古诗的题目是《与树百论南州山水》,诗中还讨论了扬州红桥和杭州西湖的有关话题。

再后来,蒲松龄就把它写进了《聊斋志异·嫦娥》篇中:

太原宗子美,从父游学,流寓广陵。父与红桥下林媪有素。一日,父子过红桥,遇之,固请过诸其家,瀹(yuè)茗共话。有女在旁,殊色也。翁亟(qì)赞之,媪顾宗曰:"大郎温婉如处子,福相也。若不鄙弃,便奉箕帚,如何?"翁笑,促子离席,使拜媪,曰:"一言千金矣!"

译文:

太原的宗子美,跟着父亲到外地求学,就流落居住在了广陵(扬州)。他父亲和住在红桥下边的林姓老太太有老交情。一天,他们父子俩从红桥走过,遇到了林老太太,林老太太盛情把他俩邀请到家里,喝着茶共话旧情。有一个女孩站在一旁,漂亮过人。宗老头儿赞不绝口,林老太太看着宗子美说:"你家郎君温柔和顺像个大姑娘,是有福之相。倘若你们不嫌弃,就把小女许配给郎君,怎么样?"宗老头儿笑了,催促儿子赶紧站起来向林老太太下拜,说:"你这一句话,可是值千金啊!"

于是,展开一段惊采绝艳的故事。有兴趣的读者,也可以借此拐个弯儿,到《聊斋志异》中一游,去欣赏一番宗子美和嫦娥的动人恋情。

蒲松龄和孙蕙傍晚到了扬州的红桥,打听到知府赵良相因公外出,于是就划船往回赶。那时,红桥一带的湖面上到处都是画船。蒲松龄就想,若是跳到彩虹一般的红桥上往下看,这些船只肯定就像飘浮的云朵,可爱极了。

"回舟画桨泊如云",尽管没有办成正事——只不知礼物放下了没有——能看到这样的景致,也不输当年王士禛的眼福了,所以并不沮丧,还是兴致勃勃,精神饱满。

精神饱满的不光蒲松龄,还有那片船帆。它随它的主人,仿佛也不愿意在扬州过夜,有什么心事似的,急着要赶回宝应去。"饱帆夜下扬州路",本年蒲松龄32岁,孙蕙40岁,正是最为年富力强的年纪,所以"饱帆"的这个"饱"字,也正好可以形容他们此时的精神状态。

船帆是因为风而饱满,蒲松龄是因为看了红桥美景而精神饱满,孙蕙因为什么而精神饱满呢?

他一不是因为风,二不是因为红桥美景,他是因为要急着赶回去给他老婆过生日。说白了,就是今天晚上扬州知府赵良相在家,他们办完事也必须赶回去,"昧爽归来寿细君"——家里那个"细君"还在眼巴巴等着呢。别说不回去,就是回去晚了,也够两人喝一壶的。

"昧爽",就是拂晓或黎明。"细君",古代妻子的代称,也就是丈夫对妻子的称呼。这里指赵夫人,孙蕙的第二个妻子。"细君"既然是丈夫对妻子的称呼,当然不适合出之于蒲松龄之口,因为赵氏并不是蒲松龄的妻子。

不适合出自他的口可又确实是出自他的口,这就说明了一个问题,此时的蒲松龄和孙蕙是莫逆之交,虽然不至于乱了分寸,但开个玩笑,借老哥的口气来称呼一下嫂夫人,应该也是没有任何妨碍的。

"寿",就是祝寿,也就是过生日。据推算,那时的赵夫人也就30多岁,比蒲松龄大不了多少,弄不好还不如蒲松龄大。一家人——甚至还有赶来祝寿的七老八十的地方乡绅——围着这样的"老寿星"转来转去,也确实是一件诗酒风流之事。

近百年前,周作人写《夜读抄·苦茶庵小文》,其第五小节《题永明三年砖拓本》说:

  此南朝物也,乃于后门桥畔店头得之,亦奇遇也。南齐有国才廿余年,遗物故不甚多。余前在越曾手拓妙相寺维卫尊像铭,今复得此砖,皆永明年间物,而字迹亦略相近,至可宝爱。大沼枕山句曰,一种风流吾最爱,南朝人物晚唐诗,此意余甚喜之。古人不可见,尚得见此古物,亦大幸矣。

  周作人见到一块南齐砖的拓本,欣喜莫名。这样的"大幸"之事,我是碰不上了。但蒲松龄这两首绝句,从生活的皱褶里熨烫出人生的熨帖,让我们在南朝和晚唐之后,还欣赏到了"风流"的人和事和诗,尽管已是流风余韵,毕竟也算值得庆幸的幸运了。

  顺带说一句,"一种风流吾最爱,南朝人物晚唐诗"这两句诗,我是几十年前就知道的,觉得很可爱,就默默记诵了下来。可我一直不知道其作者是谁,那时没有互联网,也无处查询。直到 2014 年,我买周作人的《夜读抄》来看,才猛然发觉这是日本人大沼枕山的诗句,当时真是莫名激动了好大一阵子,仿佛警察破了一桩悬置多年的疑案。

  大沼枕山(1818—1891),日本明治维新时期著名的汉诗诗人。我们中国人知道这两句可爱的诗的人一定不少,但起初不一定知道是出自日本人之手。后来知道了,虽说脱不了仍然是从互联网上查得,但抄来抄去,其原始出处,大概都是自周作人《夜读抄》中的这篇"小文"。

夜发维扬

上一次说到"上有天堂,下有苏杭",我说我只去过杭州,至今还没有去过苏州。

其实,1993年4月,我参加"全国师范青年教师培训班"学习,学习地点是上海第二师范学校,就是于漪校长所在的那所学校。培训班结束,有一天时间空闲,班友们就嚷嚷着去杭州看西湖。

我那时已经30多岁了,却是第一次出远门。坐火车怕没有座位,还随身带了个马扎。所以,让我自己去看西湖我是去不了的,既然大家都去,我也就跟着去了。

如做梦一般看完了西湖,还有人游兴未减,继续嚷嚷着要去游苏州。我说回程车票都买好了,万一回不来咋捣鼓?他们听不懂"捣鼓"是啥意思,我就说:"咋办?"

他们就说了:"晚上坐夜航船沿运河到苏州,明天早晨游苏州。游完苏州赶回来,耽误不了回程车。"我终因胆小,没有去,和几个同样胆小的回到上海。第二天游苏州的都回来了,我们还在住处等着送站的车——当时就有点儿后悔,现在更是不明白自己当时为何如此优柔寡断了。

有人就问了:"你这人记性怎么如此之好?眼看都30年前的事了,你还记着日期。"说来惭愧,我的记性看书还可以,记日期、记工资、记学生是哪一届的,一概白搭。用我们这里的方言来说,就是"二二哥哥(guo guo)"或者"南南(nang nang)瓜瓜",属于"半吊子""二五眼"一类。

这一次为何不但记住了年份,而且还记住了月份呢?因为一到培训地点,就领到一文件袋材料,里头就有一本余秋雨著的《文化苦旅》,扉页上盖着一个椭圆形红章,顶上一行是"全国师范青年教师培训班"。中间一行是"'93上海","93"和"上海"之间是一个阴文"师"字。下边一行是"上海市师范教研室"。

在这个红章的上方,我还用蓝色圆珠笔龙飞凤舞写了几个字:"93年4月于海上"——因此,我翻出书来一看,也就知道当时的日期了。虽然4月多少号,我是永远想不起来了。

刚才我说有人提议坐"夜航船"去苏州,"夜航船"这个词语,就是我们当时从余秋雨的《文化苦旅》上看来的。现在的年轻人可能无法想象了,当时全国人民争读《文化苦旅》的盛况,那真是从普通民众到省部级领导,几乎都成了余秋雨的粉丝,尽管当时"粉丝"这个词还没有流行开来,若有人说,只能是一种比粉条细的食品的名字。

我从上海回来,见到我的大学同学张刚荣。我问他:"《文化苦旅》写得还可以吧?"刚荣说:"当然可以了,张宏森有一本被别人借去了,宏森说:'你若不还我,我给砸断腿。'"——张宏森那时在淄博市文联工作,现在是中国作家协会党组书记了。

"夜航船"本来是夜间航行的船的意思,后来就成了明人张岱的一本书的名字,再后来又成了当代作家余秋雨散文集子《文化苦旅》中的一篇文章的名字。《夜航船》这篇文章,是这样介绍《夜航船》这本书的:

> 我的书架上有一部明代文学家张岱的《夜航船》。这是一部许多学人查访终身而不得的书,新近根据宁波天一阁所藏抄本印出。书很厚,书脊显豁,插在书架上十分醒目。文学界的朋友来寒舍时,常常误认为是一部新出的长篇小说。这部明代小百科的书名确实太有意思了,连我自己巡睃(suō)书架时也常常会让目光在那里顿一顿,耳边响起欸乃的橹声。

张岱在《夜航船》这本书《序》中说:"天下学问,惟夜航船最难对付。"——天下的学问只有在夜航船上最难应对处置。所以,他才编撰这本《夜航船》,集"天下学问"于一书,供"夜航船"上的人"对付"之用。

张岱是个十分有趣的人,他懂得若是书编得无趣,夜航船上的人是不会看的。人家不看,我又怎样传授知识呢?所以文章必须有趣。且看他在《序》中讲的这个小故事:

> 昔有一僧人,与一士子同宿夜航船。士子高谈阔论,僧畏慑,拳足而寝。僧人听其语有破绽,乃曰:"请问相公,澹(tán)台灭明是一个人、两个人?"士子曰:"是两个人。"僧曰:"这等尧舜是一个人、两个人?"士子曰:"自然是一个人!"僧乃笑曰:"这等说起来,且待小僧伸伸脚。"

译文：

  过去有一个和尚，和一个读书人同宿在夜航船上。读书人对和尚高谈阔论，和尚因为自卑而害怕，就蜷腿躺着，把空间让给读书人。可是听着听着，和尚听出了读书人的破绽，就问："请问相公，澹台灭明是一个人还是两个人？"（澹台灭明是孔子的弟子，复姓澹台，名灭明，字子羽）读书人说："是两个人。"和尚又问："如此说来，尧舜是一个人还是两个人？"（尧和舜是古史传说中的两位圣明君主）读书人说："当然是一个人。"那和尚差点儿笑喷，说："这样说起来，且待小僧伸伸脚。"——一下子就把腿伸直了，真是舒服。

  "且待小僧伸伸脚"这句话，在20世纪90年代风行一时。可是，几乎都是从余秋雨这篇《夜航船》中看来的，因为正如余秋雨所说，那时《夜航船》这部书是许多学人难以寻访到的。自从余秋雨的《文化苦旅》风行天下，张岱的《夜航船》也随之不胫而走，摆到了许多读书人的书橱上。

  有时念叨着这句话，我就想，假如我到了夜航船上，我又喜欢胡说八道，还不得让人家把脚伸到我下巴底下？臭不臭都得强忍着。幸亏那次没坐夜航船去苏州。

  为了避免此类尴尬，我也就买了一部《夜航船》（浙江古籍出版社刘耀林校注本）。买来之后，先翻序言，看看那个"且待小僧伸伸脚"故事的原始模样，然后就躺到床上，一页一页翻看起来。

  前年，我和我的同事刘悦教授合著了一本《社会主义核心价值观二十四字解》，还拍了一套同名视频。去年这本书由上海文汇出版社出版，产生了很好的社会效益——经济效益当然也有。

  在我们写书和拍视频的时候，我就想起张岱《夜航船》中有两句关于"二十四"的诗非常美，可以借来一用。到书架上一翻书，果然在第17页找到了它的出处：

  花信风 唐徐师川诗云："一百五日寒食雨，二十四番花信风。"《岁时记》曰："一月二气六候，自小寒至谷雨。四月八气二十四候，每候五日，以一花之风信应之。"

译文：

　　花信风　唐人徐师川诗云："自冬至之后一百〇五天,下场雨就是寒食节了;从小寒到谷雨这八个节气,一共有二十四次花信风。"《岁时记》说："一月之中有两个节气六个候,从小寒到谷雨,共有四个月八个节气二十四候,每候五天,都用催开一种花的风来对应——比如小寒:一候梅花、二候山茶、三候水仙;谷雨:一候牡丹、二候荼蘼、三候楝花。"

　　文中所说的"徐师川"就是徐俯,是宋朝大诗人和大书法家黄庭坚的外甥,张岱把他的朝代弄错了——看来百科全书式的人有,真正没有知识盲点的人是不存在的。因此我们有答不上来或答不对的问题,不是多么丢人的事,只是别像夜航船上的那个读书人,强不知以为知,还扬扬自得以此骄人就好。

　　我把《夜航船》插回书架,和它并立在一起的还有《琅嬛文集》(浙江古籍出版社栾保群点校本)。正如余秋雨所说,《夜航船》"书很厚,书脊显豁,插在书架上十分醒目",而《琅嬛文集》只有它的三分之一厚度。两本书并列在一起,环肥燕瘦,各领风骚,"连我自己巡睃书架时也常常会让目光在那里顿一顿",因为耳边又"响起欸乃的橹声"。

　　这"欸乃"的橹声来自蒲松龄所坐的夜航船。其实这种声音他早就熟悉了,在他南行刚踏进苏北时,他写两首《途中》诗,就说"一声欸乃江村暮,秋色平湖绿接天"——听到一声欸乃的船声江边的村庄就到了傍晚,秋色之下平展展的湖水一直碧绿到天边。

　　现在又坐着船整天往返于大运河上——晕船的毛病大概已经好了——为了不耽误白天的工作,他坐的经常是夜航船。

　　在那首《元宵后与树百赴扬州》中,写的是乘坐夜航船的情景;在下边我们接着就要说到的这首《夜发维扬》中,说的也是乘坐夜航船的情景;在后边我们还要说到的一首《扬州夜下》中,说的还是乘坐夜航船的情景。

　　蒲松龄真是过足了夜航船瘾,过足了扬州瘾。他真得感谢孙蕙的邀约,若是没有此次南游,别说他的诗歌,就是他的小说,还不知要失色多少呢。

　　蒲松龄是一个嗜书如命的人,坐在夜航船上肯定也是手不释卷。在后来的《聊斋自志》中,他认为自己是一个病和尚投胎转世。只不知他在夜航船上碰到过那样夸夸其谈、沾沾自喜的士子没有？蒲松龄一双山东大汉的大脚丫子可曾欻的一下伸向对方？

张岱的《夜航船》写成之后，似乎只以抄本形式传世，蒲松龄看到过没有呢？

蒲松龄看没看到过《夜航船》我们先不做考证，我们先通过《夜发维扬》这首七言律诗，来看看他这一次乘坐夜航船的情境。

夜发维扬

布帆一夜挂东风，隔岸深深渔火红。
浪急人行星汉上，梦回舟在月明中。
隔年恨别看春树，往事伤心挂晚钟。
世事于今如塞马，黄粱何必问遭逢。

夜发维扬　王春荣绘

宗悫（què）是南朝宋的一代名臣，他叔叔就是有名的大画家宗炳。宗悫自小就志向高远，和他叔叔一起留下了一个很有名的故事。

据《宋书·宗悫传》记载：

宗悫字元干，南阳人也。叔父炳，高尚不仕。悫年少时，炳问其志，悫曰："愿乘长风破万里浪。"炳曰："汝不富贵，即破我家矣。"

译文：

宗悫的字叫元干，是南阳人。他叔叔叫宗炳，品格高尚不愿做官。宗悫少年时期，宗炳问他的志向，宗悫说："希望像一艘船一样，乘着长风划破万里波浪。"宗炳说："你将来若是不富贵，一定会使我家破产。"——好在后来宗悫真的既富且贵了。

因为宗悫曾说过"愿乘长风破万里浪"这样的豪言壮语，后来人们就把这句话缩减为"乘风破浪"，作为典故来表示一个人志向高远。比如唐人李白就说："长风破浪会有时，直挂云帆济沧海。"（《行路难三首》其一）——乘风破浪的时机一定会到来的，那时就可以扬起白云一般的船帆去横渡大海了。

李白"挂"起的是"云帆"，尽管他想象力丰富，这毕竟还是一般的散文式思维。蒲松龄却说："布帆一夜挂东风。"这就是新颖别致的诗的思维了——不但挂起了"布帆"，好像同时把"东风"也给挂起来了；似乎东风早已经过热身做好了准备，只瞅布帆挂起，就紧紧贴身飞上帆面，不依不饶，非把船吹走送远不可。

唐人杜甫诗说："穿花蛱蝶深深见，点水蜻蜓款款飞。"（《曲江二首》其二）——蝴蝶在花丛深处时隐时现，蜻蜓轻点水面款款而飞。宋人叶梦得《石林诗话》评点杜甫这两句诗说："'深深'字若无'穿'字……无以见其精微如此。"——"深深"这两个字若没有前边这个"穿"字照应……就不会显现出如此这般精深微妙。

我想，这里的"穿"字与"深深"搭配得固然好，而一个"见（xiàn）"字，也下得异常精确——若无"深深"二字，"见"字岂不等于白说；正因为花丛"深深"，蝴蝶之"见"才特别惹人眼目。蒲松龄说"隔岸深深渔火红"。"深深"与"红"字结邻组合，一点儿也不输于杜甫的"深深见"。

鲁迅在小说《社戏》中说，他们划着船，"渐望见依稀的赵庄，而且似乎听到歌吹了，还有几点火，料想便是戏台，但或者也许是渔火……那火接近了，果然是渔火……"这由远及近、由"或者也许"到"果然"的过程，就已经把"深深"二字注释得十分妥帖了。

至于"红"字,当然也更刺眼夺目。去年秋天,蒲松龄在《早行》诗中说"雾暗秋郊鬼火青",与这"鬼火青"的阴冷相比较,通过隔岸的数点"渔火红",也可"深深见"出此时蒲松龄心情之温暖了。

风急浪高,蒲松龄仿佛梦中行驶在银河里。等梦回人醒,才想起自己是刚刚离开扬州:"浪急人行星汉上,梦回舟在月明中。"唐人徐凝说:"天下三分明月夜,二分无赖是扬州"(《忆扬州》)——天下夜里的明月若是有三分的话,其中最为撩人的二分就是在扬州了。

船渐行渐远,明月依依相送,银亮的月之手指扒在船沿上依依不舍,一路抚慰着蒲松龄的怦怦惊魂。

南朝江淹在《别赋》中说:"黯然销魂者,惟别而已矣。"——最使人心神沮丧、失魂落魄的,莫过于离别啊。蒲松龄与家人分别已将近半载,秋肃春温,南国的树梢已抽出嫩芽,柳泉旁的丝柳呢?柳丝下的泉水呢?可恨不能归去欣赏今年的柳风泉韵啊。

唐人孟浩然《晚泊浔阳望香炉峰》云:"东林精舍近,日暮但闻钟。"——东林精舍虽说近在眼前,傍晚时分却只听到悠扬的钟声。孟浩然听到东林寺的钟声,对当年的"白莲社"悠然神往;蒲松龄听到运河岸上的隐隐钟声,回想起往昔与般阳诸诗友所建的"郢中社",也不禁忧从中来,不可断绝。

《淮南子·人间训》讲了一个"塞翁失马,焉知非福"的故事:

> 近塞上之人有善术者,马无故亡而入胡。人皆吊之,其父曰:"此何遽(jù)不为福乎?"居数月,其马将胡骏马而归。人皆贺之,其父曰:"此何遽不能为祸乎?"家富良马,其子好骑,堕而折其髀(bì)。人皆吊之,其父曰:"此何遽不为福乎?"居一年,胡人大入塞,丁壮者引弦而战。近塞之人,死者十九。此独以跛之故,父子相保。

译文:

靠近边塞的地方,住着一个擅长推测吉凶的人,他家的马不知何故跑到胡人那边去了。人们都来安慰他,他父亲却说:"这怎么就不是一种福气呢?"过了几个月,那匹失马竟然带着胡人的骏马回来了。人们都来祝贺他,他父亲却说:"这怎么就不是一种灾祸呢?"他家的良马多了,他儿子喜欢骑马,就掉下马来摔断了腿。人们都安慰他,他父亲却说:"这怎么就不是一种福气呢?"过了一年,胡人大举进入边塞,健壮男子都拿起武器打仗去了。边塞附近的人大多都死了。只有他家儿子因为腿瘸的缘故,父子俩保全了性命。

唐人沈既济传奇小说《枕中记》,讲述了一个"黄粱一梦"的故事:道士吕翁行邯郸道中,住在旅店里。有一个青年读书人卢生也来住店,对吕翁长吁短叹,诉说仕途不遂。那时店主人正在蒸一锅黄米饭。吕翁拿出一个枕头递给卢生,帮助他实现梦想。不一会儿,卢生睡着了,梦中飞黄腾达,享尽荣华富贵,而梦醒之时,那锅黄米饭还没有蒸熟。

当代学者、散文家陈之藩在散文集《旅美小简》中说:

> 人本来是渺小的东西,但他常常需要有一种感觉:即感觉自己很伟大,这样才能活下去,如果真正感觉到自己是渺小的,是无助的,人的尊严一去,人的生活即枯萎了。(《出国与出家》)

"世事于今如塞马,黄粱何必问遭逢",蒲松龄一边默诵着"塞翁失马"的高明,一边暗笑着"黄粱美梦"的虚诞,自伤中透着自信,苦涩里慢慢泛出了尊严。

舟过柳园

我们说过,古人旅行或出差,钟情于坐夜航船。就好比今人旅行出差,喜欢乘坐夜车,这是为了节约时间。

不管怎么样,在船上或车上凑合着迷糊迷糊,一夜也就凑合过去了,不至于影响第二天的事情。否则,大好时光在船上、车上度过,实在可惜。过去又没有智能手机,上不了网——那时若有人说"上网",别人一定认为你在说打鱼——长途无聊颠簸,岂不把人闷死!

不光蒲松龄们喜欢坐夜航船,宋朝的人也都喜欢坐夜航船。

柳永《雨霖铃》说:"念去去,千里烟波,暮霭沉沉楚天阔。"——想到这一去越来越远,千里迢迢漂泊水上,夜幕下的楚国阴云笼罩一望无边。

周邦彦《兰陵王》说:"又酒趁哀弦,灯照离席……斜阳冉冉春无极。"——又是伴着哀伤的音乐喝酒,华灯照着将要分别的筵席……夕阳慢慢落下,春天无限辽远。

秦观《满庭芳》说:"斜阳外,寒鸦数点,流水绕孤村。"——夕阳光照之外,有几只受冻的乌鸦飞来飞去,天空下一湾流水围绕着一个孤零零小村庄。

这几首词写的都是艳情,都是男女之间的离别,所以傍晚的天光云影,都能增加离人心头的哀怨。

这次,蒲松龄和孙蕙又乘上了夜行船,从宝应出发,到扬州州衙办事——就好比从淄川到济南去汇报工作——一不是与人离别,二又非关艳情,所以一开始写得是颇为兴奋激动的。

那么接下来呢?我们还是来看蒲松龄的这两首七言律诗《舟过柳园,同孙树百赋》。

诗的题目较长,我们只取开头四字做本篇的题目。

舟过柳园,同孙树百赋

其 一

片帆中夜过秦邮,鼓枻维扬载酒游。

彩鹢遥从银汉落,黄河长抱白云流。
两堤芳草迎凫舄,万顷桃花引钓舟。
浪迹十年湖海梦,频教杨柳绾离愁。

其　二

断肠春色在天涯,蓬鬓萧条处处家。
过眼离愁空柳色,伤心往迹但桃花。
扁舟左旋移天地,浊水东流老物华。
徒倚楼船眺平野,水天一色雁行斜。

舟过柳园　王春荣绘

　　诗题中提到的"柳园"是哪里呢?从诗的首联看,是在经过高邮去扬州的途中。至于具体是今天的哪个地方,需要实地考察,坐在家里一时还不能指。诗题说"同孙蕙百赋",看来孙蕙也同时写了诗,只不过我们没有见到。或许将来还能见到,或许永远也见不到了。假如永远见不到,我们也就不好判断孙蕙写得好和歹了。

　　刚写完上面这段文字,神奇的事情发生了。我猛然想起在今年夏天的一次会议上，收到过淄川文史专家李祖炬先生编注的《孙蕙诗文集》。翻箱倒柜找出来，从《笠山诗选》卷四中找到了一首七言律诗《初春过高邮》，用韵和蒲松龄的第一首一样，都是"下平声十一尤"。

由此可见，这可能就是孙蕙此次所作。只是孙蕙说"一番斜日过秦邮"，和蒲松龄的"片帆中夜过秦邮"时间上有些不合，再说也没有写到桃花——到底是不是二人同一次写的，我又有点儿怀疑了。

从地图上看，高邮在宝应和扬州之间而略靠近扬州。假如要用一整夜的时间才能到达扬州的话，到高邮差不多就是半夜。所以说："片帆中夜过秦邮。"前边我们讲那首《元宵后与树百赴扬州》，先说"片帆风雪到扬州"，又说"我到红桥日已曛""昧爽归来寿细君"。傍晚到达扬州，第二天黎明就回到宝应给孙蕙继室过生日，证明也得需要一夜的工夫。

深更半夜过了秦邮——古时候，为了传递信息的方便快捷，全国都修建有驿路。驿路上五里一短亭，十里一长亭。这些亭因为主要供政府递送文书的人投宿休息，所以就叫邮亭，也就是驿站或驿馆。高邮这地方原来属于吴国，后来属于越国，再后来属于楚国，最后属于秦国。秦始皇在这里设立高台，在高台上边修建邮亭，从此这里就叫高邮了。

蒲松龄时代，称为高邮州，属于扬州府，级别和宝应县相当。那么，蒲松龄为什么在诗里边写作"秦邮"而不称"高邮"呢？这若碰上中学老师，一定批评他写错了。就算是知道他没写错，也得逼着他改过来，因为试卷的标准答案是"高邮"。即便阅卷人知道你写的也对，谁还有时间去给你和阅卷官汇报争论呢？犯不着汇报争论，又不能擅作主张，唯一的办法就是一切按标准答案——像蒲松龄这样显摆渊博，肯定就要吃亏了。

真的，蒲松龄是在显摆渊博。当代人——特别是有些老干部或尽管不是干部因为年龄老也自认为是老干部的人——别的文学作品拿不起来，就纷纷去写格律诗，写出的格律诗基本上还符合平仄格律，但读来不是味同嚼蜡就是淡如清水。究其原因，就是因为这些作者肚子里头没有货。他们整天在那里摇旗呐喊、歌功颂德，别说我这无关之人，就是那些被他们歌颂的人看了也会嗤之以鼻："哼，你也配！"

这样的人物《聊斋志异》中也有，别说人，连鬼都讨厌他。大家有兴趣可以去找着看，看看他有多讨厌。

蒲松龄在这里不用此地现在的名字"高邮"，而用它古时的名字"秦邮"，这是用典。若写作"高邮",文化浅的人就不会往秦朝联系,因而此地的悠久历史也就得不到展现。用了一个"秦邮",近 2000 年的历史,一下子就拉到读者面前了,视力好的人仿佛还看见了秦始皇。

这层道理老干部们也知道,可惜他们一生都在当干部没时间看书,我们反着孟子的话来说,他们"是不能也,非不为也"。

古今一理,蒲松龄满肚子净是些这个,又怎能当上官?当上当不上官先不去说它,现在船上载着酒,又和当官的县太爷一起,还是去往令人向往的扬州,这也算是人生之大乐了。

所以,过了前半夜,后半夜有些打盹儿,有点儿无聊,就打开酒瓶喝起来:"鼓枻维扬载酒游。"

"枻(yì)",是船舷。"鼓枻",就是用船桨叩击船舷,也就是划船前进的意思。"维扬",就是扬州。《尚书·禹贡》说:"淮海惟扬州。"——淮河和大海之间就是扬州。在古代诗文中,文人们为了雅致,就扬州不说扬州,而说成"维扬"。"维"通"惟"。

奇怪的是,《禹贡》中介绍古九州,除了冀州之外,其他八州都是以此种句式开头,如"济河惟兖州"——济水和黄河一带地区是兖州。"海岱惟青州"——渤海和泰山之间是青州。"黑水西河惟雍州"——黑水西河之间是雍州地区。可是似乎只有"维扬"可以代称扬州,而没听说用"维兖""维青""维雍"代称兖州、青州和雍州的。

"载酒游",就是随身带着酒出游。这也是古今一理。我的想象力一般,我就想象不出假如没人发明酒,世界将会是什么样子?就算世界咱管不了,那旅游的时候凑到一起,不喝酒又该喝啥呢?喝辣椒水固然不舒服,喝蜜喝糖水,除了小朋友,似乎也没什么意思。

还是喝酒好,蒲松龄和孙蕙坐夜航船出行,只有一宿时间,也不肯好好睡觉,还得咋咋呼呼喝起酒来。我估计他们坐的船,应该是县政府的专用船,就好比现在个别领导的专用车——嘿嘿,他们的后备厢里也都是藏着茅台酒的。

我突然想起来,蒲松龄时代已经有人抽纸烟了,《聊斋志异》中也有记载,蒲松龄和孙蕙竟然光喝酒不抽烟,倒也是个好习惯,最起码少挨了老婆许多的白眼。

刚才我们说到,孙蕙那首《初春过高邮》,写的是"一帆斜日过秦邮",而蒲松龄写的这首诗是"片帆中夜过秦邮",一个下午,一个午夜,时间上有些不大对头。

可是我们接着往下看蒲松龄所写,发现他犯了一个大错误。

此诗的中间两联,景物看得清清楚楚,毫无朦胧模糊之感,绝对不是夜间的光景。看来"中夜"这两个字不是蒲松龄疏忽了,就是后人抄写错了。正确的时间应该是如孙蕙所说,正午刚过,太阳微斜,日影正打在船帆上。

说到船帆,不知怎的我又想起了唐人李白的"孤帆远影碧空尽,唯见长江天际流"(《黄鹤楼送孟浩然之广陵》)——一艘小船的影子越走越远消失在碧蓝天空的尽头,只看见长江之水还在向天边滚滚奔流。

不对,我想的不是这两句,我想的应该是:"两岸猿声啼不住,轻舟已过万重山。"(《早发白帝城》)——两岸的猿声还没有停歇,轻舟就已穿过万重山峰了。你看,"轻舟"与"过"字搭配得多好啊。因为舟是"轻"的,所以"过"字才显示出速度之快和身影之灵。

像李白《行路难三首》其一中所说"长风破浪会有时,直挂云帆济沧海"——乘风破浪的时机总会到来,将悬挂起征帆远渡沧海。因为挂起的是硕大的"云帆",船自然也就是大船,所以就得用"济"这样沉稳凝重的字眼儿。

蒲松龄《元宵后与树百赴扬州》诗说:"分赋梅花漾轻桨,片帆风雪到扬州。""轻桨"和"到"结合,大有李白"轻舟已过万重山"之妙之乐;"片帆"之后紧言"风雪",也让我们想象得出帆"片"与雪"片"的相似性——飘飘摇摇、忽隐忽现。

在此诗中,蒲松龄又说:"片帆中夜过秦邮,鼓枻维扬载酒游。"从宝应经高邮至扬州,途中的较大市镇还有界首、马棚湾、车逻镇、邵伯镇——当然还有柳园。其间虽没有三峡的"万重山",夸张一点儿说千百个村落还是有的。只有拈出"片帆"和"过"字,才能"轻舟已过百千村",显示出船行速度之快。

快乐快乐,因为快所以乐。只有这样,才能把饮酒叩舷之乐衬托到极致。

"彩鹢遥从银汉落,黄河长抱白云流",这副对联写得实在是好,因为它境界阔大,画面感逼人眼目。"彩鹢(yì)",古人常在船头上画上彩色的鹢鸟(似鹭一样的水鸟),以抵御水患,因此常用来借指船。如《聊斋志异·西湖主》就写道:"生闻呼罢棹,出临鹢首,邀梁过舟。"——陈明允听到喊声,命令停船,出来站在船头上,邀请梁子俊跳到他的船上。"鹢首",就是船头。

宋人苏轼在《东坡题跋·书摩诘〈蓝关烟雨图〉》中说:"味摩诘之诗,诗中有画;观摩诘之画,画中有诗。"——体味王维的诗,诗中有画面感;观看王维的画,画中有诗歌味。可是我们也知道,诗中有画并不全是画,画中有诗并不全是诗,否则这两样保留一样就行了。

比如说蒲松龄这一联诗,就只能存在于想象中,无论如何也画不到纸上。雕绘着彩色鹭鸶的小船从银河中飘落黄河,此即"黄河之水天上来"(唐李白《将进酒》)——黄河的水是从天上流下来的;黄河从白云的怀抱中流泻而出,此即"黄河远上白云间"(唐王之涣《凉州词》)——黄河的水流到白云之间了。这不仅是空间的艺术,还是时间的艺术,再高明的画家也是无所措手的。

上一联写的是远景、大景,是仰视。"两堤芳草迎凫舄,万顷桃花引钓舟",这一联写的就是中景,是平视,所以看得格外亲切,心情也格外兴奋。"凫舄(fú xì)",指仙人的鞋子,后来常用来代指县令。说起来还有个故事。

晋人干宝《搜神记》记载:

> 汉明帝时,尚书郎河东王乔为邺令。乔有神术,每月朔,尝自县诣台。帝怪其来数而不见车骑,密令太史候望之。言其临至时,辄有双凫从东南飞来。因伏伺,见凫,举罗张之,但得一双舄。使尚书识视,四年中所赐尚书官属履也。

译文:

> 汉明帝时,尚书郎河东人王乔担任邺县县令。王乔有神仙的法术,每月初一,常自己从县里来到朝廷。明帝奇怪他频繁入朝却见不到随行车马,就偷偷让太史官等候看个究竟。太史官报告说,王乔将到之时,总有一对野鸭子从东南方飞来。明帝便派人埋伏起来观察,结果看到野鸭飞来,张开罗网逮住它,一看只是一双鞋。明帝让尚书去辨认,原来是明帝永平四年赐给尚书官属的一双鞋子。

因为王乔做的官是县令,孙蕙做的官也是县令,所以用"凫舄"代指孙蕙是再合适不过的了。这样的典故亏蒲松龄记得住、用得好,怪不得孙蕙让他去当贴身秘书呢。若是换了现在退休之前的那些老干部,这样的诗句绝对写不出来。当然就是写出来,现在的县太爷们也不会喜欢,因为他也看不懂。

"两堤芳草迎凫舄"这一句,意境堪与"满眼风波多闪烁,看山恰似走来迎。仔细看山山不动,是船行"(敦煌曲子词《浣溪沙》)——眼前风吹波涛光亮闪烁,远处的山峰好像朝眼前迎来。仔细看看那山,那山并没有移动,原来是船朝着山前行——相媲美。

别说扬州的老百姓了,就是运河两岸的芳草都夹道欢迎。"欢迎欢迎,热烈欢迎!"哈哈,这马屁拍得真好!

"万顷桃花引钓舟"这一句,仿佛唐人王维的"春来遍是桃花水"(《桃源行》)——春天来了,到处都是漂着桃花的水流——这是说春江水暖,桃花盛开,正是垂钓的好时节,钓民们纷纷驾着钓鱼船涌向运河两岸。此联"迎""引"二字,运用拟人格,下得精妙。让人读后有一种欣慰熨帖的感觉。

对了,差点儿忘了说。蒲松龄"万顷桃花引钓舟"这句诗,还关联到一个有趣的典故。据汉人辛氏《三秦记》记载:

河津一名龙门,桃花浪起,鱼跃而上之。跃过者为龙。否则,点额而还。

译文:

黄河上的河津又叫龙门,每年春天两岸桃花盛开汛期到来的时候,鲤鱼纷纷跳跃而上。跳过龙门的就化为龙。跳不过龙门的,就碰得头破血流退回去继续当鱼。

蒲松龄要读"四书五经"备战乡试,准备着考取举人,进而考取进士。他哪里还有闲情读此类笔记小说,旁学杂搜这些碎屑知识来写诗作文?我们知道,吴敬梓《儒林外史》中写的那些举人进士,是连苏东坡、李清照是谁也不知道的。更何况"鲤鱼跳龙门"这样的典故?可事实是,啥也不知道的人,往往跃上了龙门,啥都知道的,却是"点额"而还。

世界上有很多当时随便一说,后来往往应验的话。这就是所谓谶(chèn)语。蒲松龄由于知道的东西太多,所以就不免胡思乱想并且乱说。比如他写到这句诗,就想到了鲤鱼跳龙门,也就想到了"点额"。因为"点额"是跃不过龙门去碰头而归,所以后人常用来比喻应试落第。而"桃花浪"则指春天在京城举行的会试,也就是"春闱"。连举人都够呛——"点额",更何谈进士——"桃花浪"。

虽然表面上还算平静,心里早已是对科举发怵,打起了退堂鼓了——这段时间在县衙里,升堂退堂的大鼓,蒲松龄该是敲了不少吧?怪不得在正月十五的宴会上,鼓敲得那么有节奏感呢。

要想真正快乐,得做到心无挂碍,就好比鲁智深所说的"赤条条来去无牵挂"，别说心焦的事，就是满心期待的事也不能有。就比如此时的蒲松龄，坐在春天的船上，喝着美酒，瞭望着南方的田野，本来也是一件惬意之事。可是偏偏就想起了科举这件又伤心又期待的事。从顺治十五年(1658年)中秀才后，即四外浪迹，养家糊口。至康熙十年(1671年)写此诗，都13年了，说"10年"那是取其整数往小处说。若再过几年还考不中，四舍五入，就该说"廿(niàn)年"了。

鲁迅20岁那年，寒假期满，要返回南京江南陆师学堂附设的矿务铁路学堂读书。那时也正是烂漫的春天。他与诸弟告别，写下他平生最早的诗作《别诸弟三首》。其第三首说："从来一别又经年，万里长风送客船。我有一言应记取，文章得失不由天。"——这次分别又要一年，万里长风把我坐的客船送往远方。我有一句话弟弟们要记住，文章的好坏要靠自己的努力，不靠所谓的命运。

蒲松龄年轻的时候，也有过鲁迅这种想法。到目前为止，他真正的大文章《聊斋志异》还没有开篇，而当时人认为的所谓文章——"八股文"——他已经写了十几年。尽管自认为写得很好，可是就是入不了主考官的法眼，你说文章的得失由天不由天？尽管鲁迅在《中国小说史略》中对《聊斋志异》有过极高的评价，但那时的蒲松龄假如看到鲁迅这句话一定会说："说得不对。"

尽管还没有回家，蒲松龄早知道自己这次远行也是"从来一别又经年"。现在到了"万里长风送客船"的季节，自己不是顺风往北走，而是逆风往南走，这又叫人情何以堪。

鲁迅第二首诗说："还家未久又离家，日暮新愁分外加。夹道万株杨柳树，望中都化断肠花。"——刚回到家中又离开家，傍晚时刻心上的愁绪分外浓重。道两旁的千株万株杨柳树啊，一眼望去都化成了断肠花。

蒲松龄不也是这样吗？就像一个沿门托钵的和尚，没有一天安稳在家的时候，现在他看着运河东西大堤上茂密的柳树，就想，命运该当如此，也是无可奈何，就把我的离愁和往年一样，一缕一缕拴到飘荡不定的柳丝上，减轻一点儿我心头的重量吧。

现在人们都不会写诗了，可大多数人心中还是有诗和远方的。有远方就必须"浪迹"，有诗就会有"离愁"。"浪迹十年湖海梦，频教杨柳绾离愁"，这两句诗跨越时空，也是对当今年轻人求学、找工作生活的最好写照——伟大的蒲松龄！

在青年鲁迅眼中，"夹道万株杨柳树，望中都化断肠花"。蒲松龄此时32岁，还算得上是个老青年，在他眼里心中，此时也是"断肠春色在天涯"。假如某时某刻鲁迅、蒲松龄这哥儿俩相遇，就是"断肠人"看"断肠人"了。这对断肠人后来的命运也基本相似，都靠教书卖文为生，都有很大文名。"文章得失不由天"这句诗，在他们的文学创作上来说，还是非常恰当的。

蒲松龄时代，清廷有严格的"剃发令"，要把大脑门及两鬓的头发剃得锃光瓦亮。再说，蒲松龄这是在县政府做事，整天进进出出接待的都是有头有脸有鼻子有眼的人。若是胡子拉碴我倒相信，若说蓬头散发我是不相信的。所以说"蓬鬓萧条处处家"这句诗，只是一种象征性的说法。

唐人杜甫在《九日五首》其二中说："即今蓬鬓改，但愧菊花开。"——自己的鬓发就如同乱糟糟的一团随风飞旋的蓬蒿，看到菊花亭亭净植盛开，心中感到很惭愧。他的这个意思，在另一首《九日》诗中说得更是明白："苦遭白发不相放，羞见黄花无数新。"——白发苦苦纠缠不肯放过我，看到菊花年年开出新蕊，感到人还不如一株植物，心中羞愧难当。

杜甫没想到到了蒲松龄的时代，发型发生了变化，已经没有"蓬鬓"了，可人们写诗用典还得照他那老样子写。清朝的诗人也明白，假如按当时的发型去写诗，就会不伦不类十分刺眼，连阿Q看了也不会同意。清朝的文字狱是很严酷的，可统治者居然没有把天下诗人的右手都剁掉，是因为他们竟然没有想到"蓬鬓"也是违碍的。现在我指出这一点，算不得清廷的帮凶，因为清廷早已灭亡100多年了。

"过眼离愁空柳色，伤心往迹但桃花"，"空"和"但"，都是"只"的意思。这一联的意思是说，眼前经过的虽然是柳色，看到心里却只是离愁；看到满目的桃花，也只是引起对往事的伤心。

这两层意思，在上一首的"频教杨柳绾离愁"和"万顷桃花引钓舟"中都已经表达过了。之所以在这里再说一次，是因为蒲松龄心中还存着唐人刘希夷《公子行》中的这两句诗："可怜杨柳伤心树，可怜桃李断肠花。"——可爱的杨柳树啊多么使人伤心，可爱的桃李花啊多么让人断肠。心里有这个意思，觉着不用可惜，所以在这里又把这两层意思重说了一遍。

"扁舟左旋移天地，浊水东流老物华"，这一联诗写得很有哲理性，也就是说很有宇宙意识。古时候的人都相信"地心说"，认为地球是宇宙的中心。现代人都相信"日心说"，认为太阳是宇宙的中心。蒲松龄是相信"地心说"还是相信"日心说"，我们搞不清楚。但他明白无误地告诉我们，地球是自西向东旋转的。

古人以"左"为东，以"右"为西。济南大明湖有一座历下亭，历下亭中有一副清代著名书法家何绍基手书的杜诗名联:"海右此亭古,济南名士多。"(《陪李北海宴历下亭》)——历下亭是大海西边最古老的亭子,济南是个名士辈出的地方。这到山东篇讲《古历亭》诗时我们还要说到。蒲松龄说"扁舟左旋移天地",就是自己像一叶扁舟,随着天地向东——大海的方向——旋转。

"浊水",这里指的是指黄河。因为此时黄河夺淮河水道入海,大运河又经过黄河,蒲松龄在大运河上航行,自然就想到了黄河。黄河东流去,日夜不歇脚。面对此情此景,蒲松龄可能想到了"子在川上曰:'逝者如斯夫,不舍昼夜。'"(《论语·子罕》)。——孔子在河边说,流逝的时光就像这河水一样,日夜不停啊。可能想到了"是处红衰翠减,苒苒物华休"(宋柳永《八声甘州》)——到处都是红花凋落、绿叶减损,美好的事物随时光慢慢消失。

可能还想到了屈原的名句"汩余若将不及兮,恐年岁之不吾与……日月忽其不淹兮,春与秋其代序"(《离骚》)——时光流逝我好像赶不上了,恐怕年龄不给我那么多时间……日月运转一刻也不停留啊,春天过完了马上就是秋天。

蒲松龄是一个普通乡村的普通秀才,尽管曾考了个县、府、道三第一,但那已是十几年前的事了。可是他像当时的许多知识分子一样,就算是身处穷乡僻壤,也有一种宇宙意识和时代精神,以此支撑着他们的人生信念。"穷且益坚,不坠青云之志"(唐王勃《滕王阁序》)——处境困顿更应该坚强努力,永远不能放弃自己的凌云志向。

鲁迅诗云:"心事浩茫连广宇,于无声处听惊雷"(《无题》)——心事辽阔遥远直连广大的宇宙,在万籁无声的时候静待惊雷的炸响。可惜这样的"惊雷",鲁迅没听到,蒲松龄更是没听到。

蒲松龄在孙蕙县政府派出的高高的楼船上,这里停停、那里靠靠,是坐也不是,站也不是,一时手足无措,不知如何是好。就好比我们有同学做了县长,我们尽管有时也坐着他的车跟他去喝酒风光风光,但醉后想想不免沮丧——车子是人家的,酒是人家的,看似站在一起,肩膀头却是不一样高的。

"徙倚楼船眺平野,水天一色雁行斜",万里平野无遮无拦,从水天相接之处飞来一行雁阵。它们嗷嗷地鸣叫着,越过船上之人的头顶,向北方家乡的方向径直飞去。楼船再高也不可长靠,不是自己的;孙蕙这县长也不可长依,也不是自己的。还是做上自己的官、靠在自己的楼船上最踏实。可是这些都在哪里呢?说不定就在明年的乡试之中吧? 是啊,万一成了呢!

平野尽处是春山,家乡更在春山外——不如归去!

早过秦邮

蒲松龄作幕的宝应县,清康熙年间属于江南省扬州府。也就是说,当时府这一级行政机构,处于省和县之间,大致相当于现在的市。

我们知道,现在县里区里的领导是三天两头儿往市里跑的。大部分是因为公事,比如开会或汇报工作;小部分是因为私事,比如联络感情,当然汇报工作也是联络感情的常用形式。

孙蕙是县政府的第一把手,当然也断不了来来回回到扬州府办理公事或私事。

这条大运河真是便利,说来就来,说去就去,就像一条大型传送带,日夜滚动着南来北往的各色人等。其中有多少是北上进京的官员,有多少是南下转赴四方的官员,有多少是当地官员来回漂,谁也说不清楚。反正若拍成延时镜头,一定非常热闹,就像有人在一把一把左右投掷织布的梭子。

这一天夜里,船又出发了。快到天亮的时候,遥遥地看见了高邮的城墙,听到了报晓的画角。孙蕙写诗没有呢?我们不知道。蒲松龄写下了这首五言律诗《早过秦邮》。

早过秦邮

茅店鸡声早,片帆夜渡时。
云低隔树断,雾湿压篷垂。
恨别江淹赋,离骚宋玉悲。
高城闻画角,乱傍晓风吹。

"茅店鸡声早",是说船行驶到高邮附近时,天色尚早,视线不是很好,可耳朵已经听到远处报晓的雄鸡开始打鸣了。那时的船只都是人力的,若是换成后来的机械船,汽笛"嘀嘀嘀嘀"一路叫着,两岸的大公鸡一路"咯咯咯咯"应和着,那也真是好听。

此时,若是船上正好坐着一位音乐家,把这优美的旋律记录下来,就是一支

早过秦邮　王春荣绘

悠扬动听的《运河晨曲》。假使有人站在尖尖的船艄上用竹笛演奏,再配上两岸时隐时现的茅店,那就更加赏心悦耳兼悦目了。

倘若宋朝的王希孟见了这番景象,会不会再画一幅《千里运河图》呢?把蒲松龄画在图中的哪个位置呢?

我们知道,唐人温庭筠有"鸡声茅店月,人迹板桥霜"(《商山早行》)——鸡叫声声,茅店清清,月光明亮;足迹凌乱,板桥横斜,寒霜惨白。宋人辛弃疾也有"旧时茅店社林边,路转溪桥忽见"(《西江月·夜行黄沙道中》)——记得旧时的茅店在土地庙的附近,拐个弯走上溪桥真的就出现了。这都是描写鸡声和茅店的现有的成句。

蒲松龄听到鸡声,就想起了这些句子。他坐在船上,船在水中,水面比两岸低,就算光线好能看清两岸的景物也应该看不远,但是因为心中有了前人的这些诗句,实际上"茅店"看不看得见,"鸡声"听不听得清,那是不重要的,只要在诗中看得见、听得清就行。

这"片帆夜渡时",乍一看好像也是蒲松龄看到的景象,其实不是,这是蒲松龄想象当中从远处看到的自己的船只。明人张岱在《湖心亭看雪》中说:"湖上影子,惟长堤一痕,湖心亭一点,与余舟一芥,舟中人两三粒而已。"——湖上的影子,只有长堤的一道痕迹,湖心亭的一点轮廓,和我的一叶小舟,还有舟中的两三粒人罢了。此时,张岱是在船上,他远看长堤和湖心亭,固然是"一痕""一点",他看自己的船和身边的人,绝对不会是"一芥"和"两三粒"。他这也是在想象中提前跑到远处的湖心亭上,反回头来看自己。蒲松龄写这句诗,也是这种感觉。

其实,这一联诗的正常语序应该是这样的:我们坐着小船夜渡的时候,听到了岸上茅店里传出的鸡声,噢,已经是早晨了。说到这里,我还想补充一句:刚才我们说大早晨的天色不好,蒲松龄实际上可能看不清茅店,这茅店只存在于古人的诗句中。想想也不完全对。

蒲松龄今天没有看见茅店,不证明他平时没有看见茅店;今天早晨没有看见茅店,不证明他往日中午或下午没有看见茅店。他们虽然经常坐夜航船,却不一定必须坐夜航船。比如我们雾霾天在上学的路上看不到我们的学校,但听到当当的钟声,我们也知道那是我们学校的预备铃。说不定还能看到老师正夹着课本走向教室呢。

在散文中需要说明白的东西,在诗歌中是不需要的,让你想象着去自己补充就是。

我们一直在说这天早晨光线不好,一是因为时间太早,二是因为云太低雾太浓。"云低隔树断,雾湿压篷垂",你看云太低,把河岸上的树林都给隔断了;雾太浓,变成了露滴,把船篷都给压得低垂下来了。

当然,云雾把树林隔断,可能是实际情况,因为平时看到过完整的树林。至于露滴把船篷压得低垂下来,这就是夸张的艺术手法。他们坐的是县政府的楼船,又不是塑料大棚,怎么会被露滴压得低垂下来需要不时有人捅捅积水呢?

蒲松龄之所以这样写,是因为他要过渡,要转折,要把诗笔从对自然景物的描写转入对个人心情的描写。这时,他的心情是沉重的,所以眼前的景物也是沉重的。天上沉重的露滴打落下来,仿佛都要把船篷给压塌了,船篷里头的人,更是感到了沉重的力量,猛地挺一挺身子,仿佛矮了二寸。

蒲松龄的心情为何会如此沉重呢?因为他有"恨"有"别",有"骚"有"悲":"恨别江淹赋,离骚宋玉悲。"若是加上标点符号,就是:《恨》《别》江淹赋,《离骚》宋玉《悲》。"

江淹是南朝著名作家,其代表作是《恨赋》和《别赋》。"恨"是遗憾的意思,《恨赋》写人生遗憾之事。"别"是分别的意思,《别赋》写人生分别之事。《离骚》

是楚国诗人屈原最有名的作品,宋玉是屈原的弟子。屈原被楚王放逐之后,宋玉伤悼怜惜屈原的遭遇,写一篇《九辩》来陈述屈原的志向。《九辩》上来就说:"悲哉秋之为气也!萧瑟兮草木摇落而变衰。"——使人悲伤啊这秋天的气候,大地萧瑟啊草木衰落凋零。"悲"实际上代指的就是《九辩》。

"离骚"是遭遇忧愁的意思,也可以解释为牢骚。蒲松龄抛妻别子到宝应来做幕僚,影响了自己复习应试,这是遗憾的——其时,正是乡试的空当,说不定不到宝应才后悔遗憾呢。

至于像屈原或宋玉遭遇的那样悲伤的事情,倒是确实没有发生过。蒲松龄自己没有考上功名,也不是皇帝把他放逐了,所以就算有牢骚,也没有屈原那样厉害。

蒲松龄这样写,多少有点儿"为赋新词强说愁"(宋辛弃疾《丑奴儿·书博山道中壁》)——为了写出新词,就硬说自己有愁——的文人习气,也是为了凑个好对子。再说了《恨赋》《别赋》是江淹的作品,《离骚》是屈原的作品,为了平仄关系,不好说屈原,硬拉来宋玉凑数,也显得不是很自然。总之,我认为这个对子写得不好。

最后这一联虽然不是个对子,可是写得真好。"画角",用竹木或者皮革制成的乐器。因为外加彩绘,本细末大,形状如牛角,故称"画角"。多在黎明和黄昏之时吹奏,相当于出操和休息的信号,发音哀厉高亢,古代军中常用来警报昏晓。

宋人陆游《沈园二首》其一说:"城上斜阳画角哀,沈园非复旧池台。"——城墙上的画角仿佛带着声声哀怨,沈园已经不是从前的楼亭池台。看来为了使声音传得远,画角都在城楼上吹响。这次不但高邮城里的居民,连城外大运河上的蒲松龄都听到了。

"高城闻画角",实际语序是"闻高城画角"——听到高高城墙上的画角声——那样写意思固然不错,但节奏不符合律诗的要求,所以只能这样说。这是诗的特权,为了格律可以改变语序,在散文中,就不能这样。若是谁这样了,就是病句,需要改正。

这最后一句,若叫我来写,我就写成:"乱傍晓风飞"。哀凉的画角之声随着早晨清凉的风缕四处乱飞,弄得人心里也乱糟糟的,平静不下来。可是蒲松龄不是我,他写的是:"乱傍晓风吹。"仿佛是有个士兵站在城楼上对着晨风吹画角,由于刚刚练习或者喝醉了酒还没醒过来,吹得怪声怪调,让人心烦意乱。

这两种写法哪一种好呢?我告诉你吧,在表达意境上或许我的写法略胜一筹,但在格律上我的写法是不行的。因为蒲松龄这首诗押的是"上平声四支"韵,而我写的这个"飞"是"上平声五微"韵。"四支""五微"尽管是邻韵,严格说来也是不能出韵通押的。

蒲松龄一辈子没当上干部,所以他绝对不会像老干部一样押韵。而我虽然也老了,可又没当过干部,所以算不上老干部,于是赶紧把这层道理告诉大家,哈哈,我这种写法是不可取的,让蒲松龄知道了,他会打我手心的。

蒲松龄这首诗,还有一个特点需要说说。就是它是以听觉开始,以听觉结束的。一开始,他听到的是鸡叫声。一个旅人听到鸡叫声会有什么样的感觉呢?最后的时候,他听到的是画角声。一个旅人听到画角声会是什么感觉?

今天的人想听原汁原味的画角体会体会是不可能了,但听听鸡叫还是极有可能的——当然我说的是到乡村里,可不是到集市上杀鸡的地方。

秦邮官署

蒲松龄在孙蕙身边共待了一年时间。

这一年之内,他不知道陪着孙蕙——有时也自己——在大运河上漂泊于宝应、扬州之间多少次。每一个来回,他都会对着大运河东岸高高的高邮城墙出神半天,想着拜访这座历史悠久的文化古城和文化名城。

终于,机会来了。这年春天,高邮州知州佟有信由于在政绩考核中不合格,被免去了职务。孙蕙虽然考核"卓异"——相当于现在的优秀——应该升任更高职位的官职,可是也正因为其表现优秀,上司就让他去兼任高邮州知州。

这看起来是权力大了,但治理难度也随之大了,所以对孙蕙来说,是一件苦恼的事情。他屡次推辞未获批准,在扬州府知府赵良相的屡次催促之下,才去赴任。而对蒲松龄来说,又增加了一番非常难得的人生经历。

虽说是经历难得,过程却并不愉快。我们来看看蒲松龄在高邮府衙中写的这首五言古诗《秦邮官署》,就知道他当时的所思所感了。

秦邮官署

春花色易老,游子心易酸。
良时不再至,伤心惊逝湍!
人来春草绿,人去秋柳残。
大风东南来,飘飒吹林端。
明月照屋梁,重之夜漫漫。
感此动离思,顿令衣带宽。
乃知万里别,古人所以叹。

"春花色易老,游子心易酸",在这两句诗中,蒲松龄连用了两个"易"字。我们知道这是一首五言古体诗,也就是说,只要每句五个字,并且双句句尾押韵就行,其他格律是一概不必讲究的。像这两句诗中连用两个"易"字,在格律诗中是绝对不允许的。一是因为平仄不对,二是因为用字重复。可是这是古体诗,连用两个"易"字不但不觉不好,反而觉出一种特殊的古朴苍劲之美。

前边我们读过了蒲松龄的多首格律诗,也就是近体诗,现在读读这首古体诗,也换换胃口,让眼睛和嘴唇变变角度和姿势。

"老"和"嫩"是对应的。春花刚刚开放的时候,色彩是娇嫩艳丽的。可是到了暮春,花的颜色就逐渐老去,也就是越来越深,越来越陈旧,失去了当初的新鲜感。这在花来说,是再自然不过的事情了。花若是不老不落,又怎么会结果挂实呢?

宋人张先《一丛花令》说:"沉恨细思,不如桃杏,犹解嫁东风。"——怀着深深怨恨,我反复地思量,我的命运还不如桃花杏花,它们倒还盼着嫁给东风,结实育子呢。可花是美丽的浪漫的,果实是单调的实在的。在诗人们看来,春花色老,就好比人的美貌容颜也随之离去,所以易生伤感。

就是平常处境的人,看着春花老去,也有人生易老之感,更何况此时的蒲松龄还是不折不扣的游子?尽管此时的蒲松龄不在乡试年,他才有可能到宝应、高邮做这次富有特殊意义的人生之旅。对这次旅行本身,我想蒲松龄是不会有什么遗憾的。吃穿住行玩乐,不管哪一方面,他都享受到了。这对一个穷秀才来说,也算是人生一大艳福。

可是,毕竟还有个心事未了。自己梦寐以求的那个举人、进士,何时才能够和自己合二为一成为现实呢?我们生也晚,没见过更没有做过清代的秀才。可是我们都见过当今的高中生,我们家家也都有过这样的高中生。他们只要不经过6月那三天高考,在此之前的任何时间,你就是让他玩,让他到北京上海、苍山洱海尽情玩,他也一定玩不痛快,因为他有心事,他的命运还在未定之天,他是不能尽兴玩耍的。

蒲松龄就是这样一个人,并且还是一个屡次复读的老高三生。19岁考中秀才,按照正常进度,现在早已是进士,早已是和孙蕙一样的县太爷了,早就可以带着老婆孩子在县衙里安家享乐了。

唉,这些事还是不想的好——"游子心易酸"——一想起来,不但心内发酸,连鼻子都像呛了醋。

我们知道孔子是一个非常珍惜时间的人,有一次他来到一条河边,看着流去的河水,发出"逝者如斯夫,不舍昼夜"(《论语·子罕》)——流逝的时光就像流逝的河水,昼夜不停——的慨叹。孔子想着建功立业,实现自己的礼乐梦想,他感到人生的终点每时每刻都在向自己逼近。

蒲松龄更是如此。因为孔子时代做官不用考,只要有人用你,你就可以随时做官。蒲松龄时代做官得考,你考不上,谁也没有办法让你做官。所以他更感到时间的紧迫,生命的易逝。

"良时不再至",就是说美好的青春时光已经过去,就不会再来了。"伤心惊逝湍",是说看着湍急的河流,不但吃惊,甚至都伤心起来了。蒲松龄和孔子都是有事业心的人,并且还具有极高的艺术素养,因此他们的心灵是敏感的。

至于那些每天熬日子的芸芸百姓,虽然也知道青春一去不复返的道理,可是由于没有执着的人生目标,所以也就人生一世、草木一秋地一辈子一辈子过去了。

"人来春草绿,人去秋柳残",这两句诗写的是蒲松龄春天随孙蕙来到高邮州,秋天到来就要从这里回淄川老家了。蒲松龄写这首诗的时候是什么季节呢?根据下文推测,可能就是离别前夕的夏末秋初。当然,有过一定生活经验的人都知道,柳树尽管枝条柔弱,可也颇为耐寒,这时是绝不会凋残的。蒲松龄这样写,也只是为了用离别之时的景物萧瑟,衬托自己离别心情的黯然神伤。

中国的气候,特别是东半部的气候,大范围属于季风气候。也就是说冬季盛行大陆季风,寒冷干燥;夏季盛行海洋季风,湿热多雨。这种海洋季风,多为东南风。因为那时候蒲松龄还没有踏上北行的归程,所以那还正是东南风浩荡的时候。

"大风东南来,飙飒吹林端",大风从东南方向吹过来,最先有所反应的就是树林的顶梢。"飙飒(biāo sà)",飙,指的是暴风,飒,指的是大风吹动物体的声音。大风从东南方的大海上吹刮过来,树梢摇来摇去,树林之上也好像起了波涛——若是吹在松树上就叫松涛——发出呼呼的响声,让人担惊受怕。这大概是白天的情景,到了晚上会是怎样呢?

"明月照屋梁,重之夜漫漫",皎洁的月光照在屋梁上,让人难以入睡;再加上心事重重,翻来覆去睡不着,夜晚显得更是漫长。蒲松龄在《寒食阴雨,有怀刘孔集》其三中说"独坐屋梁看落月"——独自坐在屋梁下看着月亮慢慢落下去。这用的是唐人杜甫《梦李白二首》其一中的典故:"落月满屋梁,犹疑照颜色"——明月落下光芒照满了屋梁,让我仿佛又见到了你的容貌。在那里蒲松龄把自己比作杜甫,把刘孔集比作李白。在这首诗中,蒲松龄仍然运用此典,大概又把孙蕙比作李白了吧。

睡又睡不着,夜里起来乱逛游,也显得怪瘆人。没有办法熬过这漫漫长夜,就只好躺在床上胡思乱想。想来想去,最想的还是自己的家,还是家里的老婆孩子。此时此刻,老婆孩子在干吗呢?他们是安然入睡,还是也在想着我呢?那几个贪睡的孩子大概已经沉入梦乡,刘氏夫人应该还在想着我吧。

这样想着,蒲松龄不由得又想到了《古诗十九首》中的名句:"相去日已远,衣带日已缓。浮云蔽白日,游子不顾反。"——分离的时间越长越久,系衣服的带子就越是松缓。浮动的云彩遮住了太阳,在外的游子不想回还。刘氏夫人想没想到这首诗呢?

那时,估计蒲松龄的第三个儿子蒲筜已经出生,刘氏夫人的腰一定细了不少。自己的腰呢?下意识用手一掐,刚才还不要紧,这一动离愁,仿佛突然细了四指——赶紧提提裤子紧紧腰带。"感此动离思,顿令衣带宽",说的大概就是这个意思。实际上,我想蒲松龄在孙蕙县衙里一定吃胖了。

蒲松龄是典型的读书之人,肚子里边都是诗词歌赋的典故。假如他一想写某一方面的诗,某一方面的相关内容就会自动纷至沓来,就像启动了搜索引擎。现在他抒发的是离愁别思,有关离愁别思的前人作品,就都凑到了他的笔下。他仔细看看、仔细想想,慢慢也就释然了。

"乃知万里别,古人所以叹",像我这样的长距离——并且还是长时间——分别,古人也是纷纷叹息的。由此看来,古今一理,伤心的也不是我自己。古人都这样过来了,我也一定能熬过去。就这样,蒲松龄自我宽慰着,在月亮落下去的黎明时分,进入了梦乡。

蒲松龄在高邮这几个月,看来没留下多少美好记忆。但是他很喜欢高邮的美食,特别是对高邮的鸭蛋,印象更是深刻。他后来在《日用俗字·饮食章》说:"金华火腿尤清素,高邮变蛋不齁(hōu)咸。"——金华的火腿非常清淡素雅,高邮的变蛋味道也不过于咸。他在蒲家庄不可能吃到金华火腿和高邮变蛋,这一定是此次高邮之行留在舌尖上的永久记忆。

变蛋,又叫皮蛋或松花蛋,以鸡蛋或鸭蛋做成。高邮西边就是烟波浩渺的高邮湖,盛产鱼虾,也同时养肥了高邮的鸭子,收获了著名的高邮鸭蛋。我想,蒲松龄吃到的高邮变蛋,可能是鸭蛋做成了。

旅行既是文化之旅,也是美食之旅。现代高邮作家汪曾祺先生也是有名的老饕(tāo)——贪吃的人,就算是美食家吧——在他笔下,少不了家乡的美味高邮鸭蛋。他在《故乡的野菜》中说:

我们那里,一般的酒席,开头都有八个凉碟,在客人入席前即已摆好,通常是火腿、变蛋(松花蛋)、风鸡、酱鸭、油爆虾(或呛虾),蚶(hān)子(是从外面运来的,我们那里不产)、咸鸭蛋之类。

在这段文字中,不但"火腿",连"变蛋""咸鸭蛋"都提到了。在《故乡的食物·端午的鸭蛋》中他又说:

我的家乡是水乡。出鸭。高邮大麻鸭是著名的鸭种。鸭多,鸭蛋也多。高邮人也善于腌鸭蛋。高邮咸鸭蛋于是出了名。我在苏南、浙江,每逢有人问起我的籍贯,回答之后,对方就会肃然起敬:"哦!你们那里出咸鸭蛋!"上海的卖腌腊的店铺里也卖咸鸭蛋,必用纸条特别标明:"高邮咸蛋。"高邮还出双黄鸭蛋。别处鸭蛋也偶有双黄的,但不如高邮的多,可以成批输出。双黄鸭蛋味道其实无特别处,还不就是个鸭蛋!只是切开之后,里面圆圆的两个黄,使人惊奇不已。我对异乡人称道高邮鸭蛋,是不大高兴的,好像我们那穷地方就出鸭蛋似的!不过高邮的咸鸭蛋,确实是好,我走的地方不少,所食鸭蛋多矣,但和我家乡的完全不能相比!曾经沧海难为水,他乡咸鸭蛋,我实在瞧不上。袁枚的《随园食单·小菜单》有"腌蛋"一条。袁子才这个人我不喜欢,他的《食单》好些菜的做法是听来的,他自己并不会做菜,但是《腌蛋》这一条我看后却觉得很亲切,而且"与有荣焉"。文不长,录如下:

腌蛋以高邮为佳,颜色细而油多,高文端公最喜食之。席间,先夹取以敬客,放盘中。总宜切开带壳,黄白兼用;不可存黄去白,使味不全,油亦走散。

高邮咸蛋的特点是质细而油多。蛋白柔嫩,不似别处的发干、发粉,入口如嚼石灰。油多尤为别处所不及。鸭蛋的吃法,如袁子才所说,带壳切开,是一种,那是席间待客的办法。平常食用,一般都是敲破"空头"用筷子挖着吃。筷子头一扎下去,吱——红油就冒出来了。高邮咸蛋的黄是通红的。苏北有一道名菜,叫作"朱砂豆腐",就是用高邮鸭蛋黄炒的豆腐。我在北京吃的咸鸭蛋,蛋黄是浅黄色的,这叫什么咸鸭蛋呢!

这段文字,在过去的中学语文课本上是有的。那时的语文课本是各省自主编著出版的,现在是全国统一一个样了,不知还有没有这篇课文。我问过我的学生,他们说没有学过。假如真的没有了的话,那就从这里看看吧——啊,馋死了!

　　最后,我还想说几句。蒲松龄是最善于写七言格律诗的,尽管也写这样的古体诗,还是习惯性押上了平声韵。这首诗的韵脚用字,都在"上平声十四寒"韵。其中的"漫漫"和"叹",都应该读作平声,也就是和"寒"一样的声调。

　　由此你也就明白,唐人岑参那句"故园东望路漫漫"(《逢入京使》),应该读成"故园东望路漫漫(mán mán)"了。

扬州夜下

既然到了高邮,孙蕙不管喜欢不喜欢这份工作,总得先干起来再说。千古一理,不干又有啥办法?再说了,啥工作想干好都不容易,按照日常程序运转起来,倒也不是十分困难。

在此情况下,作为贴身秘书,蒲松龄尽管心情不是十分舒畅,可也不能消极怠工,给领导带来不好的影响。这不,不管如何,又要坐船公干或者私干了。

究竟是公干还是私干,我们不去考究,反正我们看到蒲松龄出门坐的还是夜航船。船上的情景是怎样的呢?

我们来看他这首七言绝句《扬州夜下》。

扬州夜下

梦醒帆樯一百里,明月江树密如排。
舟中对月拥窗坐,烟舍村楼尽入怀。

这首诗的题目是"扬州夜下"。"扬州"不用说,指的就是江南省扬州府的府治扬州城,这在前边我们已经多次说过了。可是"夜下"是什么意思呢?"夜"不用讲,就是诗人顾城所说的"黑夜给了我黑色的眼睛/我却用它来寻找光明"(《一代人》)的黑色的夜晚的意思。关键问题是"下"做何解。

"下",字典上的意思有多个,和这里有关的,就有"从高处到低处""从北到南""从上游到下游""从城市到乡下""从上层到基层"等。高邮城在高处和上游,因为运河水是从北往南流的,所以这个"下"应该是从高邮到扬州。可是和扬州比起来,高邮又算得是"乡下"和"基层",所以这个"下"又似乎是从扬州到高邮。

照我的理解,这个"下"字应该是从扬州城出发朝高邮方向去。尽管李白曾说"故人西辞黄鹤楼,烟花三月下扬州"。(《黄鹤楼送孟浩然之广陵》)——老朋友告别了黄鹤楼向东而去,在烟花繁茂的三月里漂向扬州。可那是"下扬州"而不是"扬州下"。

蒲松龄在前边我们讲过的《元宵后与树百赴扬州》其二中说:"饱帆夜下扬州

扬州夜下　王春荣绘

路,昧爽归来寿细君。"这说的也是傍晚到达扬州后,返回宝应的行程。因此我在这里就按照蒲松龄是从扬州出发朝高邮行进讲吧。

这天夜里,蒲松龄在扬州办完了事,坐着夜航船往回赶。因为诗题上有个"夜"字,我们说他坐夜航船是不会错的。可是一夜还有五更,他是从晚上坐上船,还是半夜坐上船的呢?还真是一口说不过来。你看他说"梦醒帆樯一百里",意思就是说,他坐在船上做梦,走了100里路之后他梦醒了。照理说,咱们一般人梦醒的时候是早晨,可是现在一定是早晨吗?

据《元宵后与树百赴扬州》所说,从扬州到宝应需要走整整一宿。高邮在扬州和宝应之间稍微偏南,用半宿时间就会到达。坐车走陆路,从扬州到宝应有100多里路。在大运河上走水路不用拐弯,也就一百来里路。这一路上大概没人和他喝酒聊天,所以他就睡觉,做了个梦醒来也就到了。

我说蒲松龄做了个梦醒来也就到了,言外之意是不是说,假如他一梦不醒,就会到了宝应呢?我不是这个意思。我的真实意思是,蒲松龄长期来往于扬州高邮之间,都形成了职业习惯,也可以说都定好了生物钟,在半梦半醒之间迷糊迷糊,一个激灵醒来的时候,正好到达目的地,该收拾行李物品了。

可问题是,蒲松龄醒来之后,看到的是"明月江树密如排"——这明亮的月光,也不能证明是早晨还是半夜。假如是一般日子,可能半夜里月光最亮,可假如是十五前后呢?就算到了早晨也应该还有月亮吧。若是那样的话,蒲松龄就有可能是在扬州办完了事、喝完了酒、吃完了饭,半夜或者后半夜出发的。

不管他啥时候出发,这个问题不是很重要,现在又有一个比它重要的问题出现了。就是"江树"是什么意思呢?照字面看来就是江边的树。可是我们知道,蒲松龄这是行驶在大运河上,并不是行驶在任何一条江上。在《早过秦邮》那首诗中蒲松龄说"云低隔树断",难道这"树"就是所谓"江树"?那天夜里雾重,看不清楚看不连贯;今天夜里月亮好,长长的一排都看清楚了?

假如不是这样,而硬说"江树"就是江边的树,那是不是我们上边的文字都讲错了?也就是说,这一次蒲松龄是真的坐着船顺流而下,从扬州南去到长江里转了转,看了看真正的长江夜景?我想也不是没有这种可能。

那时交通不便,到南方旅游一次极不容易。别说还没做上官,就是考中进士做上官了,谁知道还能不能游历长江呢。若是把你分配到偏远的北方,这辈子想来看长江就难了。所以机不可失、时不再来,还是抽晚上的时间去看看吧。

这样一解释,先不说对不对,反正这最后两句就感觉不大像是船到码头车到站的样子了。"舟中对月拥窗坐,烟舍村楼尽入怀",这分明是优哉游哉地坐船观景,自由自在得很,假如是到了高邮的话,早就应该起身拾掇行李了。

这时,江上可能有些冷,否则他不会坐在船舱的窗子跟前那么老实,只是静静地看着江天之间的溶溶月色,他可能早跑到甲板上去看月光下澄澈的波浪了。今天晚上孙蕙没来——叫人家告个公款旅游,恐怕也不是小事——酒也喝不起来,不能借酒发疯,人就显得安雅,就像《聊斋志异》中江南的大家闺秀。

坐在船舱的窗下,放眼望去,月光之下是笼罩着烟雾的村庄里的房舍和楼台。我们不曾有过这样的夜游经验,不知真的坐在船上,是否能够看清楚岸上的村舍楼台?就算看不十分清楚,这样说总也不会有大错——反正只要有村庄的地方,就会有房舍楼台。

就好比朦朦胧胧之中看到远处有个人影走来,甚至你只听到有人咳嗽了一声,你说他有胳膊有腿有鼻子有眼,一般情况下是不会错的。当然我这个比方打得毫无诗意,破坏了整首诗的意境,该打该打。

最后我还想说,这首诗的最后一个字,原来写作"杯",也就是说这第四句诗是"烟舍村楼尽入杯"。按照《佩文诗韵》,这首诗第二句末尾的"排"在"上平声九佳",第四句末尾的"杯"在"上平声十灰",虽然是邻韵,也不能通押。而这个"排"字又不像用错了字,所以我们怀疑可能是这个"杯"字写错了。当然也不是说蒲松龄写错了,极有可能是后来的抄录者抄错了。

那正确的用字应该是哪一个呢?我觉着应该是"九佳"的"怀"。因为在古代"怀"尽管写作"懷",不大容易和"栖"混淆。但很早就有人为了省劲喜欢写简体字,而简体字的"怀"字和"杯"写成行书,就很容易相混。

所以为了记诵方便,我就把"杯"径改作"怀"了。至于改得对不对呢?我也只有七八分把握而不敢十分肯定。

泛邵伯湖

前边我们说过,从宝应到扬州这一段的大运河,其西紧挨着一片绵延一两百里的浩渺湖面。从北往南分别是白马湖、宝应湖、氾光湖、洒火湖、津湖、高邮湖,最南面就是邵伯湖。

与邵伯湖隔运河相望,还有一个面积较小的渌(lù)洋湖,也是旅游的好去处,因为蒲松龄没有写到,我们先不去说它。

邵伯湖因邵伯而得名,邵伯又是谁呢?

我们知道,周朝的天子是姬(jī)姓。周公叫姬旦,是周文王姬昌的儿子,周武王姬发的弟弟。召(shào)公叫姬奭(shì),也是周朝的宗室,也就是说,和周武王、周公旦是同一个祖宗,并且还是同辈。

当年召公到陕塬(今河南省三门峡市陕州区境内)以西自己的封地就任之后,经常到民间去巡行视察。为了不打扰民众劳动生产,不像现在有的领导干部带着摄像领着媒体,呼呼拉拉到公堂去办公讲排场,而因陋就简,就在一棵棠梨树下审判案件、处理政务。

召公死后,当地人民感念召公之美政,就把那棵棠梨树保护起来作为纪念,并写了一首诗来歌颂召公。这首诗后来收在《诗经·召南》当中,题目就叫《甘棠》,其第一段是这样写的:

蔽芾(fèi)甘棠,勿翦勿伐,召伯所茇(bá)。

译文:

高大茂密棠梨树,不要剪除别砍伐,召公曾经住树下。

召公就是召伯,也就是邵伯。

可是,有人要问了:"邵伯不是在陕西巡查办公吗?怎么又跑到江苏来了?邵伯的腿可够快的,这个邵伯湖也够大的。"不是的,我告诉你吧,这个邵伯湖和邵伯没有半毛钱关系，是后人硬把邵伯和这个湖联系起来的。

你说人家把邵伯和这个湖硬联系起来，你有根据吗？硬联系起来不觉生硬吗？怎么还就叫开了呢？哎呀，你和我一样，也是一个急脾气。你且喝口水，沉沉气，听我娓娓而谈着给你慢慢道来。

邵伯湖，又名棠湖或甘棠湖，古属三十六陂(bēi)，就是说属于扬州三十六片湖泊之一。后来其他的湖泊大多消失了，只有它依旧烟波浩渺，所以素有"三十六陂帆落尽，只留一片好湖光"——三十六湖都不能行船了，只留下这一片美好的湖泊风光——的美称。

这片湖水春秋时期称为武广湖，还有一个名字叫武安湖。到了东晋时代，赫赫有名的大臣谢安因为受到奸臣的诬陷，被排挤出朝廷到广陵——扬州——来做地方官。谢安看到这片地域旱涝不均，时有灾害，就亲自率领民众于此筑起大堤。从此低处不涝，高处不旱，人民安居乐业。

后世之人为纪念谢安之德政，把他比作周代甘棠树下的邵伯，因此人称谢安所筑之大坝为邵伯埭(dài)，大坝旁边的湖泊为邵伯湖，也叫棠湖或甘棠湖。这样看来，邵伯湖和邵伯尽管没什么直接关系，可联系得也不那么生硬了。

在我们淄川的孝妇河上也有一片水泊，因为是20世纪中后期拦河而成，那时不让读古书，已经没有官员知道邵伯了，大概主要还是因为没有官员像邵伯那样赢得人民的尊重了，所以就没有叫邵伯湖而叫了留仙湖。

"留仙"是蒲松龄的字。一辈子熬到能用自己的名或字命名一件事物，也就值了。我们得向邵伯和蒲松龄学习。就算像谢安那样白忙活了，留下一个口碑也是好的。

蒲松龄随着孙蕙来到高邮，离高邮湖近在咫尺，高邮湖南边紧接着就是邵伯湖，想来他不知道去游玩了多少回。

高邮湖的鸭蛋蒲松龄是吃过瘾了，只不知名声颇大的"邵伯菱角""邵伯龙虾"和"邵伯湖螺蛳"，蒲松龄吃过没有，感觉味道咋样？

不行，口水都淌出来了。还是找块手巾擦擦，赶紧来看蒲松龄这首七言古诗《泛邵伯湖》，过过眼瘾吧。

泛邵伯湖

湖水清碧如春水，渔舟棹过沧溟开。
夕阳光翻玛瑙瓮，片帆影射琉璃堆。

游人对此心眼豁,拍案叫绝倾金垒。
湖风习习入窗牖,开襟鼓楫歌落梅。
遥堤欸乃声陆续,铿鞳近接湖东隈。
烟色苍苍日色暮,欲行且止犹徘徊。
俄顷星出湖墨黑,城门久闭驺人催。
扶醉下船事鞍马,炬火光天归去来。

泛邵伯湖　王春荣绘

"湖水清碧如春水",看过这第一句诗,我们就知道这首诗不是春天写的,因为"如春水"就肯定不是真春水。真春水是什么样子的呢?真春水就是春天的河水、江水和湖水。

蒲松龄说"湖水清碧如春水",那在他眼里,真春水的特点就是"清碧",就是清澈明净。由于女孩的眼睛多是清澈明净的,所以古人又用"春水"代指女子明亮的眼睛。如唐人崔珏《有赠》诗就说:"两脸夭桃从镜发,一眸春水照人寒。"——从镜子里看到她的两腮像桃花一样红,眼眸像春水一般放光,使人觉着寒冷。我想,这里蒲松龄只是说此时的邵伯湖水就像春天水一样清澈,和女孩的眼睛可能没有关系。

邵伯湖盛产各种鱼鳖虾蟹和水生植物。如此丰富的物产,光靠坐在湖边上垂钓和收割是不能满足需要的。所以,湖面上最多的就是"渔舟"。在这种情况下,我们读者不能认死理,认为"渔舟"就是打鱼的船只。不错,"渔舟"就是打鱼的船只,但湖面上除了打鱼的船只,还有从事其他水上作业的船只。

写诗不能像写散文一样一一罗列,又不能用省略号表示出来,我们只能根据想象,在大脑中排列打鱼船、捞虾船、采莲船、钓龟船等等。当然,其中最多的肯定还是打鱼船。

我们说是打鱼,也不是一种方式打鱼。我们没有当过渔民,也没有在水乡泽国生活过,不能明白打鱼的各种方式。但想来最少应该有撒网捞鱼、垂钓钓鱼、用鱼叉叉鱼等方式吧?不管何种方式,船总是要行走的,因为农民懂得的道理,渔民也会懂得。

兔子不会在树上连续碰死,鱼也不会连续在一个地方被打到。所以就要适时转移阵地。

渔舟的桨一划动,景物就美观起来了:"渔舟棹过沧溟开。""沧溟",指大海,也可以指天空。对于一个没有见过大海的人,只要是无边无垠的水面,都会认为是大海。

一年之后,也就是蒲松龄33岁的时候,他才和友人一起游青岛崂山,第一次见到了大海——后来他登上泰山看到大海日出,在《登岱行》说"沧溟一掬堆琉璃",还真又用到了"沧溟"这个词——所以此时他把邵伯湖看成大海也是正常的。

当然,湖面上反射着天光云影,渔舟划破了湖面,也就相当于划破了天空。那可不是一只渔舟,那是很多渔舟,景色自然很好看。

接下来的这两句更好看。"夕阳光翻玛瑙瓮",是说夕阳西下的时候,阳光翻动,天边上的晚霞绚丽无比。"玛瑙瓮"又叫宝瓮,是上古时代一件神奇器物。据晋人王嘉《拾遗记·高辛》记载:"有丹丘之国,献码磂瓮,以盛甘露。"——帝喾(kù)的时候,有一个丹丘国,献给他一个用玛瑙做成的瓮,来贮藏甘露。"码磂"就是"玛瑙"。

因为"玛瑙"这种物质是玉髓类矿物的一种,多混有蛋白石和隐晶质石英的纹带状块体,呈半透明或不透明状,色彩相当丰富而多层次,通常有绿、红、黄、褐、白等多种颜色。所以人们就用"玛瑙"的色彩来比喻色彩艳丽的事物。这里蒲松龄是用来比喻色彩缤纷的火烧云。

这是天上的景色,水面上的也一点儿不差:"片帆影射琉璃堆。""片帆"是指一片帆影,也就是一只小船。刚才我们说过,偌大的湖面上不可能只有一只小船。只不过此时此刻的蒲松龄为了审美的需要,把其他的船只都滤去了,只留下自己这一只,并把它投射到"琉璃堆"上。

"琉璃堆",就是把琉璃堆成堆。你想一想,在阳光照射之下,那该是一种怎样惊心动魄的壮观景象？唐人杜甫《渼陂(měi bēi)行》就说"波涛万顷堆琉璃"——万顷波涛翻滚,如同堆积的琉璃。天上是"玛瑙",水面是"琉璃",蒲松龄大概成了仙人,哈哈,留仙留仙,真想留下成仙啊。

当然,这里的"琉璃"是指一种自然状态的物体,并不是我们今天见到的经过高温烧制的琉璃,这在明人李时珍《本草纲目》中有详细描写。因为在山东篇的《登岱行》那首诗中我们还要细讲有关"琉璃"的知识,这里先点到为止,性子急的读者可以参看后文。

蒲松龄用了"玛瑙""琉璃"还嫌不够,接下来再用一件古器物:"游人对此心眼豁,拍案叫绝倾金垒。"看看天上,看看地下,游人们的心胸眼界也豁然开朗起来,一下子上了精神头儿。

小朋友和女读者可能没有这种感觉,成年男性上了兴头首先是抽烟,然后是喝酒。蒲松龄的时代烟草已经传入了中国,可能还没有全面推广开,所以蒲松龄没有写,或者说此时还没有学会抽烟。后来有人扒开蒲松龄坟墓,里边有陪葬的旱烟袋,证明蒲松龄还是抽烟的。

既然还没有学会抽烟,那就喝酒吧。反正来的时候一切都准备好了,这船也是和朋友们包下来的,费用当然由蒲松龄出。蒲松龄当了快一年秘书了,衙门的道道也已经摸透,这几个钱他还能想办法处理掉,不至于自己掏腰包。

由于大家都不用掏钱,故而喝酒也就喝得痛快,纷纷拍案打着拍子、称赞着美景、端起金罍(léi)喝起来。

诗中的"金垒"可能是"金罍"之误,指用金子装饰的酒杯。孙蕙的衙门里就算再腐败,也不大可能让他们用金杯子喝酒。他们都是文化人,不是孔乙己,偷自然是不会偷的。可是万一得意忘形,不小心丢到湖里边呢？传出去不好听。那么蒲松龄是不是喝醉了酒说大话呢？也不是。

我们还记得萧红的《呼兰河传》中对"火烧云"的描写:

> 晚饭一过,火烧云就上来了。照得小孩子的脸是红的。把大白狗变成红色的狗了。红公鸡就变成金的了。黑母鸡变成紫檀色的了。喂猪的老头子,往墙根上靠,他笑盈盈地看着他的两匹小白猪,变成小金猪了。他刚想说:

"他妈的,你们也变了……"

他的旁边走来了一个乘凉的人,那人说:

"你老人家必要高寿,你老是金胡子了。"

  我们别忘了天上的玛瑙色和地上的琉璃色,此时此地天地之间的一切都变成金色的了,别说那几只酒杯。

  蒲松龄们坐的还真是豪华游轮。你看,"湖风习习入窗牖(yǒu)",习习的湖风吹过来,吹进雕有花棂的窗子里来。他们这些酒客,"五脏六腑里,像熨斗熨过,无一处不伏贴;三万六千个毛孔,像吃了人参果,无一个毛孔不畅快"。(刘鹗《老残游记》)济南大明湖古水仙祠前有一副破旧对联,写的是"一盏寒泉荐秋菊,三更画船穿藕花"(同前)——祠堂里用一碗寒泉之水和一束秋菊进行祭奠,湖面上三更天还有游人坐着画舫游览。

  蒲松龄为了乡试,也去过几次济南,大明湖的景象他是非常熟悉的,这到山东篇我们还要讲到。除了没有秋菊,现在他们和在大明湖上坐着画船、划着桂桨游览,几乎没有什么两样了。

  由于兴奋,酒就喝了不少,毛孔里的人参果就热了起来。反正又无女客,所有人都没有带家属,于是就拉开拉链——不对,那时还没有拉链,解开扣子——也不对,那时还没有纽扣,于是就解开疙瘩,呼嗒着衣襟凉快起来。那时他们穿的都是长袍,解开衣襟呼嗒,也不是件容易事。

  "开襟鼓楫歌落梅","楫(jí)"是船桨,"鼓楫"就是划船。"落梅",就是"落梅花"或"梅花落",是古代笛子吹奏曲。唐人李白《与史郎中钦听黄鹤楼上吹笛》说:"黄鹤楼中吹玉笛,江城五月落梅花"——黄鹤楼中传来《梅花落》的笛声,仿佛五月的江城落满梅花,令人身心凄凉。

  此时的蒲松龄因为人多吵闹,已经忘了离家的凄凉之感,唱起《落梅花》来,就像当代人唱起费玉清的《一剪梅》,就算是盛夏,身上也会生出凉意的。

  酒也喝了,歌也唱了,人也凉快够了,也应该回去了,估计晚上还得再喝一场。这时蒲松龄渐渐清醒,耳朵灵敏起来。"遥堤欸乃声陆续",他听到陆陆续续有"欸乃"的摇橹声朝着远处的大堤驶去。人家都走了,光剩下自己这一只船,等会儿太阳一落山,空荡荡的湖面也是怪吓人的,赶紧走。

  "镗鞳(tāng tà)近接湖东隈(wēi)","镗鞳",本是形容钟鼓声,如宋人苏轼《石钟山记》所说"与风水相吞吐,有窾坎(kuǎn kǎn)镗鞳之声"——一块多孔的大石头，一次次把风和水吞进去又吐出来，发出窾坎镗鞳的声音。这里指游船靠向岸边，听到的湖水撞击大堤的声音。"隈"，山水弯曲的地方，这里指湖岸边。

"烟色苍苍日色暮"，紧摇慢摇，天就黑了下来。这时湖上气候变凉，笼罩起一层烟雾，并且越来越浓。随着湖上浓雾的升起，日色也迅速黑暗下来，一眨眼的工夫，太阳就看不见了，仿佛落到水里头去了，只是光顾了靠岸，再加上"镗鞳"的声音，没有听到太阳落水的"扑通"声。

这群人也真是好玩儿，太阳都落山了，还不舍得回去。"欲行且止犹徘徊"，都靠岸了，还一步三回头，想着再看一眼湖上的美景。我猜想，这一次的游客当中，说不定就有淄川来的老乡，蒲松龄是陪他或他们游湖的。假如只是蒲松龄等当地游客，因为经常游湖，兴致不会这样高。

一步三回头毕竟走不快，一眨眼天上的星星都出来了。星星出来了，天空倒亮了，可再一看湖面，哇，什么也看不见了，整个邵伯湖成了一块巨大的黑墨。其实就算是白天，邵伯湖湖底也是黑色的。

蒲松龄在另一首《邵伯湖》诗中说："巨笔一洗千顷墨，濯天疑浸星斗黑。"——好像洗过一支大毛笔，千顷湖面都变成了墨色；天光倒映水中，连星斗都被浸染黑了。

"俄顷星出湖墨黑，城门久闭驺（zōu）人催"，湖上黑了不要紧，咱们回到城里，回到州衙，点上蜡烛华灯，继续喝。可是且慢，他们还没有回到城下，城门早已到点关闭了。"驺人"，就是掌管车马的人。他们一个劲儿地催促这些玩家："得快点儿走，城门早关了！"蒲松龄一听就有点儿烦："你是咋呼啥？城门管得了老百姓，还管得了咱爷们儿？等会儿你去给我叫门！"

"扶醉下船事鞍马，炬火光天归去来"，你扶着我，我扶着你，你说我醉了，我说你醉了，歪歪扭扭，一脚浅一脚深纷纷下了船。他们都是州政府的工作人员和客人，下了船也不能走回去，必须有车接有马骑——会骑马的就骑马，不会骑马的就坐车，一路吆吆喝喝向城门赶去，地上的火把都把天上的星光比下去了。

快到城墙下的时候，赶车的随从跑过去拍打着城门高喊："他娘的还不快开门——谁？说出来吓死你，这是州衙蒲师爷的车驾！"

前边我们说过，蒲松龄尽管是写古体诗，由于特别擅长写格律诗，还是喜欢像格律诗一样押韵，这一首也是一个例子。这一首押的是"上平声十灰"韵，所以读起来感觉很流畅，像是在读一首排律。

可是由于一韵到底，又没有仄声韵，这古体诗到底显得不够十分古雅。

泰山远眺

山东泰安泰山脚下的东岳庙，祭祀的是泰山神东岳大帝。全国各地凡是有泰山信仰的地方，几乎都建有东岳庙，也都供奉着东岳大帝。我和姜维枫在两集纪录片《脉动泰山》中，已经说过这些内容，这里不再赘述。

高邮城东北角有座东山，是挖河堆土垒成的，山上也建有一座东岳庙，也称泰山庙。因为建有东岳庙或泰山庙，所以此山也就称为泰山。北宋年间，因著名文人苏轼来到高邮，与本地文人秦观、孙觉、王巩聚会于此，把酒论文，风雅一时，后人在此筑台，称为"文游台"以纪念此事。

文游台是著名的"秦邮八景"之一。

当代作家汪曾祺有一篇散文《文游台》，文中介绍文游台说：

> 文游台的出名，是因为这是苏东坡、秦少游、王定国、孙莘老聚会的地方，他们在楼上饮酒、赋诗、倾谈、笑傲。实际上文游诸贤之中，最牵动高邮人心的是秦少游。苏东坡只是在高邮停留一个很短的时期。王定国不是高邮人。孙莘老不知道为什么给人一个很古板的印象，使人不大喜欢。文游台实际上是秦少游的台。

孙觉，字莘老。我们知道，古代男子20岁即举行冠礼，代表着成为成年人了。此后在社会上别人不便称呼他原来的名字，得另取一个与原名相关的别名，这就是字，由于是在外的称呼，所以也叫表字。你想一想，孙觉20岁的时候，不管老幼，大家都"莘老"长"莘老"短地称呼他，怎能不"给人一个很古板的印象"呢？

其实孙觉是北宋一代名臣，不但是苏轼的好友，还是黄庭坚的岳父、秦观的老师，是高邮历史上的大名人。前边我们提到过孙蕙一首《初春过高邮》诗，其中有句云："不见吾家莘老宅，明湖仿佛夜珠流。"——没有见到我家孙莘老的故居，高邮湖上一片明净，仿佛有夜明珠在流动。孙蕙姓孙，孙莘老也姓孙，由此可见，孙蕙也是以和孙莘老同姓而自豪的。

那年秋天,蒲松龄在宝应、高邮度过了一年的幕宾生涯,就要准备返回淄川老家了。他南来的时候在泰安府曾远远地看过东岳泰山的影子,现在抽暇去登一次高邮的泰山,虽然有点儿名不副实,也算是慰情聊胜无了。

游山之后,蒲松龄写下这首七言律诗《泰山远眺》。因为当时游览的是泰山庙——不知为何没有提到文游台——所以此诗还有一个题目,叫《登泰山殿远眺》。

泰山远眺

登高回首浩无涯,又向风尘置岁华。
空碧晴霞渺雁阵,孤舟明月系芦花。
苍茫云水三千顷,烟雨楼台十万家。
如带黄河天上动,群鸥飞去落平沙。

泰山远眺　王春荣绘

蒲松龄登上这座泰山东岳庙的大殿,回过头来往山下一看,眼界一下子开阔辽远起来。他说"登高回首浩无涯",眼前看到的是浩渺的水面。我们还记得宋人范仲淹《岳阳楼记》中的精彩描写:

予观夫巴陵胜状，在洞庭一湖。衔远山，吞长江，浩浩汤汤，横无际涯；朝晖夕阴，气象万千——此则岳阳楼之大观也。

译文：

我看那巴陵一带的美景，都在洞庭湖上了。它包含着远处的山脉，吞吐着长江的波浪，浩浩荡荡，宽阔无边；清晨湖面上阳光闪烁、傍晚却是一片阴暗，各种景象万千变化——这就是岳阳楼的雄伟壮丽。

蒲松龄登上的不是岳阳楼，看到的也不是洞庭湖，他也没有范仲淹那样"先忧后乐"的思想境界。但是此时此刻，他心灵的震撼与眼界的开阔，也都被范仲淹用过的"浩""无""涯"这三个字给描绘出来了。

蒲松龄的家乡淄川有的是山，每一座都比高邮这座土台子泰山高，可是淄川没有大的湖泊，现在的几片名为"湖"的水面，都是20世纪中后期兴修水利拦河而成，蒲松龄不但没有见到，就是想也不会想到。淄川一带因为多山视野也不辽远，所以从来没有今天这般浩茫无垠的阔大感觉。

开初的时候心情还是不错的，可是一转眼心事又来了。站在山上一看，并没有产生孔子"登东山而小鲁，登泰山而小天下"（《孟子·尽心上》）——登上东山就觉得鲁国小了，登上泰山就觉得天下小了——那样的兴奋感。恰恰相反，倒是觉得天下很大、江南很大、扬州很大，甚至高邮也很大，只有自己很小，仿佛小到了尘埃里。

"又向风尘置岁华"，把自己这一年来的岁月时光投放到这辽阔的南国风尘之中，可谓沧海一粟，能否留下一点儿细波微澜呢？

关于这一点，我猜蒲松龄当时是没有十分把握的。他的诗歌创作已经开始，写得很勤奋也很用心，抄录保存得也很仔细，可是将来在诗歌史上有没有地位，自己不敢说。而《聊斋志异》那时还在酝酿之中，没有正式动笔，将来会是什么效果，更是不敢说。

可是他知道，只要有付出就有可能获得成功。事实证明蒲松龄成功了，被他认为虚掷的这一年时光，化为了历史的永恒，到现在高邮人民还时时想起他，纪念他——蒲松龄成了高邮和淄川两座城市的友好使者。

自己能不能在高邮历史上留下痕迹，他想，先不去管它了，还是能高兴时且高兴,把目光放远大吧。"空碧晴霞渺雁阵",你看天空一片澄碧晴朗,霞光万道,一行大雁排成阵势向南飞去,一直飞往南岳衡山的所在。越飞越远,终于看不见了。

高处的看不见了,脖子也有些累了,还是低下头看看山下的水上吧。"孤舟明月系芦花",一只渔船在明月之下孤零零系在芦花丛中。诗的题目说是"远眺",从诗的上下文来看,这时视线十分开阔,也不是傍晚或夜间景象。可是蒲松龄为什么突然说到"明月"了呢?

原来此时蒲松龄看着的尽管是眼前的景物,心中想着的却是唐人杜甫《秋兴八首》中的诗句"丛菊两开他日泪,孤舟一系故园心"(《其一》)——丛菊已经开了两次,想起往昔岁月不禁落泪;孤舟系在岸上,就像系在我思念故园的心上。"请看石上藤萝月,已映洲前芦荻花"(《其二》)——请看照着山石上藤萝的月光,已经映照到洲前的芦花之上了。

孙蕙还有一首《文游台》诗,其第一句就说"文游台畔引青萝"——从文游台下牵引着青萝攀登上来——看来蒲松龄不仅是套用杜甫的典故,这里是真有青萝。现在虽说没有月光,到夜里月光上来,一定也是先照着青萝,然后再照着洲前的芦花的。

蒲松龄作诗的时候想着这些典故,不知不觉开了小差,把彼时的生活经验,迁移到此时的诗句当中,把"明月"给提前写出来了。可能后来也发现时间写得不对,但作为"意识流"也很有意境,于是就不去改它,等着后世的会心人来赏解说破——终于等到了我。

不管看天空的大雁,还是看地上的孤舟与芦花,视线都是固定的纵向。现在换一种视角,就像后世拍摄电影或电视的摄像机,用摇镜头来看一看眼前横向的阔展风光。"苍茫云水三千顷,烟雨楼台十万家",云水如此之阔大莽远,楼台人家如此稠密富庶,这是典型的江南鱼米之乡的风光。

不知高邮泰山上有没有楹联,若是没有的话,把蒲松龄这副对子雕刻出来挂将起来,将会为此地增光不少。我们都还记得唐人杜牧的名句:"南朝四百八十寺,多少楼台烟雨中。"(《江南春》)——南朝遗留下480座古寺,数不清的楼阁亭台笼罩在烟雨之中。

蒲松龄的江南只是当时的江南省,还不是长江之南的江南,但这里到处都是水乡泽国,和长江之南的自然风光几乎没有什么两样。

最后,蒲松龄把视线投向了自己家乡所在的北方。北方的远处是黄河,站在泰山上能不能看得到是个问题。可是古人写诗,是不大受现实真实的约束的,他们讲究的更多的是艺术的真实。南朝梁人刘勰在《文心雕龙·神思》中说:

  文之思也,其神远矣。故寂然凝虑,思接千载;悄焉动容,视通万里。

译文:

  作文的构思,其神妙的思维可以飞得很远很远。所以寂静地凝神沉思,思绪可以连接千年以前;悄悄地改动一下神情,视线可以看到万里之外。

  此时,蒲松龄就像刘勰所说的那样"思接千载、视通万里",把很远很远的地方、很小很小的事物都看清楚了。
  "如带黄河天上动,群鸥飞去落平沙",黄河就像一条黄色的飘带,一头连着地上一头飘到天上;一群一群的鸥鸟展翅飞翔,落到平展展的沙滩上,一粒粒沙子真白真细——鸥鸟们是落下了,自己什么时候才能落地回家呢?
  同年八月,蒲松龄又骑上那匹马,沿着去年的来时路,从高邮出发,原路返回,结束了他的南游之旅。
  返回老家的第二年游览了崂山,第三年游览了东岳泰山,终于得偿心愿了。

山东篇

蒲松龄从江苏回到淄川之后,依然没能如愿考中举人,就更甭说进士了。也就只能在淄川县城周围的缙绅之家设馆授徒,当当私塾先生,以求养家糊口之资了。

这段时间,他除了每三年一次到府城济南参加考取举人的乡试以外,足迹几乎不出淄川县境。其中也有两次例外,一次是到现在青岛所在的莱州府游览了崂山,顺道还观赏了青州府诸城县的超然台。后来还又远路迢迢观瞻了泰安府的泰山。

这些都写进了他的诗作。

40岁后,他就到淄川县最西边,也就是现在周村区王村镇西铺村的毕际有家设馆授徒了。从蒲家庄到西铺,其间自然山水优美动人。到西铺之后,自己要赶考,还要带着学生赶考,还要替东家办理各种事务,几乎每年都要到济南,蒲松龄就对沿途风光及济南的山水之胜有了熟悉而亲切的感受。

这些也都写进他的诗歌中了。

70岁后,蒲松龄辞馆回家,仍没有彻底忘掉科举功名,还顶风冒雪去了一趟青州府,最终获得了"岁贡生"的头衔。

这些也同样留在了他的诗里。

下面,就让我们跟随蒲松龄的诗笔,开启这趟300多年前的山东之游。

草 庐

蒲松龄在江南省扬州府的宝应县和高邮州跟着孙蕙做了一年幕僚,其间还多次到过当时最为繁华的都市扬州。

由于各种原因,蒲松龄没能继续这份工作——当然最主要的原因,还是他想继续科考,也好弄一个知县、知州甚至更大的官当当,不屑于这种寄人篱下的"师爷"生存状态——回到了淄川。

从那样一种纸醉金迷、花天酒地的南方官场生活,回到淄川乡村小院的教读生涯,蒲松龄肯定有一段时间极不适应,说不出哪里不对,却总是觉得少了一种东西。

别的不说,那时出门就坐夜航船听着欸乃声,而现在出门就骑马或骑驴,嘚嗒嘚嗒走在青石路上,光屁股的感受就确实有些不同。屁股也就不会说话,假如会说话,以蒲松龄那样的才华,还不知会发一篇怎样的奇谈怪论呢。

好在蒲松龄只在南方待了一年,就算那里怎样魅力无穷,也抵不过他对淄川大地 30 年养育之恩的依恋,也抵不过他白手起家所建的这个小家对他心灵的抚慰。

慢慢地也就沉下心来翻读他的"四书五经",练习他的八股文写作,准备迎接下一届的乡试了。

俗话说:"金窝银窝,不如自家的狗窝。"蒲松龄对他这个破家穷家还是颇为喜欢的,不管怎么说这也是自己的"安乐窝",住在这样的土坯房茅草屋里,总能享受到官场浮嚣之外的另一种惬意与悠闲,因此他就反复将其形诸笔墨。

这不闲来无事,忍不住又写了两首七言律诗《草庐》,来吟咏自己的居处了。

草 庐

其 一

草庐容膝易为安,邱壑争如行路难?
握盏犹能消短至,闭门聊复拥三竿。
晴窗书卷微尘净,午昼松风斗室寒。

世上遭逢原可笑,误人何必是儒冠?

其 二

枕簟凉生暮雨余,荒园隔水篆红蕖。
放怀尽著游山屐,引睡惟翻种树书。
一卧丰林原似鹿,十年贫病出无驴。
空庭尚有藤萝月,清夜迢迢上敝庐。

草庐　王春荣绘

春秋时期,鲁国的大夫、杰出的外交家叔孙豹提出了"三不朽"的观念。什么是"三不朽"呢？就是"太上有立德,其次有立功,其次有立言。"(《左传·襄公二十四年》)——最高层次是做道德楷模,第二层次是建立伟大功勋,第三个层次是留下传世的著作。

意思就是说,不管是什么人,只要在这三种事情上努力做好一种,就能够实现其人可以死、其名却可以不朽的理想。这也可以称为"不朽三境界"。自从有了这个"不朽三境界",那些无条件"立德""立功"的普通知识分子,也纷纷找到了安身立命的根据地,可以仅凭"立言"而笑傲江湖了。

魏文帝曹丕后来居上,把话说得更为明白直接。他在《典论·论文》中说:

> 盖文章,经国之大业,不朽之盛事。年寿有时而尽,荣乐止乎其身,二者必至之常期,未若文章之无穷。是以古之作者,寄身于翰墨,见意于篇籍。不假良史之辞,不托飞驰之势,而声名自传于后。

译文:

> 文章,是治理国家的伟大事业,是可以流传不朽的盛大功业。人的年龄到一定时间就结束了,各种荣誉带来的欢乐也只能在活着的时候起作用,这两种东西都在一定的期限终止,不像文章那样可以永久流传。因此古代的作者,投身于笔墨创作,把自己的见解写在文章书籍之中。就算没有好的史家记入历史,就算不依托高官的权势,他的声名也自然能流传后世了。

这又在"根据地"上插满鲜花,使得"文章"对百无一用之书生充满了诱惑力,就好比当年人们欢欣鼓舞所唱的那样:"解放区的天,是明朗的天,解放区的人民好喜欢。"

可喜欢归喜欢,若想真正喜欢出个子丑寅卯来,也并非像一般人想象的那么容易。

也就是说,引诱物虽然美好,就如同钱锺书先生在《围城》中所说的那根挂在驴面前的"胡萝卜",最终有造化真正吃到消化它并进入《文苑传》做到永垂"不朽"的人,却毕竟是少数。

但有目标总比没有好,好比夸父拼足了老命追赶那轮烈日,尽管连太阳的毛也没有摸到一根,却无意中一扔手杖,化出了一片清凉甘甜的繁茂桃林,供后人乘凉歇息,甚至大快朵颐,人们至今想起他,还充满无限的敬意——这不也是一种歪打正着的"不朽"吗?

东晋时期的大诗人陶渊明真够了得,因为他的文品也因为他的人品,或者不妨干脆说,在他身上文品和人品压根儿就是一回事。我们都知道,自他那篇《归去来兮辞》出世之后,不知有多少潦倒文人心灵上的襞褶(bì zhě)得到了熨帖和抚平。

"倚南窗以寄傲,审容膝之易安。"——倚着朝阳的窗子也可以寄托傲然自得的心情,住在仅容下膝盖的小屋里也可以安然自得。这比孔子的"饭疏食饮水,曲肱而枕之,乐亦在其中矣"(《论语·述而》)——吃粗粮、喝清水,曲起胳膊来当枕头,快乐也就在里边了——更加风流潇洒、自然舒畅。

宋代词人李清照号"易安居士",现代钱锺书先生室名"容安馆",都离不开陶渊明所提到的一个"安"字。

夹在他俩中间地带的蒲松龄,也说"草庐容膝易为安",并顺手带出《归去来兮辞》中的"既窈窕以寻壑,亦崎岖而经丘"——有时去寻找幽深曲折的山谷,有时也攀登高低不平的山丘——两句,融到自己的诗中。

虽说在世路上行走,比经历"丘""壑"这些自然之路还要艰难一些,但有了以陶渊明"归去来"为原料而酿成的这碗精神美酒垫底,还有什么样的"难"不能对付呢?你看,夏至说到就到,开始昼长夜短了,不过只要晚间有一盏浊酒在手,早晨能睡到日上三竿才起,我蒲松龄夫复何求?

何况还有读书人最喜欢的书卷,何况还有被读书人视为高雅气韵的松风?在晴朗的日子里,斜倚南窗,轻拂微尘,静悄悄而又干净净地读一卷诱人的诗书。啊!正午的太阳虽说毒辣,可带着松香的清风吹入这狭窄的屋内,竟也有一丝丝的寒意,并且还是爽爽利利的清寒。

"有心栽花花不开,无心插柳柳成荫。"命运喜欢弄人,世上的事成与事败本来就很难有个定准。比如说,有朋友经商发了大财,有朋友做官掌了大权,有朋友写书出了大名,更有朋友既是经商的大财主又是做官的大人物还是写书的大作家,并兼三者之美——这都惹我羡慕。

可我想经商没有经商的兴趣,欲做官也没有做官的劲头,只能退而求"其次"之"其次",拿定主意安安稳稳做个既不能"立德"又不能"立功"的"立言"者。

唐代的大诗人杜甫,也是官做得不顺利而把主要精力放在了"立言"上。他在诗中总结自己的经验教训说:"纨绔不饿死,儒冠多误身。"(《奉赠韦左丞丈二十二韵》)——纨绔子弟没有饿死的,读书人却大多误了前程。这肯定是一时的愤激之辞,因为既然知道"误",为何还一"误"再"误"死不悔改呢?

看来还是曹丕那个"声名自传于后"的扬名情结在作怪。陶朱、猗顿富比王侯,还不是靠文人的记载才流芳百代?王侯将相声震朝野,还不得借文人的笔墨才扬名后世?没有文人,整部"二十四史"都没了,还有什么王侯将相、霸业皇权?由此看来,文人之功,可谓大矣!

所以,管他误身不误身,不戴儒冠的人也未必就一定光摊上好事。好马不回头,好箭不拐弯,好男儿就应该认准方向百折不挠一直走下去。想到这里,蒲松龄举起拳头使劲攥了攥,把墙上的两只苍蝇吓飞了。

这首诗写的是蒲松龄家居生活的闲适与清雅。可根据他的生平资料,我们知道他终生都在达官贵人家坐馆授徒,挣银子养家糊口。这种家居生活的享受他是很少能够得到的,所以他感觉弥足珍贵,就抓住机会写下来什袭珍藏。

这不 300 多年过去了,松树飘香,柳树成荫,松龄、柳泉,早成为中国文化的 LOGO、世界文苑里的翘楚,蒲松龄真的"不朽"了!

蒲松龄真心喜欢自己的草庐,所以只写一首诗感觉不过瘾,要写就写两首。再说他也有这个能力,正好又有点儿空闲,闲着也是闲着,那就再写一首吧。

当时正是夏至时节。那一日傍晚时分,一阵微雨洒落微烫的尘埃。蒲松龄斜靠在竹席竹枕上闲翻书翻闲书,清风带湿气排窗吹入屋内,头边身底便感觉到了丝丝的凉意。伸头一看,雨过天晴了,蒲松龄兴冲冲来到竹篱旁,放眼望去,水那边荒凉的小园里一簇簇红荷夺人眼目,还送来淡淡的幽香。蒲松龄不禁猛吸了几次鼻孔,看他那享受的样子,让人想起《荷塘月色》中的朱自清。

我这是散文的语言,100 余字还不能把诗中十几个字的意境妥帖描摹出来。台湾诗人余光中在《剪掉散文的辫子》中说:"英国当代名诗人格雷夫斯曾经说过,他用左手写散文,取悦大众,但用右手写诗,取悦自己。"这话说得再好没有了。

写散文的人写写诗,写诗的人写写散文,不管取悦谁,结果肯定如金庸武侠小说《射雕英雄传》里的周伯通,左右互搏,神通广大,诗文双赢。

蒲松龄也是这方面的好例子。我们想象一下,假使笔头没有《聊斋诗集》里千余首诗的不断磨炼,我不知《聊斋志异》是否还会那样诗意盎然?有人可能不服了,说,蒲松龄的 1000 多首诗一直写到死,那时《聊斋志异》早就写完了,和写诗有什么关系。

说得好,怪我没说清楚,那我就再好好说一次。蒲松龄从 19 岁考中秀才之后,就和张笃庆、李希梅等成立"郢中社"进行诗歌创作,到他开始创作《聊斋志异》的时候,诗都写了许多年了。可见写诗对写小说还是有很大促进作用的——不信你也试试。

其实,蒲松龄的散文也写得很棒,在宝应、高邮一年期间,就写了很多书信体散文。后来淄川及周边地区,凡是修桥铺路、建庙立坊,都找蒲松龄来写碑文,蒲松龄也乐得赚几两银子贴补家用。

这些文章经过后人整理，都收在《聊斋文集》中了。有兴趣的朋友可以翻翻看看，我保证你会说："啊，蒲松龄的散文也这么好？真是没想到！"

"凉"是因为傍晚刚下过雨，是人体的感觉，枕簟（diàn）——竹制的枕席——本身不像空调一样具备温度调节功能，可蒲松龄偏说"凉"是枕簟"生"出来的。这就好比唐人李白在《菩萨蛮》词中说"暝色入高楼"——暮色走到高楼里边来了——仿佛天是从远处慢慢黑着脸走进楼中的。其实这只是视觉欺骗，站在远处的人，正觉着黑是从这边走过去的呢。

哎，你别说，就是因为这点儿小小的视觉欺骗，诗意也就出来了。说白了，所谓诗意都是读者和作者在合谋进行善意的欺骗。若有人不识趣，傻乎乎地执意揭穿这一骗局，以显得自己见多识广知识渊博，诗意便立即荡然无存。诗的作者和读者都会像看一头蠢猪一样看着你而无可奈何，因为猪是别人的财产，就算再蠢他们也无权随意处置。

"簇"，在散文中多用作量词，即使偶尔用作动词，也多在合成词中起一部分作用，并且多和动词结合，如"簇居""簇拥"等。似蒲松龄这般把"簇红蕖"作为一个动宾结构来用，好像只能在诗中才合适，假如有谁在散文中用了并且用得好，那他的散文就肯定具有了诗的气质。

"游山屐"出自唐人李白诗句"脚著谢公屐，身登青云梯。半壁见海日，空中闻天鸡"（《梦游天姥吟留别》）——脚上穿着谢灵运那样特制的登山木鞋，顺着石阶路攀登到青云直上。在半山腰看到了海上日出，还听到从天空传来天鸡报晓的啼鸣。这是我们都耳熟能详的典故。

"种树书"出自唐人韩愈《送石处士赴河阳幕》诗："常把种树书，人云避世士。"——整天拿着本种树的书看，人家都说他是个隐居避世的人。宋人辛弃疾《鹧鸪天·有客慨然谈功名，因追念少年时事，戏作》词："却将万字平戎策，换得东家种树书。"——想当年我那些献给皇帝的抗击金兵、收复中原的策略文章，如今只从邻居家换来了几本有关种树知识的书籍。辛弃疾虽欲隐居遁世，而又牢骚不平，净说些风凉话。

宋人刘克庄《水龙吟》词也说："挟种树书，举障尘扇，著游山屐。"——带着一本种树的书，举着一把遮挡灰尘的扇子，穿上一双游山屐。这早把蒲松龄诗中的意思都说出来了。不过蒲松龄到底是别出心裁，他的"种树书"不是到山上去看，而是作为睡觉前的引诱，有一搭没一搭地看。本来就住在山村，自然不必特意去山中隐居了,因此更见得超然洒然。

唉,蒲松龄的幽默老是不够彻底。看看,刚才说得好好的,这不转眼又来了:多么想像一只野鹿顿开名缰利锁,去一卧丰草茂林,潇洒自在一番。可十数年来贫病交攻,连出门的毛驴也没有啊!人首先需要吃饭、治病、骑驴,现在连这吃穿住行的基本生活条件都不能保证,就只好躺在凉席上让思想放放野马了。

人到了无可奈何的时候,唯一能做的就是自我宽解。这看起来是一种无能的表现,用现在时髦的话说就叫作"负能量"。能量有没有正负我们且不去讨论,我知道的是,一个人若整天打了鸡血似的勇往直前,早晚是会疯掉的。最起码这样的人做不了诗人——诗人都是"负能量"的,"正能量"的诗算不上诗,所以"正能量"的诗人也算不上诗人。

逢年过节,我就经常给各单位写朗诵诗——朗诵诗都是颂歌——所以尽管写了几十年,我从来不承认我是诗人,甚至我都不说我会写诗。免得叫蒲松龄说:"呸,这也算得上诗?"

自己连驴都骑不起,就更别说像一头鹿一样到长满林草的原野去驰骋了。不能享受原野上的驰骋之乐,不要紧,有一样东西会不邀自来与我做伴同乐的。你看,说曹操曹操就到,这不是说着说着它就来了:空荡荡的庭院上空,一轮明月洒向藤萝,筛下斑驳婆娑的倩影,人睡了,迢迢赶来的月光还依依不舍,留恋着这破败的茅屋。

在江苏篇中讲到那首《泰山远眺》的时候,我们曾引过唐人杜甫《秋兴八首》其二中的诗句:"请看石上藤萝月,已映洲前芦荻花。"现在蒲松龄看着自己院子里照着月光的一架藤萝,又想起了杜甫这两句诗。"月下藤萝"确实是一种很美的景象。

300多年后的今天,若到淄川蒲家庄的蒲松龄故居去参观,你还会看到满院的藤萝。特别是那架藤萝长廊,更是吸引摄影、摄像和视频爱好者的著名景观。只可惜每到傍晚,故居就下班关门,很少有人真正看到"月下藤萝"的美景。没事,我有熟人,只要想看找个十五月明之夜就一定能看到。

唐朝的李白有时很有钱,出手很阔绰。有时也很拮据(jié jū),只能欣赏不花钱的东西。他说"清风朗月不用一钱买"(《襄阳歌》)——清爽的风和明朗的月是不用花钱买的——这个道理蒲松龄也懂。

可是清风朗月虽说不花钱,可清风朗月毕竟不中吃啊。自己还能忍着,把茅屋上的月亮想象成月饼,大嚼一口,可那么小的一个月饼也填不饱一家老小的肚子啊。

蒲松龄在33岁这一年秋天,又到济南参加了一次乡试,结果不用说大家也知道。没有办法,就不得不离开这温馨清寒的草庐,到那些有高楼大厦的人家去坐馆谋生了。

我们都知道,蒲松龄的书房叫"聊斋"。此诗中所写的"草庐",就是后来闻名于世的"聊斋",每一个到蒲松龄故居参观的人,都会走进这间茅屋,对着蒲松龄的画像,默默出神片刻。

般 河

鲁中名城淄川,是一座非常古老的城市。

中国最古老的书籍《尚书》说:"海岱惟青州。"(《禹贡》)——渤海到泰山之间这片区域属于青州地面。淄川就处在青州的中部,当然它的主色调也是青绿色的,只不过此时它还没有属于自己的名字。它想有"淄川"这样的名字,还得沉住气等,要一直等到多年后的隋文帝开皇十八年(598年)。

我们现在虽说都叫淄川为"淄川",可是淄川还有一个名字比淄川古老好几百年,有些人可能不知道。这个名字就是"般(pán)阳"。

在中国古代,"阳"指的是山之南水之北朝向日光的地方。般阳就是般水的北边。般水又叫左阜水,这在江苏篇我们讲《湖上早饭,得肥字》那首诗时已经说过了。那时,我们援引的是北魏郦道元《水经注》中的资料。这里我们再引一则资料加以说明。

清乾隆《淄川县志》记载:

> 般水,一名峪头河,县南十八里,邑名般阳以此。流经龙口庄涌泉寺前,会本庄诸泉。冬则东温西凉,夏则东凉西温,呼为温凉二河。抵城东南窑头庄,筑坝障水。一支达南门外,一支由东门外北注,又经北门外俱入孝妇河。环城皆水,颇称奇胜焉。

译文:

> 般水,还有一个名字叫峪头河,从县城南18里处流来,县名叫般阳就是因为县城在般水之北的缘故。流经龙口庄涌泉寺前边,又汇合了本庄的各眼泉水。冬天的时候,东边的河水温西边的河水凉,夏天则是东边的河水凉西边的河水温,因此被称为温河和凉河。流到县城东南窑头庄,在这里筑起水坝阻挡河水。河水一支抵达县城南门外,一支经过东门外北流,又经过北门外,和南门外的一支一起注入孝妇河。这样淄川县城四面都是水,也是很

值得赞美的奇妙美景了。

窑头村外的这个大坝原先是没有的,既然是人工筑起的,就不是民间私人行为所能办得到的。那么,是谁主持修建的呢?《淄川县志》还记载:

侯居艮,解州人,进士,四十四年任。侯相度地势,于邑南二里许般溪上流,筑石为堰,障水引流绕东郭,折而北下,经北门外西注,汇入孝河。居民灌圃种树,俗呼曰"官坝",为一邑胜概。堰北存有石碣。今邑人推其遗意,将高筑旧坝引水入城,向已通详抚军司府允行,方与石年张邑侯谋,畚锸(běn chā)从事。或者河阳花县,西陵柳堤,苏白流风,庶几拭目俟之矣。

译文:

侯居艮,是山西解州(今山西省运城市)人,明嘉靖四十四年(1565年)进士,同年任淄川县知县。他观察测量淄川的地势,在县城南二里左右的般河上游,筑起石堰,积蓄水源将水流引向东边的城墙外,然后转折北流,经过县城北门外西流,最后汇入孝妇河。当地居民通过般河水流浇园种树,俗称这道石堰为"官坝",这是淄川县的一大胜景。石堰北边还存有当年修坝的纪念石碑。现在淄川人进一步推广他的想法,将把旧坝加高,把水流引入淄川县城中,早已向上级各部门申报并获得批准,正在和县令张石年商量,准备发动百姓挑着筐拿着锨开始修建。说不定河阳一县花,西陵满堤柳,杭州西湖中苏堤、白堤那样的美景,不久就可以在淄川见到了。

蒲松龄写这首诗的时候,县令侯居艮修建的"官坝"已经有100多年的历史,大概年久失修有些跑冒滴漏了。张石年到淄川做县令的时候是康熙二十五年(1686年),蒲松龄写这首诗的时候是康熙十三年(1674年)。蒲松龄后来和张石年多有交往,也看到了《县志》中所描绘的淄川美景,但这首诗中就没法写到了。

这样奇妙的美景有多少人赞美过它,虽然不能说卷帙浩繁,却也称得上连篇累牍。别的我们暂且不管,我们先来看一看蒲松龄的这首七言律诗《般河》。虽说还是张石年重修官坝以前的景象,却已着实有些诱人了。

般　河

> 般河浅碧映沙清,芦荻萧骚雁鹜鸣。
> 细柳常依官路发,夕阳多向乱流明。
> 来从远树仍穿郭,去作长溪更绕城。
> 村舍开门全近水,谁家修竹傍墙生?

"般河",就是我们刚刚说过的般水。蒲松龄时代没有无人机,没法航拍全景和连续拍摄长镜头,但他仅凭一支笔,把淄川县城之外般水流经之处的美景全方位展示给我们了。

今天通过县志上的地形图,我们还能看出当时淄川县城山环水绕的情景,可是要想到实地去勘察体验当年的景色之美,确实没有可能了。因为除了县城南门外流入孝妇河的一支般水还在,从窑头大坝北流经东门绕北门而入孝妇河的一支,早已变成了川流不息的宽阔大马路,我们实在也没福气,看不到"环城皆水"的"奇胜"了。

三国魏人曹植在《与吴季重书》中说:"过屠门而大嚼,虽不得肉,贵且快意。"——从肉铺门前走过而大口咀嚼,虽说没有吃到肉,心里也觉一阵痛快。假如把蒲松龄时代的淄川县比作肉铺子,把县城周围的美景比作肉铺子里边的五花肉,我们今天虽然无法上去撮一顿大快朵颐,可读一读蒲松龄这首诗,还是能得到"过屠门而大嚼"的快感的。

"般河浅碧映沙清",这写的是般河的水流情况。般河从十数里外的东南山区中流来,中途还叽叽喝喝汇入了很多股清泉,水质没有任何污染。再加上流程较短、流量较小,自然就清澈见底。正因为清澈见底,所以就把河底的沙石看得清清楚楚,有时感觉到沙子静静地躺在那里晒太阳,上边仿佛没有水。这样一来,就更加显得河水清澈可爱了。

唐人杜甫《佳人》诗说:"在山泉水清,出山泉水浊。"——泉水在山中流淌清澈明亮,泉水流出山中就开始污浊。我们淄川的这条般河一直就在山中流淌盘旋——"般"同"盘",就是盘绕回环的意思——所以永远是清澈的,因为淄川本身就是一片群山连绵植被茂盛的地域。

一条河流就算再清澈见底,别说飞鸟走兽,甚至人趴下就能咕嘟咕嘟喝,可假如没有人气,不对人的生活产生一点儿有益影响,而是纯以自然的形态存在着,那也没有多大意义。也就是说,任何事物之所以有意义,都是因为和人的生活产生了联系。

比如宇宙中的某个星体,在我们没有发现它之前,它的存在肯定对宇宙是有意义的。可是这种意义我们没有感受到,因而也就仿佛不存在。再比如天上的牵牛织女星,也只是因了牛郎和织女的故事,我们或者取其放牛,或者取其织布,或者取其情爱,才感觉是有意义的。

这条般河和天上的银河比起来,对我们淄川人来说,更为有意义。你看,"芦荻萧骚雁鹜鸣",它不但美化了淄川的自然风光,还丰富了人们的物质生活。"芦荻(dí)",本指芦苇和荻草。芦苇秋天开白花,荻草秋天开紫花。红白相间,甚是美观。

从此诗所写来看,此时还没到秋天,所以也看不出是芦苇还是荻草,只感觉风从大片大片的水生植物上吹过来,沙沙作响。看着河中这绿色而茂密的植物,听着这植物上发出的柔和悦耳的风的声音,人们不由得猛吸一口气,然后赞叹一声:"啊,般河真美!"

般河不但真美,而且还真肥。你看那游来游去欢快地鸣叫着的鹅和鸭,都长得肥嘟嘟的,若拔光了毛煮熟了端到桌子上再弄上一壶老酒,就会美个半死。就算不杀了吃肉,因为吃多了鱼虾,下个蛋也一定是油汪汪香喷喷的。腌成咸蛋或制成变蛋,一定不输高邮鸭蛋。"雁鹜(wù)",就是鹅和鸭。在这里"雁鹜"和"芦荻"一样,也是泛指鹅鸭一类的动物,并不一定是眼前看到的动物里有一部分是鹅,而另一部分是鸭。

蒲松龄时代的淄川县城,曾设有"四门""四桥"。四门分别是东门迎仙门、南门迎熏门、西门迎清门、北门迎恩门。四门之外,各建一座跨水石桥,东关桥叫迎仙桥、南关桥叫灵虹桥、西关桥叫六龙桥、北关桥叫济川桥。四座城门的四座桥都通向东南西北四条官路。蒲松龄时代,淄川南去通往青州府颜神镇(今淄博市博山区)的驿道也就是官路即由南关的灵虹桥通过。

现在淄博的大路两旁,栽的都是法国梧桐。由于法国梧桐的叶子一个冬天落不净,环卫工人打扫颇为麻烦,这几年又兴开了栽黄山栾树。蒲松龄时代这前一种是外国的树、后一种是南方的树,淄博都没有栽种,淄博的官路旁栽种的都是柳树。其实就是南方,栽种的也是柳树。我虽然没有在300多年前去过南方,江苏篇我们所讲蒲松龄那首《湖上早饭,得肥字》诗,就说"驿路新栽彭泽柳",也可证那时最时兴的行道树就是柳树。

记得50多年前,学过一篇小学课文,其中有这样的句子:"树木名称真不少,杨柳香椿白蜡条。棉槐刺槐和梧桐,松树柏树榆桑枣。"我们有这么多树木,何以偏偏在大路旁栽种柳树呢?我不是植物学家,也不是绿化专家,更不是公路交通专家,科学道理我说不上来,我只就我所知,从三方面说说我的看法。

首先,柳树根系发达,能抓紧大地防止水土流失,所以多栽种在河流两旁用来固堤。我想柳树既然能够固河堤,栽在大路两旁用来固路堤也是一样的。

其次,行道树同时也是观赏树,小学课本里边提到的那些树木,不是树冠不美观,就是生长太缓慢,或者落叶期太长,都不能满足行人审美、纳凉和清洁的需要。扳着指头算来算去,还就是柳树好。

最后,柳树的"柳"和挽留的"留"谐音,古人送别送到大路口,总要折柳以赠,表示挽留惜别之意。这是不是也是一个原因呢?我有点儿吃不准了。因为假如你也折我也折,岂不把柳树给折秃了?——反正不管什么原因,淄川南关大道上"细柳常依官路发"的景色,是很值得驻足欣赏一番的。

般河的水流非常浅,不能通航,这和高邮、宝应一带的河流是没法比的。否则官路上行车马,河流中行帆船,那该是一种多么令人神往的画中景象啊!这样想着,蒲松龄就把眼光投向了河流的上游。

河水是从东边的高处流过来的,夕阳从西边的天空照耀过来,透射在水流上,这又让我想到了法国画家莫奈的那幅著名的《日出·印象》。"夕阳多向乱流明",这耀眼的日光,这晃动的水流,这明亮的色彩——不管日出还是日落,看上去总是美的。

古代没有摄像机,就是有摄像机,也没法拍出诗歌所具有的节奏和韵律。"来从远树仍穿郭,去作长溪更绕城",在诗歌中看得自自然然、清清楚楚的景观效果,再先进的摄像机也很难拍得出来。般河从远处的树林中穿过来到淄川城外的官坝上,一个支流从城南流向孝妇河,一个支流经城东绕过城北,和另一支遥相呼应注入孝妇河。

这在诗中几秒钟就能看完的镜头,用摄影技术在同样时间里是没法完成的。这就是诗歌的高明之处,因此也就具有了它的不可替代性和永久保鲜性。

看着看着,蒲松龄真把淄川城外的般河两岸看成江南水乡了。"村舍开门全近水,谁家修竹傍墙生?"你看靠近般河的这些村庄,家家户户推开大门就是水流,男人挑水浇地浇花,女人端水洗衣洒扫,是多么方便多么惬意啊。

你看那是谁家,一丛高大的竹子靠在墙边上,竹梢都高过墙头了——竹叶上青翠欲滴的颜色,正是般河水的颜色。

　　这就是300多年前淄川般河的景象,今天我们还能清晰看到,还得感谢蒲松龄。中国画讲究高远、深远和平远,假如请画工把蒲松龄这首《般阳》诗画作图画的话,你说哪儿是高远,哪儿是深远,哪儿是平远呢?

河洲夜饮

蒲松龄因为没有考中举人,就没有资格做官,又不愿去种地或经商,所以就没有门路挣钱养家。

当时的普遍情况是,屡试不中的秀才只有两条谋生之路,一条是为人作幕,也就是到县衙等去做幕僚,这蒲松龄已经尝试过了,只做了一年而没有继续下去。另一条就是到缙绅(jìn shēn)先生——现任或退职官员——家里去做私塾先生。

为什么要到缙绅先生家里去做私塾先生呢?老百姓的孩子不是更需要教书先生吗?话是说得不错,可你想过没有,老百姓虽然不缺孩子可缺的是钱,蒲松龄尽管后来成了著名小说家,可他当时缺的也是钱,并没有无偿教学的崇高境界和道德冲动。

老百姓家既然没有钱,就不会聘请私塾先生;而他教书的目的就是为了挣银子,当然就得到有白花花银子的人家去当私塾先生了。也就是像姜文电影《让子弹飞》中所说:"谁有钱就挣谁的钱!"

就算到缙绅先生家去当私塾先生,考不上举人的秀才多,当地的缙绅先生家少,所以想谋得一馆——也就是找一家书馆教书——也是难上加难。

大家可能不知道,蒲松龄除了是小说家、诗人,还可以称为剧作家。他在戏剧作品《闹馆》的一开头就说:"沿门磕头求弟子,遍地碰腿是先生。"僧多粥少,想当个家庭教师也不易得。接着又说:"君子受艰难,斯文不值钱;有人成书馆,便是救命仙。"你看,秀才们是多么斯文扫地啊。碰上个让你到家教书的,不是给人家磕头作揖,就是把人家看作救命的仙人。

所以说,秀才们就算考到七老八十,只要还走得动,也要考到底,原因就是不想受这口鸟气。就像元人王实甫《西厢记》第一折中张君瑞上场所说:

向诗书经传,蠹(dù)鱼似不出费钻研。将棘围守暖,把铁砚磨穿。投至得云路鹏程九万里,先受了雪窗萤火二十年。

译文：

  面对着"四书五经"的原文和解释文字，就像钻在书中吃书的蠹鱼一样永无出头之日。发誓要将那荆棘围绕的考场守暖和了，把那铁一样的砚台磨穿了。在青云直上、鹏程万里之前，要像孙康借着雪光读书、车胤借着萤火虫读书一样，先受二十年的读书之苦。

  假如真能青云直上、鹏程万里，就算是受苦受难坐监一般苦熬20年——甚至30年50年——也值啊，可事实证明蒲松龄考了一辈子到底也没有考上——这都是后话了，暂时先不去管他。

  在传为蒲松龄所写的俚曲作品《学究自嘲》的最后，也有四句著名的韵语："墨染一身黑，风吹胡子黄；但有一线路，不做孩子王。"有人就问了："既然私塾先生如此不堪，蒲松龄何苦去做这个营生，他去经商甚至种地不好吗？"

  蒲松龄的父亲蒲槃（pán），就是因为考不中功名而去经商的，据说颇有成就；蒲松龄和弟兄们分家后，也得到了20亩地，也不用出去给人家当长工、做觅汉——经商、种地对他来说都不是难事。

  可是，一是此时蒲松龄科举的念头还没有完全放下，就算60岁考中，活到70岁还能享受10年呢。清人吴敬梓《儒林外史》第三回，周进读了几十年书，60多岁才考中举人，然后又中了进士，3年之后"升了御史，钦点了广东学道"。《儒林外史》第八回，还说："三年清知府，十万雪花银。"——就是当3年清廉的知府，也能赚10万两白银。10年还能赚多少银子啊！

  二是当私塾先生就算受点儿委屈，总比风餐露宿的商人特别是靠天吃饭的农民轻松惬意一点儿吧。再不济还图个风刮不着雨淋不着呢，何况优秀的秀才每年还有四两官银的生活补贴，这是面朝黄土背朝天的农民很难从土里刨出来的。

  此时的蒲松龄没有考中举人，孩子们又小，不能到离家远的地方去长期坐馆，就只好在淄川附近打打游击，以便能及时回家帮衬家务。《儒林外史》第二回说60多岁的周进开馆授徒，"每年馆金十二两银子"——每年有12两的报酬。这也算是不错的收入了，更是整天和土坷垃打交道的农民所难以梦到的。蒲松龄的年收入到底是多少，没有明确记载，估计大致也得这个数吧。

  当时的淄川东北丰泉乡鸾(diào)桥村——今淄川区罗村镇大鸾桥村——自

明代起就有人在朝中做官,可以说是世代簪缨之家。家中要想延续祖业,就要找私塾先生教育子弟。曾经考过山东头名秀才的蒲松龄此时35岁,学识和人生阅历都到了黄金时期,在淄川一带已经广有文名,正是再合适不过的不二人选。

但是,鸾桥村离蒲家庄有15里之远,骑驴或骑马来回一趟也得大半天,下步走更是麻烦,蒲松龄回家照顾老婆孩子颇为不便。正好王家有一支在淄川东南仙人乡的马家庄——今洪山镇马家村——落户,马家庄离蒲家庄只有数里之遥,徒步用不了两刻钟,蒲松龄就就近在马家庄的王家设帐授徒了。

马家庄东高西低,西边村外的土崖头下边,就是自淄川东南山区蜿蜒而来的般(pán)河。这天晚上,蒲松龄同王氏弟兄及一位叫刘茂功的,一起到般河的小洲上饮酒赋诗作乐。

蒲松龄写了两首七言律诗,题目是《同长人、乃甫、刘茂功河洲夜饮,即席限韵》。"长人"就是王体正,长人是他的字。"乃甫"就是王化正,乃甫是他的字,他是王长人的哥哥。

由于这首诗的题目较长,我们只取其中四字,以"河洲夜饮"做这篇文章的题目。

在这两首诗之前,蒲松龄还写有一段较长的骈(pián)体序文,也就是"引"。这在蒲松龄诗歌中是少有的,由此可见他对这两首诗的用心和珍视。为了不让蒲松龄地下委屈,我把这段序文和诗一起引在这里,借此大家也可以见识一下蒲松龄的文章神采。

同长人、乃甫、刘茂功河洲夜饮,即席限韵

甲寅八月,共集长人斋。同人雅集,乐且未央。于是举网河上,拟追赤壁之游;载酒溪头,共唱铜鞮(dī)之曲。河边细草,喜荐芳茵;夜半寒流,如闻哀玉。既飞觞而浪饮,更抵掌以欢呼。健仆能鱼,捕锦鳞于潭水;雏奴解意,烛紫蟹于沙汀。不有佳章,负兹盛会。爰下击钵之令,用代鼓枻之歌。

其 一

秉烛清宵汗漫游,般河冲激小山头。
人渔芳草黄昏夜,客醉寒潭绿水秋。
伯仲文章皆大雅,主宾词赋尽风流。

何人海上垂芳饵,一线虹霓月作钩。

其 二

举网烟波续盛游,一樽霜露小滩头。
星河摇动鼋鼍窟,芦荻吹残雁鹜秋。
日暮酒人眠绿草,夜深渔火乱清流。
壮心忽发濠梁思,独入沧浪把钓钩。

河洲夜饮　王春荣绘

　　此诗序文用了不少典故,不大好懂。又因为是骈文,也不好像别的文章一样直译成现代白话文。我试着把大致意思解说一下,其中的典故就不去一一解释了。因为假如完全解释清楚的话,这篇文章会很长,对读者的耐性将是严峻考验,尽管我有把握写得活泼生动,不至于让你打瞌睡。

　　康熙十三年八月,我们聚集在王长人的书斋。共同谈诗论文,欢乐之情尚不能尽情抒发。于是到般河上撒网打鱼,就像当年苏东坡在赤壁饮酒夜游;我们在般河岸上一边喝酒,一边拍手歌唱着古老的歌谣。河边青草细细,就像垫着漂亮的地毯使人高兴;夜半寒流浮动,空中仿佛鸣响着玉石发出的哀怨之声。我们举杯畅饮,我们鼓掌欢呼。矫健的仆人是捕鱼高手,潜进河湾捕获鲜美的大鱼;年幼的书童都善解人意,举着火把在沙滩上搜寻紫肥的螃蟹。如果不写美好的诗文,就会辜负了这次盛会。于是敲击着碗盆而限时定韵作诗,就像古人敲击船舷高唱沧浪之歌。

此诗的原题目中有"即席限韵"四字,"即席限韵"是怎么回事呢?这是多人一起创作诗歌时常用的一种限定用韵的方法,在江苏篇讲《湖上早饭,得肥字》那首诗时,我们已经引用《红楼梦》中的相关内容说明过了,故在此不再赘语。

不过通过这四个字我们还可以知道,当时不光蒲松龄写了诗,其他人也都写了诗,并且用的还是同样的韵。从蒲松龄诗看来,他们限用的是"下平声十一尤"中的"游、头、秋、流、钩"五字。就是说,不管谁写诗,都得是七言律诗,并且韵脚都得是这五个字。

这看上去有点儿胶柱鼓瑟不够自由,但古人就喜欢这个道道,因为这种创作方式有比赛的味道,作者们暗中都较着劲,所以难能才显得可贵。当然,难能也是对庸手而言,对蒲松龄这样的高手或许还嫌难度不够呢,你看他写一首不过瘾,就连着写了两首——这多么像《红楼梦》中的赛诗场面啊。

可惜当时其他人所写的诗已经见不到了,到底是庸手还是高手,我们也不好判断。

有人就说了,离家这么近,蒲松龄晚上不回家帮老婆看孩子,还在这里玩儿,这不是个好丈夫。其实,是你管得太宽了。蒲松龄喝完了酒回家不回家我们不知道。他是不是在家里干完了活儿才来赴约的,我们也不知道。就算他今天晚上没回家,又有什么呢?我们当代人不是也有很多一星期回家一次的吗?在外边和朋友喝个酒热闹热闹,偶尔放松放松不回家或晚回家,甚至就是喝吐了找不到家门,古今中外的老婆们估计都不会有什么过激反应。

既然是仲秋八月,自然是天高气爽。由于经历了几十年的雾霾,我们已经很难想象300多年前淄川的天空是怎样洁净了,尽管现在的天空一天一天好起来,我相信比蒲松龄眼里的究竟还是差得远。就好比现在很多退休工人喜欢在家里包点儿地种小米,说是不用化学肥料,纯天然无公害,其实它的纯净度也绝对赶不上蒲松龄吃过的小米,是一个道理。

"秉烛清宵汗漫游",一开始的时候,他们举着火把在这样一个清清爽爽的夜晚出游,是没有一定目标的。那时村里人没有现在多,房屋也不稠密,村外更是大片空闲的荒野山地,随便一个地方都可以漫游半宿。"汗漫",就是自由自在无边无际的样子。

蒲松龄说"秉烛",就是举着蜡烛,我想这是不可能的。因为蜡烛不经风,一吹就会灭掉,就算不灭掉,蜡烛油滴在手上热乎乎的,虽说不至于烫伤,可也不是好受滋味。因此我说是举着火把。其实还有一种可能,就是打着灯笼,灯笼里边点着蜡烛,有灯罩罩着防风——这也算是所谓"秉烛"了。

说来说去,这说的都不是蒲松龄的意思。蒲松龄在这里用的是《古诗十九首》中的典故,其第十五首说:"昼短苦夜长,何不秉烛游。"——白昼短黑夜长使人苦恼,何不手执蜡烛在夜晚游乐?现在是八月,也是昼开始短夜开始长的时候,如此长的良宵睡觉浪费了岂不可惜?所以不如通过游玩利用起来。

说白了,蒲松龄们不一定有汉末诗人那样人生苦短、及时行乐的思想感情。可是既然对这类文学作品烂熟于心,碰到合适的情境就自然技痒,忍不住附庸风雅起来。

我们喝酒喝痛快了,不是有时也喜欢朗诵几句唐人李白的《将进酒》,觉着有种古人附体的豪迈吗?古今一理,我们又何尝有李白那样忧愤深广、借酒浇愁的人生感慨呢?

马家庄村西的土崖头下面就是般河,走着走着,这群人就到了般河滩上。"般河冲激小山头",般河从东南山区盘旋而来,贴着马家庄下的土崖头流过,紧接着就冲击上另一个村庄——后来村——外的土山头,然后拐弯西流奔向淄川县城南关外灵虹桥下汇入孝妇河。

这片河滩处水流比较宽阔,顺着水流稍微往西,就是窑头村外的"官坝"了,仿佛当年苏轼们的长江赤壁,正是夜游的好地方。苏轼留下了前后《赤壁赋》闻名于世,蒲松龄留下的这两首,现在传诵的人还不多,我们这本书畅销之后,可能也会名闻天下了。

"人渔芳草黄昏夜",这是诗的语言,转换成散文语言应该是,在这样一个黄昏过后的夜晚,主人于长满芳草的般河边上捕鱼。"客醉寒潭绿水秋",这也是诗的语言,转换成散文语言应该是,在这样一个绿水荡漾的秋天,客人于寒冷的潭水边都喝得醉醺醺了。

熟悉古代诗词修辞技巧的读者都知道,这一联诗用的是"互文"手法,就是说,表面上一句写主人,一句写客人,其实主人客人并没有分工那么明确,两句诗的意思融合起来,才能看到其完整的意思。再说,客人们在喝酒,主人们在捕鱼,这也显得双方都不够礼貌,是不?蒲松龄想说的是,今天晚上我们在这里,一边打鱼一边喝酒,或者先是打鱼后是喝酒,总之主客不分,非常欢快热闹就是了。

王氏弟兄出身世家大族,王长人是贡生,王乃甫是秀才,后来也成为贡生,尽管不以文章著称,但其笔墨还都是拿得出手的,否则也不会和蒲松龄这样的著名文人酬答唱和。"伯仲文章皆大雅",这是说王氏弟兄的文章都写得中正平和,就像《诗经》中的《大雅》一样。我们知道他们这是在写诗而不是写文章,蒲松龄突然说到文章,是不是为了对仗写跑题了呢?我想这种可能不是没有,只是概率太小,他大概说的是他们诗歌的小序吧?再说了"文章"原本也可以指诗篇,如唐人韩愈《调张籍》诗云:"李杜文章在,光焰万丈长。"——李白、杜甫的诗篇千古传诵,光芒万丈照耀诗坛。我们知道,李杜是以写诗著称的,所以这里的"文章"就指他们文采绚丽的诗歌。

"主宾词赋尽风流",这一句没跑题,"词赋"在这里指的就是诗歌。"主宾",指主人和客人。主人当然就是王氏弟兄,客人就是题目中的刘茂功。至于蒲松龄,由于长期在王家坐馆,其身份地位大概介于宾主之间,连自己也犯起糊涂来了。"风流",指诗歌作品潇洒美妙。这里为了和"大雅"对仗,其意思可能就是说诗歌达到了《诗经》中《国风》那样的艺术水平吧?

写到这里,蒲松龄似乎犹豫了一下。王氏弟兄邀请在河边夜饮,自然应该表达自己的谢意,这也就是我们常说的"题中应有之义"。可是这种感谢的意思用嘴说说还好,若是认认真真写到诗中,怎么看都有阿谀逢迎之嫌。不是说真诚的谢意让人生厌不能表达,而是说这样的思想感情与诗的品格不相宜——诗歌不适合颂扬。

怎么才能在最后一联别出心裁挽回局面,让人大吃一惊或拍案叫绝呢?这时,蒲松龄扠着头皮抬头朝东方一瞭,就看到了天空的一弯月亮,于是电光石火之间打开搜索引擎,就有了诗的尾联。

"何人海上垂芳饵,一线虹霓月作钩",是什么人在大海之上垂着芳香的鱼饵,用虹霓做钓线,用月牙做钓钩?这两句诗果然写得气魄宏大、境界深远,给人以惊心动魄之感,初看时甚至都惊得张开大嘴说不出话来。

是啊,蒲松龄读书太多,他的大脑就是一部电脑,写诗写到某一方面的意境,下意识下一个指令,脑海之中就翻江倒海旋转起来,眨眼之间所需资料就纷至沓来,排列成行供他选用。这比当代人随身带个电脑强多了,最起码他不怕没电、不怕死机,不怕网络不通,不用定期杀毒,也不用担心忘了拿"优盘"。

你看,眨眼之间就有一组数据向他涌来,他伸右手抓住两个,一挥左手就让其他的回去了。他抓住的这两个,对于旧时的读书人都是常用典故,对我们这些传统文化根底较浅的人来说,可能就稍嫌偏僻了。为了更好地了解诗意,我先把这两个典故说说。

"何人海上垂芳饵",出自《庄子·外物》:

任公子为大钩巨缁(zī),五十犗(jiè)以为饵,蹲乎会稽,投竿东海,旦旦而钓,期(jī)年不得鱼。已而大鱼食之,牵巨钩䧟(xiàn)没而下,骛(wù)扬而奋鬐(qí),白波若山,海水震荡,声侔(móu)鬼神,惮赫千里。任公子得若鱼,离而腊(xī)之,自制河以东,苍梧以北,莫不厌若鱼者。

译文:

任国的公子做一个大钓钩,拴在一根长长的黑粗绳子上,用五十头犍牛作为钓饵,蹲在会稽山上,把渔竿甩向东海,天天在那里钓,钓了一整年也没有钓到鱼。不久一条大鱼吞食了鱼饵,牵带着大鱼钩沉下水去,张开鱼鳍上下翻腾,白色的波浪如同山岳,海水震荡作响,声如鬼神鸣叫,震惊千里之外。任公子得到这条鱼,解剖开做成肉干,从浙江以东到苍梧以北,没有人不饱食这条鱼的。

蒲松龄是大文人,能够写出《聊斋志异》那样的传世名作,心思绝不会简单如我辈。我想,今天晚上他们一定谈到了蒲松龄的科举问题,也一定对他的连年不第表示同情,并对下一年的乡试充满了期待。

因为喝了点儿酒,蒲松龄也是信心陡增、豪情万丈、气势如虹。所以他才说:"别看我现在没钓到鱼,沉住气,等我将来钓一条大鱼,就够我们大家当酒肴吃好几年。哈!"

"一线虹霓月作钩",出自宋人赵令畤(zhì)《侯鲭(hóu zhēng)录》卷六:

李白开元中谒宰相,封一板,上题曰"海上钓鳌客李白"。相问曰:"先生临沧海钓巨鳌,以何物为钩线?"白曰:"以风浪逸其情,乾坤纵其志,以虹霓为丝,明月为钩。"又问曰:"何物为饵?"曰:"以天下无义气丈夫为饵。"时相悚然。

译文:

　　李白在唐玄宗开元年间去拜见宰相,献上一块封藏的木板,上面题写着"海上钓鳌客李白"几个大字。宰相道:"先生您到沧海边上钓大龟,用什么当钓钩和钓线呢?"李白说:"我用风浪放纵我的豪情,用天地鼓荡着我的壮志。我用天上的彩虹做钓线,用天边的明月当钓钩。"宰相又问:"那先生拿什么做鱼饵呢?"李白说:"用天下没有义气的男人当鱼饵。"宰相听后,立即肃然起敬起来。

蒲松龄用李白的这个典故用得很好,把自己胸中的豪情壮志都给抒发出来了。"虹霓"是雨后或日出、日没之际天空出现的七色圆弧,常呈现内外二环,内环称"虹",也称正虹、雄虹;外环称"霓",也称副虹、雌虹。

由于虹霓色彩绚烂,惹人艳羡,所以常用来比喻人的才华富赡多姿。在这里,蒲松龄又以诗情横溢的李白自比了。

只是有一点不是很明白。虹霓是日光折射天空悬浮的微小水滴而形成的天文光学现象。此诗一上来蒲松龄就说"秉烛清宵"。"秉烛"是打着灯笼,"清宵"就是清静的夜晚。这个时候天空中还有太阳吗?

假如没有太阳,又怎么看到虹霓呢? 我知道我提的这个问题会让大家笑话:"写诗又不是写纪实散文,不必要时时处处事事都有根有据、一丝不苟的。"是啊,你说得对,蒲松龄是大才子,就像当年的李白。李白说"白发三千丈",谁又真个见过那么长的头发呢?

刚才蒲松龄又说钓饵又说钓钩又说钓线的,今晚他或许真的在般河边上钓鱼,至于钓到钓不到、钓多钓少,我们且不去深究。反正酒肴是从家里带来的,也不会现打鱼现烹饪。他在小序中说过,这次来河洲夜饮,除了诗题中提到的几个人,还有仆人和孩童。或许他们只管喝酒,钓鱼只是仆人和孩童的事。

当然了,劳动是快乐的,他们放下酒杯过来试试身手活动活动筋骨也是可能的。其结果大概是让仆人和孩童笑话一番外行而已。

从"举网烟波续盛游"来看,他们这次夜饮活动可能就在"官坝"附近。因为别处的水都比较浅，不会有"烟波"，也没法撒网捕鱼。就是说，写诗也多少得有点儿影子，不能太离谱儿。鲁迅说："'燕山雪花大如席'，是夸张，但燕山究竟有雪花，就含着一点诚实在里面，使我们立刻知道燕山原来有这么冷。如果说'广州雪花大如席'，那就变成笑话了。"(《漫谈"漫画"》)

可是"官坝"既然是官修的，"官坝"里的鱼允许老百姓随便捕捞吗？你也捞我也捞，等县衙来了客人再上哪儿去淘换鱼上席呢？说白了，这个"官坝"就是县政府盛鱼的冰柜呢。当然了，或许他们是在夜里偷着捞几网过过瘾也未可知。总之这都是300多年前的事了，想弄清楚也不容易，我们就不再枉费精力了。

至于"续盛游"，"续"的是哪次"盛游"呢？那无疑就是继苏轼两游赤壁之后的再次出游了。"盛游"，是盛大的出游。说实话，苏轼两游赤壁没有几个人跟着，声势绝对算不上盛大。可苏轼是大文人，前后《赤壁赋》是中国文学史上的名篇，其赤壁之游也就成了传诵不衰的"盛游"。

蒲松龄在诗的小序中说他们"举网河上，拟追赤壁之游"，就明确表示他们是把这次夜游看得很重的。尽管当时只是玩笑话，没有多少把握，可今天事实证明，蒲松龄这个终生以苏东坡为榜样的后来者，其名声是足以和苏轼抗衡的。所以他们的这次出游，也完全可以算得上是中国文学史上的一次"盛游"。

既然是"盛游"，当然离不开酒的渲染和烘托。苏轼在《赤壁赋》中说"举酒属客"——举起酒杯劝客人喝酒、"饮酒乐甚"——喝酒喝得很高兴、"肴核既尽，杯盘狼藉"——菜肴果品都吃完了，杯子盘子一片杂乱。又在《后赤壁赋》中说：

> 是岁十月之望，步自雪堂，将归于临皋。二客从予，过黄泥之坂。霜露既降，木叶尽脱。人影在地，仰见明月，顾而乐之，行歌相答。已而叹曰："有客无酒，有酒无肴，月白风清，如此良夜何？"客曰："今者薄暮，举网得鱼，巨口细鳞，状如松江之鲈。顾安所得酒乎？"归而谋诸妇。妇曰："我有斗酒，藏之久矣，以待子不时之需。"于是携酒与鱼，复游于赤壁之下。

译文：

这年十月十五，我自雪堂出发，准备回临皋亭。有两位客人跟着我，一起走过黄泥坂。这时霜露已经降下，树叶全都脱落。看到身影照在地上，就去仰望天上的明月。看着看着心里一乐，就边走边吟诗酬唱起来。然后我叹惜说:"有客人却没有酒,有酒却没有肴,月色皎洁,风儿清爽,我们怎样度过这美好的夜晚啊?"客人说:"今天傍晚,我撒网捕到了鱼,嘴巴大鳞片细,就像松江的鲈鱼。可是哪里有酒呢?"我回家和妻子商量。妻子说:"我有一斗酒,保藏很久了,早知道您不知啥时候就突然想喝。"

看过苏轼这段文字,我们就知道,蒲松龄上一首诗中的"清宵",就是苏轼这里的"月白风清",蒲松龄"主客"云云,也是受到苏轼主客问答的启发,小序中的"举网河上",也是提醒读者追想苏文中的"举网得鱼"……好在蒲松龄们都饱读苏轼,知道回家向老婆要酒不如自己提前带着方便,这酒也就不用耽误时间回家取,因而喝起来就更加畅快尽兴了。

"一樽霜露小滩头",樽(zūn)是古代的青铜盛酒器,下方多有圈足,上部有镂空,中间可点火对器中酒加热提温。蒲松龄在这里说"一樽",也是提醒读者他们是在向苏轼们学习,"一樽"就相当于苏轼老婆藏着的那"一斗(dǒu)"。"斗"也是古代盛酒器具的名称——当然了,不管是蒲松龄的"一樽"还是苏轼夫人"一斗",只是沿用古人的说法,显得古雅而美好,其实叫我说就是"一坛"或"一瓶"——蒲松龄在小序中说"拟追赤壁之游",看来他真是时时处处都想着向苏轼"致敬"了。

你看,他们在小小的沙滩边上喝酒、作诗,喝到很晚、作到很晚,连霜露都降落下来了。"霜露"这两个字还是扎扎实实在向苏轼"致敬",它就来自苏文中的"霜露既降,木叶尽脱"——我相信蒲松龄已经把苏轼的前后《赤壁赋》背得滚瓜烂熟了,否则不会运用得这般自然纯熟。

我们现在的中学生也学过这两篇课文,能否用得像蒲松龄一样好呢?我知道你的心思,你是不是想说:"好什么呀?好怎么连个举人都考不上呢?我用得不好,不好我也给你考个清北看看。"唉,你这样以成败论英雄,我也无话可说,服你就是了。

不能不说,"霜露既降,木叶尽脱",蒲松龄对这八个字太欣赏了,直到若干年后写《聊斋志异》中那篇名作《翩翩》的时候,还又一次兴奋莫名地用到了它。不过这次真是用得后来居上、青出于蓝了:

居无何,秋老风寒,霜零木脱。女乃收落叶,蓄旨御冬。

译文:

  罗子浮在山中住了不久,就秋月渐深、寒风渐起,白霜降落、树叶凋零了。翩翩就捡拾起落叶,储藏美食准备过冬。

  蒲松龄能把苏轼的八个字缩写成四个字,也算是真把苏轼的文章钻研透融化成自己的东西了。宋人陆游《老学庵笔记》卷八有"苏文熟,吃羊肉;苏文生,吃菜羹"这样的说法,意思是读熟了苏轼的文章,就能考中功名做官吃羊肉;读不熟吃不透苏轼的文章,只能落选去喝菜汤。蒲松龄对苏文可谓熟得不能再熟,可是最后也没有考上,这只能算是天意。

  蒲松龄在《聊斋自志》中说"情类黄州,喜人谈鬼"——性格类似苏轼,喜欢和人谈鬼。在那首《次韵答王司寇阮亭先生见赠》诗中说"十年颇得黄州意"——用10年的时间得到了苏轼写作的意趣。

  功夫没有白下的,虽然没有做上达官贵人,可是凭着一支笔,赚顿羊肉吃,那也是小菜一碟的事了——别说蒲松龄,就是我,出去给人家谈谈《聊斋》,最差也弄顿酒喝,至于蒜爆羊肉、孜然羊肉或米炒羊肉,也只是一桌酒肴之中的一个菜而已。说白了,我也是吃蒲松龄的饭啊!

  此时的蒲松龄还是吃东家的饭。虽说他在诗中说"一樽",究竟喝了几坛子酒,连他自己也记不清了。你看,他晕晕乎乎地说"星河摇动鼋鼍窟",天上的银河掉落到地上的般河里,随着波光摇晃起来,把水流深处的鼋鼍(yuán tuó)——传说中的大鳖和猪婆龙(扬子鳄)——的洞穴都给照得清清楚楚了。

  这一条小小的般水,虽然名头不小,可毕竟是清且浅,大鳖自然没有,小鳖或许有,扬子鳄是绝对不会有的,那样巨大凶猛的水中动物,只会出现在《聊斋志异》中的《西湖主》中。

  蒲松龄摇摇头、揉揉眼,用手掌轻轻拍了拍腮帮子。这才回过神来:"哦,这不是在南方的长江边,这是在淄川的般河边啊。"——他到底有点儿惦着江南了。

  恍惚之间,远处"扑棱"一声,吓他一跳,他定睛细瞧,一只水鸟从水草丛中飞走了。由于视线迷离,也没看清是雁还是野鸭子。那几丛水草都开花了,刚来的时候还分得清哪是芦哪是荻,现在也看不出个子丑寅卯了。"芦荻吹残雁鹜秋",毕竟是到了八月,不管是芦是荻,秋风中都有些枯残衰飒了。

  刚开始来到河边的时候,大家还在河边草地上盘坐起来喝酒,喝完了酒就顺便躺下休息。现在天更晚了,已经到了深夜,那几个仆人和孩子还在打着火把照鱼、钓虾、摸螃蟹。火光散乱,把水里天上的星光也照散乱了。

"日暮酒人眠绿草,夜深渔火乱清流",睡眠的可能是别人,蒲松龄不会睡。心里发乱的也是他,因为他又想起了自己那走到哪儿跟到哪儿哄不走劝不回的一腔心事。

他想,这般河的水毕竟太小,当个教书先生毕竟太寒窘,和这些人一起游毕竟不够骋怀畅意。于是,他又触景生情想到了《庄子·秋水》中的典故——现在不也正好是秋天,眼前不也正好是秋水吗。

庄子与惠子游于濠(háo)梁之上。庄子曰:"鯈(tiáo)鱼出游从容,是鱼之乐也。"惠子曰:"子非鱼,安知鱼之乐?"庄子曰:"子非我,安知我不知鱼之乐?"惠子曰:"我非子,固不知子矣;子固非鱼也,子之不知鱼之乐,全矣。"庄子曰:"请循其本。子曰'汝安知鱼乐'云者,既已知吾知之而问我。我知之濠上也。"

译文:

庄子和惠子在濠水桥梁上游玩。庄子说:"鯈鱼在水里自由游动,这是鱼的快乐啊。"惠子问:"你不是鱼,怎么知道鱼是快乐的?"庄子说:"你不是我,怎么知道我不知道鱼的快乐?"惠子说:"我不是你,固然不知道你;你不是鱼,你也不知道鱼儿的快乐,也是不言自明的了。"庄子说:"让我们从头捋一捋。你说'你怎么知道鱼的快乐'这话,就是已经承认我知道鱼的快乐了才来问我怎么知道的——我是在濠水的桥上知道的呀。"

庄子也罢,惠子也罢,鱼乐也罢,人乐也罢,能对这样一个在一般人看来纯属神经的问题,进行如此兴味盎然像煞有介事的讨论,就是人生的最大快乐。

蒲松龄期待这样的快乐。可这种斗嘴之快乐,那仆人和孩子显然不能给他,这几个成年酒友躺在草地上显然也不能给他——那怎么办呢?

"壮心忽发濠梁思,独入沧浪把钓钩",此情此景忽然引发了我到濠梁之上,和庄子、惠子同游的豪壮心情,我要远离这里,去寻找屈原笔下的渔父,拿着钓钩和他同游沧浪之水了。

《楚辞·渔父》说,屈原被放逐以后,披发行吟泽畔。碰到一位渔父对他说,你何必固执己见呢,同流合污不也很好吗?屈原当然不能同意他的观点了。于是——

> 渔父莞尔而笑,鼓枻(yì)而去。乃歌曰:"沧浪之水清兮,可以濯吾缨;沧浪之水浊兮,可以濯吾足。"遂去,不复与言。

译文:

> 渔父微微一笑,摇着船桨走了。他唱道:"沧浪之水清啊,可以洗我的帽带子;沧浪之水浊啊,可以洗我的脚。"就这样远去了,不再同屈原说话。

像《渔父》这种一问一答的文体,实在就是苏轼前后《赤壁赋》的祖宗。里头提到的渔父和苏文中提到的客人一样,未必实有其人,只是作者大脑中虚拟的人物,以便和自己展开对话而顺利表明自己的态度而已。屈原所塑造的这个渔父的形象,虽然是虚拟的,却成了后世中国文人不得志时心灵中的一个理想归宿。

当然了,蒲松龄也只是想想而已,若真走了去找那位渔父,我们就看不到今天这样好玩儿的《聊斋志异》了。

三台山

假如你驾着汽车经淄川西边的张博路附线（国道205）从北往南走，过淄川县城不远，你就会看到右前方有一座大山，以三座山峰的姿态耸立着。当然了，你若是从博山方向往北走，它就会出现在你的左前方。

我说的是老司机开车，若是还在实习阶段的司机——特别是女司机——双手握着方向盘，两眼直直盯着前方，是不敢左右乱看的。可是，假如我坐在副驾驶位置上，我一定提醒他或她开得慢一点儿，实在不行停下车伸伸头或出来看看也行，因为你看到的就是传说中的三台山。

明嘉靖《淄川县志》记载：

> 三峰山，在县治西南二十里。三峰鼎立，故俗名"支锅山"。上有玉皇庙、三教堂，皆乡人创建。岁时祈祷祭赛。

译文：

> 三峰山，在县城西南二十里处。三峰鼎立，俗称"支锅山"。山上有玉皇庙、三教堂，都是当地老百姓创建的。每年都在固定的时间进行祈祷祭祀活动。

看来那时三台山还不叫三台山而叫三峰山。另据明万历《淄川县志》记载：

> 三峰山，在县西南二十五里。三峰鼎峙，俗名"支锅山"，改名"三台山"。

这两条记载中距离相差五里，这无伤大雅，谁看也知道是一回事，无任何歧义。需要注意的是，到明朝万历年间，三峰山已经不叫三峰山，而改名叫三台山了。为什么改名呢？我们不得而知。

再据清乾隆《淄川县志》记载：

三台山,县西南二十五里。三峰鼎立,异势同岑,揽其郁秀,仿佛太华也。俗名"支锅山",绀(gàn)宇层叠,上下辉映,山势险峻。昔时避乱者全活多人,实一方福地,不但为邑中胜境也。

译文:

三台山,在县城西南二十五里处。三座山峰像鼎一样耸立着,气势不同峰峦相似,看其茂密秀丽,好似西岳华山。俗称为"支锅山",山上佛寺层叠,上下相互映射,山势显得更为险峻。战乱年代在山上避难,救活了不少人,实在是一方福地,不仅是淄川县的一处名胜。

三种《县志》中都说三台山"俗名支锅山",这就是上文我说"传说中的三台山"的根据。

我小时候就听我爷爷奶奶说——他们也是听他们的爷爷奶奶说的——在很早很早以前,这里是没有三台山的。后来朱元璋在此讨饭,和一帮穷小子晚上偷杀了财主家的老黄牛煮着吃。没有锅,就到附近村里偷口锅,没有炉子,就支起三块石头当炉子。煮熟吃完之后,天已亮了,怎么给人家送回锅去呢?

朱元璋那时还没有做皇帝,可是说话已经是"金口玉言"了。开始时他到人家讨饭,叫大爷大爷死,喊大娘大娘死,后来不管到谁家,开口就说"我来了",才没有再继续死人。这时他说:"没事,临明前还黑一阵。"于是天空又黑了下来,就有人趁黑把锅送回去了。

锅是送回去了,牛却没法送回去。人家财主找到这里,抓个正着。朱元璋灵机一动,拿起牛尾巴插到地里说:"牛钻地了,不是我们吃了。"老财主不信,可眼看着牛尾巴逐渐没了,还听到牛在地下"哞哞"叫了几声,却也无可奈何,只好自认倒霉,垂头丧气回去向老婆交差,准备跪搓板去了。

最重要的是支锅的那三块石头,不知啥时候就变成了三座山峰,这就是现在我们看到的三台山。

三台山后边还有一个小山包,过去寸草不生,到现在山上的树木也不多。听我母亲说,这个小山包是朱元璋他们从锅底下扒出的炭灰,故而上面不适宜生长任何植物。

其实我们说什么东西三足鼎立,往往是指的它的三条腿。三台山上边若是有一口大锅，那三座山峰就是它的腿。可是锅还给了人家，腿上没了东西顶着，就不像个鼎了。人们说它鼎立，往往就是指它有三座山峰并立着而已。比如我们说"三国鼎立"，就更不好寻找哪是炉子腿哪是大铁锅或国了。

蒲松龄二十来岁的时候，是名满淄川的秀才。三台山下的村庄里有一位叫孙嗣服——名步武，嗣服是他的字——的，也是县里的秀才。蒲松龄和他惺惺相惜，建立了很深的友情，曾经从蒲家庄跑来找他，在三台山上喝酒唱歌疯玩了一整天。

40年后，在蒲松龄63岁的那年，孙嗣服去世了。二月四日这天，蒲松龄去吊唁祭奠他，因为按天干地支排列此日是"辰"日，民间有"辰不哭泣"的禁忌，认为此日痛哭会带来不吉利的事情，所以蒲松龄没有尽情表达自己的悲伤，就回去写了两首七言律诗来寄托哀情。

**二月四日，往哭孙嗣服，三台在目。因忆二十许时，
两人载酒登临，歌呼竟日，曾几何时，故人已谢世矣！
适值辰日，不能尽哀，因托于词**

其 一
第一峰头蜡屐过，醉挝羯鼓发高歌。
少年狂轵逢欢剧，强酒君能较我多。
黍一炊时判今古，门三过后邈山河。
老来频作游仙梦，今日登堂奈尔何。

其 二
一别三台四十春，三峰犹效华山颦。
少年登眺如新梦，百岁风光亦浃辰。
犹拟华堂亲杖履，谁知夜室已荆榛。
白头真觉无生趣，频湿青衫哭故人。

这两首诗的原题太长了，很难记得住，排在目录上也不够整齐，所以我们用"三台山"这三个字作为这篇文章的题目。

我们知道，蒲松龄读书成癖且过目不忘，到底读了多少书，记住了多少典故，那是没法统计的。马瑞芳先生说："《聊斋志异》引用典籍达两千种以上。"（《幻由

人生:蒲松龄传·引言》)耿廉枫先生编纂之《聊斋志异辞典》,共收 8061 个词条。这都证明,蒲松龄就是一部活动的"中国文化史"。

因为肚子里存货多,所以是张口就来、伸手就有,毫不费力。你看,这不铺开纸略一思考,抬手提笔,"第一峰头蜡屐过",就又用上《世说新语·雅量》中的典故了:

祖士少好财,阮遥集好屐(jī),并恒自经营。同是一累,而未判其得失。人有诣祖,见料视财物,客至,屏当未尽,余两小簏,著背后,倾身障之,意未能平。或有诣阮,见自吹火蜡屐,因叹曰:"未知一生当著几量屐?"神色闲畅。于是胜负始分。

译文:

祖约爱财宝,阮孚爱鞋子,经常都是亲自料理。同样是一种累人的嗜好,但人们还没有分出两人的高下优劣。有人去拜访祖约,见他正在整理财物还没有整理好,剩下两个竹箱子,赶紧藏到背后,侧着身子遮住,神情极不自然。有人去拜访阮孚,见他正在吹火给木屐打蜡,还叹息着说:"不知一辈子能穿几双?"神情闲适舒畅。通过这一对比,他俩境界的高下就分辨出来了。

三台山有三个峰头,蒲松龄回忆说他们穿着涂有蜡质的木屐,登上了第一个峰头。通过《世说新语》中"蜡屐"的典故来历我们知道,蒲松龄和孙嗣服不可能穿着晋朝人阮孚收藏的那样的"蜡屐"去登山。在这里他用"蜡屐"这一典故,有两个作用,一个是想表明,孙嗣服就像阮孚一样,神情闲适舒畅,不像祖约那样是个守财的俗人。二是此时蒲松龄浮想联翩,可能又想起了《宋书》卷六十七《谢灵运列传》中的典故:

灵运因父祖之资,生业甚厚。奴僮既众,义故门生数百,凿山浚湖,功役无已。寻山陟(zhì)岭,必造幽峻,岩嶂千重,莫不备尽。登蹑常著木履,上山则去前齿,下山去其后齿。尝自始宁南山伐木开径,直至临海,从者数百人。临海太守王琇惊骇,谓为山贼,徐知是灵运乃安。

译文：

　　谢灵运凭借祖父和父亲的遗产,家业非常丰厚。家里奴仆众多,依附他们的门生故吏有几百人。谢灵运率领他们开山挖湖,没完没了;翻山越岭,总是到幽深险峻的地方去。就算是远隔千岩万岭,也没有一处不到达。他每次登山都穿上自制的木鞋,上山时去掉前面的鞋齿,下山时则去掉后面的鞋齿。曾从始宁南面山峰砍树开路,一直通到临海,有几百人跟着他。临海太守王琇大为恐惧,误以为是造反的山民,慢慢打听知道是谢灵运,才放了心。

　　谢灵运喜欢游山玩水,为登山方便,还亲自设计了别出心裁的木屐。唐人李白《梦游天姥吟留别》诗说:"脚著谢公屐,身登青云梯"——脚上穿着谢灵运特制的那种木鞋,顺着石阶小路攀登到青云之上。

　　李白穿的不可能真是"谢公屐",蒲松龄穿的也不是"蜡屐"。阮孚的"蜡屐"和登山关系不大,蒲松龄在这里又想说"蜡屐",又想说"谢公屐",脑子里边一时也没弄明白,就蒙头蒙脑写了这句诗。

　　"醉挝羯鼓发高歌",蒲松龄和孙嗣服不光登上了三台山的第一峰,还在山上喝了酒、唱了歌。"醉",是喝醉了酒,可是古代诗人诗中的"醉"大多只是表示喝得畅快和喝得比较多,并不一定就是真喝醉了。

　　"挝(zhuā)",是击打的意思。击打的是什么呢?是"羯(jié)鼓",古代一种打击乐器,南北朝时从西域传入,唐代比较盛行,形状像漆桶,演奏时横放在小牙床——装饰着象牙的坐榻——上,两手持杖敲击演奏。

　　为什么叫"羯鼓"呢?有两种说法。一种认为是古代羯族的乐器,一种认为是用羯羊(公羊)皮做鼓皮,因此叫羯鼓。不管羯鼓为什么叫羯鼓,我想蒲松龄和孙嗣服不可能带着羯鼓上山。

　　说白了吧,他们可能并没有带着任何乐器上山,只是喝多了酒在山上有板有眼唱了几句,甚至还自己打着节拍,这也算是敲击着"羯鼓"了。

　　尽管没有真的穿"蜡屐"敲"羯鼓",可感觉就像穿"蜡屐"敲"羯鼓",这可看出他俩年轻之时的爱好,也可以说是一身文艺范儿。用蒲松龄自己的话说,都到了"狂"的份儿上。

　　"少年狂辄逢欢剧",因为年少轻狂,每次相聚欢乐都要达到极致。也就是说，每次见面都喝得痛快、聊得痛快，故而整个身心都感痛快淋漓。

为什么会有这种痛快淋漓的感觉呢？主要是因为两人感情深厚颇为知己，次要是因为刚刚考中了秀才，说不定在当年秋天的乡试中就可以一起考中举人飞黄腾达了。我们现在为了强调两个人的友情这样排序，实际上哪一个在前哪一个在后，估计他俩也说不明白——反正对生活和未来充满希望和把握。

对未来生活充满希望和把握的时候，女人们喜欢干吗我不知道，我知道男人们喜欢喝酒。不是自己在家里喝酒，而是和知心的朋友喝酒，最好是和境遇相同的人一起喝酒。比如两个人或几个人同时考上了名牌大学，就可以欢聚畅饮一番。

这种快乐我能体会，可是并没有享受过。因为我们村里当年只考上了我一个大学生，并且还是专科，因为带了个"专"字，常被人认为是中专，因此当时就没有得到醉酒之乐，尽管我后来经常醉酒也经常想戒酒。

年轻时候是真能喝酒，就算喝吐了也没什么，第二天早晨醒过来，照样是没事人。蒲松龄和孙嗣服也是一样。从淄川到三台山25里，从蒲家庄到淄川8里许，从蒲家庄到三台山30多里，他是走着去的——在古代徒步赶路三五十里不是什么稀奇的事——还是骑牲口去的，我们不知道，反正喝醉了酒，回家就比较困难了。

好在年轻，摔个跟头也不要紧。"强酒君能较我多"，更何况孙嗣服最后还又硬喝了几杯，醉得比我还厉害呢。

这些事虽说就像发生在昨天，实际上已是40多年前的事情了。唐人沈既济在传奇小说《枕中记》中讲过一个"黄粱一梦"的故事，这在江苏篇讲《夜发维扬》那首诗时已经说过。"黍"，就是黄粱。"黍一炊"，就是做熟一顿黄粱米饭的时间。"黍一炊时判今古"，就是说想来只不过是一顿饭的工夫，世上却发生了多少事啊，我还活着，而你却成了古人。

上一句从时间的实远似近上来说，下一句就从空间的实近似远上来说。"门三过后邈山河"，是说我只到过你家三次，我们就阴阳分隔犹如山河之遥了。"门三过"，是说自己几次到过孙嗣服家。蒲松龄年轻之时在淄川近郊坐馆课徒，还能抽暇与孙嗣服诗酒流连。40岁以后到离淄川60里外的王村西铺毕府长期坐馆，每年只回家5次，就很少有机会再来看望孙嗣服了。这次孙嗣服去世，他都63岁了，说不定还是特意请假前来吊唁的。由此可见老辈人的重情重义、有始有终。

"邈山河",也是来自《世说新语》的一个典故。其《伤逝》中有一个故事:

> 王濬(jùn)冲为尚书令,著公服,乘轺(yáo)车,经黄公酒垆(lú)下过。顾谓后车客:"吾昔与嵇叔夜、阮嗣宗共酣饮于此垆。竹林之游,亦预其末。自嵇生夭、阮公亡以来,便为时所羁绁(xiè)。今日视此虽近,邈若山河。"

译文:

> 王戎做尚书令时,身穿官服,坐着轻便马车,从黄公酒肆旁经过。他回头对后车的客人说:"以前我和嵇康、阮籍一起在此酒店痛饮过。竹林七贤的游乐,我也排在末位。自从嵇康早亡、阮籍去世之后,我就被时务所羁绊。今天看此酒家虽然很近,往事却像隔着山河一样遥远。"

蒲松龄和孙嗣服的交游,虽说不像"竹林七贤"那样轰动一时,可在他们二人的心里,却也是一生十分珍贵的记忆。蒲松龄今天来吊唁孙嗣服,自然就想起了这个有关"伤逝"的故事。他的话外之音是,假如知道你走得这样匆促的话,我多来看你几次也好啊。

根据诗中的语气看来,蒲松龄对孙嗣服充满敬意,再说年轻时是他远道来拜访孙嗣服,这可以证明孙嗣服年龄比他大,就算达不到长辈的年纪,蒲松龄也是把他当大哥看待的。这年蒲松龄63岁,孙嗣服大概得小七十了吧。唐人杜甫诗说"人生七十古来稀"(《曲江二首》其二)照此看来,孙嗣服去世算是正常,蒲松龄似乎也感到了一丝凉意。

他说"老来频作游仙梦,今日登堂奈尔何",这又牵扯到两个典故。"游仙梦"即五代王仁裕《开元天宝遗事》卷上所记"游仙枕"事:

> 龟兹(Qiū cí)国进奉枕一枚,其色如玛瑙,温温如玉,其制作甚朴素。若枕之,则十洲三岛、四海五湖尽在梦中所见。帝因立名为"游仙枕"。后赐与杨国忠。

译文:

龟兹国进献一个枕头，它的色泽像玛瑙一般，和暖如玉石，制作工艺也很朴素。若枕着它睡觉，传说中的十洲三岛、五湖四海都会在梦中出现。皇帝就给它取名叫"游仙枕"。后来赐给了杨国忠。

看来这是一个神奇的枕头，只要枕着它就可以像仙人一样周游天下。当然了，想周游天下首先得有闲工夫，像蒲松龄这样整天除了为养家糊口而奔波，还得为科考仕进而努力，又怎会周游天下呢？

元人张可久《阅金经·访道士》曲说："寻洞天深又深，游仙枕，顿消名利心。"——找寻到洞天之中深不见底，枕上游仙枕，一切名利之心就顿时消失了。蒲松龄说，老年之后，也不去管那些功名利禄了，一切都想开了，也开始像枕着游仙枕，经常做四海周游的梦了，可是你撒手人寰见不到了。

"登堂"也是一个著名典故，来自一个动人故事。《后汉书·独行列传》记载：

范式字巨卿，山阳金乡人也，一名汜。少游太学，为诸生，与汝南张劭为友。劭字元伯。二人并告归乡里。式谓元伯曰："后二年当还，将过拜尊亲，见孺子焉。"乃共克期日。后期方至，元伯具以白母，请设馔以候之。母曰："二年之别，千里结言，尔何相信之审邪？"对曰："巨卿信士，必不乖违。"母曰："若然，当为尔酝酒。"至其日，巨卿果到，升堂拜饮，尽欢而别。

译文：

范式的字叫巨卿，是山阳金乡人，还有一个名字叫汜。他年少时到太学游学，是太学生，同汝南人张劭结为好友。张劭的字叫元伯。一次，二人同时告辞回乡。范式对元伯说："两年后我就回来，当去拜访您的父母，看看您的孩子。"就一起定好了日期。后来将到约定的日子了，元伯将此事告诉母亲，请母亲准备酒饭。母亲说："分开两年了，千里之外约定的话，你怎么这么相信？"元伯说："巨卿是守信用的人，一定不会失约。"母亲说："既然如此，我就为你酿酒。"到约定的那天，巨卿果然来到，到堂上拜见，然后喝酒，尽情欢乐而别。

蒲松龄用这个典故，是想表明，他和孙嗣服还有未了之约，还约定到他家拜见父母、看望孩子,可是这个约定还没有践行,孙嗣服就去世了。

《后汉书》中接下来的故事更为感人,原文较长,不再引述,我把大意说一下:后来张劭卧病不起,同郡的郅君章、殷子征细心照料他。张劭临死叹息:"遗憾没有见到我那死友啊。"殷子征说:"我与郅君章尽心照顾你,还不是你的死友,你还想见谁呢?"张劭说:"你们俩是我活着的朋友,山阳郡的范巨卿才是我死后的朋友。"不一会儿,张劭便死了。

那时,范式梦见张劭喊他:"巨卿啊,我在某日死,该在某日下葬,永归黄泉了,您若没忘我,能否再见一面?"范式起来穿上丧服就按照日期赶马哭着去奔丧。

范式还没到,张劭的灵车就启行了。到了墓穴,将要下葬时,棺材却挪不动了。张劭母亲抚摸着棺材说:"元伯,你难道还有未了心愿吗?"不一会儿,就看见白车白马,有人痛哭而来。张劭母亲望着那车马说:"这一定是范巨卿来了。"

范式到来磕头吊唁,说道:"走吧元伯,我俩死生异路,从此永别了。"参加葬礼的上千人,都为他俩的别离流下泪来。接着,范式在前拉着绳索牵引,棺材才向前移动了。范式就此留在墓地,给张劭垒了坟,种了树,然后才离去。

这也是著名的"素车白马"的故事。用今天的眼光来看,我们不相信人死之后其灵柩还会等着朋友前来送行。但是若用人性中最为美好的心灵之眼去看,我们倒宁愿相信这是真的。

蒲松龄从数十里外的王村西铺,为孙嗣服奔丧而来。别说数十里,就是再远点儿恐怕他也会来,因为古人读书不是为了储存知识,而是为了提高自己的人生境界。范式、张劭这样的动人友谊,正是后世知识分子所极力倡导并亲身力行的。

我们说过,蒲松龄才气很大,善于写组诗。这次是老朋友去世,更有种情感奔涌、不吐不快的感觉,所以写完第一首后,又换一个角度,写下了同样感人肺腑的第二首。

"一别三台四十春",这句诗中三个数字运用得很好。从那次喝过酒后一离开三台山,眨眼就是 40 个春秋了。时间对人生来说显然很快,已由青年变成了老年,甚至变成了地下的鬼魂,可对高耸的山峰来说,却似乎只是一瞬,没有带来任何改变。"三峰犹效华山颦",三台山 40 年前是这样,40 年后还是这样。

西岳华山山峰众多,但其突出特秀者主要是三座,人称"华岳三峰",分别是南峰落雁峰、东峰明星玉女峰、西峰莲花峰或称芙蓉峰。还可以有另一种解释：华山南峰由三个山顶组成，落雁峰最高居中，松桧峰居东，孝子峰居西，整体像一把圈椅，三个峰顶恰似一尊面北而坐的巨人。

既然是巨人，就会有人的喜怒哀乐，有时也不免皱皱眉头，这就是"颦"。我们还记得《红楼梦》第三回中写道：

> 宝玉又道："妹妹尊名是那两个字？"黛玉便说了名。宝玉又问表字。黛玉道："无字。"宝玉笑道："我送妹妹一妙字，莫若'颦颦'二字极妙。"探春便问何出。宝玉道："《古今人物通考》上说：'西方有石名黛，可代画眉之墨。'况这林妹妹眉尖若蹙，用取这两个字，岂不两妙！"

林黛玉长得小巧，三台山颇为高大，华山三峰更是雄伟。但是三台山皱起眉头来向华山三峰一学，其黛青色的眉尖也像林黛玉一样颇为动人。曹雪芹可能看过《聊斋志异》，不会看过《聊斋诗集》，蒲松龄死得早，没赶上看《红楼梦》，这对两人来说，都是一种遗憾。

蒲松龄说，40年前的青少年时期，我们登山远眺、纵情高歌，现在想来就像一个刚刚做完的梦境。古代以干支纪日，称自子至亥一周12日为"浃辰"。"浃"是整个的意思，比如浃岁就是一整年，浃时就是一季，浃月就是一个月，浃辰就是12天。就算活上100岁，其光景也不过像十来天而已。"少年登眺如新梦，百岁风光亦浃辰"——时间过得真快啊。

转眼之间，我也老了，你也走了。"杖履"，老者所用的手杖和鞋子，指拄杖漫步，是对老者和尊者的敬称。由此可见，蒲松龄是把孙嗣服敬为师友的。"华堂"，指高大华美的房子。"夜室"，指黑暗的墓穴。"荆榛"，指丛生的灌木。"犹拟华堂亲杖履，谁知夜室已荆榛"，本来还想着到你家拜见请教，没想到你的坟墓上已长满了荆榛——这是多么大的人生哀痛啊。

蒲松龄吊唁祭祀完了孙嗣服，就与孙家人告别回家了。回到家中，想想少年的轻狂、中年的奔波、老年的衰朽，顿感人这一辈子没有多少趣味。今天是辰日，在葬礼上不便于哭泣，回到家中可以尽情一哭了。他哭的是他的老朋友，哭的也是自己一生不懈努力却仕途不通的命运。

唐人白居易在《琵琶行》中说："座中泣下谁最多？江州司马青衫湿。"——坐在这里的人谁流下的眼泪最多啊？我江州司马的青布大衫都打湿了。

"白头真觉无生趣,频湿青衫哭故人",一个白头老者,祭奠老友回来,感觉人生无趣,哭了一遍又一遍,衣服都湿透了,这是一种触景生情的悲哀。可是人只要不死,就得挺直腰板艰难地走向生活。

明天还得继续教书,教的这几个学生也都考了好几次了,似乎也没有考中的希望——想想心里仍旧不是滋味,不免又扯起衣袖擦了擦眼角。

夹谷行

开车顺着张博附线（G205）继续南行，进入博山境内西部的群山之中，就有一座夹谷台。《博山县志》记载：

夹谷台，在县西二十里石门村后。山形有台三层，相传春秋时鲁定公会齐侯于此。

译文：

夹谷台，在县城西边20里处的石门村后边。山的形状就像三层石台，相传春秋时候鲁定公和齐国的国君会盟于此。

我们知道，博山县是清雍正十二年（1734年）才立县的，此前属于青州府益都县，称颜神镇。所以各种史志上多记载清初博山大诗人赵执信（shēn）为山东青州人或山东益都人，尽管他还在博山县生活了10年才去世。

蒲松龄游夹谷台的具体时间不可考，写这首诗的时间是康熙二十二年（1683年），比博山立县还早着51年，那时的夹谷台还属于淄川县——蒲松龄到死也不知道颜神镇后来还叫博山县。

当然，赵执信的大名蒲松龄还是知道的。康熙五十二年（1713年），蒲松龄74岁，他的大儿子蒲箬修建了一所房子"磊轩"，"磊轩"二字匾额就是由赵执信题写的。赵执信那年51岁，和蒲箬同岁，早已是名满天下的大诗人了。

清初孝妇河畔出了三大文化名人，中游的蒲松龄和下游的王士禛见过一面并有书信来往。上游的赵执信没能和中游的蒲松龄会面，也没有任何直接联系，对他俩来说可能没什么，对今人来说，似乎也是一种遗憾。

明嘉靖《淄川县志》载：

夹谷山，在县南三十余里。旧名祝山，又名甲山。明水发源于此，即齐鲁会盟之处。

译文：

夹谷山，在县城南30多里的地方。过去叫祝山，还有个名字叫甲山。明水发源于这里，这就是春秋时齐鲁会盟的地方。

这条记载有几点不确。
首先，夹谷山不在淄川县城南边。其次，也不在30多里的地方。最后，明水又叫萌水也就是范阳河，夹谷台下只是它的南支源头，它的一个更大的支流是西支，发源于邹平县白云山跑马岭南麓。两条支流在今之文昌湖汇合，然后流向东北，最终汇入孝妇河。

明万历《淄川县志》有更准确的记载：

夹谷山，在县西南四十里。旧名祝其，可容数十万旅，春秋齐鲁会盟处。孔子相礼，却莱兵，诛侏儒，揖让周旋，齐人愧惧，归鲁侵地而返。

译文：

夹谷山，在县城西南40里处，以前叫祝其山，可容纳几十万军队，是春秋时齐鲁会盟的地方。当时孔子主持会盟仪式，斥退莱国的士兵，斩杀侏儒，有礼有节，齐国人又惭愧又害怕，就归还侵占的鲁国土地回去了。

关于这次齐鲁会盟，历史文献多有记载，我们来看一下《孔子家语》是怎么说的：

定公与齐侯会于夹谷，孔子摄相事，曰："臣闻有文事者必有武备，有武事者必有文备。古者诸侯并出疆，必具官以从，请具左右司马。"定公从之。
至会所，为坛位，土阶三等。以遇礼相见，揖让而登。献酢既毕，齐使莱人以兵鼓噪，劫定公。孔子历阶而进，以公退，曰："士，以兵之。吾两君为好，裔夷之俘敢以兵乱之，非齐君所以命诸侯也！裔不谋夏，夷不乱华，俘不干盟,兵不逼好,于神为不祥,于德为愆义,于人为失礼,君必不然。"齐侯心怍,麾而避之。

有顷,齐奏宫中之乐,俳优侏儒戏于前。孔子趋进,历阶而上,不尽一等,曰:"匹夫荧侮诸侯者,罪应诛。请右司马速加刑焉!"于是斩侏儒,手足异处。齐侯惧,有惭色。

将盟,齐人加载书曰:"齐师出境,而不以兵车三百乘从我者,有如此盟。"孔子使兹无还对曰:"而不返我汶阳之田,吾以供命者,亦如之。"

齐侯将设享礼,孔子谓梁丘据曰:"齐鲁之故,吾子何不闻焉?事既成矣,而又享之,是勤执事。且牺象不出门,嘉乐不野合。享而既具,是弃礼;若其不具,是用秕稗(bǐ bài)也。用秕稗,君辱;弃礼,名恶。子盍(hé)图之?夫享,所以昭德也。不昭,不如其已。"乃不果享。

齐侯归,责其群臣曰:"鲁以君子道辅其君,而子独以夷狄道教寡人,使得罪。"于是乃归所侵鲁之四邑及汶阳之田。

译文:

鲁定公和齐侯(齐国国君)在齐国的夹谷举行盟会,孔子代理司仪,对鲁定公说:"我听说,和平盟会一定要用武力做后盾,军事行动一定要用和平外交做前提。古代的诸侯离开自己的国土,必配备相应的文武官员跟随,请您带上正副司马。"定公听从了孔子的建议。

到了盟会的地方,筑起盟会的高台,土台设立三层台阶。双方以简略的礼节相见,相互谦让着登上高台。互赠礼品和敬酒后,齐国让莱国的士兵擂鼓呼叫,威逼鲁定公。孔子健步登上台阶,保护鲁定公退避,说:"鲁国士兵们,你们去攻击莱人。我们两国国君在此友好会盟,远方夷狄的俘虏竟敢拿着武器作乱,这不是齐君号令诸侯之道。远方异族不得谋我华夏,夷狄不得乱我中华,俘虏不可干扰会盟,士兵不能逼迫友好。否则,对神明就是不敬,对道德就是不义,对人就是失礼。齐侯一定不会这么做吧?"齐侯听了,内心愧疚,挥手让莱人军队撤下去了。

过了一会儿,齐国演奏宫廷乐舞,歌舞艺人和侏儒小丑在国君面前调笑嬉戏。孔子快步登上第二层台阶,说:"卑贱小人敢戏弄诸侯国君,罪当斩。请右司马立即用刑。"于是斩杀了侏儒小丑,砍断手足。齐侯心中恐慌,脸上露出惭愧神色。

齐、鲁两国正要歃血为盟,齐国在盟书上加一段话说:"齐国发兵远征时,鲁国若不派三百辆兵车从征,就按照本盟约制裁。"孔子让鲁国大夫兹无还回应说:"齐国若不归还我汶河以北的属地,还要让鲁国派兵跟从的话,齐国也要按本盟约接受处罚。"

齐侯准备设宴款待鲁定公。孔子对齐大夫梁丘据说:"齐、鲁两国的传统礼节,阁下难道没听说过吗?会盟既已完成,又要设宴款待,这是烦扰贵国群臣。再说牛形和象形的酒器,是不能拿出宫门的,而钟鼓之乐也不能在荒野演奏。宴席上若有这些酒器,就是背弃礼仪;若没有这些酒器,就好比舍弃五谷而用秕稗。用秕稗,有伤贵国国君颜面,背弃礼法,贵国就会名声不佳。希望阁下慎重考虑。宴客是为了彰显威德,假如不能彰显威德,不如干脆作罢。"齐国就没有再安排宴会。

齐国国君回到都城,责备群臣说:"鲁国的大臣用君子之道辅佐他们的国君,而你们偏偏用荒蛮的异族行为误导我,招来这番羞辱。"于是,齐国就归还了侵占鲁国的四座城邑和汶河以北的土地。

在这次会盟中,孔子以其大无畏精神和出众口才,通过一个人的努力,为鲁国赢得了巨大胜利,这是他一生中少有的高光时刻。那一年是公元前500年,孔子52岁。

蒲松龄写这首诗时是1683年,44岁。时间虽说过去了2000多年,蒲松龄对这位万世师表的英风豪气,还是虽不能至而心向往之的。

此诗诗题下还有四字小注:"抚院观风。"所谓"观风",就是当时的学政或地方官员到任后,出题考核士子的学业。"抚院"就是巡抚衙门,在济南城内,抚院内就是著名的珍珠泉。蒲松龄70岁的时候还写有一首《珍珠泉抚院观风》,这到后边我们还会讲到。

蒲松龄写这首《夹谷行》的时候,是浙江钱塘进士徐旭玲莅任山东巡抚。这年三月,蒲松龄到济南山东巡抚衙门参加考试,写了这首诗。

"行",不是行走,而是古代诗歌的一种体裁,即采用五言、七言、杂言所写成的歌行体,如《燕歌行》《蒿里行》等。蒲松龄这首《夹谷行》的句式,从三言到七言都有,因此是一首杂言歌行。

夹谷行

夹谷之台,其高不可端。
苍苍冥冥,近接北斗栏干。
扪萝登去,有鸟道一线,
下临万丈,使人毛骨森以寒。
猱走始能得上,到天门,胫欲酸。
视台上数十余亩,其平如掌,万骑能安。
俯首一南望,见群峰参差笋立,俱就儿孙行。
台以东,台以西,台以北,
看至青天尽处,但有苍茫。
台上坐久,石姑姑修修,
千尺拱首相向,似道温凉。
乃歌曰:
国家行觞,峨冠登堂。
伏戎罢去,归我汶阳。
可惜群婢来,千载为之哀伤。

这首诗较长,主要写了仰望俯视山势之高峻幽深、平视山顶及四周之开阔辽远,并抒发从历史故事中引出的感慨。

全诗大致可以分为四个段落。从开头到"胫欲酸",为第一段落,写仰观、俯察之情形。

"夹谷之台,其高不可端",是说站在夹谷台下,看不到山顶。"端",是仔细看的意思。夹谷台海拔只有708.5米,这个数字看上去不算大,但是有爬山经验的人都知道,有些不是很高大的山,因为其陡峭险峻,也往往给人以高不见顶之感。当然,蒲松龄这是写诗,特别是写这种歌行体的诗,是免不了夸张的,就如唐人李白的《蜀道难》,我们知道,蜀道就算再难也不会难过上青天。

"苍苍冥冥,近接北斗栏干",是说夹谷台苍青高远,眼看都要碰触到横斜的北斗星了。"栏干"同"阑干",指北斗星横斜排列的样子。前边我们说过,蒲松龄写诗有时候会对着眼前的景物想象其他时间的情形。

小时候,我爷爷奶奶和我说,北斗星又叫勺星,因为它就像一个舀水的瓢子。

夹谷行　王春荣绘

记得说这话的时候总在洗刷完毕放下水瓢睡觉的夜晚。也就是说北斗星是晚上和夜间出现在天空的。

　　根据此诗下文，视线如此清晰辽阔，不可能是夜晚，所以说蒲松龄"近接北斗栏干"这句诗不是写实，也就是想说山高直插云天罢了。

　　"扪萝登去，有鸟道一线"，刚才是在山底仰望，现在开始爬山了。山势如此险峻，所以得牵拽着山上的藤蔓植物，否则不说前进困难，还有滚落山崖丧魂丢命的危险。大家若是记性好的话，一定还想着江苏篇第一首诗《青石关》中那句"扪萝自兹去"。这两首诗中的两个"扪萝"是一个意思。

　　"鸟道"，就是高而险的山路，只有飞鸟可以通过。李白《蜀道难》诗说："西当太白有鸟道，可以横绝峨眉巅。"——西边的太白山上有飞鸟可过的小道，由此平行而去就可掠过峨眉山顶端。通过"鸟道"这个词，我们也可以看出，蒲松龄写这首诗时心中是存着《蜀道难》这个榜样的。

　　"下临万丈，使人毛骨森以寒"，这两句是攀上山顶以后，回首朝山下望去的感觉。山下是万丈深渊，使人毛发竖起，脊梁骨发冷，刚才累出的汗水，现在都变成了凉水粘在身上，连自己是怎么上来的，都产生了怀疑。

"猱走始能得上,到天门,胫欲酸",是啊,这样陡峭的山坡,只有猿猴才能上来,人怎能上来呢?可就算是猿猴,爬上来之后,也会累得两股战战、四肢发酸吧。假如人真是猴子变成的,人就能有猴子的感受。蒲松龄认为,他的感受也就是猴子的感受。可惜这个地方自古以来可能就没有猴子,猴子永远不能体会蒲松龄的感受了。

猴子不能体会蒲松龄的感受,却能和李白产生同频共振。《蜀道难》说:"黄鹤之飞尚不得过,猿猱欲度愁攀援。"——能高飞的黄鹤都无法飞过,猿猴想翻过也愁着如何攀缘。蒲松龄不但想着猴子,还老是忘不了李白呢。

从"视台上"到"但有苍茫",是第二个段落。蒲松龄攀上夹谷台顶,放眼望去,就看到台顶有几十亩地宽阔。蒲松龄尽管是个读书人,可分家还得了20多亩地,后来教书挣了钱,除了给孩子盖房娶媳妇,就是买地,所以他对土地面积比较敏感,不用量,搭上眼一看就八九不离十——若按一棵高粱一个人来算,这片坦平如掌的地面,总盛得下一万甲兵。

好好的一个山顶,驻扎人马干吗呢?他这是想起了我们上面讲过的齐鲁会盟的故事啊。

站在夹谷台顶上朝南望去,山势连绵不断。蒲松龄之所以说"俯首",是为了突出夹谷台之高,有一览众山小的用意。接下来他用的这两个比喻很有意思。自古以来山东没有竹子,所以不产笋。可笋也不是十分名贵之物,每到年底下,家家户户也都买几个笋头回家发开,以备过年炒菜用。蒲松龄到过南方,见过吃过真笋,淄川老百姓没见过真笋,但从干笋头上也能想象出真笋的模样。见到蒲松龄这句诗,也会说:"写得真像!"

当然,淄川人大部分没见过长在地里的真笋,蒲松龄担心他们看不懂,紧接着就来了另外一个比喻,说夹谷台就像一个老人安坐在这里,南边的群峰,就像他的儿子孙子排列在那里。这样一来,真的大家都看懂了,纷纷说:"是啊,真是的,真是的!"

其实这个比喻唐人杜甫早就用过,他在《望岳》诗中说:"西岳崚嶒(léng céng)竦处尊,诸峰罗立似儿孙。"——华山耸立的群峰中最高峰像一位长者,其他诸峰就像儿孙般罗列在他的身旁。蒲松龄儿孙满堂,很喜欢这一比喻,记得他在散文中经常使用,可惜翻了翻《聊斋文集》临时没有找到。

南边的山说完了,再说其他三个方向。其他三个方向,都没有南边好看,所以就简略带过,说没有山势遮挡,只看到天尽头,眼前一片苍茫。这也就突出了夹谷台的高大。

从"台上坐久"到"似道温凉"是第三段落,写在台上坐的时间长了,休息过来了,闲情逸致也就有了,又把眼前的山看成了女性。因为高山有灵,不能唐突,所以不好比喻成花妖狐媚,只好把它比作身材高挑的长辈"姑姑"。因为山峰是石头的,所以叫作"石姑姑"。面对千尺身高的石姑姑,蒲松龄肃然起敬,不由得站起身来,向石姑姑拱手点头致敬;石姑姑也向他拱手点头示意,似乎还向他开口说话问好——老蒲真是可爱极了。

从"乃歌曰"到最后,是诗的第四个段落,由眼前之景归向国家大事,作为尾声,最后唱将出来。"国家行觞,峨冠登堂",说的就是上文我们说过的齐鲁会盟之事。"行觞"就是请人依次喝酒的意思。"峨冠",高大的帽子,指参加会盟的齐鲁两国的高官。"伏戎罢去,归我汶阳",就是指孔子喝退莱国伏兵,齐国最后归还鲁国汶水之北土地的事。

从此次齐鲁会盟的结果来看,是很有利于鲁国的。可惜后来鲁国国君不听孔子之言,中了齐国人的计,孔子的政治抱负没有实现,鲁国也慢慢走向了覆灭之路。千载之下,蒲松龄也感到十分哀伤,替鲁国更替孔子感到惋惜。

我们还记得《论语·微子》中那句话:

齐人归女乐,季桓子受之,三日不朝,孔子行。

译文:

> 齐国向鲁国赠送了一批歌姬舞女,季桓子接受了,然后就三天不上朝理事,孔子就离开了鲁国。

孔子参加过齐鲁夹谷之会后,声名大振,政治地位不断提高,坐上了代理宰相的高位。这样一来,齐国就害怕了,因为鲁国强大就会对齐国不利。所以齐国就想出这招美人计,送给鲁国大夫——当时的实际掌权者——季桓子十几个美女,并且都是能歌善舞的。季桓子接受了这批美女,高兴得什么似的,连着三天不理朝政。孔子看到鲁国的权臣是这副德行,不像个治国理政的架势,于是就离开了鲁国。这就是蒲松龄诗"可惜群婢来,千载为之哀伤"所说的内容。

读蒲松龄这首《夹谷行》,我还发现一个问题:蒲松龄是什么时候去的夹谷台呢?他真的去过夹谷台吗?蒲松龄终生很忙,虽然也喜欢游山玩水,可惜没有时间。再说假如他实际到过夹谷台,他当时为什么没写诗,而要等到"抚院观风"时才写?

难道他提前知道试题,要等到此时才写?这是不可能的。所以我认为蒲松龄或许没到过夹谷台,他只是从《县志》上和别人口中了解一些夹谷台的情况,所以此诗写得有些想当然的浪漫色彩——当然,这并不影响诗的艺术质量。因为唐人李白写《蜀道难》、宋人范仲淹写《岳阳楼记》,都是根据胸中所存的资料敷衍出来的,当时他们也并没有到过这两个地方。

关于李白《蜀道难》的创作,这里先不说。我们只引当代作家汪曾祺《湘行二记·岳阳楼记》中的一段话,来看看作品、作者、描写对象三者之间的关系:

> 写这篇《记》的时候,范仲淹不在岳阳,他被贬在邓州,即今延安,而且听说他根本就没有到过岳阳,《记》中对岳阳楼四周景色的描写,完全出诸想象。这真是不可思议的事。他没有到过岳阳,可是比许多久住岳阳的人看到的还要真切。岳阳的景色是想象的,但是"先天下之忧而忧,后天下之乐而乐"的思想却是久经考虑,出于胸臆的,真实的、深刻的。看来一篇文章最重要的是思想。有了独特的思想,才能调动想象,才能把在别处所得到的印象概括集中起来。范仲淹虽可能没有看到过洞庭湖,但是他看到过很多巨浸大泽。他是吴县人,太湖是一定看过的。我很怀疑他对洞庭湖的描写,有些是从太湖印象中借用过来的。

别说范仲淹没有去过洞庭湖,罗贯中又何尝去过三国古战场,曹雪芹又何尝见过真的大观园,蒲松龄又何尝见过天上的神仙、地下的鬼怪?可哪一个写来不让读者见了觉得比真的还真?这就是艺术的神奇魅力和艺术家的神奇才力。

它和"思想"有关系,但关系不大。因为创作伟大艺术品的人往往不是思想家,而经常发明思想的人,往往连四句诗也写不押韵,就更甭说创作伟大艺术品了。

登黉山

从蒲松龄所住的蒲家庄往北二三里,从淄川县城往东北10余里,有一座山叫黉(hóng)山。

别看此山不高,只有海拔310米,由于其特殊的地理位置,周围没有别的山峰比着,再加上有仙则名,它和夹谷台、般水、孝妇河、三台山,还有后文将要讲到的夐山、青云寺等,都列入了当时的"淄川二十四景"之中。

明嘉靖《淄川县志》记载:

> 黉山,在县治东一十里。峰峦屏列,镇奠一方。上有汉儒大司农郑康成之庙,春秋致祭。

译文:

> 黉山,在县城以东10里远的地方。峰峦像屏风一样排列着,镇守着一方城池。山上有供奉汉代大学者、担任过大司农的郑康成的庙宇,每年春秋都有人来祭祀。

我说黉山"有仙则名",这"仙"指的首先就是《县志》中所说的郑康成了。郑康成就是郑玄,"康成"是他的字。他是当时北海郡高密县(今山东省潍坊高密市)人,为东汉末年儒家学者,著名经学家。

黉山上之郑康成庙,建于何时,已无可考记。明嘉靖二十四年(1545年)淄川知县王琮增修此庙,碑文有云:

> 县治之东距十余里,有山曰黉山。汉儒郑康成关陕业经之后,避地于斯。以经学教蓄(zī)士,因卜筑于山之麓。故今有晒书台、有鞭书草,炳炳在人传说,铭碣不及。村翁野老岁时祈禳(ráng),亦往往有应。淄人遂以公在汉官为司农,故其神司稼穑,以此崇祀。

译文：

　　县治东边距离10余里处,有一座山叫黉山。汉代的大学者郑康成到陕西关中学成经学之后,避居在这里。向淄川的书生传授经学,于是就在山下建房居住。所以今天山上还有晒书台和鞭书草等鲜明在目。这些都是传说,历代碑铭不见记载。周围村里的老人们都定时到此祈福消灾,也往往有灵验。淄川人认为郑康成在汉朝担任司农的官职,认为他的神位主管农业生产,所以祭祀他。

　　其实,淄川人包括县令王琮都弄错了。郑司农不是郑玄,而是东汉时比郑玄早的经学家郑众。为了和后来的郑玄区别,后世习称他为先郑;为了和当时的宦官郑众区别,后世习称他为郑司农,因为他做过大司农这样的官职。
　　由此看来,当时的淄川人重视的是郑玄的官职而不是他的学问。尽管县令王琮也没明白郑玄没当过大司农,但他知道阐发经学是有助于民风的,所以才重修庙宇,立碑记之,并把所有捐款人的名字刻在碑后面进行表彰。
　　那么,黉山何以叫黉山?叫黉山又和郑玄有何关系呢?原来"黉"指古代的学宫或学校。元人于钦《齐乘》云:

　　黉山,府北十里。《三齐略》云:郑玄刊注《诗》《书》,栖迟此山。上有古井,独生细草,叶似薤(xiè),俗谓"郑公书带"。

译文：

　　黉山,在般阳府路治北10里处。《三齐略》上说:郑玄校订注释《诗》《书》,停留隐居在这座山上。山上有一眼古井,井旁独有一种细草,叶子和薤菜相似,俗称为"郑公书带"。

清乾隆《淄川县志》云:

　　晒书台,黉山畔。《三齐略》云:郑玄刊注《诗》《书》,栖迟于此。台畔有草如薤而长,曰"书带草"。

译文：

晒书台，在黉山边上。《三齐略》上说：郑玄校订注释《诗》《书》，停留隐居在这里。台边上有一种草，如藠(jiào)头——野韭菜——而叶子更长，叫作"书带草"——是用来捆书的带子吗？

结合以上几则记载可知，黉山之所以叫黉山是和郑玄有关的，因为他在此山兴办学校，传授经学。

为纪念郑玄的传经之功，今人还在山上立有"郑公书院"的石碑。更有纪念意义的是，人们把山上独有的一种草称为"书带草"或"郑公书带草"，这是多么美好的名字啊。

可是我们都知道，从古到今潜心学术的知识分子少，迷信宗教的普通百姓多，后来黉山的得大名，不仅靠郑玄，更重要的还是靠泰山奶奶——这也是"有仙则名"的"仙"。

清乾隆《淄川县志》又载：

黉山，县东北十二里。山上有碧霞元君庙，山半有汉儒郑康成祠，祠后有楼，为邑景之一。

译文：

黉山，在县治东北12里处。山顶上有泰山碧霞元君的庙宇，半山腰有郑玄的祠堂，祠堂后边还有楼，是淄川二十四景之一。

这次，地理方位弄得更明白准确了。由此也可看出，郑玄的地位终究不及泰山奶奶高，人们上山祭祀瞻拜的多数还是泰山奶奶。这也怪不得老百姓，在多灾多难的时代，医药极不发达，人们靠的就是神灵的保佑。活命第一，读书进步是次要的，所以只能把郑玄的庙建在山腰。

再说，王琮碑文上说郑玄"避地于斯"，这是什么意思呢？南朝宋刘义庆《世说新语·文学》第一篇记载了一个故事：

郑玄在马融门下,三年不得相见,高足弟子传授而已。尝算浑天不合,诸弟子莫能解。或言玄能者,融召令算,一转便决,众咸骇服。及玄业成辞归,既而融有"礼乐皆东"之叹,恐玄擅名而心忌焉。玄亦疑有追,乃坐桥下,在水上据屐。融果转式逐之,告左右曰:"玄在土下水上而据木,此必死矣。"遂罢追。玄竟以得免。

译文:

郑玄在马融门下求学,三年也没见着马融的面,只是由高才弟子传授学业罢了。马融曾用浑天仪测算天体位置,算不确切,弟子们也没人能解决。有人说郑玄会算,马融便把他叫来,要他去算,郑玄一转动浑天仪就算出结果,大家都很惊异佩服。等郑玄学成辞别回家,马融随即发出"礼和乐的中心都将要转移到东方"的叹息,他怕郑玄会独享盛名,心里很嫉妒。郑玄也估摸马融会来追赶,便坐在桥底下,抓着木板鞋浮在水上。马融果然旋转式盘占卜踪迹追来,然后告诉手下人说:"郑玄在土下水上靠着木头,这一定是死了。"便不再追赶。郑玄终于因此逃脱。

据前人考证,马融、郑玄皆是一代宗师,郑玄在学术上超过了马融,也是马融的荣耀而非耻辱,因为郑玄是他的学生,学生超过了老师,老师不值得骄傲吗?所以这件事情不可能实际发生。

这件事情不可能实际发生,而却有人记载了这样的故事,就说明当年确实有此类传闻。郑玄从关中辞别马融回老家高密,正好经过淄川。为了躲避马融的追杀,就躲避到黉山——当然那时叫什么山我们不知道——著书授徒,这大概就是"避地于斯"说法的来源了。

蒲松龄毕竟是个喜好游玩的人。康熙四十三年(1704年),蒲松龄写《闻淄东无雨》诗二首,其中有句云:"霖雨不曾洒绿屏,黉山瞻祝总无灵。"——雨水没有洒到我的绿屏斋上,到黉山祈雨也没有灵验。这次到黉山上祈雨,是蒲松龄组织去的,还是他听别人说的,不得而知。他印象如此深刻,大概是亲历其事了吧,蒲松龄是个非常热心公益事业的人。

康熙四十五年(1706年)的正月十五日,蒲松龄以67岁高龄,与族兄蒲亮、侄子蒲淳及蒲篪、蒲笏、蒲筠等众儿郎一起,乘兴游览了黉山,这却是千真万确的,有两首五言绝句《上元与族兄亮、侄淳及儿孙篪、笏、筠辈登黉山》为证。

由于诗的题目太长,我们还是截取"登黉山"三字作为此篇题目。

上元与族兄亮、侄淳及儿孙
篪、笏、筠辈登黉山

其 一

美景与良辰,赏心苦不早。
登临失佳时,岁岁益衰老。

其 二

筋力喜未衰,聊共山头坐。
曩岁同游人,今已弱一个。

"族兄"就是蒲姓同族中的哥哥。蒲松龄今年已经 67 岁了,这位族兄蒲亮弄不好都七十好几了。因为从小生活在黉山旁边,少不了经常攀爬,所以虽则费力,倒也不是什么难事。这位同族的侄子蒲淳,说不定就是蒲亮的儿子,也不会太年轻了。

其他人蒲篪(chí)是蒲松龄的二儿子,今年 38 岁;蒲笏(hù)是其三儿子,今年 35 岁;蒲筠(yún)是其四儿子,今年 31 岁。蒲松龄的大儿子叫蒲箬(ruò),今年 44 岁,不知为何没有参加这次登山活动。

明人汤显祖《牡丹亭》第十出《惊梦》中,杜丽娘唱道:"原来姹紫嫣红开遍,似这般都付与断井颓垣。良辰美景奈何天,赏心乐事谁家院!"——原来姹紫嫣红的各种花都开遍了,却这样都只给断井颓垣看。这样美好的时光让人无可奈何,古人所说的赏心乐事到底谁家的院子里才有啊?

晋人谢灵运《拟魏太子邺中集诗序》说:"天下良辰美景赏心乐事,四者难并。"——良辰美景赏心乐事是天下最美好的事情,可是这四者很难让人一起碰上。杜丽娘是大家闺秀,像一只被"关在笼里的雎鸠","不到园林,怎知春色如许"?

蒲松龄少年时登没登临过村北的黉山呢?揣想应该是不止一次登过。我是山区里长大的,据我的经验,没有不喜欢爬山的孩子,不管男孩和女孩。当然,你让他或她挑着几十斤甚至上百斤担子去爬山,他或她是绝对不会喜欢的,可是你让他或她空身儿去爬山摘酸枣吃或者逮蚂蚱玩,他或她一定会无比喜欢。

所以我说蒲松龄年轻时一定爬过黉山,并仔细观赏过山上的庙宇,包括山顶的泰山奶奶庙和山腰的郑康成庙。可惜他30岁以前的诗作我们无缘得见,不能欣赏其当时的英姿豪情。

蒲松龄一生写过很多篇碑记、殿序,也不见有为黉山寺观而写作的。可见其成年以后,似乎对黉山绝少亲近。67岁的皤然一叟,过几天还要到六七十里地之外的王村西铺去当教书先生,所以就抽空和本家的诸位登山爱好者一起,再来登登黉山,活动活动筋骨。

蒲松龄尽管没有妙龄女郎的多愁善感和思春之情,这次登临,还是不禁慨叹连连。良辰、美景、赏心、乐事,古称"四美",唐人王勃《滕王阁序》云:"四美具,二难并。"——四种美好事物聚到一起了,贤主、嘉宾两个难见的也见面了。蒲松龄没有王勃那样的福气,和贤主一起临风把酒。

今天是正月十五,可谓"良辰"。至于"美景",诗中没写,但猜想既相邀登眺,一定是风和日丽。蒲松龄"赏心"了吗?字面上当然有"赏心"二字,但接下来的一个"苦"字,却把"赏心"变成了"伤心":自己这样在儿孙的搀扶下登上山巅,累得腰酸腿胀、张口气喘,这说明已经错过了登山的最佳年龄。山上的青松苍翠如故,而自己这棵老松树的头上却白发如雪,一年老起一年——松龄啊松龄,也只是种美好的幻想罢了。

可是魏武帝曹操说过:"老骥伏枥,志在千里;烈士暮年,壮心不已。"(《龟虽寿》)——老马趴在槽上,还想着千里之外;志士到了老年,壮志也不曾停歇。"志在千里"与"壮心不已",也只能停留在"志"在千里与壮"心"不已,目前的事实是"老骥伏枥",是"烈士暮年",是"廉颇老矣"——牙口不行,饭量也不比从前了。

蒲松龄嘴上说"筋力未衰",也只是自我安慰兼安慰他人。我们不能仅仅听其言,我们还要观其行,你看他刚刚爬上山头,就迫不及待地一屁股坐在那块大山石上,顾不得脏、顾不得凉,这像是"筋力未衰"的样子吗?

他想,前年我与村人游黉山祈雨,上去下来,还顺便观赏了梓橦山,中途并没坐过,还感觉身轻体快着呢。老蒲老矣——他怎能不老呢?往年一块儿出游的兄弟行中,二哥蒲兆专已经去世了。

这两首诗名为《登黉山》,却并没有只言片语言及黉山的自然人文景观——愁苦的心情已经使蒲松龄心不在焉,登临之意不在山了。

不过通过我们的介绍,大家知道蒲松龄登过的这座家乡名山,还是很值得在节假日驱车一游的。何况现在修建的亭台楼阁已经大胜往日,真的成为一方旅游胜地了——若是赶上庙会,自然会更加热闹非凡。

当然了,我们说这是两首"五言绝句",指这是两首"古绝",并不是两首符合近体诗格律的"律绝"。因为格律诗要押平声韵,而这两首诗押的却是仄声韵。"早""老"及"坐""个"都是仄声字。这和唐人孟浩然那首著名的《春晓》是一样的。

山　村

　　蒲松龄虽说只是一个秀才，其文才在淄川一带却是大大有名。

　　不管是修路架桥，还是筑园建庙，人们都喜欢请他写个碑记，觉得脸上颇有光彩。他呢？一是有这个能力，摇笔即来；二是也需要赚几两润笔银子贴补家用，所以也乐此不疲，每次都笑嘻嘻答应。于是，《聊斋文集》中就留下了不少这方面的作品。

　　不可否认，在当时，这类文章大部分是应酬之作。可是蒲松龄文才太高，每写出一篇，都得到人们的交口传诵。他自己也认真抄录珍藏着，流传到今天，都成了记录当时当地历史风貌的珍贵文献，起到了比录音录像还保真有效的作用——若有录音录像的话，到现在也早已过期失效，可是这些文字将永远留在人间。

　　蒲松龄在《龙泉桥碑》中说：

　　淄，山邑也，率倾侧少坦途。或升之高，则以腕捺膝，力作努；其下也，腰膂（lǚ）无屈骨，一踵（zhǒng）踔（chuō）地，橐橐然。每步，须发为颤；少纵，则奔不自禁。处处山合沓，其势然也。又或蹄迹深其道，山潦掠其尘，以为浊流。久之掠复掠，遂合焉矣。

译文：

　　淄川，是一座山城。大多是斜坡很少平坦地面。若想爬高，就得用手腕摁着膝盖，努力使劲儿；若往下走，就要腰板挺直，一只脚先着地，踏踏有声。每走一步，胡子头发都要颤抖；稍微一松劲儿，就会跑起来停不住。到处都是群山围绕，是由这里的地势造成的。有的地方牲畜把道路踏得很深，山洪冲击尘土成为浊流。一次一次冲击，就合成大水沟了。

　　蒲松龄是文学家，文学之笔不免夸张，写得风趣幽默，和做游戏演小品似的。

其实淄川地面虽不及辽阔平原宽满,也有较为平坦的大片土地。但是整个来说,淄川算个山城,是没有问题的——当然比起博山来,还差点儿事儿。

既是山城,淄川周围数十里内的村庄自然也都是山村。蒲松龄年轻时代和他的学生们摸爬滚打在这片山区,中年以后到王村毕府坐馆,北边是巍峨的长白山,南边是绵延的冲山和蔚秀的豹山,他从它们身边来回走了40年,自然是熟悉得就像自己的几个手指头,所以写到诗中也是情真意浓,比画家画出来的看着还真切动人。就算300多年后的今天读来,还如闻其声,如见其景。

虽然我们不知道这写的是哪几个具体山村,但我们淄川的山村个个都是美丽如画的——在此我们选讲蒲松龄的三首"山村"诗。

十六七年前吧,有一年雨水多,在家里看电视,就看到老家卧虎山的乡亲们组成了植树队,在翠峰茂草中挥汗如雨刨穴种植树苗。不知怎的,心头眼眶,突然就一热一湿——既然叫卧虎山,本是应该藏得住老虎的,可20世纪80年代以前,除几片远看如婴儿屁股上的胎记般的低矮松树林外,几乎是毛发全无。别说树木,就是野荆刺棘、拉拉秧狗尾巴草,也被割来填了灶膛喂了驴牛——还想卧虎,头皮精光得连蚂蚱、刀螂都藏不严实,隔着五里路就能发现它们的身影。

改革开放以来,分田分地。村人为了搞活经济,就在自家的地头堰边培植出郁郁苍苍的香椿、花椒树。走进西峪、南峪、北峪、东峪,真有"横柯上蔽,在昼犹昏;疏条交映,有时见日"(南朝吴均《与朱元思书》)——横斜的树枝遮在上面,就算是在白天,也像黄昏一样阴暗;稀疏的枝条交相掩映,有时也可以见到阳光——的感觉。当然这是我,没有读过《与朱元思书》的乡亲们,就说:"他娘的,真是凉快,比过去强多了!"

可是远离农田的荒山上,依然是只见纤绿的丰草不睹壮碧的大树。电视上说,浩浩荡荡30余人的植树队,今年要借天公之美种树1500亩。好得很啊,蒲松龄《山村》诗中的景致又可见到了。

山 村

三秋槲叶半离披,低曲千枝与万枝。
草木有情花自放,春秋无历鸟先知。
青岚带雨笼茅舍,黄蝶随花上豆篱。
只有家家新酒醉,从来不解听黄鹂。

山村　王春荣绘

　　槲(hú)树是高大的乔木，身高可至八九丈，叶片长椭圆形，边缘有波状齿，背面长着一层白毛，可养蚕，也可以入药，还可用来包江米糕。唐人李贺《高平县东私路》诗说："侵侵槲叶香，木花滞寒雨。今夕山上秋，永谢无人处。"——槲叶稠密散发着芳香，树木的花朵在寒雨中慢慢开放。而在这个秋天的晚上，花都谢了，空无一人欣赏。

　　清人王士禛《山蚕词》诗说："清溪槲叶始濛濛，树底春蚕叶叶通。曾说蚕丛蜀道险，谁知齐道亦蚕丛。"——清溪的槲叶开始繁茂，树下的春蚕也开始吃食叶片。有人说蚕丛跨过蜀道艰险开始养蚕，谁知道齐国也开始大力养蚕了。可见，槲树是令人喜爱的春秋佳木。

　　我的一个邻村在青云寺南边3里处——后边我们还要说到青云寺——村名就叫槲林，想想那该是一个多么美丽的村庄啊。

　　蒲松龄从南方归来，"红楼归晚，看足柳昏花暝"（宋史达祖《双双燕》）——回到红楼时天色已晚，看饱了昏暗中的柳枝和花影。突然看到北方的九月槲树，不禁喜上眉梢，这种按捺不住的兴奋，都蔓延分散到披拂的万千片槲叶和高低错落的千万条树枝上了。

唐人杜甫《春望》诗说:"感时花溅泪,恨别鸟惊心。"——感叹时事花朵都流泪,忧愁分别鸟儿也惊心。蒲松龄说:"草木有情花自放,春秋无历鸟先知。"由于诗人心情不同,所见花鸟之感情色彩也不同。

在西方文艺理论中,这叫"移情",即将人物或悲或喜的主观情感投移到客观花鸟上,花鸟也显出或悲或喜之灵性,好像懂得了人的情感似的。从中国传统的道家观念来看,这叫"物化"(《庄子·齐物论》),就是在审美活动中,人与物处在一种物我不分交融统一的状态中,人有时似乎化为了事物,物有时也宛然变成了人,就好比庄子和那只蝴蝶的关系。

"花自放""鸟先知"都带有极强的情感因素,这到底是"移情"还是"物化"呢?

"青岚""黄蝶"一联,用"茅舍""豆篱"轻轻带出自然中的人事,实在不输宋人王安石的"一水护田将绿绕,两山排闼送青来"(《书湖阴先生壁》)——一条水流护着稻田将碧绿缠绕,两座山峰推开大门把青翠送来。"带""随""笼""上"四个动词,点染得更加静谧和谐,似乎又超过了王安石而站在了晋人陶渊明的门槛上。

尾联,蒲松龄故意弄出一点儿动静、形成一种对比,"我喝我的酒,你唱你的歌",人鸟亘古相伴,两不相厌也两不相妨,这才是混沌未凿的大静谧、大和谐、大自在。

康熙四十一年(1702年),蒲松龄63岁。

这年清明佳节,他回到蒲家庄家中。院中绛桃、海棠盛开,而他却病卧在床不能欣赏,于是赋诗一首:"年年为客远离家,栽尔十年未见花。今值花开我又病,娇红空趁夕阳斜。"(《清明日绛桃、海棠并开,病中感赋》)——年年离家在外做客,栽下你10年了也没见开花。今年花开了我又病了,夕阳之下娇艳的红花白白地开着。

清明节过后,蒲松龄大病初愈,本应把红花绿叶饱览个遍,但无奈,又要踏上西去西铺讲课授徒的归途了。人离开了家,眼睛还想着那绛桃、海棠,于是途中山村的红桃绿柳,又勾起了他的无限情思。

途中遥见山村红绿如画

溪畔沙洲过雨痕,北山云起欲黄昏。
马嘶芳草斜阳路,人业红桃绿柳村。

墙里秋千犹系树,花间篱舍半开门。
不堪病后寒侵骨,两袂风清短策温。

途中遥见山村红绿如画　王春荣绘

尽管已经年逾花甲,诗人的眼睛还是敏锐的——那时还幸亏没有手机,没有微信,否则也早迷离了。

刚刚下过一场春雨,溪流潺潺,溪畔的沙滩上留下纵横斑驳的雨痕,仿佛泪水未干的少女的脸庞。一阵凉风拂过鬓梢,蒲松龄扭头斜视,北山——大概就是著名的长白山了——上风起云涌,日影浑浊欲坠,看看已到黄昏时分。

清人王夫之《姜斋诗话》说:"'昔我往矣,杨柳依依;今我来思,雨雪霏霏。'以乐景写哀,以哀景写乐,一倍增其哀乐。"——"昔日我离家出征,正是春和景明时候;今天我战罢归来,却是冬寒雪飘。"离家使人伤心,而景色却那般明媚;归来心中愉悦,而风光却这等凄厉。内心世界与外部环境的巨大反差,更增强了心灵的悲苦和欢欣。

这就好比《红楼梦》第九十八回:"黛玉直声叫道:'宝玉,宝玉!你好——'说到'好'字,便浑身冷汗,不作声了……一时大家痛哭了一阵,只听得远远一阵音乐之声……"当听到那个"好"字时,我们失声痛哭;当听到那阵"音乐之声"时,我们简直灵魂出窍、身如空壳,欲哭无泪了。

马嘶、芳草、斜阳、路;人业、红桃、绿柳、村,在一般情况下,这都是很美的事物和景致,但是别忘了蒲松龄的身份和身体:屡试不第却又苦苦挣扎的穷塾师和大病初起颤颤巍巍的瘦骨架。

如果将此联拍一个电影长镜头,顺着蒲松龄的目光缓缓望去的同时,耳边一定会响起近人李叔同的那首《骊歌》:"长亭外,古道边,芳草碧连天;晚风拂柳笛声残,夕阳山外山。天之涯,地之角,知交半零落,一壶浊酒尽余欢,今宵别梦寒。"

农人们在红桃绿柳间辛勤劳作,种瓜得瓜,种豆得豆,而自己却耕了人家的砚田,荒了自己的粮田,一缕哀愁能不悄然爬上蒲松龄的心尖、眉梢?在桃红柳绿的灼灼生机之中,点缀上"皤然六十一衰翁,飘骚鬓发如枯蓬"(蒲松龄《自嘲》)——满头花白的一个60多岁的瘦弱老头,风吹鬓发飘散如同干枯的飞蓬。

画面视觉效果的参差对比,带给观众的感觉不会是轻松愉快的吧?当然这样的心情就算有,也是稍纵即逝,比上不足比下有余,还是愉快赶路再说吧,免得忧伤太重,把那匹马压趴了。

秋千系树、篱门半开,这虽是典型的中国田园景观,我倒宁愿用油彩将其涂上画布。恬淡柔和的光线,静谧安闲的环境,正包孕着一个极富动感的时刻:农人们散工归来,门声吱扭,秋千飞荡,欢声笑语,其乐融融也。

而自己呢,却在该回家的时候离开家门,更何况寒风侵袭着病体,几乎要从马背上飘飞下来——虽然是春天,病躯却像一片秋天的枯叶;清风鼓满袖管,直透心扉,只有握紧马鞭的手心里微感温暖——我想出的一定是冷汗。

山　村

村舍开门对水涯,丛丛深树尽繁花。

衣分缥白萦青色,犬吠围桃傍柳家。

远岫浓烟时欲雨,南山爽气暮成霞。

西来弥望遥天阔,雁字书空近日斜。

《聊斋诗集》中有两首《山村》诗,前一首在康熙十年(1671年),上文刚刚讲过,这一首在康熙四十五年(1706年)。时间虽然隔了35年,蒲松龄对山村景色的热爱依然不减。

山村　王春荣绘

春天来了，天气转暖，家家户户敞开了紧闭一冬的大门。大姑娘、小媳妇端盆的端盆，抱衣被的抱衣被，手挥棒槌，橐橐远响，浆洗去年冬天积下的老垢陈土。嫂子的脖颈上突然一凉，回头一看，小姑子正手捧春水扮演着法国画家安格尔名画《泉》中那个扛瓶少女。于是，随着一阵山泉激石般的"咯咯"声，追的追，跑的跑，就钻进了那片繁花似锦的深深树林。树摇花落，笑声越甜越亮越清脆了……

唐人柳宗元《永州八记·始得西山宴游记》中说："萦青缭白，外与天际。"——青山萦回着，白水缭绕着，远处与天边连接在一起。青，指山峦；白，指水流。是说西山处在青山白水之间。

康熙四十年（1701年），蒲松龄62岁时，为青云寺撰写《青云寺重修二殿记》，说：

青云寺，淄之奥区也。萦青缭白，幽入仙源；天小云深，画成方幅。

译文：

青云寺,在淄川的大山深处。青山白水环绕着,幽深得如同进入了神仙的洞府;天小了云深了,就像一幅方方的图画。

五年之后,蒲松龄再写这首诗,还没忘记这个词语。钱锺书先生在《宋诗选注》中讲到宋人王安石那首《泊船瓜洲》时,说王安石喜欢用"绿"字,"也许是得意话再说一遍",蒲松龄这也是"好词重用一遍"了。

唐人张旭《山中留客》诗说:"纵使晴明无雨色,入云深处亦沾衣。"——就算晴朗的天空中没有雨的影子,走到云彩深处也会湿了衣服。蒲松龄说青山白水环绕着山村,村人的衣服上都仿佛分得了青山白水的鲜润之色。人与自然和谐相处,人已经融进了自然,成了自然的一部分。说这是自然的人化也行,说这是人的物化亦可,反正已分不出何者为山水,何者为人物了。

当然了,还得有狗。晋人陶渊明《归园田居五首》其一云:"狗吠深巷中,鸡鸣桑树颠。"——狗在深深的巷子里叫唤,鸡在高高的桑树梢打鸣。蒲松龄这次不知听到鸡鸣没有,汪汪的狗吠确是听到了。

宋人范成大《晚春田园杂兴十二绝》其三说:"蝴蝶双双入菜花,日长无客到田家。鸡飞过篱犬吠窦,知有行商来买茶。"——蝴蝶成双成对飞入油菜花丛,白昼变长没有客人来到农家。忽然听到鸡飞过篱笆、狗对着门洞高叫,知道是收买茶叶的商人来了。

淄博不是产茶区,没有收购茶叶的客商,狗之所以叫,大概是看到了蒲松龄这陌生的老头儿吧。虽然没有茶树香,却是家家桃花红、户户垂杨飞。那浓郁的花香、飘荡的柳絮,仿佛就是狗嘴里叫出的袅袅音符,沁人心脾,长人精神。

蒲松龄把目光投向远方。一带若隐若现的山峦间,烟雾蒸腾,山雨欲来;而南山上却是清风阵阵,暮霞散绮。这里的南山,大概指的就是冲山和豹山了。唐人杜甫在《望岳》诗中说:"岱宗夫如何?齐鲁青未了。造化钟神秀,阴阳割昏晓。"——泰山美景是什么样的呢?它的青翠齐鲁大地都盛不下。大自然在它身上汇集了各种神奇和秀丽,山南山北就像清晨和黄昏。

这个山村的小山没有泰山雄伟辽远,不能"阴阳割昏晓",却也有自己的独特"神秀"在,"北山欲雨南山霞,道是无晴却有晴"。

蒲松龄穿过山村向西行去,遥望辽阔的天空,一行雁阵正鸣叫着擦着斜阳飞过,在无际的天空中,一会儿写个"一"字,一会儿写个"人"字,就仿佛当年"咄咄书空"的殷中军。

《世说新语·黜免》中说：

　　殷中军被废，在信安，终日恒书空作字。扬州吏民寻义逐之，窃视，唯作"咄咄怪事"四字而已。

译文：

　　殷浩被罢免废为庶人之后，住在信安县，整天总是对着空中写字。扬州的官员和百姓追随他来到信安，有人偷偷观察，发现他写来写去只是"咄咄怪事"四个字而已。

　　在这里，蒲松龄用"书空"这个典故，不是想表现奇怪不解的意思，只是想说大雅在天空写字而已，用现在的时髦话来说，就是幽他一默。

　　幽默完了，还得看着远方继续赶路。"荡胸生层云，决眦入归鸟"——胸中激荡，升起层层白云；眼睛瞪大，看到群群飞鸟。眼光一落，也已经看到西铺村毕府的大门楼子了。

　　说真的，蒲松龄在多首诗的尾联中写到鸿雁，不免给人以《西游记》，大俚话，没了治，搬菩萨"之感。而这次，我却不由得真心叫好了，这才是"羚羊挂角，无迹可求"的好句子。

　　当代著名美学家宗白华先生在《美学散步·美从何处寻》中说："女子郭六芳有一首诗《舟还长沙》说得好：

　　侬家家住两湖东，十二珠帘夕照红，
　　今日忽从江上望，始知家在画图中。

　　"自己住在现实生活里，没有能够把握它的美的形象。等到自己对自己的日常生活有相当的距离，从远处来看，才发现家在画图中，溶在自然的一片美的形象里。"

　　蒲松龄不是美学家，却也有发现美的眼睛和记录美的文采，清代的才女郭六芳若是看到他这几首"山村"诗，一定也会"心有戚戚焉"的。

登东山

淄川是一座山城,其近而连绵高大的山脉,在城东十来里处。明嘉靖《淄川县志》记载:

> 东山,在县治东十里。一径而入,渐行渐窎(diào),有鹁鸽、狼虎诸崖,兔、怀诸峪,黄、路诸岭,擦、石诸坡。转折溪迥,时或流为小川,突出小泉。依岬(jiǎ)傍崖有小庄,占高居胜有古寺,诚一佳境奥区也。虽天台、桃源亦不是过,岂非淄川之锁钥也哉!

译文:

> 东山,在县治东10里处。沿着一条小路而进入山区,越走越远,有鹁鸽崖、狼虎崖等崖头,有兔峪、怀峪等山峪,有黄岭、路岭等山岭,有擦坡、石坡等山坡。转来折去溪水长流,有时形成一条小河,有时冒出一股山泉。靠着山崖有小村庄,占据高地有寺庙,确实是一个美好幽深之地。就算是传说中的天台山、桃花源也不过如此,真是淄川的险要关键之处啊!

此后的万历《淄川县志》又记载:

> 东山,在县东十二里。每秋雨后,兔峪出泉,水势湍急,西至马家庄南入般水。其山南北尽县之境。东折二十余里,至诸葛崖,始属益都县。

译文:

> 东山,在县治以东12里处。每当秋雨过后,兔峪流出山泉,水大浪急,往西流到马家庄南汇入般水。这里的山南山北都属于淄川县境。往东曲折20多里,就到诸葛崖,就属于青州府益都县了。

此后的清乾隆《淄川县志》又记载：

> 东山，邑人遥望之总名也。县东十二里，入谷有鹁鸪、狼虎诸崖，兔峪、槐峪、黄绿岭、擦石坡、豆腐台。夏秋雨后，兔峪辄出一泉，水势湍急，西至马家庄南入般水，其山南北尽县之境。正东转折二十余里，至诸葛崖，始属益都县。中有狼虎崖，邑生宋遂曰："俗名，误也，本名擒虎崖。予始祖鸣钟者，兄弟七人曾擒虎于此，固名焉。识之。"

这段文字的大部分内容和上述引文一致，不用翻译。只有少数地名，前后称呼略有不同，大家一看也能明白其变化。

当然也有不同之处，比如文中提到有一个悬崖叫"狼虎崖"，县里的秀才宋遂说这个称呼不对，原名应该是"擒虎崖"，因为他的始祖宋鸣钟等兄弟七人，曾在这里擒获过老虎，所以才叫擒虎崖。

其中最重要的不同是其第一句话："东山，邑人遥望之总名也。"就是说，所谓东山，不是指具体哪一座山，而是淄川县城以东所看到的绵延群山的总名，往远处说，都和青州府益都县接壤了。

蒲松龄一生除了到过一次江苏——那时称为江南省——的宝应和高邮，这在江苏篇我们已经说过，足迹较远的还去过一次青岛的崂山、泰安的泰山，晚年还去过一次青州。其他的时间都在淄川县境内——偶尔去过几次青州府的颜神镇，就是后来的博山——的缙绅之家坐馆。

因为这些人家大多都在淄川西边，所以蒲松龄对淄西之山多有描述，而对淄东之山却很少着墨。

75岁这年的九月九日重阳节，蒲松龄和几个门徒及儿孙去登了一次东山，写下一首七言律诗《九日同孙圣华、圣文昆仲，齐河许圣瑞及儿孙登东山》。

由于题目较长，我们照例取"登东山"三字作为此篇的题目。

九日同孙圣华、圣文昆仲，齐河许圣瑞及儿孙登东山

登高童冠语纷纷，奇石满山路不分。
翳日丰林眠似鹿，连天翠黛乱如云。
遥村堆绿烟千点，远碧横空雁一群。

名教原非无乐地,何须载酒醉红裙?

我们知道,《易经》中卦的形象都是由两种符号组成的,即阳爻"—"和阴爻"--"。阳爻称为"九",阴爻称为"六"。九月九日月和日都是"九",也就是两个"九"相重,所以就叫"重阳"或"重阳节"。在古代诗歌中,只要不写出月份而只称"九日",一般都是指九月九日。

古代民间,都有重阳节登高的风俗,并且要饮菊花酒、佩戴茱萸,所以唐人王维才在《九月九日忆山东兄弟》诗中说:"遥知兄弟登高处,遍插茱萸少一人。"——遥想兄弟们在今天登高的地方,遍插茱萸的时候少了一个人。可见九日重阳节也是加深和畅叙亲情的好日子。

蒲松龄读着"四书五经"长大成人并慢慢老去,是不折不扣的孔子忠实信徒。写这首诗的时间是九月九日,他自己可能不知道,再过四个多月,他就要永远离开这个世界了。他这可能是最后一次带领学生出游,最后一次感受令人向往的"曾点气象"了。

《论语·先进》中说,有一天孔子和众弟子在一起讨论学问,孔子询问大家的志向。子路说:"我想去治理一个大国。"冉有说:"我能治理好一个小国。"公西华说:"我喜欢做国家礼仪工作。"轮到曾皙了,他说:

暮春者,春服既成,冠者五六人,童子六七人,浴乎沂,风乎舞雩,咏而归。

译文:

暮春三月,穿着春天的夹衣裳,领着五六个成年人,六七个少年,到沂河洗洗澡,到舞雩台吹吹风,然后唱着歌回家。

暮春时节,东风浩荡,田野村庄,歌声飘散在回家的路上。曾皙的人格魅力与理想视野超越了同门诸位,所以孔子一拍大腿说:"吾与点也!"——我赞同曾点的观点!曾点就是曾皙——身上有黑点,当然希望变得白皙起来。

当代学者和散文家张中行先生在《负暄续话·一本译著的失而复得》中,引用一位农村大老粗译的这段《论语》,并说"这很妙,可以称为神译"。30 年前,张

先生的文章风行天下,万口相传,大部分人都知道这段"神译"。年轻人可能没有见过,我把它引在这里,以广大家之见闻:

二月过,三月三,穿上新缝的大布衫。大的大,小的小,一同到南河洗个澡。洗罢澡,乘晚凉,回来唱个《山坡羊》。

这里所说的"南河",就是曾皙所说的"浴乎沂"的沂河。我最初读《论语》的时候,以为曲阜离临沂不远,沂河就是发源于沂源而流入江苏的沂水。后来才知道我想错了,"沂"指的是曲阜南边的一条小河,当然也叫沂河。其东边不远处就是舞雩台。

因为为将在中央四套播出的两集纪录片《三孔春秋》撰稿,今年秋天亲自去看了看,才算终于明白。蒲松龄没有到过曲阜,不知他真的明白沂河的所在吗?

他明不明白沂河到底在哪儿不重要,重要的是一个75岁的白发老头儿,领着几个弟子和儿孙到淄川东山一带游玩,真的享受到了2000多年前曾皙所说的"春风沂水"之乐——尽管这时候是重阳节时的秋天,而非上巳节时的春天。

"登高童冠语纷纷",这"童冠"用的就是《论语》中的"冠者五六人,童子六七人"的典故,指的是一起出游的这几个人。"语纷纷"照应的也是孔子弟子的各言其志向。这次蒲松龄的弟子和儿孙各言其志了没有呢?尽管不像孔子弟子那么志向远大并郑重其事,随便说说也是有可能的。当然这"纷纷"之"语"虽然当不得真,却也使蒲松龄分外高兴了。

这一高兴不要紧,谁知走起路来竟也有了劲头。"奇石满山路不分",山上都是奇形怪状的石头,石头缝里长满野草,也看不清哪里有路哪里没路,反正鼓足力气走就是了。

根据我的经验,每到高远空阔之处,都喜欢喊几嗓子听听回声,此次不知这些人喊了没有。可惜他们不知道世界三大男高音,若知道的话,来一嗓子帕瓦罗蒂的《我的太阳》,估计他们很过瘾,山也很过瘾。

抬头一看,太阳还真是被浮云遮住了,不是十分明亮。好啊,这样省下耀眼,倒正好可以看得远一点儿。"翳日丰林眠似鹿",是说被遮挡的日光之下,远处丰茂的林木好似睡卧的野鹿。"眠似鹿"这个典故,在前边讲《草庐》那两首诗时,我们已经说过了。

刚才是纵目远视,现在再极目扫视,就像摄影中的摇镜头。"连天翠黛乱如云",是说从脚下一直到目力穷尽的天边,都是青翠如黛的乱山。"黛",青黑色的颜料,古代女子用来画眉,这里指如女子眉峰的远山。我们在讲"三台山"那两首诗时已说过这个意思。

宋人王观《卜算子·送鲍浩然之浙东》词说:"水是眼波横,山是眉峰聚。欲问行人去那边?眉眼盈盈处。"——水像美人横流的眼波,山如美人耸起的眉峰。若问行人去哪里?到山环水绕的地方去。只可惜东山一带光有山没有水,否则蒲松龄就会看到眉眼盈盈的美女了。

近几十年来,退耕还林,大地上到处都是浓绿的树林。而在改革开放之前,若坐车出游,你就会有一种这样的感觉:春秋之际,庄稼收割了,小麦伏在地里毫不起眼,只要有浓绿堆积的地方,就肯定是个村庄。因为人们利用一切空隙发展经济,就像晋人陶渊明《归园田居》其一所说:"榆柳荫后檐,桃李罗堂前。"——榆树柳树遮蔽着后檐,桃树李树排列在堂前。

"遥村堆绿烟千点",就是说看着远处的村庄就像一堆一堆的翠绿,这时大概已到做饭的时间了吧,到处都是袅袅的炊烟。唐人李贺《梦天》诗说"遥望齐州九点烟"——遥望中国九州宛若九点烟尘浮动。李贺是梦中从月宫里看中国的九州,隔得太远,又没有望远镜,几乎什么也看不到。蒲松龄所在的东山,毕竟还在人间,不用望远镜,满眼也是人间烟火。

当然还有天上的大雁,"远碧横空雁一群",遥远而碧绿的村落上空,伴着升腾的炊烟,有一群大雁横斜着从北方飞来,也有可能是向南方飞去。此时的蒲松龄或许把自己想象成了那只领头雁,而学生、儿孙这几只小雁簇拥在他的身旁,他不禁感到了人生之乐,抿嘴露出了深远宁静的笑容。

《世说新语·德行》中说:

> 王平子、胡毋彦国诸人,皆以任放为达,或有裸体者。乐广笑曰:"名教中自有乐地,何为乃尔也?"

译文:

> 王平子、胡毋彦国等人,都认为任性放纵才是通达,有的人甚至赤身裸体。乐广讥笑他们说:"名教中自然有使人快乐的地方,何必出那些洋相呢?"

所谓"名教",即封建礼教,也就是以尊卑名分为主要内容的儒教。蒲松龄饱读儒书,对君臣、父子、兄弟这些关系体会很深,在长年的教书活动中,也充分领受了弟子对老师的尊敬之情。特别是今天,这几个学生和几个儿孙与自己一同登山,在他看来,这也算是人间至乐了。

《世说新语·识鉴》中说:

谢公在东山畜妓,简文曰:"安石必出,既与人同乐,亦不得不与人同忧。"

译文:

谢安在东山隐居,养着一帮歌女舞女。简文帝司马昱说:"谢安一定会出来做官的,他既然喜欢与人同乐,就不可能不分担他人的忧愁。"

"安石"是谢安的字。"名教原非无乐地,何须载酒醉红裙?"这两句诗用的就是上面两个典故。蒲松龄好好的登山,怎么又想起晋朝的谢安来了呢?这很容易啊,谢安做官前,隐居在浙江会稽上虞县的东山,载酒携妓,名动一时。从此"东山"一词就和谢安联系在了一起。如《晋书·谢安列传》云:

征西大将军桓温请为司马,将发新亭,朝士咸送。中丞高崧戏之曰:"卿累违朝旨,高卧东山,诸人每相与言,安石不肯出,将如苍生何!苍生今亦将如卿何!"安甚有愧色。

译文:

征西大将军桓温请谢安做司马,将从新亭出发,朝廷官员都去送行。中丞高崧开玩笑说:"你多次违背朝廷旨意,高卧东山,众人常常议论说,安石不肯出山,将怎样对待天下百姓!天下百姓现在又该如何对待你呢!"谢安很难为情。

这就是成语"东山再起"的出处。

蒲松龄没有隐居,此时已是75岁,也不存在任何幻想,但是谢安隐居的山叫"东山",他们爬的这座山也叫"东山",蒲松龄的家就在东山下边,某种意义上也可以说是隐居"东山"。文人的心思道道多,不好好琢磨琢磨还真是不容易弄明白。

总而言之,蒲松龄是想说,只要心中有真乐,四时都是春天——我想他到了这把年纪,对仕途的渴望真的已经完全放下,浑身轻松,其乐融融了。

在《聊斋诗集》中,隔着两首诗,还有一首七言律诗,题目是《同九日》。这和上一首诗写的都是九月九日重阳节登东山的事,却为什么没有排在一起呢?

从题目看,猜想可能是九日过后,想起九日登山的事,意犹未尽又写了这首。因为是写在不同的纸上,没法和上一首共用一个题目,所以另起题目《同九日》,意思就是题目同前,也就是说是上一首的续篇,所以我们放在一起欣赏。

同九日

> 九日晴和天未霜,清游强附少年行。
> 愁怀遇境思先发,蜡屐登山兴益狂。
> 沉醉只须三大斗,余年能得几重阳?
> 村人并不知佳胜,辜负山岩野菊香。

九月九日已到深秋寒霜之时,但是今天天气晴朗暖和,没有霜冻。九月九日本来就是登山的日子,假如霜冻大的话,这次活动可能就取消了。既然今天天公作美,那就走起。"九日晴和天未霜,清游强付少年行","清游"就是清雅的游赏,"强附少年行"就是硬随着年轻人的行列。因为自己年老脚步慢了,所以这样说。

"愁怀遇境思先发","愁怀"是忧愁的情怀,蒲松龄都已经75岁了,人生七十古来稀,一般人都活不到这个年纪,他还有什么忧愁的呢?我想,这里的"愁怀"不一定非得和他的仕途不遂联系起来。我们看得简单一点儿,他只不过是想说,我年龄这么大了,这帮年轻人却拉我去登山,想到这种情境,人还没走愁却先来了——原来他愁的是年老体弱,登山不便。

可谁知,没登时忧愁,一旦开始攀登,兴头却上来了。"蜡屐登山兴益狂",老夫聊发少年狂,跑得、叫得比谁都欢实。"蜡屐",就是为登山的木屐涂蜡,就仿佛今天我们说的给皮鞋打油。爬个山又不是出门做客,还打什么蜡?这个词我们在讲"三台山"那两首诗时说过,大家可以参看。此处蒲松龄的意思只是表示郑重其事,换上登山的行头而已。

他在上一首诗中说:"名教原非无乐地,何须载酒醉红裙?"看上去好像很讨厌那些魏晋名士的饮酒作乐似的。其实他表达的是不一定对着美女歌舞喝酒才有乐趣,就是几个人盘坐在山石上,一边喝酒一边叙叙友情、亲情,也是很欢乐的。

当天他还真喝了酒,他有一首《登台共饮》诗说:"昔日陶渊明,对菊苦无酒。今日共开樽,无花亦重九。"——当年的陶渊明对着菊花呆坐愁着没有酒。今天我们一起开瓶畅饮,没有菊花也照样过重九。

"沉醉只须三大斗,余年能得几重阳?""斗"是古人喝酒的一种酒杯,蒲松龄的意思是年龄大了,酒量也不行了,只喝三杯酒就会沉醉。可是沉醉就沉醉吧,就算沉醉也得喝。因为到了这把年纪,还不知再过几个重阳节呢?事实证明,四个多月后的第二年正月,他就去世了,没有再喝上下一个重阳的美酒。

这次还真是喝得有点儿多了,稍微犯了点儿迷糊。他在《登台共饮》诗中说"无花亦重九",似乎是没有看到花,可是在这里他又说"村人并不知佳胜,辜负山岩野菊香",山村里明明有野菊花开放,并散发着幽香。

山村里的人到底知不知道自己生活在优美风景之中呢?他们可能知道,但是感觉并不明显,因为他们年年岁岁生活于其中,对自己家乡之美丽已经习焉不察,并与之浑然一体,相忘于时光之中了。

蒲松龄在前边我们讲过的那首《山村》诗中说"只有家家新酒醉,从来不解听黄鹂",又在本诗中说"村人并不知佳胜,辜负山岩野菊香",他是不是嫌弃山村人的麻木无知、不懂得审美呢?当然不是的,他这样说是欲扬先抑,借他们的浑然不觉来说明他们的怡然自乐。假如有人对着他们夸赞他们的村庄、他们的生活,他们会说:"真有这么好吗?你不说我们还不知道呢。"脸上满是平静的沉醉。

夋山道上书所见

山东篇的前八篇文章,我们讲的都是蒲松龄围绕淄川而写的诗作。从现在开始,我们用六篇文章来讲蒲松龄所写,从淄川到济南,也就是"淄西—济东"一带的诗作。

蒲松龄为什么多写描摹此一带山水的诗歌呢?原因有两个,一是40岁后他常年坐馆的地方在西铺毕家,西铺毕家在淄川以西60里处。二是他每三年一次到济南参加乡试,后来自己不参加考试了,还要陪着学生考试。有此二者,蒲松龄对这一带路途的风光景物自然熟悉如指掌,因此也就多形诸笔下。

淄川县城西北10余里处有一座山,名叫夋山,远近闻名,就是几十年来选入中学语文课本的《山市》所写的那座山。《山市》的作者是蒲松龄,《山市》这篇文章在《聊斋志异》中。关于夋山的有关情况,我在《中国名山:夋山》那篇文章中有详细说明,大家可以上网搜索参看,这里就不多说了。

夋山的山南边就是夋山道,旧时从淄川往西去的人都走这条道,从青州往西通往省城济南也走这条道。蒲松龄从19岁到济南考中秀才,在此后的数十年间不知在此道上走过多少个来回,不光写下了著名的文章《山市》,还写下了和夋山有关的诗歌7首。

这里,我们选讲其中的一首七言律诗《夋山道上书所见》。

夋山道上书所见

吟鞭萧摵过长桥,三尺红尘小驷骄。
十里烟村花似锦,一行春色柳如腰。
榆钱雨下黄莺老,麦信风来紫燕飘。
游客登山真兴寄,海棠插鬓醉吹箫。

我们知道,传统戏剧舞台上,伴随着一阵叮叮当当的锣鼓声,文人雅士骑马出场,手里都拿着一支带有彩色穗头的马鞭子。可见这摇摇摆摆的小小马鞭,实是最能显示出人的文采风流的重要道具。"鞭"字和"吟"字结合,就好比麈尾之于魏晋清谈的名士、文明棍之于民国时候的英国留学生,是一种身份和风度的标志。设想一下,在风清气朗的暮春,口中吟唱着,鞭梢指点着,骑马走过流水潺潺的长桥,岂不是现实生活中最可以入画入诗的美景吗?

"萧摵(shè)"是什么意思呢?有两种解释。一是凋零,零落。唐人杜甫《法净寺》诗说:"婵娟碧藓净,萧摵寒箨(tuò)聚。"——碧绿的苔藓美好洁净,寒冷的竹林零落攒聚。在《聊斋诗集》中,蒲松龄这首诗后边是一首《清明》诗,此诗所写也是暮春景色。这个时节不是木叶零落之时,再说握在手里的一支马鞭,就算是竹子做成的,也无叶无皮,没有东西可以零落、凋残,故不取此意。

二是形容风吹树木声。唐人刘禹锡《游桃源》诗说:"日暮山径穷,松风自萧摵。"——傍晚时分走到了山路的尽头,松林之中风声飕飕。若是按这个意思来解释,此处的意境也很美:春风吹在马鞭上瑟瑟有声,更牵动了马上吟者之浓郁诗兴。

我自小在农村生活,常听父老说一句俗话,是"骡马大了值钱,人大了不值钱。"大骡子大马虽然值钱,也矫健有力极具审美效果,如"骏马秋风塞北",如"铁马秋风大散关",但那得与武士大将相搭配,也就是说它们身上骑坐的得是郭靖、乔峰那样的人,才会相得益彰。

这里蒲松龄写的是文人骚客或闺妇少女,所以偏偏喜欢个头儿小的马匹。有人说了,这骑在马上手拿马鞭吟唱的难道不是诗人蒲松龄自己吗?我看不大像。为什么呢?因为蒲松龄写这首诗的时间是康熙三十三年(1694年),那时他已经55岁了。尽管喜欢吟诗作赋,可毕竟已经是老头儿一枚,不可能再像贾宝玉、林黛玉那样盛装出游了。

"小驷(sì)"是个很美的形象,因而蒲松龄经常把它写在诗文中。《聊斋志异·瞳人语》说:"清明前一日,偶步郊郭,见一小车,朱茀(fú)绣幰(xiǎn);青衣数辈,款段以从。内一婢,乘小驷,容光绝美。"——(长安的书生方栋)在清明节的前一天,偶然到郊外游玩,看到一辆小车子,挂着朱红色的车帘和绣花的车帷。几个婢女骑着马跟在车后。其中一个婢女,骑着匹小马,容貌漂亮极了。这群美女,不光骑的马是小马,连坐的车子也是小车子。

现在又到清明时节,这个人或这些人,还是乘着小驷来游奂山。驷虽小却极健壮精神,行踪过处四蹄也溅拂起三尺红尘,很容易让饱读秾词艳赋的人想到三国曹植《洛神赋》里的"凌波微步,罗袜生尘"——洛神在水波上细步行走,罗袜溅起的水沫如同尘埃。当然当代读者都不读《洛神赋》了,他们知道"凌波微步"这个词,大都通过金庸的武侠小说《天龙八部》。

蒲松龄立在夼山山下,手搭凉棚环视四野,数十里之内一片烟缠雾绕、繁花似锦,村村落落的粉壁红墙若隐若现,更是锦上添花;顺路望去,一行柳色将春天装扮得绰约多姿,熏风吹拂,柳条轻摆,仿佛列队的美人在扭腰起舞。假如说"花似锦"这个比喻还算常规,一般人也能说得出来的话,那"柳如腰"这个比喻,看上去像是脱口而出其实却是神来之笔,让人眼前一亮,不得不佩服,亏他想得出来。

夼山山下西边不远处是范阳河,那时还叫萌水。后来拦起了大坝,叫萌山水库。现在立起孔子塑像,改名叫文昌湖,成了淄博市的旅游度假区。夼山山下南边不远就是一所占地 1000 余亩的年轻的大学——淄博师范高等专科学校,校园建筑错落有致,红墙绿柳美如画卷。听说近年内就要升格为师范学院了,还要在校园北边的夼山脚下再批 500 亩地,兴建楼台亭阁。"十里烟村花似锦"是名副其实,"一行春色柳如腰"倒显得数量少了点儿,不够婀娜多姿了——光看看操场上、舞蹈房的那些女孩吧,哪一个的腰肢不像扭摆的柳枝一样轻柔婉转呢。

还有呢,你看那几株高耸入云的榆树经春风一逗,榆钱纷纷散落,像在下雨。我猜想,这一年年景一定不错,从人们游登夼山的情态就可以看得出来。当然了,现在的读者多是年轻人,没有吃过 1960 年的苦。你若是听说过"60 年"的事,你就会知道,那一年饿死了很多人,别说榆钱,连榆树皮都给吃光了。所以我说蒲松龄看到榆钱如雨一般飘落而没人采摘,说明去年收成不错、今年大家心安,不管是地主家还是佃户家,家家户户的大瓮里都有余粮垫底——当然,采一把榆钱熬粥喝,换换口味,也是不错的尝试。

我们知道,黄莺是候鸟,黄莺鸣叫的时候,正是春光最为烂漫的时节,因此在古代诗歌中,黄莺仿佛就是春天的代表或使者。可是现在已到暮春,黄莺已过了求偶的时节,好像一下子都变成哑巴,不再欢快地歌唱了。"老",就是黄莺儿已经逐渐消歇了动听的春之声。

唐人雍裕之《残莺》诗说:"花闲莺亦懒,不语似含情。何言百啭舌,唯余一两声。"——花静静地开着,黄莺也懒得开口,尽管没有歌唱,却又似乎含有深情。平时婉转百变的舌头,怎么现在只能叫得一两声了呢?看来这也是"黄莺老"了。蒲松龄这个"老"字用得极好,黄莺过了谈恋爱的歌唱季节就是老了。不知他有没有偷偷试试嗓子,还能唱出动听的聊斋俚曲中的"银纽丝""呀呀油"吗?

"麦信风",是江淮间行船者所指的农历五月的信风。蒲松龄写这首诗的时候是清明前后,离五月的麦信风还早着呢。那他怎么突然想起了"麦信风"呢?

我想他大概是看到麦田里突然刮起了一阵风吧？——只顾对仗工稳而忘了时序的准确，这大概是他少有的用典之误了。

黄莺老了，藏到树枝叶片底下歇着去了，可紫燕却又飞来了。总之，天空不会寂寞，人的眼睛和耳朵也不会寂寞。紫燕也称越燕，体形较小而善于鸣叫，下巴上有紫色，喜欢在人家门楣之上做窝，多分布于江南。这种燕子的叫声很好听，可以取代黄莺的叫声。可是淄川一带有没有这种燕子呢？我是没见过。蒲松龄可能见过，只不过是在江苏的宝应、高邮见过的，还是在书本上见过的，也不好亲自去向他求证了。

诗的题目既然是《奂山道上书所见》，现在也看了不少了，结尾总得把眼光落到奂山上了。蒲松龄说，游客们登山玩赏并不是为了附庸风雅，而是要寄托自己的真情。什么样的情感才叫真情呢？这种真情可能是游山玩水之乐，更多的可能是和赶庙会有关。

自古以来，淄川一带宗教盛行，几乎村村有庙宇，家家设神龛。人们以为奂山上既然有山市，就一定是一座灵异之山。于是山上就修建了庙宇，四时八节进行祭祀，随之四邻八乡的村民都闻讯赶来，慢慢也就形成了庙会。有了庙会，求神拜佛、求子还愿的也就多了——这应该也是真性情的一部分，只是不便说出来，说出来少了几分诗意罢了。

凡是庙会，都少不了上供祭祀。上供祭祀完毕，照例得吃吃喝喝，与神灵同乐。我们还记得晚唐诗人王驾那首著名的《社日》诗："桑柘影斜春社散，家家扶得醉人归。"——到太阳偏西的时候春社就散了，家家户户都把各自家的醉人扶回去。我想，参加奂山庙会的人和参加鹅湖山下社日的人的心情应该是一样的，都喜欢喝个痛快吧。

假如不信的话，那你就看吧。从山上跟跟跄跄走下的一对已经喝醉了，一个海棠插鬓，插得乱七八糟，一个洞箫斜吹，吹得有腔无调……蒲松龄这次看到的是现实的山市，没有看到虚幻中的奂山山市。

关于虚幻山市的记述，在《聊斋志异》中。没有上过中学的读者，可以翻翻《聊斋志异》看看，篇篇都是虚幻的，篇篇都是真实的——现在没有上过中学的人还有吗？

青云寺

过夯山道西南行,在淄川县城西南 50 里处——今淄川区岭子镇槲林村境内——有一座远近闻名的青云寺,为旧时"般阳二十四景"之一,旧名上泉庵,始建于明朝正德年间。

为什么叫上泉庵呢?清乾隆《淄川县志》载:

路途井,县西南五十里。北山曰"盘",南山曰"九纹",惟一径可通,井出其中焉。青云寺下临绝涧,井在寺门西数步,湛深甘美,寺僧及近村人资之,"上泉庵"之名以此。

译文:

路途井,在县西南 50 里处。北边是盘山,南边是九纹山,只有一条路可通,井就在其间。青云寺下临深谷溪流,此井位于寺门西边几步远的地方,清澈幽深、甘甜美好,寺里的僧人和附近的村民,都喝这口井里的水,"上泉庵"就是因为这眼泉水而得名。

清乾隆《淄川县志》收有淄川人王教写的一篇《上泉庵佛殿记》,不大好懂,文笔也不美,我们不引。我们引一篇《聊斋文集》中蒲松龄自己的文章《青云寺重修二殿记》,以供大家参考。

青云寺,淄之奥区也。萦青缭白,幽入仙源;天小云深,画成方幅。蜡屐芒屩(juē)之侣,常携茶灶而来;担簦(dēng)负笈之人,辄映毯车而去。物华天宝,人杰地灵,此之谓矣。

数年来,祖师、天王两殿,椽劙(lí)瓦缺,樵牧增悲;鼠窜狐栖,山光减色。丘子伯兴,孙子景贤,慨然倡善。且喜香花信士,共倾盆斗之诚;锦绣才人,不忘江山之助。遂使西林香谷,披妙鬘之风云;鸳瓦鱼鳞,睹琉璃之宫阙。金容满月，雅欲开颜；碧嶂流霞，居然展笑。非祇(qí)园之盛事、山灵之功臣与？

是不可以不记。

译文：

青云寺，在淄川的深山之中。青山白云环绕着，清幽得如同进入仙境。天空很小云层很深，像一幅精美图画。喜欢登山隐居的人，常携带着茶炉子而来；背着书箱戴着斗笠求学的人，往往坐着豪华的车子离去。物华天宝、人杰地灵，说的就是这样的地方。

数年来，寺中的祖师殿和天王殿，椽子裂了瓦也缺了，打柴放牧的看着也悲伤；老鼠乱窜狐狸栖居，山光也大为减色。丘伯兴、孙景贤，慷慨地倡导善举。更喜捧着鲜花的信士，有的献上一盆有的献上一斗；那些有才华的人士，也忘不了江山胜境的帮助。于是就使得西林寺芳香的山谷，披上了风云一般的美发；鸳鸯鱼鳞瓦，看到了琉璃筑成的宫阙。寺里的塑像的金容像是满月，都想着开颜；青山和云霞，也都微笑。难道不是佛地的盛事、山灵的功臣吗？

这是不应该不记下来的。

蒲松龄19岁考中山东头名秀才，第二年和淄川的青年秀才张笃庆、李希梅一起成立"郢中诗社"，被称为"郢社三友"。李希梅比蒲松龄小3岁，15岁考中秀才，后来蒲松龄还曾在淄川城东的李希梅家读过书，二人一起切磋举业。可惜二人的命运相同，都是终老于秀才，没有进一步取得功名。李希梅著有《百四斋文集》十卷、《百四斋诗集》一卷等，身后也有很大的文名。

康熙十七年（1678年），蒲松龄39岁，为养家糊口，在淄川附近的缙绅之家设帐授徒。李希梅36岁，家境比较优渥，为避世俗繁冗，专心读书于青云寺中。这年的闰三月初一日，蒲松龄来寺相访，写下了这首七言律诗《闰月朔日，青云寺访李希梅》。

因为诗名较长，我们题目中只取"青云寺"三字。

闰月朔日，青云寺访李希梅

诸峰委折碧层层，春日林泉物色增。

山静桃花幽入骨，谷深溪柳淡如僧。
崩崖苍翠云霞满，禅院荒凉鬼物凭。
遥忆故人邱壑里，半窗风雨夜挑灯。

青云寺　王春荣绘

蒲松龄到青云寺访李希梅，以当时的交通条件，从蒲家庄起程，别说徒步，就算骑马，打个来回也得披星戴月。蒲松龄与李希梅固然有深情厚谊，若无要事相商，似乎也不必远道访游。

王洪谋在《柳泉居士行略》中说，蒲松龄康熙十年（1671年）南游归来后，"屡设帐缙绅先生家"——经常在达官贵人家坐馆授徒。"设帐"，用的是《后汉书》中马融扯起绛纱帐子教书的典故，后来人们说起此词，就指开设学馆教授生徒。

根据王洪谋的记述，路大荒先生在《蒲松龄年谱》"康熙十一年"下云："初馆同邑名人西铺毕际有家。"在此，路先生忽略了一个"屡"字，如果蒲松龄终生只设帐于毕家，这"屡"字就下得毫无道理。用了一个"屡"字，就证明彼时蒲松龄在多家设过馆。

现在学者们已考定，蒲松龄初到毕家，实为康熙十八年（1699年）。也就是说，蒲松龄此次访李希梅，若真是从西铺至青云寺，只有十七八里路，自然省便得多了,只可惜那时蒲松龄还没有到毕家设馆。

那么,蒲松龄是从何地出发去拜访在青云寺读书的李希梅的呢?现在的岭子镇沈家河村,在蒲松龄4岁那年,也就是明崇祯十六年(1643年),考中过一位进士沈润。沈润的儿子沈燕及与蒲松龄曾"共灯火",也就是在一起读书,有半师半友之雅。而沈燕及的儿子沈惠庵,则是李希梅的女婿,蒲松龄的学生。

明白了这层关系,再联系《聊斋诗集》中排于同年此诗之前的《同沈燕及饮园中》诗里的"细柳才眠风唤舞,春花欲嫁鸟催妆"——细柳刚刚俯身又被风吹得起舞,春花想嫁给东风鸟声也来催妆——则可知,蒲松龄此行,并不是从数十里外的蒲家庄或十数里外的西铺来访李希梅,实是因为此时他在沈家河沈家坐馆,与沈燕及畅饮园中,他想起了自己的好友,沈燕及想起了自己的亲家,沈惠庵想起了自己的岳父,就一起到青云寺去访李希梅。沈家河距青云寺只有8里许,对正当盛年的蒲松龄来说,往返自是毫不费力。

那时,正值暮春时节。蒲松龄一路行来,但见群峰曲折层层叠碧,林茂泉溅物物增色。来到青云寺前展眼四顾,山峦静坐如同老僧入定,桃花幽香仿佛浸入骨髓。山静花幽,大宁静中有小波动。谷涧杳深如同禅理邃密,溪柳素淡仿佛僧思出尘。谷深柳淡,大和谐中见小参差。同时,绚烂之桃花与清淡之柳枝相对照,烂者更烂,淡者愈淡,色彩映衬极为鲜明。

"崩崖",说的是山崖陡峭仿佛就要崩塌坠落下来。"云霞",可有两种解释。一是傍晚时灿烂的霞光,二是崩崖苍翠如云霞。我倾向于第二种解释,青云寺大概就是以此得名的吧。"禅院",就是寺庙。"鬼物凭",意思是寺庙荒凉人迹罕至,正是鬼物藏身匿迹的好地方。

唐人贾岛《暮过山村》诗说:"数里闻寒水,山家少四邻。怪禽啼旷野,落日恐行人。"——数里之内都能听到寒冷水流的声音,住在山上的人家孤零零的几乎没有四邻。怪异的禽鸟在旷野啼叫,将要落山的太阳让人害怕。

不管蒲松龄此时听没听到怪禽啼叫,若按"云霞"的第一种解释,一轮滚山落日是少不了的。《贯华堂第五才子书水浒传》第二十二回,武松"大着步,自过景阳冈来……那时已有申牌时分,这轮红日,厌厌地相傍下山"。金圣叹批云:"骇人之景。"——让人害怕的景色。过去我总不懂落日何以骇人,现在我突然明白了,真是吓杀人也。

蒲松龄拜访完李希梅回到沈家,远远地想起山寺中的李希梅,在半窗风雨之下挑灯夜读,人影寂寂而鬼影幢幢,情景甚是寂寞凄凉。但只要他心中能定,再加上有我佛护祐,学业定能日精月进,终期大成,并带来仕途上的大收获。可自己呢?整天这样陪着孩子读书、陪着大人喝酒访友,是不是耕了别人的地,荒了自己的田——那就也赶紧挑一挑灯芯夜读起来吧,免得越落越远了。

康熙二十五年(1686年)春,蒲松龄47岁了。那时,他已在西铺毕家坐馆多年。这一日,游兴忽动耐不住寂寞,又不知为何来到了青云寺,并再写下一首七言律诗《重游青云寺》。

重游青云寺

深山春日客重来,尘世衣冠动鸟猜。
过岭尚愁僧舍远,入林方见寺门开。
花无觅处香盈谷,树不知名翠作堆。
景物依然人半异,一回登眺一徘徊。

重游青云寺　王春荣绘

上次来访李希梅,是在8年前,这回是第二次来了。那时蒲松龄39岁,那时也是春天。那次蒲松龄没有写到鸟叫——鸟叫当然会有的——大概是没有引起他的重视，或许引起重视了可八句诗要写的内容太多，就没有顾上写鸟叫。

为何这次"客重来"却引动了鸟的猜疑，让鸟们叽叽喳喳叫个不停呢？因为他穿的是"尘世衣冠"，就是世俗的衣帽。据常理推测，翻山越岭到山寺来进香求佛的善男信女固然不少，却也应该以世俗之人为多，服青着紫的达官显贵不能说没有，可愿意到这偏僻小寺来进香的，除非有特殊原因，比如说避人耳目，否则不会太多。

难道这里的鸟和世俗之人一样，懂得"物以稀为贵"的道理，近年来与时俱进，也修炼成了嫌贫爱富的势利之眼？我想这绝无可能。就算人家达官贵人捐助寺庙再多的钱财，也是方丈、住持和众僧侣的好处，与鸟们没有任何干系。所以它们才不会势利如此，多操闲心呢。

"尘世衣冠动鸟猜"，这七个字中肯定隐藏着这样一段衷曲：康熙四十九年（1710年）蒲松龄71岁时，写《张历友、李希梅为乡饮宾介，仆以老生参与末座，归作口号》，回忆起三人的友情，说："忆昔狂歌共夕晨，相期矫首跃龙津。"——想当年我们豪放地唱着歌整天在一起，相互鼓励希望能够鲤鱼跳龙门。

再遥想顺治十六年（1659年），即考中秀才的第二年，他和张笃庆、李希梅等结"郢中社"。康熙三年（1664年），蒲松龄携书至李希梅家，"朝分明窗，夜分灯火，期相与以有成"（《醒轩日课序》）——早晨一起坐在明窗下，夜晚一起坐在明灯旁，共同希望有所成就。实际上，李希梅之所以邀请蒲松龄"共笔砚"——一起读书，主要还是因为自家有较好的生活条件，愿意帮助蒲松龄实现"青云"之志。

康熙十一年（1672年）中秋，蒲松龄作《中秋微雨，宿李希梅斋中》说："与君共洒穷途泪，世上何人解怜才？"——和你一起洒下穷途末路的眼泪，世上哪个人能怜惜我们的才能啊。世上没人怜才，蒲松龄、李希梅只能惺惺相惜，不断培植自己的"青云"之志。

康熙十七年李希梅读书青云寺中，蒲松龄前往拜访，除了和李希梅探讨举业、畅叙友情、看山游玩之外，其潜意识里是否都有《红楼梦》第七十回薛宝钗所云"好风凭借力，送我上青云"——凭借不停吹刮的好风的力量，把我送向高天青云——之隐思？也就是说，这个地方既然叫"青云寺"，虔诚地许个愿或许真的就会"青云直上"吧——这可能真是李希梅和蒲松龄隐而未显的想法。

同时，看到李希梅专心致志萧寺苦读，而自己却四处坐馆沿门托钵，蒲松龄有没有一丝内疚、惭愧与无奈呢？那一次，两人是否还说过一些相互鼓励且信心满满的话呢？是否还曾向寺中老僧问过将来的前途命运呢？一切收获好像都在眼前，俯拾即是，回去之后或许也真的踌躇满志了好长一段时间。

当时的这些情景，现在看来如同梦幻泡影，都忘得差不多了，甚至连想都羞于去想，可这里的鸟们偏偏记性好，至今不忘。今天看到蒲松龄还是穿着当年的衣服前来，它们不瞪大了眼睛感到奇怪才怪呢？别说"动鸟猜"，等会儿到了寺庙，弄不好还会"动僧猜"呢。别说它们和他们，此时就是自己也犯了猜疑：这位蒲秀才年龄虚长而功无实进，白云苍狗却衣冠依旧——这是真的吗？

蒲松龄心生疑惑而脚步疲软，翻过一道道山岭尚感僧舍遥遥，这就真有点儿唐人宋之问"近乡情更怯"（《渡汉江》）——远离、久离之人，回来越接近家乡，心里越感到害怕——的味道了。老僧若真"老和尚不识伲"，问起"施主何以无改旧时裳？"将何以作答呢？脸皮能保证不红吗？这样踌躇琢磨着，双脚趑趄而两眼迷离，一直到走到青云寺所在的树林，还在恍恍惚惚，猛一抬头，寺门大开，差点儿被门槛绊个骨碌。

八年前来这里时，是"山静桃花幽入骨"，现在是"花无觅处香盈谷"，芳香依旧，但眼睛却看不到香从何处来；八年前来时，是"谷深溪柳淡如僧"，现在是"树不知名翠作堆"，溪柳依旧，但眼睛辨不清柳梢之风姿。

《红楼梦》第四十一回，刘姥姥笑道："怨不得姑娘不认得，你们在这金门绣户的，如何认得木头？我们成日家和树林子作街坊，困了枕着他睡，乏了靠着他坐，荒年间饿了还吃他，眼睛里天天见他，耳朵里天天听他，口儿里天天讲他，所以好歹真假，我是认得的。"

蒲松龄是识文断字的知识分子，不但像刘姥姥一样认得各种花草树木，还能提笔写出它们的名字。他有一部杂著《日用俗字》，其中第二十六是花草章，第二十七是树木章，把各种各样的花草树木都给写遍了。他在诗里说"花无觅处""树不知名"，只是为了增加艺术感觉，说满谷的香气不知是哪种花发出来的，满眼的绿色不知是哪种树散出来的而已。

在往回走的路上，蒲松龄渐渐清醒过来，想起了志怪小说《搜神后记》卷一里丁令威的故事：汉时辽东人丁令威前往灵虚山学道成仙，后来化鹤归来，落在城门的华表柱上。有一个少年用箭射它，它一边飞一边像人一样说道：

有鸟有鸟丁令威，去家千年今始归。城郭如故人民非，何不学仙冢垒垒。

译文：

鸟啊鸟啊是丁令威，离家千年今天才回来。城墙还像过去一样，可人们却不是从前的人们了——为什么不去学道成仙呢？你看到处都是层层叠叠的坟堆。

蒲松龄很喜欢丁令威的故事。他在《聊斋志异·叶生》的最后说：

天下之昂藏沦落如叶生其人者，亦复不少，顾安得令威复来，而生死从之也哉？噫！

译文：

天下才情不凡却沦落如叶生的才子，也是不少，只是怎样才能让丁令威重生，也好生死跟随着他呢？唉！

隔着300多年的时空，听到这一声"噫"，还让我们感到难为情。在这首诗中，蒲松龄"景物依然人半异"，暗用丁令威事，表示在八年的时间里，滚滚红尘已将我蒙垢得面目大改，而青云寺中风景如故。

山寺中年年都有春天，而人在走向深秋，最终进入垒垒坟冢，不由得扼腕徘徊，一步一回头——下一次再来看你，还不知啥时候和啥情况呢？

豹　山

从坐落在张博路上的淄川区昆仑镇往西,经过磁村到岭子稍西,就汇入了胶王公路。岭子往南六七里的深山中,就是上篇我们说过的青云寺。从岭子往西,到和周村区王村镇交界的地方,就会看到有两座山峰,这就是豹山。

从20世纪50年代到21世纪初,这里有座远近闻名的岭子煤矿宝山井。小时候在村里读书上学,身上老灰一寸厚,过年没处洗澡,村里有人在宝山下煤井,我们几个小伙伴还翻山越岭十余里,到他们的澡堂里洗过澡呢——这"宝山",大概就是"豹山"的另一种叫法或者说它的俗名吧?

说起"宝山",当年大大有名,因为煤炭就是地下之宝。说起"豹山",在蒲松龄时代也是大大有名,因为它是一处淄川胜景。清乾隆《淄川县志》载:

豹山,县西五十里。山巅建立宫观,各依巨石,上筑高台,梁柱阑楯(shǔn)皆石。历级而上,大似浮槎(chá)。绝巅两石相对,一径中通,呼曰"天门"。从松柏杂树中遥望,南山缥缈,若蓬莱三岛。有泉出山南麓,冬夏不涸,东注为溪。邱文学希潜,架数椽于此,题曰"画村清梦楼"云。

译文:

豹山,在县城以西五十里处。山顶上建有道观,各自依托着巨石,巨石之上建有高台,梁柱栏杆都是石头做成。跨石级登山,山头就像漂浮在云中的木筏。最顶峰有两块石头相对,一条小路从中间通过,叫作"天门"。从松柏杂树中远远望去,南山若隐若现,就像传说中的蓬莱三岛。有一眼泉水发源于山南脚下,不管冬夏都不干涸,向东成为一条溪流。秀才邱希潜,在此修建几间茅屋,取名为"画村清梦楼"。

这尽管把豹山的地理方位及险要山势说清楚了,但到底也没说明白豹山何以为豹山而不是虎山、狮山或狗山?原来豹山由两个山头组成,东山头短而圆似豹头,西山头长而阔似豹身,西边一条叫作杏花沟的河流就是豹子的尾巴,这样就组成了整个一只豹子。

我们知道,淄川唐梦赉是蒲松龄的文学前辈,蒲松龄10岁的时候,他就考中进士,曾担任过翰林院检讨。后来遭人诬陷罢官回家,成为地方的乡贤和文人领袖,蒲松龄南游归来后,曾陪同唐梦赉东游崂山、西游泰山。蒲松龄曾把他的事迹写入《聊斋志异》,他也是为《聊斋志异》撰写序言的两位乡前辈之一——另一位是高珩。

唐梦赉在为《聊斋志异》所写之《序》末的落款是"豹岩樵史唐梦赉",这"豹岩樵史"的别号,就取自豹山。据说豹山东山头上明朝时曾建有豹岩观,俗称玉皇观,而唐梦赉的老家就在豹山之下,即今之岭子镇南坡村。

蒲松龄40岁后,即到王村西铺毕府坐馆授徒。毕府距豹山不足十华里,在今岭子镇巩家坞村之北。《淄川县志》中提到的邱希潜,为蒲松龄之友人,即巩家坞村人。因地利之便,蒲松龄和邱希潜自是多次登临,饮酒抒怀。尤其在40岁、50岁、51岁这三年,蒲松龄接连攀登豹山,写下诗歌数首,其中多是与"邱文学希潜"一起登临的。

"文学",就是秀才的意思。邱希潜,就是邱行素。据清乾隆《淄川县志》记载:

> 邱希潜,字行素。己巳岁贡,授黄县训导。告归,构清梦楼于豹山之阳,读书其中。每与山僧野叟诙谐畅饮,曾不知老之将至。寿八十余岁卒。

译文:

> 邱希潜,字是行素。是康熙二十八年己巳(1689年)的岁贡生,康熙五十年(1711年)被任命为登州府黄县(今山东省龙口市)的训导,大致相当于县教育局副局长。后告老回乡,在豹山的南边修建清梦楼,在楼中读书。经常与山里的僧人和乡村的老头儿说说笑话或痛快喝酒,连逐渐老去也不觉得。活到80多岁才去世了。

这里说到邱希潜"每与山僧野叟诙谐畅饮",看来"畅饮"是他的一大爱好,这在蒲松龄《聊斋志异》中也有所记载和渲染。

《聊斋志异·秦生》中说:

　　余友人丘行素贡士,嗜饮。一夜思酒,而无可行沽,辗转不可复忍,因思代以醋。谋诸妇,妇嗤之。丘固强之,乃煨醯(xī)以进。壶既尽,始解衣甘寝。次日,竭壶酒之资,遣仆代沽。道遇伯弟襄宸,诘知其故,因疑嫂不肯为兄谋酒。仆言:"夫人云:'家中蓄醋无多,昨夜已尽其半;恐再一壶,则醋根断矣。'"闻者皆笑之。

译文:

　　我的友人丘行素贡士,特别喜欢喝酒。一天夜里想喝酒,又无处去买,翻来覆去实在无法忍耐,就想用醋来代替酒。他和妻子商量,妻子嗤笑他。丘贡士再三央求,妻子就煨好醋让他喝。直到喝光了一壶醋,才解衣安睡。第二天,妻子拿出一壶酒钱,派仆人替他买酒。仆人在道上遇到丘贡士的堂弟丘襄宸,丘襄宸问知缘故,怀疑嫂子不肯为兄买酒。仆人道:"夫人说:'家里存的醋不多了,昨夜已经喝去了一半;恐怕再喝一壶,就断了醋根了。'"听到的人没有不笑的。

　　邱希潜的特点是"诙谐畅饮",邱夫人整天和他在一起,"畅饮"虽说没学会,"诙谐"确是得其神髓了。"恐再一壶,则醋根断矣",确是十分好笑的一则诙谐语,犹记我当时读《聊斋》读到此语,就不但自己笑,还到处宣传了好几天,逗得很多人大笑。

　　康熙二十七年(1688年)春天,蒲松龄与邱希潜等携酒登豹山,蒲松龄游兴浓酒兴也高,一连写了好几首诗,我们只看这首七言律诗《豹山》。

豹　山

豹山喜近异人栖,景物幽芳翰墨题。
丛舍遥含春树里,危峰对插梵宫西。
眼看石阵云霞护,想见军容部伍齐。
我欲凭高呼帝座,一声长啸暮天低。

豹山　王春荣绘

邱希潜所居住的巩家坞村，在豹山之南。由此看来，他修建的清梦楼也不是远离村庄的独栋建筑，而是就建筑在村里他家的地基之上。上文我们介绍过豹山的险峻和邱希潜性格的奇异。蒲松龄说"豹山喜近异人栖"，这里的"异人"说的就是邱希潜。照理说是先有豹山后有邱希潜，邱希潜因为居住的地方靠近豹山而欢喜，可是在这里为了突出邱希潜的性格之奇异，说成豹山因为靠近异人居住的地方而欢喜，这就变相对邱希潜进行了赞美。

豹山因为靠近异人居住的地方，人们来拜访异人也就顺便登游豹山，并且留下了许多笔墨题词。"景物幽芳翰墨题"，这里的自然景物本就幽深芳香，再加上文人墨客的题咏，就更使自然风光与人文景色交相辉映相得益彰了。

别的不说，我们只说明人张绂（fú）——他是蒲松龄好友张笃庆的父亲——所题的一首《登豹山东高峰》诗：

乱石巉（chán）岩鸟道通，巨灵开凿费神功。貔貅（pí xiū）万队军营肃（石有部落号"军营石"），虎豹千群意气雄。缩地青藤思跨海（葛稚川竹杖化为龙），摩天黄鹄快乘风。层层步入云霄上，搔首凭虚问碧翁。

译文：

豹山上乱石险峻只有鸟才能飞过，这样的小道是巨灵神用神功劈凿出来的。山上的石阵如同万队貔貅般军容整肃，又像千群虎豹般意气昂扬。山上的青藤能把千里之外联系到眼前，真想跨过大海；黄鹄鸟贴着天空飞过，速度迅速像是乘风而行。一层一层走到云霄之上，一边挠着头皮一边向天公问候。

景色美、笔墨香，这座豹山可以说是佳山水与善人文的完美结合了。

"丛舍遥含春树里"，从豹山上遥望山下，巩家坞村的丛丛房舍包含在春天的树林中。"危峰对插梵宫西"，从豹山下仰望豹山，因为豹山东、西各有一高峰，都高耸入云（张绂所攀登并题诗的是东高峰），所以说叫"对插"；因为豹山之巅建有佛教庙宇，故云"梵宫"。

清人刘鹗在《老残游记》第二回描写千佛山说："到了铁公祠前，朝南一望，只见对面千佛山上，梵宇僧楼，与那苍松翠柏，高下相间，红的火红，白的雪白，青的靛青，绿的碧绿，更有那一株半株的丹枫夹在里面，仿佛宋人赵千里的一幅大画，做了一架数十里长的屏风。"

刘鹗所写的这种情景，和蒲松龄此联所写的意境异曲同工，只消把"丹枫"换成"夭桃"——蒲松龄在上一组《三月十九日同邱行素乔梓、毕莱仲兄弟登豹山看桃花》中说"桃花无缝锦成行"——"梵宇"外多几丛"村舍"即可。

蒲松龄在上引《登豹山看桃花》诗里还说"山石如林青绕座"，张绂诗中说"貔貅万队军营肃"，并自注"石有部落号'军营石'"，可见豹山上的石阵，也和古夔州诸葛亮的八阵图有异曲同工之妙。

古时人们操练兵马，没有今天这般的水泥地面和塑胶操场，所以红尘滚滚，阳光照射之下如同云霞护绕。"眼看石阵云霞护，想见军容部伍齐"，蒲松龄此时看到石阵上方之云霞，自然就想到假如这方石阵活动起来，貔貅万队，调动有度，军容一定整肃浩大得很。

张绂是淄川的文学前辈，蒲松龄对他的诗作早就烂熟于心。蒲松龄写此诗时，心中也一定早有张绂《登豹山东高峰》这首诗在。蒲松龄"我欲凭高呼帝座，一声长啸暮天低"两句和张绂"层层步入云霄上，搔首凭虚问碧翁"两句如出一辙，只不过蒲松龄是"呼帝座（星名）"，张绂是"问碧翁（天公）"而已。

豹山上既有"天门",又"缥缈若蓬莱三岛",所以蒲松龄"一声长啸暮天低"一句,也很容易让人想起唐人李白《游泰山六首》其一中的名句:"登高望蓬瀛(yíng),想象金银台。天门一长啸,万里清风来。"——登上泰山高处遥望海上神山,想象中仿佛看见了神仙居住的金银台。来到南天门放声一长啸,清风万里一下子吹满胸怀。

　　豹山再高大,也没法和泰山相比。可是在诗人的笔下,泰山、豹山都是高大、雄伟而神奇的,都值得游客们前往游览流连。只可惜我们这些后来人都不会写诗,没法让我们的笔墨为家乡山水生色增光了。

石隐园

从豹山山下再西行十来里,就到了现在淄博市周村区的王村镇。在蒲松龄时代,王村是个有名的集市,属于淄川县正西乡(旧忠信乡)。王村镇有一个西铺村,西铺村里那时有一座毕府,蒲松龄就在毕府坐馆。现在毕府已经是远近闻名的蒲松龄书馆。

毕府的主人叫毕际有。毕际有的父亲叫毕自严,是明代万历年间进士,天启、崇祯年间的户部尚书,相当于今天的财政部长。他有《石隐园诗文藏稿》等传世。

作为普通大众而非文史专家,很难见到他的手迹。可是如果你到淄川蒲家庄的蒲松龄故居参观,你一定会看到"聊斋"里边悬挂着一块苍老古朴的木质匾额,上书"绰然堂"三个大字。上款题"崇祯甲戌",是明崇祯七年,也就是公元1634年。下款落"白阳老人题",白阳老人就是毕自严,"白阳"是他的号。

这里的白阳的"白",指的是白云山。

元人于钦《齐乘》云:

> 长白山,长山县南三十里。《太平御览》云:长白山者,因此山云雨长白,故名之。

译文:

> 长白山,在长山县南30里处。《太平御览》上说:长白山,因为山上云雾烟雨长白,因此叫作长白山。

我读中学的20世纪70年代,历史课本讲到隋末农民起义的时候,就提到王薄的长白山起义;后来读《说唐》等历史演义小说,其中提到的隋末"十八路反王",其中就有"济宁王王薄",这都和这座长白山有关系。

清乾隆《淄川县志》载:

白云山，《通志》云："在县西北四十里，即长白山南之最高峰也。"俗名玉皇顶，上有玉皇宫，与邹平县之摩诃顶相望，遥见泰岳于诸山之外。西为凤凰山，为柱子山，皆淄川境。

译文：

白云山，《山东通志》上说："在淄川县西北四十里处，就是长白山南边的最高峰。"俗名叫作玉皇顶，山上有玉皇宫，和邹平县的摩诃顶相望，远远地能够看见泰山在众山之外。再往西就是凤凰山，就是柱子山，都在淄川县境内。

那时的淄川县县境真够辽阔，现在的白云山，位于山东省滨州邹平市和济南市章丘区交界处，已经基本和淄川区无关了。

那时毕自严所住的村庄西铺，在白云山的南边，所以他号白阳，或自称白阳老人。他题写的这块匾额，本来是悬挂在毕府的绰然堂里的。毕自严题写这块匾额后六年，蒲松龄出生。

蒲松龄于清康熙十八年（1679年）到毕府坐馆，那时这块匾额已经存在35年了。然后，蒲松龄在绰然堂设帐授徒30年。可以说这块匾额就是蒲松龄毕府坐馆的永久的见证，所以1956年此匾征集到了蒲松龄故居，成了故居中一件重要文物。

那时，西铺的毕府是一座封建官僚府邸，无人管理一片破败，到后来的"文革"时期，更是遭到了严重破坏。有时我曾想，这块"绰然堂"匾额若是不征集到蒲松龄故居，仍然留在西铺毕府就好了。因为它是真正的毕府之物，原本就属于毕府。若真的留在毕府，也会为今天的"蒲松龄书馆"增色不少。

可是我转念一想，也就随即释然了：假如这块匾额不到蒲松龄故居，而仍留在西铺毕府，我们今天可能就看不到它了，说不定早就被当作四旧给劈成柴火填到炉灶里化作袅袅炊烟飞到白云山巅的白云之中了。

关于毕自严，过去流传着很多传说，我小时候就听爷爷奶奶讲，毕尚书一跺脚就能跳到屋檐上，一耸身就能飞过屋脊。至于他的名字很多人可能不知道，但男女老幼几乎没有不知道"毕尚书"的。我小时候就认为他姓毕名尚书，根本不知道尚书是他的官职。

毕际有是毕自严的仲子,也就是二儿子。他的大哥叫毕际壮,早年就去世了;他的三弟叫毕际孚,没有做官。

毕际有,生于1623年,卒于1693年,是清顺治二年(1645年)的拔贡。清乾隆《淄川县志》,对其也有简短记载:

> 毕际有,字载积。授稷山知县,升江南通州知州。自严子。著有《存吾诗草》《泉史》等书。修《县志》。

译文:

> 毕际有,他的字叫载积。担任山西稷山县(今属运城市)知县,后又升任江苏省扬州府通州(即今南通市)知州。是毕自严的儿子。著有《存吾诗草》《泉史》等书。参与编撰《淄川县志》。

"存吾"是毕际有的号。毕际有在通州没待几年,就被免职,他从此回到西铺毕府,在地方上从事许多文化公益活动,不再踏入官场。

我们知道,明清时期以知州为各州行政长官。州又分为直隶州——直属于省——和散州——直属于府。直隶州知州的地位与知府大致相当,散州知州的地位相当于知县。

江苏篇中提到的孙蕙兼署高邮州,高邮州就是和县平级的散州。刺史是汉朝时的官名,后来也称太守,相当于明清时的直隶州知州。毕际有任知州的通州,是江南直隶州,所以后人喜欢尊称毕际有为毕刺史。

蒲松龄开始到毕家教书的时间是康熙十八年(1679年),那时毕际有已经57岁,蒲松龄40岁。毕际有的儿子毕盛钜,比蒲松龄小几岁,蒲松龄在毕府,教授的主要是毕盛钜的八个儿子。

毕际有去世后,毕盛钜就成了蒲松龄的馆东。

毕府是明朝户部尚书的府邸,现在的主人又做过知县和知州,自然少不了楼台亭阁、园林奇石之胜。这些蒲松龄都有诗记述描写,我们暂且不去说它,我们只说蒲松龄描写石隐园的两首七言律诗《石隐园》。

关于石隐园,清乾隆《淄川县志·园林》有长篇记载。毕际有参与康熙《淄川县志》的编撰,乾隆《淄川县志》是在康熙《县志》的基础上续补而成,所以"石隐园"其文即以毕际有的口吻写成——我们也不去说它。

石隐园

其 一

山光绕屋树阴浓，爽气萧森类早冬。
绿竹不因春雨瘦，海棠如为晚妆慵。
池牵紫荇丝盈尺，石绣苍苔翠万重。
惆怅当年高卧意，凭临涧壑仰芳踪。

其 二

红点疏篱绿满园，武陵邱壑汉时村。
春风入槛花魂冷，午昼开窗树色昏。
书舍藤萝常抱壁，山亭虎豹日当门。
萧萧松竹盈三径，石上阴浓坐不温。

石隐园　王春荣绘

上文我们说过，石隐园是坐落于西铺村的明末户部尚书毕自严的私家园林，位于府第之后，也可以说是毕府的后花园，有十来亩地大小。康熙二年(1663年)，毕际有罢官归里，颇有闲暇，就重整久已荒芜之石隐园，缩小其规模，巧布其景点，使其具有通州任所之园林风格。

早在康熙十一年(1672年)，蒲松龄就曾在毕际有的三弟毕际孚家坐过馆，游览过石隐园，写有《和毕盛钜石隐园杂咏》五言绝句16首，分别歌咏了石隐园中的蔓松桥、远心亭、霞绮轩等16种景观。

这次，蒲松龄故地重游，并且打算长期居于斯、休于斯甚至终老于斯，忍不住又提起他那支五彩之笔，写下这两首七言律诗。

"山光绕屋树阴浓，爽气萧森类早冬"，"山光"，不可能是长白山的光芒，应该是石隐园中假山的反射太阳之光；"山光绕屋"，点明环屋皆山也。有日光自然就有树荫，"树阴浓"，表明树木高大而且茂密。这片园林有山石树木，这座府第自然也就有了人造小环境。所以现在虽然是春天，却似乎还在早冬，身体上感受到的是清新爽朗之气，眼睛里观察到的是凋零衰落之景。

古人作诗用典，有明典和暗典之分。所谓明典，就是搭眼一看就知道是用典，比如蒲松龄有一首《抱病》诗，其第一句云"瘦骨支离似沈郎"——瘦削的身架衰残病弱就像沈郎。在这句诗中，你不知道"沈郎"的确切所指，你就不会明白诗的含义。

"沈郎"，指的就是南朝梁的开国功臣，政治家、文学家、史学家沈约。到了晚年，沈约屡次上书皇帝想要外出任职，但得不到同意。据《梁书·沈约传》，他就在给好友徐勉的信中倾诉苦衷说：

> 外观傍览，尚似全人，而形骸力用，不相综摄。常须过自束持，方可黾勉。解衣一卧，支体不复相关。上热下冷，月增日笃，取暖则烦，加寒必利，后差不及前差，后剧必甚前剧。百日数旬，革带常应移孔；以手握臂，率计月小半分。以此推算，岂能支久？

译文：

> 从外面或从旁边看，我似乎还像一个健全的人，但形体和精力，已不大听大脑指挥。时常要谨慎小心，才能勉强工作。脱掉衣服躺到床上，四肢便

失去知觉。上身热下身冷,一天比一天厉害,取暖则烦躁不安,降温则又会泻肚子。每次病愈之后身体都会不如从前,每次病情来临都会比上一次严重。百日数旬之间,腰带就要往里紧一孔;用手握胳膊,大概每月都要瘦半分。按这样推算,怎会支撑长久呢?

这就是后世常说的"沈约瘦腰"的出处。宋人苏轼《浣溪沙·春情》说"沈郎多病不胜衣"——沈郎经常生病,瘦弱得连衣服都穿不住了——用的也是这个典故。蒲松龄说"瘦骨支离似沈郎",就是说自己病瘦得好像沈约那样了。

所谓暗典,就是说你不知道诗人是在用典,也不影响你对诗意的大致理解;若是明了了诗中典故之意,就愈能觉出诗味之醇厚。比如蒲松龄此诗的首联,就是用暗典的好例子。

《世说新语·简傲》记王子猷云"西山朝来,致有爽气"——西山的早晨,送来清爽的气息。原来蒲松龄心中早有这一段古书存着,写出诗的首句"山光"的时候,就做好了下句"爽气"的准备;看到王子猷所说的"朝来"二字,我们顿时明白蒲松龄所说的"爽气"不是一般的清新爽朗之气,此联所写实乃春日早晨之情景,怪不得如此凄冷呢——这样对诗的理解,是否就深入了一层呢?

其实,我们上引蒲松龄的《抱病》诗,在《聊斋诗集》中紧排在《石隐园》之后。由此可证,《石隐园》和《抱病》是在同一段时间写的。他在《抱病》诗中写到善病的沈约,而在《石隐园》中也有沈约的影子。

沈约有一首《泛永康江》诗,其中有句云:"山光浮水至,春色犯寒来。"——山光随着水流漂浮而至,春色冒着严寒缓缓到来。这就是《石隐园》首联的基本构思框架,这也算是暗用典故到了出神入化的境界了。

"绿竹不因春雨瘦,海棠如为晚妆慵",这一联也是暗用典故的好例子。宋人李清照《如梦令》词云:"昨夜雨疏风骤,浓睡不消残酒。试问卷帘人,却道海棠依旧。知否?知否?应是绿肥红瘦。"——昨夜雨下得稀疏风刮得很大,酣睡醒来还觉有点儿酒晕。问那卷帘子的侍女,她说海棠花依然开放。你知道吗,你知道吗,应该是绿叶肥胖红花消瘦。

蒲松龄说"绿竹不因春雨瘦",自然是"绿肥";"海棠如为晚妆慵",懒于晚妆,不再施红涂朱,自然是"红瘦"。宋人苏轼《海棠》诗云:"只恐夜深花睡去,故烧高烛照红妆。"——只怕夜深之后海棠花睡去,所以烧起高高的蜡烛照着她的红妆。那"红妆",才是海棠精心打扮的盛服,现在蒲松龄说她"晚妆慵",看来是花的盛期将过了。

"池牵紫荇丝盈尺,石绣苍苔翠万重",春风吹拂牵动池中的紫荇,那荇丝已长满一尺长;山石上也生满青苔,仿佛万重翠绣。清人张潮在《幽梦影》中说:"石不可以无苔,水不可以无藻。"——山石上不可以没有青苔,池水中不可以没有水藻。毕际有家的石隐园中,却是池牵荇、石绣苔,就算是张潮来游,亦当云"居此无憾"了。

"惆怅当年高卧意,凭临涧壑仰芳踪",《世说新语·排调》中,记载御史中丞高崧对谢安说"卿累违朝旨,高卧东山"——你多次违背朝廷意旨,高卧东山之中——后来"高卧"一词就成了隐居的代词。

毕际有康熙二年(1663年)罢官归隐,到此时已有16年之久了。蒲松龄说,当年您归隐高卧,大有晋人谢安之风,而我却风尘奔波,居无定所,因不能随您隐居而惆怅。现在好了,在这人工胜自然的石隐园中,我可以时时追随在您的左右,或凭涧而眺或临壑而游,而共度晨夕了。

我们曾经说过,蒲松龄才大气足,同一题材的诗往往喜欢别出心裁,一写两首甚至更多,写成组诗。自己试着给自己出难题,自己时时与自己较劲儿。就像《红楼梦》大观园里的史湘云,别人写一首也算想绝了,她倒弄了两首,有许多话要说。我们再来看《石隐园》的第二首。

"红点疏篱绿满园,武陵邱壑汉时村","红点疏篱",是说红少;"绿满园",是说绿多。这自然还是绿肥红瘦,自然也能给人以"浓绿万枝一点红,动人春色不须多"(宋王安石《咏石榴花》)——在万枝浓绿当中只有一点是红的,动人的春色是不需要很多的——的美感。但"红"者是什么花、"绿"者为什么树呢?"武陵邱壑汉时村"就做了回答。

晋人陶渊明《桃花源记》中说:

> 晋太元中,武陵人捕鱼为业。缘溪行,忘路之远近。忽逢桃花林,夹岸数百步,中无杂树,芳草鲜美,落英缤纷。

译文:

> 东晋太元年间,武陵郡那里有人以打鱼为生。他顺着溪水划船前行,忘

记了路程的远近。忽然遇到一片桃花林,生长在溪水两岸宽阔几百步,中间没有其他树,花草鲜嫩美丽,落花纷纷飘到地上。

——原来这隔绝尘俗的一篱红花是娇艳的桃花。《桃花源记》还说:"土地平旷,屋舍俨然,有良田美池桑竹之属。"——土地平坦宽阔,房舍排列整齐,还有肥沃的田地、美丽的池沼,以及桑树和竹林之类的——原来这仙境内的满园绿树是浓密的桑竹。

《桃花源记》还说:"自云先世避秦时乱,率妻子邑人来此绝境。"——那里的人自己说他们的祖先为了躲避秦时的战乱,领着老婆孩子和乡邻来到这与世隔绝的地方——既然是"避秦时乱",那时汉代还没有建立,就应是"秦时村"而非"汉时村"。

唐人王维在《桃源行》诗中云:"樵客初传汉姓名,居人未改秦衣裳。"——此处之人第一次从渔人这里听到了汉代的名字,居住在这里的人穿的还是秦代式样的衣裳——他们虽然已经活到了晋朝,却认为一直是秦朝,生活在秦朝的村落里。

蒲松龄在诗中用"汉时村"而不用"秦时村",首先是为了避免三平调,也就是诗句最后三个字全是平声,这是在格律诗中不允许出现的。其次或许还带有一点儿不便明言的民族色彩,就是以汉喻明,借此点明石隐园之有不自清代始,明代毕自严之时就已经有了。真可谓历史悠久,源远流长。

《桃源行》诗还云:"居人共住武陵源,还从物外起田园。"——这里的人们世代聚居在武陵源里,在这里建起了世外田园。"物外"就是"世外",蒲松龄在《拨闷》诗中也曾说:"白云绿树隔红尘,湖海飘零物外身。"——白云绿树隔断了世俗的红尘,我湖海飘零成了世外之人。此诗中间二联,就是从"物外"二字展开联想引申,极力描写石隐园的清幽远俗。

"春风入槛花魂冷,午昼开窗树色昏","槛(jiàn)",就是栏杆,也就是首联所说的"疏篱"。因为这个"槛"字和"窗"字对偶,所以也可理解为门槛的槛(kǎn),代指房屋的门口。宋人王安石《元日》诗云:"爆竹声中一岁除,春风送暖入屠苏。"——爆竹声中旧的一年过完了,春风送暖人们畅饮着屠苏酒。

因下文还有"千门万户曈曈日",我们就知道"春风送暖"说的是阳光灿烂的白昼。王安石的《春夜》诗还云:"金炉香烬漏声残,剪剪轻风阵阵寒。春色恼人眠不得,月移花影上栏杆。"——香快烧尽漏快滴完,清风习习阵阵轻寒。春色恼人睡不着觉,月移花影上了栏杆。因为有"阵阵寒风",所以夜间栏杆上的花影也应该是"寒"的和"冷"的。

"花魂"就是花之魂魄,"花影"就是花魂的表现形式。现代作家张爱玲的女友炎樱说:"每一个蝴蝶都是从前的一朵花的鬼魂,回来寻找它自己。"《红楼梦》中的史湘云没有想到这一点,只说"冷月葬花魂",不提蝴蝶;蒲松龄年长于史湘云,就更无从预测炎樱这位南亚才女的绮思丽想了。

说完了"夜分",接着就再说"亭午"。"午昼开窗树色昏",看到这句诗就让人想起"横柯上蔽,在昼犹昏;疏条交映,有时见日"(南朝梁吴均《与朱元思书》)——横斜的树枝遮蔽在上空,就算白天也如同黄昏;稀疏的枝条交相辉映,偶尔也会见到日光——的富春江。那正是汉代有名的严子陵隐居垂钓的地方啊,没曾想在这里就享受到那般的清幽了。

"书舍藤萝常抱壁,山亭虎豹日当门","书舍"就是书馆,也就是教书的地方。蒲松龄在西铺毕府教书,书馆设在绰然堂——就是悬挂着"绰然堂"匾额的地方。春天来了,藤萝伸出细柔的小爪子开始爬上绰然堂的墙壁,用不了多久,就会把整座房子抱个严严实实了。

这些"藤萝"是什么样的植物呢?我们就把它想象成是爬山虎吧。假如真是爬山虎的话,虎,虎,虎,虎,自然就有了"山亭虎豹日当门"这一句。石隐园中有假山,假山上有亭子,亭子门前有怪如虎豹的奇石蹲守着。"虎豹当门",这真是仙人所居了——虽然是山石,却也仿佛在咆哮着警告:"俗人不得入内!胆小者不得靠近!"

"萧萧松竹盈三径,石上浓阴坐不温",这里的"萧萧松竹",根据上文的分析,有可能是"桑竹",但到这里蒲松龄又想到了陶渊明的名句"三径就荒,松菊犹存"(《归去来兮辞》)——院子里的小路眼看就要荒芜了,只是傲然的松树和菊花还长在那里——也就顾不得照应前文了。

教书之余,蒲松龄也时常到石隐园中散散步,到甬路旁的石凳上坐坐歇歇脚。可石凳上洒满香绿的松竹或桑竹之阴,冷丝丝而凉飕飕,屁股坐上去好大一会儿,还坐不暖和——赶紧起来走开,免得得上关节炎,那可不是好受的。

过明水

过周村区王村镇,沿 309 国道再西行三十五六里,就到了济南市章丘区明水街道。

在明清时期,这里属于济南府章丘县明水镇。明水镇有闻名遐迩的百脉泉泉群,是济南五大泉群之一。泉群主要分布在东麻湾和西麻湾,主泉百脉泉是济南七十二名泉之一。

元人于钦《齐乘》云:

> 百脉水……源方百步,百泉俱发,故曰百脉,即绣江源也……明水,一名净明泉,出百脉西北石桥边。其泉至洁,纤尘不留,土人以洗目退昏翳(yì)。与西麻湾水合,流三里余入绣江,乃东北流,径东陵山,渐章丘东城,又北入小清河。

译文:

> 百脉水……源头有几百步方圆,一百个泉眼一起喷发,所以叫作百脉,这就是绣江河的源头……明水,还有一个名字叫净明泉,发源于百脉泉西北的石桥边。此泉非常清洁,没有丝毫尘埃,当地人用来洗眼睛去除白翳。和西麻湾的水汇合之后,流三里多路进入绣江河,就流向东北,再流过东陵山,流入章丘东城,最后北流入小清河。

这不但把百脉泉和绣江河的关系说明白了,还把明水镇为何叫明水镇的原因也给说明白了。听说明水眼科医院挺有名,不知他们用的药水是不是净明泉的泉水。

清人顾祖禹《读史方舆纪要》卷三十一《山东二》"淯(yù)河"条云:

> 淯河,县东一里,即绣江也。亦出长白山,合百脉泉及东西二麻湾泉,西北流汇为白云湖,北流入小清河。

译文：

　　渵河在章丘县东一里处，也就是绣江。也发源于长白山，汇合百脉泉和东麻湾泉、西麻湾泉，流向西北汇入白云湖，最后北流入小清河。

引文中所说的渵河，也就是绣江，现在人称绣江河，是济南市章丘区境内最大的河流。河面芹藻浮动，水纹常如锦绣，是旅游观光的好去处。

康熙二十五年（1686年），张嵋任淄川县令。据清乾隆《淄川县志》记载：

　　张嵋，字石年。仁和人，贡监。二十五年任。神姿卓迈，历事精明。下车三月，百废俱举。凡官廨（xiè）、祠坛、旌善瘅（dàn）恶亭，以及城隍庙、养济院等工，皆倾囊修建，一时规制鼎新……乃簿书之暇，课士论文，吟诗作赋……

译文：

　　张嵋，字石年。浙江省杭州府仁和县（今属杭州市）人，是在国子监读书的生员（和毕际有相同）。康熙二十五年任淄川县令。他精神姿态卓然不俗，实习期间精细明察。到任三个月，各种事情都兴办起来。凡是办公机构、祭祀场合、表彰善行批判恶行的亭子，以及城隍庙、收养鳏寡孤独之穷人和乞丐的养济院等工程，都拿出所有钱来修建，一时之间县城的建筑物都焕然一新……在公堂办公之余，就考核士子讲论文章，吟诗作赋……

　　张嵋既然喜欢"吟诗作赋"，就少不了游山玩水。在到任淄川县令的当年夏天，就游览了与淄川县搭界的章丘县明水镇，观赏了百脉泉、绣江河等自然景观，并乘兴写下了吟咏此地风光的诗作。

　　张嵋是淄川县的县令，不能一个人游览明水，就和现在的县长一样，当然得有人陪同前往。蒲松龄那年47岁，正在王村西铺毕府坐馆。他既是淄川的文化名人，又经常在济南、淄川之间奔波，或者考试，或者陪送学生考试，或者和学生一同考试，熟悉沿途的风俗民情和自然风光，所以他就成了陪同张嵋游览的最佳人选。

　　张嵋写的诗我们没有见到，通过蒲松龄的和诗我们知道，他写的是七言律诗,并且押的是"阳、香、乡、荒、行"五个字,在《佩文诗韵》中属于"下平声七阳"韵。张崶写了多少首诗我们不知道,蒲松龄一气写了八首诗来和张崶的诗,每首都押相同的韵,可见真是才大气足。

蒲松龄这组诗的总题目叫《和张邑侯过明水之作》,"邑侯"是旧时读书人对县令的尊称。蒲松龄这八首诗每首都是七言律诗,每首都写得很好,可是限于篇幅我们只能讲其中的第一首和第五首,也就是和绣江河及百脉泉有关的两首。

因为诗名较长,我们取"过明水"三字做题目。

和张邑侯过明水之作

其　一

楼台近接绣河阳,菱芡风来水气香。
黄鸟时鸣杨柳院,清溪常绕芰荷乡。
僧房窜鼠松云冷,苔径无人鹿迹荒。
乍有高轩来系马,惊鸥飞去不成行。

过明水其一　王春荣绘

其 五

百脉泉生白山阳,野田早发青莲香。
长杨浮动龙蛇影,丛苇横遮雁鹜乡。
马迹渡桥惊鸟梦,人家流水作花荒。
使君更有濠梁思,挥断烟云墨几行。

过明水其五　王春荣绘

"楼台近接绣河阳,菱芡风来水气香",百脉泉群是著名的游览胜地,自然就少不了楼阁亭台,而蒲松龄和张嵋等所游览的这些楼阁亭台,都在绣江河的北边。因为是在绣江河的北边,阵阵南风吹来,就带着河中菱花和芡实花的芬芳之气。

这很容易让人想到现代作家朱自清《荷塘月色》中的名句:"微风过处,送来缕缕清香,仿佛远处高楼上渺茫的歌声似的。"若是对唐诗比较感兴趣的读者,也可能会想到孟浩然那首《夏日南亭怀辛大》诗中的名句:"荷风送香气,竹露滴清响。"风从荷花上吹过,送来缕缕清香;露从竹叶上滴下,发出声声轻响。

鲁迅在《莲蓬人》诗说:"芰裳荇带处仙乡,风定犹闻碧玉香。"——穿着菱花制成的衣服、荇草裁成的带子,处在仙人居住的地方,就算是没有一丝风,也能闻到莲蓬上发出的清香。鲁迅用拟人化的手法,把莲蓬的香味写得更加飘逸传神而引人遐思了。

"黄鸟时鸣杨柳院,清溪常绕芰荷乡",这是从听觉和视觉两方面来写这里庭院的清雅和原野的富饶。凡是有水的地方都有柳树,水和柳已经成了中国传统审美中的绝配。这里泉眼众多,自然也是"家家泉水,户户垂杨"(清刘鹗《老残游记》),更何况垂柳上还有黄鹂鸣叫,"两个黄鹂鸣翠柳"(唐杜甫《绝句》),这就更加清新怡人了。

清澈的溪水环绕着长满菱角和开满荷花的乡野,这里人们生活的安定康富也是自不待言。在这一联诗中,"黄鸟"的"黄"是一种颜色,"清溪"的"清"不是一种颜色,但因为同是视觉形象,并且和"青"谐音,所以用来作对,也算是巧妙得很了。

"僧房窜鼠松云冷,苔径无人鹿迹荒",这两句是写这里的古老荒凉。有人住的庭院和有庄稼生长的原野,自然是欣欣向荣。可在这长夏季节,这里的庙宇一片冷清,只偶尔看到老鼠窜出;小径上长满青苔,无人到来,偶然见到鹿的蹄印,显得更是荒凉。

"乍有高轩来系马,惊鸥飞去不成行",这两句静中出动,写张嵋到来所引起的反响。"高轩",高大的车驾,贵显之人所乘坐,这里是尊称县令张嵋所乘的车驾。关于"高轩",唐代诗歌史上还有一个著名的传说。五代人王定保《唐摭言》卷十云:

李贺,字长吉,唐诸王孙也。父瑨肃,边上从事。贺年七岁,以长短之制,名动京华。时韩文公与皇甫湜(shí)览贺所业,奇之而未知其人。因相谓曰:"若是古人,吾曹不知者;若是今人,岂有不知之理?"

会有以瑨肃行止言者,二公因连骑造门,请见其子。既而总角荷衣而出。二公不之信,贺就试一篇,承命欣然,操觚(gū)染翰,旁若无人。仍目曰《高轩过》。曰:"……"二公大惊,以所乘马命连镳(biāo)而还所居,亲为束发。

译文:

李贺,字长吉,是唐代郑王李亮的玄孙。他的父亲叫李瑨肃,在边境上担任从事的职务。李贺七岁那年,因为善于创作以五七言句法为主的诗句,而名闻京师。当时韩愈和皇甫湜看到李贺的诗作,感到很惊奇而又不知道作者是谁。就一起疑惑道:"若是古人,我们或许不知道;若是今人,没有不知道的道理啊?"

正好有人告诉他们李瑨肃的情况,韩愈和皇甫湜就一起骑马来到李家,要求见见他的儿子。不一会儿李贺头上绑着两只角、披着衣服出来了。二公不信这孩子能写诗,要求李贺现场作一首,李贺高兴地提笔就写,旁若无人。他们一看题目叫作《高轩过》——就是高大华贵的车子来拜访的意思。诗曰:"……"二公大吃一惊,让李贺骑到自己的马上,一起回到住所,亲自给他梳起绑好头上的两只羊角。

蒲松龄很喜欢李贺的诗作,他的许多诗篇,也很有李贺的风格。在《聊斋自志》中他说:"牛鬼蛇神,长爪郎吟而成癖。"——对于那些牛鬼蛇神,李贺吟诵得都上了瘾。可见在某些方面蒲松龄与李贺是息息相通的,他用到"高轩"这个词的时候,心里想着李贺《高轩过》这首诗,或许还记着王定保所写的这个故事,都是可想而知的。

可是,这一次县令张嵋这位"高轩""过"明水,却没有碰到李贺那样的少年才子——中年才子倒是碰到了一位,偏偏张嵋又不是韩愈或皇甫湜——只惊起了一滩乱飞的鸥鹭。"争渡,争渡,惊起一滩鸥鹭"(宋李清照《如梦令》)——怎么渡出去?怎么渡出去?划船声惊起了一滩鸥鹭。明水是李清照的故乡,不知当时蒲松龄和张嵋是否想起了她和她的这首词?

"百脉泉生白山阳,野田早发青莲香","白山"就是长白山,这在上一篇谈石隐园时我们已经说过。百脉泉因为地处长白山的南边,所以称为"白山阳"。这里的一个"生"字用得极好,让我们想到唐人杜牧"白云生处有人家"(《山行》)——白云生长繁育的地方隐约有几户人家——的那个"生"字,好像百脉泉不是一个自然界的泉子,而是一个活泼泼的生命有机体,它就生命旺盛地生长在那里。我们在这里用个"它",感觉都是错误的,我们似乎应该好用个"他"或者"她"——"那河畔的金柳,/是夕阳中的新娘;/波光里的艳影,/在我的心头荡漾。"(徐志摩《再别康桥》)——当然还是"她"最好。

"野田",指野外的水田。"青莲",指一种青色的莲花,花瓣长而广,青白分明,很受人们赏识,常用来比喻品质高洁的君子。唐时的大诗人李白就号青莲居士。当然,蒲松龄在这里用"青莲"这个词,是为了提高诗歌的意境之美,说不定水田里种的就是普通的莲花。

可为什么说它的"香"是"早发"呢?蒲松龄的意思是,这里的莲花正常情况下在这个时节还没有开花,可是今年却早早地开了花散发出阵阵香气——这当然是恭维县令张嵋的话:为了欢迎您,所以它就早开了。

"长杨浮动龙蛇影,丛苇横遮雁鹜乡","长杨",《三辅黄图·秦宫》记载:

长杨宫在今盩厔(zhōu zhì)县东南三十里,本秦旧宫,至汉修饰之以备行幸。宫中有垂杨数亩,因为宫名。

译文:

长杨宫在现在的盩厔县(即今陕西省西安市周至县)东南30里处,本来是秦朝的旧宫殿,到汉朝重新装修作为皇帝的行宫。宫中有垂杨数亩,因此就取名为长杨宫。

由此看来,"长杨"就是"垂杨",也就是垂柳。垂柳真是百脉泉的一大特色,现在坐车从百脉泉公园西边的大路上经过,还会看到如烟似雾的成排的垂柳。郭沫若为济南趵突泉公园内的李清照纪念馆"漱玉堂"题联,说"大明湖畔趵突泉边,故居在垂柳深处",虽然说的不是明水的百脉泉畔,但泉边多柳的这一特点他还是抓住了。这里不但多柳,还多水,柳树长长的枝条的影子浮动在水面上,就像无数条龙蛇在浮游,煞是动人。

这是泉水附近的景色,而由众多泉水浸灌出来的远处的田野,却又是另一番景象。你看,水流那边是一望无际的芦苇丛,芦苇丛一带横斜着,其中还不知藏着多少大雁和野鸭子呢。在这里,蒲松龄用了个"遮"字。既然是"遮",就不会看见;若完全看不见,就不知道里边有没有,也就无所谓"遮"不"遮"。

蒲松龄之所以用"遮",大概是看到有飞出来的大雁和野鸭子,估计芦苇丛中还隐藏着不少,所以才这样说的。其实,在这组诗的第八首中,蒲松龄说"夏树萧森翳(yì)夕阳"——夏天的树木枝叶茂密遮住了夕阳——由此我们知道,蒲松龄写的是夏天的情景。

根据自然规律,大雁此时都飞到遥远的西伯利亚去做窝育子了,它们才不会在这里与野鸭子为伍呢。蒲松龄说"雁鹜",也只不过是顺手写来,泛指水鸟而已。

水鸟住在芦苇丛中,人骑着马或马拉着车走在桥上。桥边上有树,树上有鸟巢,鸟巢里的鸟正在做梦——也和人一样喜欢做白日梦——就被马蹄或马鸣声给惊醒了。这就是"马迹渡桥惊鸟梦"。

上边有桥,桥下边就是河,河里正淌着流水。看到这"人家流水",再加上前边的"桥"和"鸟","枯藤老树昏鸦,小桥流水人家,古道西风瘦马"(元马致远《秋思》)——黄昏到来,枯藤缠绕着老树,老树上住着乌鸦;眼前是一座小桥,桥下是流水,桥头上住着人家;古道上吹着西风,西风中走着瘦马——所说的几般景物就基本上凑全了,只不过季节不一样,因而气氛也不一样罢了。

桥下的流水从人家的门前流过,怎么就会"作花荒"呢?首先看"花"是什么花?流水做成的花,当然就是水花了。"荒"是空或者虚的意思,"花荒"就是"荒花",就是虚幻不实的花,也就相当于空花泡影。蒲松龄说水花从人家门前流过,不过转瞬即逝——"人家流水作花荒",这句诗好是挺好,就是理解起来得费点儿事。

看到这桥,看到这桥下的流水,蒲松龄就想起了《庄子》中那个著名的段子——"子非鱼,安知鱼之乐?""子非我,安知我不知鱼之乐?……

这段话有点儿绕口,是中国文学史上的名段子,几乎人人都知道,但也不是人人都能解说明白的。蒲松龄说"使君更有濠梁思",大致意思是说,县令张嵋有一种自由无羁的情思。"使君"本指太守或刺史,在这里指县令。"思",此处做名词,是情思、才思的意思。

县令张嵋尽管赶不上庄子或惠子,甚至也赶不上蒲松龄,但毕竟才思不凡,看到眼前的节物风光,就忍不住挥毫写起诗来。"挥断烟云墨几行","烟云"就是"云烟",比喻书写文字的汹涌飞腾之势,如天空中的烟云。

通过蒲松龄这句诗我们倒可以看出,既然是"墨几行",那顶多也就是写了一首诗。可是蒲松龄一气和了八首诗——我怀疑蒲松龄这八首诗不一定全给张嵋看,或者压根儿就没给张嵋看,写完后只是自己存着,等着流传后世。因为若真给张县令看了,他老人家会因为才短而不好意思的。

女郎山

当代人的文化水平普遍提高,大多对选入《唐诗三百首》的那首崔颢的《黄鹤楼》耳熟能详。"昔人已乘黄鹤去,此地空余黄鹤楼。黄鹤一去不复返,白云千载空悠悠……"——过去的人已经乘着黄鹤远去了,这里只留下一座黄鹤楼。黄鹤一去再也没有回来,只有千年的白云空自飘荡……

关于黄鹤楼的起源,古书上多有记载。《齐谐志》说,黄鹤楼建在黄鹤山上,仙人王子安乘着黄鹤打山上经过,因此山名就叫黄鹤山。后人再在山上盖起一座楼,就叫黄鹤楼。

《述异记》说,荀环爱好道家的修仙之术,有一次他在黄鹤楼上望见空中有仙人乘黄鹤飞临,仙人下来和他一同饮酒,喝完酒又跨上黄鹤腾空飞走了。

那么,到底是先有黄鹤传说才有黄鹤楼,还是先有黄鹤楼才有了黄鹤的传说呢?

现代学者施蛰存先生说:"有仙人骑黄鹤,在此山上出现,然后把山名叫作黄鹤山。有了黄鹤山,然后有黄鹤楼。或者是先有山名,然后有传说。为了附会传说,才造起一座黄鹤楼。中国的名胜古迹,大多如此。"(《唐诗百话》)这话说得很有道理,可算一语道破了天机。

比如按照神话传说,应该是先有了女娲抟土,才有了我们芸芸之人类,但仔细一想也就明白,事实上是先有了人类然后才有了女娲。不是女娲抟土造了人,而是人塑造出了女娲——没有人的存在,根本就不会出现女娲抟土造人的传说。

我们现在要说的是蒲松龄的诗歌,因此黄鹤楼也罢、女娲也罢,都不是重点,我们只不过想借此引出接下来要说的一座山。

我们知道,不管从淄川到济南,还是从济南到淄川,都要经过一座城市章丘。这在上一篇我们已经说过。章丘不但水美——有百脉泉群和绣江河,而且山美——有女郎山。

元人于钦《齐乘》云:

女郎山,章丘东南七里,又号小田山。《齐记》云:章亥有三女,溺死,葬此。有三阳洞。俗云有子张墓,即章女冢,所谓章丘者耳。

译文:

女郎山,在章丘城东南七里远的地方,又叫小田山。《齐记》说:章亥有三女,溺水而死,埋葬在这里。山上有三阳洞。俗传山上有子张墓,就是章亥女的墓,章丘就是因此而命名的。

这段引文中的"俗云有子张墓,即章女冢,所谓章丘者耳"有点儿不大通顺,"子张墓"怎么会是"章女冢"呢?估计应该是"有章子墓及章女冢",章子指的是战国时期齐国的名将匡章,人称章子或者匡子,章亥是传说中的大禹时代的人物,也有人说是西汉的太守。总之,章丘的得名就是因为章子和章亥的这个"章"字。

当然,女郎山的得名,就是因为这里葬着章亥的三个女儿。

北魏地理学家郦道元在《水经注·济水》中说:

城南有女郎山,山上有神祠,俗谓之女郎祠,左右民祀焉。

译文:

章丘城南有一座女郎山,山上有一座神祠,民间称其为女郎祠,附近的老百姓都到这里来祭祀她。

郦道元也说女郎山在章丘城南。

顾祖禹是与蒲松龄同时代而略早的历史地理学家,他在《读史方舆纪要》卷三十一《山东二》"龙盘山"条云:

女郎山,志云:在县北一里。顶有三阳洞,甚深邃。《三齐记》:"章亥妾溺死葬此,谓之章丘,县因以名。"

译文:

女郎山,志书上说:在县城北边一里处。山顶上有三阳洞,非常深邃。《三齐记》说:"章亥的妾淹死后埋葬在这里,她的坟墓就叫章丘,这里的这个县也就叫章丘县。"

顾祖禹认为,女郎山在章丘县北,掩埋在山上的是淹死的章亥的妾而不是女儿。和蒲松龄同时代而更早的顾炎武结合着《水经注》与《三齐记》的说法进行研究,并进行实地考察,然后在《山东考古录》"辨章邱"条断言:

盖因县北山名女郎,而附会其说。

译文:

大概是因为县北的山叫女郎山,而附会出来的章亥妾或章亥女死后葬此的传说。

由此看来,女郎山不在章丘城南而是在城北,山南的绣惠街道就是以前章丘的县城,称为章丘城,女郎山俗称城北山。

女郎山上埋葬着淹死女郎的故事,就像女娲和黄鹤楼一样,也是后人由女郎山附会出来的。当然了,不管是真实情况如此,还是后人附会,有故事总比没故事好,这样的传说故事我们都愿意多听,否则后代的文人雅士们就无法写诗作赋了——前辈文人的附会,往往成为后代文人的创作资源。

康熙三十五年(1696年),蒲松龄57岁,他根据女郎山的附会传闻写成两首诗,题目都叫《女郎山》。一首是七言律诗,一首是七言绝句。我们先来看这首七言律诗《女郎山》。

女郎山

当年曾此葬双鬟,骚客凭临泪色斑。
远翠飘飖青郭外,小坟杂沓乱云间。
秋郊罗袜迷榛梗,月夜霜风冷珮环。
旧迹不知何处是,于今空说女郎山。

"当年曾此葬双鬟,骚客凭临泪色斑",蒲松龄登上女郎山,他说,遥想当年,这座山上曾经埋下头梳双鬟的女郎,多少年过去了,文人骚客们每一登临,都不禁泪色斑斓。

　　"女郎"是年轻女子,"双鬟"也是指年轻女子所梳的两个环形发髻,所以蒲松龄认为——起码在这首诗中认为——这里埋葬的是章亥的女儿。他说文人骚客们到此都一洒斑驳之眼泪,其中当然也包括他自己。

　　眼泪有没有颜色呢?我想或许有清澈与浑浊之分,颜色是没有的。但是多情的人或者多才的文人不这样想,他们认为眼泪是有颜色的。元人王实甫《西厢记》第四本第三折"长亭送别"中,崔莺莺上场唱道:"晓来谁染霜林醉?总是离人泪。"——这深秋的早晨,是谁把霜林染醉了呢?一定是离别之人的眼泪吧。

　　我们知道,树林经霜后会变成红色,人喝醉了酒脸也变成红色。只有红色才能染出红色,所以离别之人的眼泪一定是红色的。

　　当然这样眼中流血的意象,来源于唐代佚名诗人的诗句:"君看陌上梅花红,尽是离人眼中血。"——你看路上的梅花为什么那样红?那都是离别之人血一般的眼泪染成的呀。这样的巧妙构思,也启发了现代人。

　　电影《冰山上的来客》插曲《花儿为什么这样红》中唱道:"花儿为什么这样鲜/为什么这样鲜/哎,鲜得使人/鲜得使人不忍离去/它是用了青春的血液来浇灌"——这虽然还不如古人写得美,但也离得不远,也就是"相去一毛间"(宋邵雍《偶得吟》)——相离只有一根毛发那样的距离——了。

　　还是古人说得好。唐人宋之问《晚泊湘江》诗云:"唯余望乡泪,更染竹成斑。"——只剩下思乡的眼泪,把竹子染出了褐色的斑点。这用的当然是那个遥远的有关"湘妃竹"的典故,大家都耳熟能详,我们就不去说它了。只是章丘这个地方没有竹子,文人骚客们的眼泪不知把什么染成了斑驳的褐色。

　　眼眶里尽管有斑驳的褐色眼泪,可举起衣袖擦一擦,照样能看得很远。"远翠飘飖青郭外,小坟杂沓乱云间",你看,从章丘城里眺望女郎山,远处的城郭之外,是一片青翠飘摇;到了女郎山上,在乱云蒸腾当中,小坟杂沓,已经分辨不清到底哪一座是传说中的"女郎"的了。

　　看到"远翠飘飖青郭外"这句诗,我立即想到了《聊斋志异·西湖主》中"小山耸翠,细柳摇青"——小山顶上高耸着翠绿,细柳枝上摇摆着青葱——那八个字。"翠"和"青"本来是一种颜色,连在一起就是"青翠"。可蒲松龄喜欢把它们分开说,"翠"是"翠","青"是"青",显得跟有两种颜色似的,在诗句中真是好看,真是别致。

"秋郊罗袜迷榛梗",蒲松龄接着说,女郎死去多年了,现在的坟场上杂树丛生,在秋天的郊野里,脚着丝罗袜的魂魄,或许已迷失在丛生的灌木之中,找不到当年的路途了。"榛梗(zhēn gěng)"就是丛生的灌木。

古代文人写美丽女性,往往喜欢写她们的罗袜。如三国魏人曹植《洛神赋》云:"凌波微步,罗袜生尘。"——迈着细碎的脚步在水波上行走,罗袜上好像生起了尘土。

唐人李白《玉阶怨》云:"玉阶生白露,夜久侵罗袜"——玉石台阶上下起了白露,夜晚了打湿了罗袜。

金人元好问《泛舟大明湖》云:"兰襟郁郁散芳泽,罗袜盈盈见微步。"——女神如兰的衣襟散发着阵阵浓郁的香气,罗袜轻盈湖面上泛起了细碎的舞步。

元好问这首诗的头几句"长白山前绣江水,展放荷花三十里。看山水底山更佳,一堆苍烟收不起"——长白山前流淌着绣江河水,荷花绵延开放了三十里路。从水底里看山山色更美,一堆苍然的烟雾收拢不起来。因为这几句诗和我们前边说过的百脉泉、绣江河以及大前边说过的长白山有关,所以在此一并提提。

喜欢写女人的罗袜,就连伟大的鲁迅也未能免俗。他在《所闻》诗中说:"忽忆情亲焦土下,佯看罗袜掩啼痕。"——那些为贵人们敬酒的侍女,忽然想起战争中亲人们已埋于焦土之下,就低下头假装看罗袜,以掩饰自己的泪痕。

当然,这可能都是中国古代恋足倾向的反映。这是一个大问题,三言两语说不清楚,这里就不再说它了。

"月夜霜风冷珮环",明月高照、霜风凄紧,现在虽说是白天,仿佛都能听到夜晚叮叮咚咚的环佩之声,从薄暮一直响到拂晓。看到"秋郊罗袜迷榛梗,月夜霜风冷珮环"这14个字,我立即想到了李贺,想到了他的诗,同时想到了《聊斋志异》中那些凄冷的场景。这两句诗可以直接拿来,作为《聊斋志异》鬼恋故事中,令人伤感的凄凉意境的考语了。

"旧迹不知何处是,于今空说女郎山",蒲松龄在女郎山上转来转去,寻寻觅觅,最终还是冷冷清清,终于没有找到那女郎的坟墓。他有些遗憾,同时也有些失落,心里感到空落落的。

他有没有考虑过为女郎写一篇小说呢?不知道。我们知道的是,他意犹未尽,又写了一首同题的七言绝句。

女郎山

年年三月北城弯,宝马红装出近关。
可惜平陵故侯女,犹留遗恨满青山。

"年年三月北城弯,宝马红装出近关",是说每年到了三月里,春暖花开,章丘城北女郎山下的一带弯曲之地,男人们骑着宝马、女人们穿着红装,成群结队,都到城关之外游山踏青来了。

平陵城是济南的古城,位于今济南市章丘区龙山街道以北。在济南民间,一直盛传着"先有平陵城,后有济南府"的说法。平陵城,人们习惯上称其为东平陵城,据顾祖禹《读史方舆纪要》卷三十一《山东二》"东平陵城"条云:"汉置东平陵县,以右扶风有平陵,故此加东也。"——汉代的时候设置有东平陵县,因为和长安右扶风的平陵相区别,所以这里加个"东"字。

东平陵城是汉代济南郡、济南国的治所,到西晋永嘉年间(307—312)之后,济南郡治才由东平陵城迁至历城,所以说东平陵城是名副其实的"老济南"。

东平陵城既然是汉代济南郡、济南国的治所,这里就有被封侯者,这是无须多言的。可是这个平陵侯是谁?

郦道元《水经注》卷八《济水二》先云:"汉文帝四年,封齐悼惠王子罢军为侯国。"——汉文帝四年,把这里封给齐悼惠王刘肥的儿子刘罢军,立为侯国。又云:"汉孝文帝四年,以封齐悼惠王子刘安为阳丘侯。"——汉孝文帝四年,把这里封给齐悼惠王的儿子刘安,称为阳丘侯。

由此看来,蒲松龄所说的"平陵故侯"又似乎是刘安了。可是《读史方舆纪要》卷三十一"阳丘城"条又云:"乐盘城,在县南二十七里乐盘山下。相传齐孝王为平陵侯时,与阳丘侯钱送处也。"——乐盘城在历城县南27里的乐盘山下。相传这是齐孝王做平陵侯的时候与阳丘侯钱别的地方。齐孝王指的是刘将闾,他是汉高祖刘邦的孙子,齐悼惠王刘肥儿子,也就是说他和刘安是兄弟。那么这"平陵故侯"也有可能是刘将闾了。

这个问题算是基本弄明白了,可是刘安或刘将闾的女儿是怎样死的?她又有怎样的遗恨?这些问题我们目前还没法解释,也只能望着满目的青山表示遗憾了。

女郎山历史悠久,自古以来就是一游览胜地,并且年年都有庙会,颇为隆重热闹。女郎山现在所在的位置,是山东省济南市章丘区绣惠街道办事处北关村的北边。它还有一个名字就叫"金牛山",不懂历史的人干脆就叫它"城北山"。

据说这是出北京城南行,一马平川上所遇到的第一座山,山的东边就是涓涓流淌的绣江河。章丘依山傍水,土壤肥沃,灌溉便利,盛产章丘大葱。章丘大葱葱高、味甜、秆白——真正的章丘大葱就出产于女郎山下。以后假如有人怼你,说你算哪根葱,你就说:"我是章丘大葱!"

2018年2月,随着央视《舌尖上的中国》第三季的播出,章丘铁锅爆火。我想,用章丘铁锅炒菜,用章丘大葱炝锅,肯定会是别有一般滋味在口头或舌头的。

水月寺

沿 309 国道也就是经十路继续西行数十公里，就进了济南城里。

济南是历史文化名城，名胜古迹遍地皆是。蒲松龄数十年间因为赶考、陪学生赶考、和学生一起赶考，还有其他各种事情，不知到过多少次济南。

蒲松龄是文化人，是大名士，对自然风光和人文遗迹都兴趣浓厚，都要写诗歌咏之，所以他在济南也留下了众多诗作。

我们先来看一首七言律诗《水月寺》。

水月寺

> 禅林幽寂远尘氛，荷芰丛丛暑气熏。
> 急雨敲残鸥鹭梦，落花浮动水波云。
> 旗亭灯火当窗见，芦荻秋声入夜闻。
> 老衲五更翻贝叶，昙花魔女散缤纷。

我们知道，现在的淄博市桓台县，在蒲松龄时代称为新城县，与蒲松龄所在的淄川县同属于济南府。当时新城县出了一个大诗人兼大官僚叫王士禛，他年轻时在济南住过很长一段时间，留下了很多传之久远的诗坛佳话。他所游历和居住的地方，也成了后人参观游览的文化胜地。

清顺治七年（1650 年）王士禛 17 岁时，曾在大明湖东北的水月禅寺读过书。27 年之后康熙十六年（1677 年）的夏秋之交，蒲松龄也来到这里，那一年他 38 岁。

据清乾隆《历城县志》卷十八《寺观》记载：

> 水月禅寺，北门内东。祀观音，晋天福建。

译文：

水月禅寺，在县城北门内的东边。祭祀观音菩萨，是后晋天福（936—

水月寺　王春荣绘

944)年间所建。

到蒲松龄到来的时候，这座禅寺已经面对大明湖，度过了700多个沧桑岁月的香烟袅袅，也可谓历史悠久了。

"禅林幽寂远尘氛，荷芰丛丛暑气熏"，先从空间和时间来写水月禅寺所处的大环境。本来这里叫水月禅寺，直接写"禅寺"就行了，蒲松龄为何一开篇却说"禅林"呢？"禅"是梵(fàn)语(古印度语)"禅那"音译的省称。也就是说，本来是"禅那"，简称为"禅"，佛教以此指排除杂念、静坐，后来泛指与佛教有关的事物。

有佛教就有寺院，寺院也称禅院。因为禅院多修建于山林幽深之地，就像古语中说的那样"天下名山僧占多"——天下的名山大多被僧人占据了——所以禅院又称禅林。现在的水月禅寺在大明湖畔，不在山林之中，因为这首七言律诗中，第一句的第二个字必须是平声，而"禅寺"的"寺"是个仄声字，所以蒲松龄就不用"禅寺"而用意思相同的"禅林"了。

因为禅林是僧人所居之处，世俗之人除了烧香拜佛的，也就是善男信女之外，很少会有人到来，不像方外的世俗之地，人烟喧腾，到处都是障人眼目的滚滚红尘。"幽寂"是清幽寂静的意思。

唐人长孙佐辅《山居》诗说:"看书爱幽寂,结宇青冥间。飞泉引风听,古桂和云攀。"——读书最喜欢清幽寂静,所以把书房建在青苍幽远的地方。在这里可以听到飞泉流过带来的风声,也可以嗅到高入云端的古老桂树发出的芳香。

大明湖边上的水月禅寺,尽管没有"飞泉"和"古桂",清雅寂静却是一样的。更何况还有大明湖这样的水面和离此不远的趵突泉、漱玉泉那样的泉水;更何况还有那满湖的荷花香。

这里远离"尘氛"——世俗的气氛,却不缺少高雅的芬芳——说不定大明湖周围也有桂树,就算没有,"荷芰"的香气也够引得人张开鼻翼使劲儿呼吸了。

"荷芰丛丛暑气熏","荷芰",就是生长在大明湖的荷花和菱花。大明湖的荷花是很有名的,清人刘鹗在《老残游记》中记载大明湖中的对联有"四面荷花三面柳,一城山色半城湖"和"一盏寒泉荐秋菊,三更画船穿藕花",这都可以作为大明湖荷花繁盛的明证。

据传说,民国时期山东省政府主席韩复榘(jǔ)有一次游大明湖,不知是喝了酒还是怎么着,忽然就诗兴大发。韩复榘虽说是个粗人,可也是个实在人。要写诗就自己写,不像有些领导是提前让秘书写好了,到时候宣布一下,显得自己挺有才似的。

韩复榘诗兴既然大发,接下来自然就是口占一绝:"大明湖,明湖大,大明湖上有荷花,荷花上面有蛤蟆,一戳一蹦跶。"这当然算不上好诗,可若论流传广度,在吟咏大明湖的诗歌中,它得排在前列,最起码比蒲松龄正儿八经写的这首诗影响大。

一丛一丛的荷花上到底有没有蛤蟆,因为我们没听到叫声,所以先不去操那个闲心。我们还是再来看看"暑气熏"这三个字。"暑气"就是盛夏的热气。蒲松龄来到水月禅寺的时候,已经是夏末秋初,热气已经不那么蒸腾了,所以说是"熏"。"熏"就是温和、和暖,不冷不热的意思。

正如唐人白居易所说:"熏风自南至,吹我池上林。"(《首夏南池独酌》)——和暖的风从南方吹过来,吹到我家池塘边上的树林中。想来初秋的风和初夏的风一样和暖,再加上还有阵阵荷芰的花香,所以此时的蒲松龄尽管没有领会到多少佛理,却也隐隐感到有些惬意了。

可毕竟还是秋初夏末,雨说来就来。"急雨敲残鸥鹭梦",是说这时候,大明湖里的鸥鹭们闲来无事,在这样静谧的环境当中都磕头磕头地打起盹儿来,眼看就要睡去。当然人物一理,人里边有精神头儿好的,也有嗜睡的。有些嗜睡的鸥鹭可能都像嗜睡的人一样睡午觉，进入梦乡做起白日梦来了。

可是这一场急雨，敲打在湖面上，就像敲打在耳鼓上，也就把它们的美梦给敲破了。梦还没有做完就结束了，所以说是残梦，是个残破而不完整的梦。

急雨噼里啪啦打下来，湖面上就会出现"落花浮动水波云"的情景。为什么是"落花"？急雨来了，把花朵给打落水面了，所以是"落花"。我们再问一句："这落下来的是什么花呢？"夏末秋初自然界有什么花呢？我一时想不起来，咱们就说是蒲松龄诗中提到的"荷芰"——荷花和菱花——好了。

落花漂在水面上，水面因为疾风骤雨而动荡不安，所以落花就浮动起来。既然是阵急雨，云层随着风吹也就迅速消散，变成了蓝蓝的天上白云飘。蓝蓝的天上白云飘，倒映在湖中，云朵云丝就像棉朵棉丝一般浮动在水面上，游鱼自由自在穿梭其间，煞是养眼。

宋人苏轼《六月二十七日望湖楼醉书五首》其一云："黑云翻墨未遮山，白雨跳珠乱入船。"——黑云翻滚着像墨一样还没有遮住远处的山影，白雨就如乱跳的珍珠般蹦到眼前的船上来了。以前这是写急雨的名句，现在我们看到蒲松龄"急雨敲残鸥鹭梦，落花浮动水波云"这两句诗，也不由得伸出赞叹的大拇指，不让苏轼专美于前了。

一阵急雨过后，天色已经晚了。"旗亭灯火当窗见，芦荻秋声入夜闻"，眼中所"见"和耳中所"闻"，已都是黄昏转向夜晚的景象。"旗亭"，本来是市场内的标志性建筑，管理市场的官员在此办公和住宿。

因为是在市场上，所以最初称为市亭，也称市楼，后因其上边高悬标志性的旗帜，就被人们称为旗亭。旗亭上也多设有喝酒唱歌的房间——唐人诗话中就有一则很有名的"旗亭画壁"的故事——所以旗亭有时也指酒楼。这在江苏篇中讲那首《元宵酒阑作》时已经提到过了。

蒲松龄尽管身在水月禅寺中，实在也还是个大凡人。他说，他从禅寺的窗子里已经看到远处街道上酒楼的灯火了。看到酒楼的灯火，就免不了想起酒桌上的酒肉，在游览禅寺的时候想起这些东西，实在是有些不应该的，罪过罪过。可是谁叫咱是俗人呢？今天晚上忍住不喝酒、不吃肉，只是想想酒和肉，就算佛也不会见怪的吧——阿弥陀佛。

这样想着没过多久，就听到从大明湖芦苇丛中传来的阵阵夹着秋天消息的萧瑟的风声，随后也就把蒲松龄带到一片枯寂的心境之中了。这个傍晚，他大概没有到街市上去吃饭，而是在禅寺里吃的斋饭。

吃完斋饭，也就躺在了禅寺里的禅榻上。这顿斋饭吃得可能不是很饱，或者说当时感觉吃得很饱，可因为吃的是粗茶淡饭，不是很垫饥抗饿，到夜里肚子就咕咕响起来了，再加上湖面上不断送来的风声，交相呼应，也就很难入睡了。

还有比他更难入睡甚至不睡的人，就是那个或那几个僧人，一直读经到天亮。当然，也有可能是我猜错了，他们不是彻夜读经，而是天亮时才起来读经做早课的。

"老衲五更翻贝叶"，"老衲"就是老的僧人，因为出家人穿的衣服是由别人不用的碎布块缝衲而成，称为衲衣，所以年老的僧人自称"老衲"。旧时没有钟表，在夜间设置五个时间节点打更报时，所以称为五更。这里的"五更"指第五更，也就是天刚亮的时候。

"贝叶"指棕榈科植物贝叶棕的叶子，古书上多称贝叶棕为贝多树，此树生长于热带或亚热带地区。

唐人段成式在《酉阳杂俎·广动植之三》中记载：

> 贝多，出摩伽陀国。长六七丈，经冬不凋。此树有三种：一者多罗婆力叉贝多，二者多梨婆力叉贝多，三者部阇（shé）婆力叉贝多。多罗、多梨，并书其叶，部阇一色，取其皮书之。"贝多"是梵语，汉翻为"叶"。"贝多婆力叉"者，汉言"树叶"也。西域经书用此三种皮叶，若能保护，亦得五六百年。

译文：

> 贝多这种树，出自摩伽陀国。高六七丈，经冬不凋。此树有三个品种：一种叫多罗婆力叉贝多，一种叫多梨婆力叉贝多，一种叫部阇婆力叉贝多。多罗、多梨都是用树叶写经，部阇一类是取树的皮写经。"贝多"是古印度语，汉人翻译为"叶"。"贝多婆力叉"，就是汉人所说的"树叶"。西域的经书用这三种树的皮和叶子抄写，若能好好保护，能有五六百年的寿命。

北朝人贾思勰《齐民要术》卷十"槃多"条引北魏卢元明《嵩山记》说：

> 嵩寺中，忽有思惟树，即贝多也。有人坐贝多树下思惟，因以名焉。汉

道士从外国来，将子于山西脚下种，极高大。今有四树，一年三花。

译文：

嵩山寺中，忽然出现了"思惟树"，也就是"贝多树"。有人坐在贝多树下思惟得道，因此此树就叫思惟树。后汉的时候有道士（当时称僧人为道士）从外国来到嵩山，带来思惟树的种子，种在嵩山西面的山脚下，长得非常高大。现在还有四棵，每年开三次花。

《嵩山记》说有人坐在贝多树下思惟得道，因此此树就叫思惟树。这个思惟得道的人是谁呢？《太平御览》卷九六〇"贝多"条引《嵩山记》说：

嵩高寺中有思惟树，即贝多也。如来坐贝多下思惟，因以为名焉。

译文：

嵩高寺中有思惟树，也就是贝多树。如来曾坐在贝多树下思惟得道，因此就将此树叫思惟树。

原来在贝多树下思惟得道的是佛祖如来，怪不得影响这么大，流传这么广。"贝多"是梵语 Bodhi 的音译，而 Bodhi 的意义是思惟悟道，因此贝多树也可以意译为思惟树。

因为古印度人常用贝多树的叶子抄写佛经，所以佛经又称"贝叶经"。蒲松龄说"老衲五更翻贝叶"，就是说五更天的时候，禅寺里的老僧开始翻着佛经诵读了——这些佛经当然是纸做的。

"昙（tán）花"，就是优昙婆罗花，也叫优昙钵花。《妙法莲华经·方便品》云："佛告舍利佛，如是妙法，诸佛如来，时乃说之，如优昙钵花，时一现耳。"这就是成语"昙花一现"的出处，后比喻美好的事物或景象很难出现，偶尔出现了一次，也很快就会消失掉。

在佛教中，魔分为三种，上品为魔王，中品为魔民，下品为魔女。魔女在魔中的地位最低。她们常诱惑男子行淫欲之事，以此来吸食其精气神。《楞严经》上说,有一次释迦牟尼的弟子阿难被魔女迷惑,释迦牟尼念动神咒,才为其解难。

蒲松龄在这里说"昙花魔女散缤纷",意思是说,他是个凡人,虽然是住在佛寺里,心里仍然不清净,产生很多胡思乱想——是否向佛许愿,求金榜题名呢,他没说,咱也不好猜——就像魔女一样来扰乱自己。

可是还好,随着佛的念经声,这些胡思乱想都像昙花般,只是偶尔一现,随后便纷纷散去了——蒲松龄的心里,此时此刻就像水月禅寺外边的大明湖一样,水清月朗,一片大明。

白雪楼

熟悉中国文学史,特别是明代文学史的人,都知道有"后七子"之说。所谓"后七子",指的是明嘉靖、隆庆年间(1522—1572)的一个文学流派。

《明史·文苑三》记载:

攀龙之始官刑曹也,与濮州李先芳、临清谢榛、孝丰吴维岳辈倡诗社。王世贞初释褐,先芳引入社,遂与攀龙定交。明年,先芳出为外吏。又二年,宗臣、梁有誉入,是为五子。未几,徐中行、吴国伦亦至,乃改称七子。

译文:

李攀龙担任分管刑事的官员之始,就与濮州的李先芳、临清的谢榛、孝丰的吴维岳倡导组织诗社。王世贞刚考中进士授官,李先芳把他引荐入诗社,于是就与李攀龙定交了。第二年,李先芳出京到外地做官。又过了两年,宗臣、梁有誉加入,这就是五子。不久,徐中行、吴国伦也来了,于是改称七子。

因为在李攀龙、王世贞他们之前,曾有以李梦阳、何景明等人为代表的"前七子",为区别起见,所以人们称他们是"后七子"。"后七子"的文学主张与"前七子"基本相同,就是强调"文必秦汉,诗必盛唐"——写文章要以秦汉为法则,作诗歌要以盛唐为标准。

李攀龙是明代著名文学家,是"后七子"的领袖,在当时和后世都产生了很大的影响。李攀龙字于鳞,号沧溟居士,山东济南府历城人。他既是文坛宗师,文笔自然十分了得,写下了很多流传后世的优秀文学作品。特别是在诗歌方面,成就卓著,世人称其为"三百年绝调"。

李攀龙在嘉靖二十三年(1544年)被赐同进士出身,走上仕途。晚年辞官归家,在历城王舍人庄之东鲍山下建楼,取名"白雪楼"。在《酬李东昌写寄〈白雪楼

图〉并序》中,他说:

> 楼在济南郡东三十里许鲍城,前望泰麓,西北眺华不注诸山;大小清河交络其下。左瞰长白、平陵之野,海气所际。每一登临,郁为胜观。

译文:

> 白雪楼在济南郡东 30 里处的许鲍城,往前可以看到泰山脚下,往西北可以看到华不注等山;大清河、小清河在楼下交汇。往东可以俯瞰长白山和平陵古城的原野,一直可以看到雾气升起的海边。每一次登临,都感到是美好的景观。

若问一问那些耄耋之年的"老济南",他们或许还记得"济南十六景"之一的"鲍山白雪",那说的便是这座白雪楼。

鲍山,位于济南城东约 15 公里处,是旧时"齐烟九点"之一,现属于历城区鲍山街道。这座小山为什么叫鲍山呢?据说很早以前这里有一座石城,名叫鲍城——王舍人庄旧称——是春秋时期齐国大夫鲍叔牙的食邑,这座山因城得名,就叫鲍山了。相传鲍叔牙墓就在山的东北隅。现在鲍山已建成大型公园,集自然景观与历史文化于一体,是泉城济南的亮丽风景区之一。

后来,李攀龙再在大明湖畔的百花洲上建了一座三层楼房,也叫白雪楼。明朝万历年间,山东布政使叶梦熊因为敬仰李攀龙,出资在著名的趵突泉之东,又建了第三座白雪楼。清康熙二十七年(1688 年),蒲松龄 49 岁,游览观赏了大明湖百花洲上的白雪楼,并乘兴写下《白雪楼》七言律诗三首。

白雪楼

其 一

湖上春残草色深,骚坛旧迹快登临。

垂杨庭榭长烟雨,近水楼台自古今。

风定时看花自落,雅亡犹有梦相寻。

往来冠盖豪游地,俯仰当年思不禁。

其 二

胜地犹传白雪楼,五陵花马系桥头。
柳中高阁全南向,槛外长河尽北流。
并占才名推七士,独开诗派在千秋。
拼将李杜悲凉调,尽付钟谭日夜咻。

其 三

院落开门背鹊华,重重山色野云遮。
风过碧水楼台动,日射雕栏树影斜。
当代诗名推大雅,千秋绝调静淫哇。
齐门才子空遗迹,此日登临兴转赊。

"湖上春残草色深",蒲松龄来到白雪楼的时候,已是暮春时节,大明湖畔的草色已经由嫩绿变成了深绿。"湖"指大明湖,"湖上"不是大明湖的湖面上,而是指大明湖南岸的百花洲。"春残",就是春天将尽的时候。

五代翁宏《春残》诗云:"又是春残也,如何出翠帏?落花人独立,微雨燕双飞。"——又到了春天将尽之时,怎好走出翠绿的帷帐?落花纷纷而人独自站立,细雨霏霏而燕子成双飞舞。我们都认为"落花人独立,微雨燕双飞"这两句绝妙好词出自宋人晏几道的《临江仙》,没想到它早藏在这里了。

"骚坛旧迹快登临",这次登上白雪楼,感到畅快无比。"骚坛",因为春秋时的《诗经》和战国时楚国诗人屈原的《离骚》,在中国诗歌史上地位崇高、影响深远,后人常《诗》《骚》并举,以此代指诗歌,所以"骚坛"就是诗坛。

清末女诗人秋瑾《读徐寄尘小淑诗稿》诗云:"今日骚坛逢劲敌,愿甘百拜作降军。"——今天我在诗坛上算是碰上劲敌了,我甘愿拜一百次向你投降。这里的"骚坛",也是诗坛的意思。

李攀龙是明代人,到清代蒲松龄登临白雪楼时,他已经去世100多年了,所以说他的白雪楼是"旧迹"。虽然是"旧迹",因为是令人景仰的文学前辈遗留下来的,所以这次登临还是感到非常愉快。"快登临",就是因为登临而感觉畅快的意思。我们是普通人,没有那么高的文学修养,所以和前辈文学家的心灵沟通也没蒲松龄那般默契和莫逆,可是我们登临文化古迹的时候,也是有一种或隐隐或鲜明的快感的,只是我们的文学表达能力有限,不能写成诗告诉别人或后人而已。

蒲松龄登上白雪楼，视野便一下子开阔起来。"垂杨庭榭长烟雨"，是说看到远处的庭院里台榭旁长满了垂柳树，这些庭院台榭常年都像浸润在烟雨之中。前边我们说过，"家家泉水，户户垂杨"，是济南城的特色。别说下雨，就是不下雨，这些近水的垂柳树也给人如烟似雨的感觉。

宋人欧阳修《蝶恋花》词云："庭院深深深几许，杨柳堆烟，帘幕无重数。"——庭院很深不知道几许，只看到杨柳像一堆一堆的烟雾，透过烟雾会看到无数的帘幕。蒲松龄看到的大概也是这种景象吧。

"榭（xiè）"是建筑在台上的房屋，这里泛指楼阁。"长"是常常、经常的意思。宋人王安石《后元丰行》云："百钱可得酒斗许，虽非社日长闻鼓。"——花百十个钱就能买到一斗酒，虽不是社日也经常听到欢庆的鼓声。"长闻鼓"的"长"用的也是这个意思。

那些隐藏在烟雨垂杨中的庭院台榭有些看不大清楚，而这些靠近湖面的楼台，因为缺少遮挡，却看得历历在目。"近水楼台自古今"，从古到今，这些楼台不知见到过多少次水中的月亮了。

宋人苏麟有"近水楼台先得月"——靠近水边的楼房最先看到月亮——的诗句，可惜蒲松龄来得不是夜晚，没有看到大明湖畔、白雪楼头的一轮明月。"天上一个月亮，/水里一个月亮。/天上的月亮在水里，/水里的月亮在天上。"（彭邦桢《月之故乡》）——那真是一番诱人的景象啊。

夜晚的月亮尽管没看到，因为来的时候是暮春时节，所以落花还是看到了。前边我们说过，鲁迅《莲蓬人》诗中有"风定犹闻碧玉香"——风停之后还能闻到荷花那幽幽的香气——的名句。蒲松龄若是冥冥之中看到鲁迅这句诗，然后再望着自己这句"风定时看花自落"，也会因另辟蹊径而感到得意无比吧。

前边我们说过，唐人孟浩然有"荷风送香气"（《夏日南亭怀辛大》）——风从荷花上吹过送来阵阵香气——的诗句，今人朱自清也有"微风过处，送来缕缕清香，仿佛远处高楼上渺茫的歌声似的"（《荷塘月色》）——这样的散文名句。他们都是把"香"和"风"联系在一起的。而鲁迅说"风定犹闻碧玉香"，就别开新境，更胜一筹了。

蒲松龄尽管不知道鲁迅的诗歌和朱自清的散文，却早明白避熟趋新的道理。他说"风定时看花自落"——这花的"自落"，是和"风"有关系呢？还是和"风"无关系呢？只有"花"自己知道了。可惜它不会说话，咱也没法去问它。或许它已经告诉我们了,可惜我们听不懂,或者它的声音太小,我们听不见。

诗人都是善于联想的,蒲松龄由"花落"自然又联想到了"雅亡"。"雅"指《诗经》中的《大雅》和《小雅》,"雅亡"就是诗的正宗沦亡不见了。李攀龙诗歌提倡复古,继承古诗之正宗。李攀龙去世了,诗的正宗也就没有了。蒲松龄说,虽然见不到您的人,亲自受您的教诲了,但是"犹有梦相寻"——我还可以在梦中找寻到您,向您学习。

真的,我是来向您学习的。可是院子里、楼台上的这些人,都是来向您学习的吗?"往来冠盖豪游地","冠盖",指达官显贵的服饰和乘坐的车辆,这里借指官吏;"豪游",是兴致勃勃地游乐。蒲松龄说大明湖百花洲上的这座白雪楼,已经成了达官贵人乘兴游乐的好地方了。

其实,李攀龙自己也曾是达官贵人,否则也不会有财力建造这么高级别的楼阁。同时他还是高级别的风雅之士,才赢得后人的无比尊重。试想有钱有势的人多了去了,可让后人怀着崇敬之情铭记着的就不多了。

正像《红楼梦》中《好了歌》唱的那样:"古今将相在何方? 荒冢一堆草没了。"——古今的那些大将和宰相都到哪里去了? 都在那被野草埋没的一堆堆荒坟之中了。

李攀龙也是一样,100多年的时间过去,当年居住的楼阁,俯仰之间已经成了供人凭吊的古迹。"俯仰当年思不禁",想起人生这种转瞬即逝的际遇,真是让人情难自已。

好在白雪楼的主人不是纯粹的官员,他还是伟大的诗人,千百年后还会有人记着他,还会有人修葺他的遗迹作为纪念。

我们不止一次说过,蒲松龄才大气粗或才大气足,写小说有些篇幅写得很长,并且一写就写了近500篇,写诗歌也往往喜欢写连篇累牍的组诗。再说了,白雪楼的主人李攀龙是著名诗人,蒲松龄暗地里也有与之较量的意思。估计去白雪楼之前就憋足了劲儿,所以一写就写了三首。我们接着看他换一个角度写的第二首。

"胜地犹传白雪楼,五陵花马系桥头",白雪楼虽然是100多年前的建筑了,但是由于它的主人的显赫名声一直流传到今天,所以也就成了"胜地"。我们要记住,"胜地"和"圣地"声音相同,意思可是不一样的。

"胜地"是景色宜人的游览之地,而"圣地"则是宗教徒对与教主生平事迹有重大关系的地方的称呼,比如基督教徒称耶路撒冷,伊斯兰教徒称麦加等。"圣地"有时也指在某方面有特殊意义和作用的地方,比如"革命圣地"。两个词的这一分别,大家可要记清楚啊。

既然是"胜地",游览的人就一定很多。当然了,不管哪个朝代,不管到哪里,作为游客大多都是有一定文化水平和欣赏趣味的。前人所说的"引车卖浆者之流"——拉着车子沿街买点儿饮料的人——是不会有闲钱、闲空和闲情到处游览观光的。特别是像白雪楼这样的文化胜地,普通百姓更不会感兴趣,就算来了,也不会对着前人遗迹评点议论,引起蒲松龄的注意——除非他是一个叫卖糖葫芦的。

"五陵"指五陵原,是汉代五个皇帝的陵墓所在地,在今陕西西安附近。这五座陵墓分别是汉高祖刘邦的长陵、汉惠帝刘盈的安陵、汉景帝刘启的阳陵、汉武帝刘彻的茂陵、汉昭帝刘弗陵的平陵。那时的许多富家豪族和外戚都居住在这里,后世诗文中就常以"五陵"代指富豪人家聚居长安之地。

当时这里的官二代、富二代也特别豪奢,名闻天下。比如唐人白居易在《琵琶行》中说"五陵年少争缠头,一曲红绡不知数"——京城的富豪子弟们争先恐后来献彩,琵琶女弹完一曲就会收到不计其数的红绡。再比如唐人杜甫在《秋兴八首》其三中说"同学少年多不贱,五陵衣马自轻肥"——过去的同学少年大多脱离了贫贱,住在长安轻裘肥马享受富贵。就说的都是这些人或这类人。

这些人出游的时候,骑的都是"花马"。所谓"花马",指毛色如花斑之马,是当时名贵的骏马。这是一种说法。还有另一种说法,说是唐代开元、天宝年间,上流社会讲究马的装饰,就像当代人讲究豪车的款式一样,喜欢将马鬃剪成花瓣形,剪成三瓣的叫三花马,剪成五瓣的叫五花马。唐人李白《将进酒》诗说:"五花马、千金裘,呼儿将出换美酒,与尔同销万古愁。"——别管它是名贵的五花马还是千金的狐皮裘,快统统叫童儿拿去换回美酒,与你同饮来消解这万古浓愁。后来,"花马"就成为良马的泛称了。

"桥头"的桥,根据第三首首句"院落开门背鹊华",可知是鹊华桥。关于鹊华桥,我们下边再讲。蒲松龄说"五陵花马系桥头",就是说许多富豪子弟,自恃文采风流,或有意附庸风雅,都骑着名马来白雪楼游览。可是由于楼的周围游人太多没处系马,就只好把马拴在不远处的鹊华桥头。这和今天是一样,每到一处游览胜地,远远的都会设有停车场。

在第一首中,蒲松龄说"垂杨庭榭长烟雨,近水楼台自古今",这里说"柳中高阁全南向,槛外长河尽北流",看到的还是相同的景观,可是着笔点却有细微差别。他说隐没在柳树丛中的高高的楼阁,门都朝南开着。为什么朝南开着呢?不用说大家也知道是为了朝阳。自古以来中国的建筑几乎都是朝南的。

"槛(jiàn)"是古代建筑物上的栏杆,"槛外"就是站在白雪楼上扶着栏杆所看到的远处。这个远处不是别的方向而是北方。济南南部是高耸的千佛山,北部是大清河,所以南高北低,河流多向北流,比如发源于趵突泉的泺(luò)水、发源于历祠下的历水、发源于南部山区的玉符河等。一个"尽"字告诉我们,"北流"的不是一条河,而是好几条河。

熟悉唐诗的人可能已经看出,蒲松龄这两句诗在构思上受唐人王勃《滕王阁诗》的影响。王勃《滕王阁诗》最后两句说:"阁中帝子今何在?槛外长江空自流。"——高阁中的帝子滕王如今在何方呢?只看到栏杆外的赣江之水空自流淌。

看来就算是帝王将相、皇子王孙也白搭,死后也就与草木同朽默默无闻了,而只有文学之士才会千古留名。滕王阁不是因为滕王而出名,是因为王勃的《滕王阁序》和《滕王阁诗》而出名。李攀龙的白雪楼到现在还有人来纪念凭吊,也是因为他的文学贡献。

接下来,蒲松龄就开始推崇李攀龙的文学贡献了。"并占才名推七士",是说在同一时间具有才名的,要推举七个人,也就是我们本篇开头所说的以李攀龙为首的"后七子"。据《明史·文苑三》记载:

> 诸人多少年,才高气锐,互相标榜,视当世无人,七才子之名播天下。摈(bìn)先芳、维岳不与,已而榛亦被摈,攀龙遂为之魁。

译文:

> 这些人都是少年,才分很高、具有锐气,互相夸赞,把当世看得没有人才,于是他们这七个才子的名声就传遍天下了。后来排除了李先芳、吴维岳,不让他俩参加,不久谢榛也被排除,李攀龙就成了他们的领袖。

可是七个才子名闻天下,毕竟还显不出李攀龙领袖群伦的崇高地位,所以紧接着再来一句"独开诗派在千秋"——李攀龙独自开创了辉耀千秋的诗派。《明史·文苑三》记载李攀龙的诗歌理论和影响：

> 其持论谓文自西京、诗自天宝而下,俱无足观,于本朝独推李梦阳。诸子翕(xī)然和之,非是,则诋为宋学。攀龙才思劲鸷,名最高,独心重世贞,天下亦并称王、李。又与李梦阳、何景明并称何、李、王、李。其为诗,务以声调胜,所拟乐府,或更古数字为己作,文则聱牙戟口,读者至不能终篇。好之者推为一代宗匠,亦多受世抉摘云。

译文：

> 李攀龙所主张的理论认为,文章自西汉、诗歌自唐代天宝以后,都不值得一看,在本朝只推重李梦阳。其他各子一致赞同他的意见,与他们不一致的意见,就诋毁为想学宋诗。李攀龙才思矫健不凡,在七子中名声最高,他只佩服王世贞,天下人也并称他二人为"王李"。还和李梦阳、何景明并称"何李王李"。他写的诗歌,极力追求在声音节奏上取胜,模拟写作的乐府诗,有的更改古人的几个字就作为自己的作品,他写的文章则文辞艰涩、拗口难读,读的人往往不能坚持看完一篇。而喜欢他的作品的人,却推崇他为一代宗师,这也受到后人的挑剔指责。

《明史》对李攀龙有赞美也有批评,而蒲松龄对李攀龙则是极力赞美。到底谁说得更客观准确,我们不是文学史家,先不去讨论其是非,在这里我们看到的,是后辈诗人对同乡前辈诗人的尊敬和崇仰,这种态度是值得我们学习的。

李攀龙在诗歌理论上崇尚盛唐,而盛唐诗人的代表就是"李杜"——李白和杜甫。"拚将李杜悲凉调",在蒲松龄看来,李杜诗歌中最值得重视的应该是那些"悲凉调",也就是那些批判现实和忧国忧民的作品。

"拚(pàn)将"是抛弃、舍弃的意思。比如清末女诗人秋瑾《黄海舟中日人索句并见日俄战争地图》中说:"拚将十万头颅血,须把乾坤力挽回"——就算抛弃十万颗头颅,也要努力把乾坤挽回。注意这个"拚"不是"拼",读音、写法和意思都不一样。

蒲松龄说,自从"后七子"去后,以李杜为代表的盛唐之音就算衰歇了。后来尽管还有"竟陵派"的"钟谭"——钟惺、谭元春日夜不停地创作吟诵,但由于他们提倡的是抒写性灵、反对拟古的创作主张，所以离李杜也就越来越远了。"啾(xiū)"，是喘气声，这里指钟惺、谭元春等人的吟唱声。

"拚将李杜悲凉调，尽付钟谭日夜啾"，蒲松龄说，李攀龙之后，中国诗坛抛弃了李杜的悲凉之声，只听到钟谭的吟唱之声——想不到蒲松龄这个乡村秀才对中国诗歌史如此熟悉，下过如此大的功夫，怪不得他的诗歌成就也卓然有成，不可小觑呢。

写完了第二首，蒲松龄感觉意犹未尽、余勇可贾，就再稍微变换一下角度，又写了第三首。

"院落开门背鹊华"，"鹊华"指鹊山和华山。鹊山在济南北郊，是黄河北岸的一座小山。相传春秋战国时的名医扁鹊曾在山下炼丹，也有人说每年七八月乌鹊翔集，所以此山就叫鹊山。

鹊山东面不远处就是"华山"。"华山"位于济南东北部的黄河南岸，古时称"华不(fū)注"，和鹊山遥相呼应，都属于济南旧时"齐烟九点"之一。

北魏郦道元《水经注》卷八《济水二》云：

华不注山单椒秀泽，不连丘陵以自高，虎牙桀立，孤峰特拔以刺天，青崖翠发，望同点黛。

译文：

华不注山单独耸立在水泽之中，不与其他丘陵相连而自个儿高大，好像虎牙高高挺立，孤峰高起刺破青天，青苍色的山崖翠绿欲滴，看去如同点染了青黛。

面对这样的自然景观，元人赵孟頫忍不住就画了一幅《鹊华秋色图》传世，此图描绘的就是鹊山和华不注山一带的秋日风光风景。

清人刘鹗《老残游记》写到济南情景，经常提到一座"鹊华桥"。比如"到了鹊华桥，才觉得人烟稠密，也有挑担子的，也有推小车子的，也有坐二人抬小蓝呢轿子的"。这里所说的这座鹊华桥，位于济南大明湖南门东侧、百花洲北侧，是一座东西向的单孔石拱桥，桥下水流通连大明湖与百花洲。

古时候，大明湖北岸没有高大建筑，空气也清新透明，所以视野辽阔，游人站在桥上向北眺望，即可见济南北郊耸翠摇青、含黛呈秀的鹊山和华山。因此此桥就叫鹊华桥。

不管是鹊山和华山，还是鹊华桥，都在白雪楼的北边。而白雪楼所在的院落，照例也是朝南开门的，所以说是"院落开门背鹊华"。也就是说白雪楼背对着"鹊华"。白雪楼是死物不能转身，而人则可以转到白雪楼的后面或打开楼的后窗朝北眺望，此时看到的是"重重山色野云遮"。

站在鹊华桥上都能看到鹊山和华山，站在白雪楼上当然看得更远，也可以看到更多的山。不巧的是野外升起了云层，把重重山色都给遮住了。其实这样倒似乎更好看了，若不是时节稍早了点儿，蒲松龄就可以看到赵孟頫笔下的《鹊华秋色图》了。

好在远处有云雾，而近处却视线很好。"风过碧水楼台动"，这一句写得功力非凡、味道十足。本来楼台是不动的，除非是地震，但那样的事很少发生，今天也没有发生，所以人们也不用惊慌。尽管不用惊慌，却确实看到楼台在动。这是什么原因呢？

原来是人站在楼上，楼台倒映在水里，风吹动水面，楼台就动了起来。不光楼台动了起来，连人也动了起来。也就是诗歌有字数限制，若是没有限制，蒲松龄说不定还要写鱼钻进人的鼻孔里，荷花长在人的头顶上呢。

这时日已过午，阳光斜斜地照过来，照在白雪楼的雕花栏杆上，投射到楼下的树影中，都分不清哪是栏杆的影子，哪是树的影子，哪是树上的枝叶，哪是雕栏上的枝叶了。"日射雕栏树影斜"，树影拖得长长，地上的人踏着树影来来往往。这些人是来干什么的呢？当然是来瞻仰明代大诗人李攀龙的故居白雪楼的。

诗歌于是又转向了李攀龙。"当代诗名推大雅"，"大雅"本指《诗经》中的《大雅》部分，历来被看作诗歌之正宗。这里"大雅"是指李攀龙所标榜提倡的具有"大雅"风格的古代诗歌。"当代"是说李攀龙在他那个朝代，也就是明代。蒲松龄说，在明代若论诗名之大之雅，首先应该推举出来的就是李攀龙。

"大雅"之作占据了诗坛主流，成为千秋绝唱，淫荡浮靡的诗歌自然就没有市场，只好退出诗坛了。"千秋绝调静淫哇"，"绝调"就是绝唱，就是诗文达到的最高造诣。"淫哇"就是淫邪之声。"静"是使动用法，"静淫哇"就是使得淫邪之声消失不见了。连"淫哇"这样的生僻词蒲松龄都能想得到，可见其读书之多，记性之好。

这首诗已经是第三首了，该说的赞美话也说得差不多了，可是总觉着少了点儿东西，似乎高度有点儿不够。于是就又想了想，终于想起来了，没有联系到国家层面上去。任何东西只有和国家联系在一起，才算有高度。只是明朝也罢，清朝也罢，中国都是一个国家，李攀龙再厉害也代表不了大明朝和大清国啊。可是转念又一想，李攀龙的家乡历城，在春秋战国时期是属于齐国的，那我就说他是齐国的代表好了。

"齐门才子空遗迹"，李攀龙是从齐国的大门走出去的才子，可是再大的才子也有老去死去的时候，现在李攀龙不就只剩下这座白雪楼了吗？可是不要紧，我们齐国自来不缺才子的，你走了还有我呢。

"此日登临兴转赊"，我今天登临此楼，兴致越来越高，思考得也越来越长久悠远——"赊（shē）"就是长久。为什么呢？因为我感觉我已经接过了你的接力棒，我想多少年之后，我家的那几间茅屋，也会像你的白雪楼一样有人参观朝拜吧？

"人事有代谢，往来成古今。江山留胜迹，我辈复登临。"（唐孟浩然《与诸子登岘（xiàn）山》）——人间的事情都有变化更替，来来往往形成时间的古今。江山上留下名胜古迹，我们又一次登攀亲临。

对了，忘了告诉你了，我那几间房子叫"聊斋"啊。

郡城南郊偶眺

康熙二十七年(1688年),蒲松龄49岁,继续在西铺毕府设帐授徒。

这年春夏之交,他到济南大明湖畔游览了明人李攀龙的白雪楼,这年秋天他又来到济南,游览了南郊一带,并写下一首七言律诗《郡城南郊偶眺》。

郡城南郊偶眺

客邸萧然昼漏催,郡城西去路萦回。
池边绿冷黄花发,郭外天空白雁来。
日日清狂频贳酒,朝朝逸兴一登台。
谁家庭榭垂杨树,小阁朱门傍水开。

"郡城",就是府城。"郡"是秦汉时期的行政区划,相当于后来的府,所以成为府的别称。清朝淄川县属于济南府,府治在济南。蒲松龄所说的"郡城",就是济南。

《聊斋志异·偷桃》篇云:"童时赴郡试,值春节。"——我童年时到济南府参加秀才考试,正遇上立春日。这里所说的"郡试",也是指各地童生到济南府府治所在地济南,参加府试。由此可见,"郡"就是"府"。

济南南郊是一片非常大的区域,蒲松龄没有写具体位置,300多年过去,我们也猜不出他说的这个地方究竟是哪里。那时济南府府治在历城县,所以有的版本这首诗的题目叫《历下南郊偶眺》。就算是历下,范围也照样广阔,所以得眺望才能看个清楚。

蒲松龄说是"偶眺",就是偶然向远处看去。我想,既然也看了,还写了诗,这眺望也就不是纯粹偶然的。蒲松龄这里的"偶眺",大致相当于"眺望偶成"之类。"偶成"这个词,是古人诗题中常用的。比如宋人程颢就有一首七言绝句叫《春日偶成》,还有一首七言律诗叫《秋日偶成》,这都是选在《千家诗》中的,大家一定很熟悉。

蒲松龄这次来到济南南郊,不是参加秀才考试,因为他19岁那年,就以县、府、道三第一考中山东头名秀才,这件事已经过去 30 年了。也不是参加考取举人的乡试,因为明清时期逢子、卯、午、酉年才是乡试年,本年度是戊辰年,不是乡试年。

那么蒲松龄这次是因何事来到济南南郊的呢?我们不知道。我们知道那时他在西铺毕府坐馆,毕府有很多事情都需要蒲松龄代为处理。他这次到济南南郊,或许是为毕府操办某件事情,也未可知。

蒲松龄这次到济南南郊,是住在旅店里的。"客邸萧然昼漏催","客邸(dǐ)"就是旅店,"萧然"就是空寂萧条的样子,"昼漏"是白天的计时工具,"催"就是催促、使赶快行动。

古代大多数旅店里夜间有计时工具,比如滴漏等,以向旅客提醒时间,免得耽误行程。而白天则很少有工具计时,因为那时有日光,根据经验也会观察个八九不离十,误不了事。所以这里的"昼漏",也只不过是为了字面上好看才这样写,其实就是说秋天到了、白天短了,时光催促着人不能偷懒,得抓紧时间,赶紧该干啥就干啥,否则眨眼之间天就黑了。

蒲松龄要抓紧时间干什么事呢?"郡城西去路萦回",住在城南的旅店里,大路应该往南延伸。他不去写南去的路而写西去的路,这里边肯定有原因,甚至有故事。只是我们现在不知道,也许永远也不会知道了。可是我们不妨放飞思维,大胆想象一下。

可能是旅店门前正好有一条西去的大道,他偶然一眺就眺到了吧?也可能是和他同行的人沿路西去有事,他在旅店里等着他,故时时翘首眺望吧?"萦回"是盘绕回旋的样子,也许他看到这条路的曲折婉转,想到了自己的人生,想到了自己科举之路的曲折不顺吧?或许还有无数可能,电光石火之间他就这么一想,过后连他自己再也寻它不着。

就这样,蒲松龄对着这条西去的道路发了一会儿呆,自己也不知道发的是什么呆,然后收回视线,收摄思绪,认真观察起旅店周围的景色来。我们都有这样的经验,由于人的视野十分开阔,许多东西都可以看在眼内;由于对一个地方的观察并没有事先安排顺序,所以也不会有按部就班的方位层次。

我们一般人都是这样,而摄影家或许就不然。他们大概一开始的时候和我们没有两样,但当他们拿起摄影机准备摄影的时候,他们就要对眼前的景物进行选择和排序了。中国古代没有摄影家,但诗人都有一双摄影家的眼睛。蒲松龄是写诗的高手,接下来他自然也要选择安排一番。

他首先选择了池边的黄花,"池边绿冷黄花发"。"池"就是水池,这自不待言。可这里的这个"池",最起码应该有两种解释。一种是旅店院子里修建的水池,夏天开满了荷花,尽管不是西湖,也照样"映日荷花别样红"(宋杨万里《晓出净慈寺送林子方》)——荷花映照着日光,红得与众不同。现在到了秋天,荷花应景陨落,大概旅店的主人也没有"留得枯荷听雨声"(唐李商隐《宿骆氏亭寄怀崔雍崔衮》)——留着枯荷的茎叶听秋雨敲打的声音——的雅趣,早就把池塘里收拾干净了。

可是既是开旅店,怎么也得懂点儿旅客心理学。我没有住过古代的旅店,可也见过现今的许多酒店,为了招引客人,搞得和植物园似的,四时花卉不绝。古人没有条件盖大棚,但应时的花卉还是有的。这不秋天到了,池塘边上就摆上了一圈几十盆金黄的菊花,正枝枝朵朵开得旺盛,真是养眼。

菊花是中国传统的观赏名花。在古老的《礼记·月令》中就有记载:

季秋之月……鸿雁来宾……鞠有黄华……

译文:

到了农历九月里……鸿雁就像宾客一样来到……菊花开出了黄花……

宋人周敦颐《爱莲说》云:

晋陶渊明独爱菊……予谓菊,花之隐逸者也……

译文:

晋朝的陶渊明只喜爱菊花……我认为菊花,属于花中的隐士……

由于有着悠久的欣赏积淀,普通的中国人尽管不是隐者,甚至大多数也不知道陶渊明是谁,可是每当到了秋天,还是喜欢在院子里摆几盆菊花点缀一下生活。就是没有条件摆盆栽菊花的,也会采一束野菊花插在喝光了酒的酒瓶子里,摆在桌子上,闻闻那浓郁而朴野的香味,以醒目开脑。

还有另外一种情况，就是蒲松龄看到的是野外的水池边的野菊花。"绿"指水池边的绿色植物，包括树木和野草。"冷"是冷清、冷落的意思，比如清人纳兰性德《如梦令》词云："正是辘轳金井，满砌落花红冷。"——正在那辘轳井旁，台阶上满是落花，又红艳又冷落。"绿冷"就是说到了秋季，绿色植物零落冷清了。

"绿"颜色的尽管"冷"落了，另外一种颜色的——黄颜色——菊花却傲然开放了。"发"就是开放的意思。如宋人欧阳修《醉翁亭记》云："野芳发而幽香。"——野花盛开，幽香满鼻。我们知道，在"池边绿冷黄花发"这句诗中这个"发"的位置，应该是用一个仄声字，可这个"发"明明是个平声字，这是怎么回事呢？难道是蒲松龄用错了吗？不是的，在《佩文诗韵》中，这个"发"在"入声六月"韵中，也就是说它的声调和"月"相同，因此就符合律诗的平仄格律了。

其实古人写诗也有套路。看的时候倒不一定真是先看地上再看天空，写的时候却喜欢这样安排顺序。为什么不先写天空再写地上呢？其实先写啥后写啥都行，只不过天空辽阔，容易引起人的遐思，所以放在后边写更觉余韵袅袅，带来更丰富的情趣而已。

"郭"就是在城的外围加筑的另一道城墙。蒲松龄这时候是在济南城的南郊，靠近南边的城墙，所以抬头就看见郭外的天空，"郭外天空白雁来"。上文我们引《礼记·月令》说过，"季秋之月……鸿雁来宾"，这次蒲松龄看到的不是"鸿雁"而是"白雁"。

为什么是"白雁"而不是"鸿雁"呢？宋人孔平仲《孔氏谈苑》卷四云：

> 北方有白雁，似雁而小，色白。秋深至则霜降，河北人谓之霜信。杜甫诗云"故国霜前白雁来"，即此意也。

译文：

> 北方有一种白雁，似大雁而体形略小，羽毛白颜色。秋深后白雁飞来就到了霜降，所以河北人叫它霜信。杜甫诗中说"故国霜前白雁来"，指的就是这种鸟。

我想就算蒲松龄看到的是"鸿（红）雁"，他也得说成"白雁"，因为用"白雁"更别致好看，也更能点出节令特点，证明着霜降这秋天最后一个季节已经到来。是啊,和暖的日子没有多少了,接下来就是寒冷的冬季了,所以得抓紧时间喝酒登山,享受生活。

"清狂",是放逸不羁的意思。"贳(shì)"是赊欠,"贳酒"是因买不起酒而赊酒喝。当然,我们相信蒲松龄绝不会穷到赊酒喝的地步,他也不是每天都喝酒的酒徒。他在《聊斋自志》中说自己"遄飞逸兴,狂固难辞;永托旷怀,痴且不讳"——逸兴飞扬,不避讳别人说自己清狂;志托高远,也不担心别人说自己痴迷。

看起来是既"狂"且"痴",和有点儿神经质似的。其实蒲松龄只是这样说,只是借此写他内心的一种感受,在现实生活中他倒实在是一个中规中矩、横平竖直的读书人。所以说"日日清狂频贳酒",也只是模仿唐人杜甫《曲江二首》(其二)的"朝回日日典春衣"——上朝回来,天天去典当春天的衣服买酒喝、"酒债寻常行处有"——像欠着酒债这样的寻常小事,哪个酒店里都有——"附庸风雅"而已,实际上他是不会这样的。

"日日"和"朝朝"是一个意思,都是指每天。"逸兴"就是超逸豪放的兴致。蒲松龄一辈子有大半辈子在达官贵人之家教书授徒,尽管他喜欢登山临水,每有登临也必赋诗抒怀,可他实在没有足够的时间"朝朝""登台"。他说"朝朝逸兴一登台",也只是想象中的一种境界,实际上做不到。

或许这也是在向唐人杜甫致敬,因为杜甫有"百年多病独登台"(《登高》)——平生多病独自登上高台——这样的诗句。实际上蒲松龄住在济南南郊的旅店里,此时此刻也真有点儿"万里悲秋常作客"——万里漂泊做客,碰到秋天就感到悲伤——的况味。

上一篇我们讲过的《白雪楼》那组诗,其中有一联是"垂杨庭榭长烟雨,近水楼台自古今"。现在我们看到"谁家庭榭垂杨树,小阁朱门傍水开",是不是觉着这两联诗有点儿相似之处?

是啊,即使再伟大的作家,也不能每首诗都别具风格、自成面目。写多了、写熟了,自然就会形成一个套路,在不知不觉的习惯驱动下,自己也会钻进自己的熟套之中。理论上这似乎是应该尽量避免的,而实际上是无法避免的,因为很少有人完全记着自己以前写过的东西。

我们还记得,在山东篇第二篇我们讲到《般河》时,其中有这样一联:"村舍开门全近水,谁家修竹傍墙生?"也和这一联"谁家庭榭垂杨树,小阁朱门傍水开"有些相似之处。你若是有闲暇,仔细翻翻古代大诗人的集子,你就会发现,就是李白杜甫、苏轼陆游,这样的相似之处也是避免不了的。

比如宋人陆游总该是中国的大诗人了,这样的毛病他也不能避免。清人隆观易《宁灵消食录》评价陆游诗说:"如梨园演剧,装抹日异,细看多是旧人。"——就好比剧团唱戏,尽管装扮每天都不一样,细看演员却还是那些人。陆游"六十年间万首诗"(《小饮梅花下作》),创作如此繁多,在格局意境、遣词造句等方面,就更难避免重复和相似了。

游东流水

东流水是济南的地名,在当时的抚院西北,鹊华桥的南边。

现在虽然是繁华的街市,古时这里溪流交织,来往需要乘坐小船,就像行驶在巷子里,故称"船巷"。两岸垂柳轻抚,四季舟帆掩映,是风景绝佳之地。若是"老济南",从现在济南的东流水街,还能寻到一点儿古时东流水的影子。

清康熙三十年(1691年),蒲松龄52岁,这年秋天他来到了济南东流水,并写下一组两首七言律诗。

他是来东流水干什么的呢?这组诗的题目说得明白,《辛未九月至济南,游东流水,即为毕刺史物色菊种》,他是来为他在王村西铺坐馆的馆东毕刺史——就是毕际有,这在讲《石隐园》那组诗时我们已经说过了——物色好的菊花品种的。

由于诗题较长,我们照例选取其中四字作为文章题目。

辛未九月至济南,游东流水,即为毕刺史物色菊种

朱门西向,绿水东流。竹坞白铠,辋川相似;烟波亭榭,金谷还同。绕栏之径三叉,入户之溪九曲。扉临隘巷,每多长者之车;槛袤垂杨,时系达官之马。只因爱菊陶令,羡绿野之风流;遂使看竹子猷(yóu),通黄花之声气。髯奴瀹(yuè)茗,便以久远为要;佳种携来,许以有无相易。退成近体,聊赠主人。

其 一

主人亭榭近芳洲,竹树苍苍景物幽。
院背高城临户见,溪穿小苑入阶流。
菊畦恨不宽盈亩,山色何当更满楼。
鸡犬遥闻仙境异,桃花疑在水西头。

其 二

小榭池塘物色嘉,楼台秋树接烟霞。

胜传东国无双地，路出西城第一叉。

　　曾有安丰私玉李，不闻靖节吝黄花。

　　携来佳种容相易，金谷重寻太尉家。

　　蒲松龄不但是小说家、诗人，还是文章大家。他的文章除了小说集《聊斋志异》，一般的散文作品读者可能很少见到。但他喜欢写诗，也喜欢写文章，写诗的时候不能写文章，有时就不免技痒，往往在诗歌前边写段小序，以显示其清雅不俗的文章功夫。这在讲《同长人、乃甫、刘茂功河洲夜饮，即席限韵》那组诗时，我们也已经见识过了。

　　现在我把这首诗的序文翻译一遍，请大家再看看蒲松龄的文章神采：

　　　　朱红大门朝向西边，碧绿溪水向东流去。竹篱茅舍，舂米做饭，像极了终南山下的辋川；烟环波绕，楼台亭阁，真如同洛阳西北的金谷园。围绕着栏杆的小路分了三个岔，流入院内的溪水拐了九个弯。门前临近狭窄的巷子，经常停满长者的车子；栏杆靠着飘浮的垂柳，时时拴着达官的骏马。只因为毕刺史像喜欢菊花的陶渊明，羡慕你裴度绿野堂一般的风流；才使我蒲松龄如癖好竹子的王子猷，向你通报酷爱菊花的消息。多须的仆人泡上茶水，很久以前就和你定下邀约；这次我带着名贵的品种到来，答应和你互通有无。回来写成两首七言律诗，姑且赠给这里的主人。

　　"主人亭榭近芳洲"，这家主人，蒲松龄没说是谁，一上来却告诉了我们其居住的地理位置。"主人亭榭"就是这家主人家的房舍。"亭榭"，亭阁台榭，借指庭院房舍。"近芳洲"，靠近芳洲。"芳洲"，芳草丛生的小洲，这里指的是百花洲——百花开放的小洲，当然是"芳洲"了。

　　百花洲，位于今济南市历下区，曲水亭街东面，百花洲历史文化街区内，距此不远就是著名的珍珠泉群，是济南"家家泉水、户户垂杨"的最典型的地段。

　　古代的百花洲要比现在大得多，现在其东岸一带的民居，原来就是水中的小岛。我们知道散文史上有"唐宋八大家"之说，其中北宋的曾巩和苏辙，二人都在济南任过职，并留下过描写百花洲的诗篇。当然这座百花洲，也就是前边我们说过的明代文学家李攀龙白雪楼所在的那座百花洲。

　　"竹树苍苍景物幽"，是说在这样的季节，一切姹紫嫣红都已落尽，满眼皆是深青色的竹子。因为竹子都生长得很高大,所以眼前的景物都显得很幽深。"苍苍"是深青色的意思。"幽"是幽深的意思。我们知道松、梅、竹被称作"岁寒三友",这时虽然是秋天,还没到最寒冷的严冬,可是竹子不惧严寒的品格已经显露出来了。

"院背高城临户见",是说这家的庭院背后,就是高大的城墙,由于处在幽深的竹林当中,所以等走到它的大门口的时候,才发现它的存在。这时还会听到哗哗啦啦的流水声,同时感到脚下一凉,"溪穿小苑入阶流",啊,原来是远处的溪流流过他家院子,从他家门口的石阶上流下来,把我的鞋都给打湿了。

鞋打湿了不要紧,这次来的主要任务是物色好的菊花品种,为了完成任务,还得忍着凉进去。进去一看,嗬,可了不得,满园都是菊花——"菊畦恨不宽盈亩"——只是院子稍微小了点儿,菊花虽好,菊园却不够一亩宽大,让人有点儿遗憾。若是再大点儿,甚至有个十亩八亩就好了,那才叫过瘾呢。

庭院是小了点儿,可是庭院外边那辽阔的山色,弥补了庭院窄小的缺憾。"山色何当更满楼",就是说山上满眼的翠绿之色何时才能再辉映着院中的小楼。言外之意是说,现在虽然山上的草木枯黄了,但明年春天,这里的小楼上又会是满目翠绿的山色,不禁让人想起宋人王安石《书湖阴先生壁》中那两句名诗:"一水护田将绿绕,两山排闼送青来。"——一条流水守护着水田将碧绿环绕,两座山峰推开门送来满目青翠。

因为有了这层想法,所以王安石诗的前两句"茅檐长扫净无苔,花木成畦手自栽"——茅檐底下因为经常打扫而干净得没有青苔,院子里花木一畦一畦的都是亲手栽种——的意思也就自在其中了。

"鸡犬遥闻仙境异",是说这里看上去似是神仙居住的地方,其实和神仙居住的地方是不一样的,因为这里还有鸡犬相闻之声——这里不是仙境,这里是桃花源一般的美好的人间。晋人陶渊明《桃花源记》云:"阡陌交通,鸡犬相闻。"——道路交织相通,鸡狗的叫声互相都能听得见。这家种菊花的人家,正处在"东流水"这样一片人间仙境之中。

"东流水",顾名思义这里的水是往东流去的。既然是往东流去,那么它的上游就应该在西边。《桃花源记》云:"忽逢桃花林,夹岸数百步,中无杂树,芳草鲜美,落英缤纷。"——忽然碰到了一片开满桃花的树林,两岸几百步之内,没有任何其他树木,芳香的青草鲜嫩美好,桃树上的花朵纷纷飘落下来。

因为现在是秋天,没有桃花,所以蒲松龄说"桃花疑在水西头"——我怀疑桃花还在水流的西头没有流到这里来呢。

若说上一首诗以描写种菊花的那家庭院为主,接下来的这第二首,上来这两联,就是写此地的大环境和整体景象了。

"小榭池塘物色嘉",这里既然是"家家泉水,户户垂杨"的所在,小巧的台榭和澄碧的池塘是少不了的。"物色",指风物、景色。"物色嘉",就是说这里的小榭池塘以及小榭池塘之间的各种景物,都是非常美好的。

"楼台秋树接烟霞","烟霞"指烟雾和云霞。大家要知道,这里所说的烟雾,是指轻烟一般的雾气,是大自然的一种美好的景致,不是现在污染环境闻着呛嗓子的烟雾。近处是楼阁亭台,再远处一点儿就是秋原上的树木,更远处就是美丽的烟云彩霞,景色当然是再美丽不过了。

因为景色优美、环境幽雅,这里自然就成了山东一带最有名的地方。"胜传东国无双地","胜传"就是美名远扬的意思。"东国"指东部地区,这里说的是山东所在地区。"无双地",就是独一无二的地方了。

那么,这个独一无二的地方——也就是东流水——坐落在哪里呢?"路出西城第一叉",你顺着往城西的路走,走到第一个分岔的地方就到了。这是蒲松龄时代,现在再去东流水,道路可能比过去复杂多了。当然现在有了电子导航系统,寻找起来可能比那时反而方便多了。

王戎是琅琊郡临沂县(今山东省临沂市)人,三国至西晋时期的名士、官员,也是著名的"竹林七贤"之一,曾进封安丰县侯,所以人称"王安丰"。就是这么一个有名的人物,偏偏有一些性格上的怪癖,被后人世代传诵。南朝宋刘义庆《世说新语·俭啬》记载了王戎的一个故事:

王戎有好李,卖之,恐人得其种,恒钻其核。

译文:

王戎家有品质很好的李子,卖出去,怕别人得到那树种,就常常先把那李子的种子钻破再卖。

"曾有安丰私玉李",说的就是这件事。"私",私自占有,不舍得给别人。"玉李",如玉石一般晶莹圆润的李子,看上去就给人一种温暖甜美的感觉。

曾听说西晋的王戎吝啬自己家的李种,倒不曾听说东晋的陶渊明吝啬自己家的菊花。"靖节"指东晋诗人陶渊明。南朝宋颜延之在《陶征士诔》中说:

夫实以诔华,名由谥高。苟允德义,贵贱何算焉?若其宽乐令终之美,好廉克己之操,有合谥典,无愆前志。故询诸友好,宜谥曰"靖节征士"。

译文:

一个人的内在品质需要"诔"来显示,而其名声也要靠"谥"来宣扬。倘若确实符合德义,是贵是贱又何必计较呢?而陶渊明有"宽乐令终"的美好品行,有"好廉克己"的高尚情操,合于《谥法》的规定,也不违背前人的记载。所以征求亲朋好友的意见,认为应该谥为"靖节征士"。

根据古代《谥法》,"宽乐令终"就可以谥为"靖","好廉克己"就可以谥为"节"。这两点陶渊明都符合,所以谥为"靖节"。"征士"就是学问品行很高却不做官的隐士。在古代,只有皇帝和王侯才有资格获得谥号,陶渊明不是皇帝,也不是王侯,他的谥号是由亲友们商量着私自定下的,这种谥号叫"私谥"。

"不闻靖节吝黄花",陶渊明喜欢菊花那是世人都知道的,比如宋人周敦颐就说:"晋陶渊明独爱菊"(《爱莲说》)——晋朝的陶渊明唯独喜欢菊花——可是没有听说陶渊明因为喜欢菊花而吝啬得把好的菊花品种藏起来不传给外人。这当然是对东流水菊园主人的奉承与赞美。

"携来佳种容相易",蒲松龄说,更何况这次我代表我们主人毕刺史来向您求菊花,是带着好的品种来交换的。蒲松龄是文化人,话说得很客气,"容相易",或许您会和我们交换吧?这样有礼貌,这次"交易"是一定会做成,并且双方都会心满意足、笑脸相向的。

其实,此前蒲松龄曾经甚至多次来到这里交易菊花名种了,所以他才说"金谷重寻太尉家",就是说我这次是重新到太尉家来寻找金谷园。

"金谷园"是西晋富豪石崇的别墅,遗址在今洛阳老城东北,是古代著名的园林。在这里,蒲松龄是用金谷园比喻菊园主人的园林。"太尉"也是指的石崇,此处蒲松龄借来代指菊园主人,我感觉多少有点儿不伦不类,只不知当事人感觉如何？除非他是一位退休的达官显贵。

事实上，到康熙四十三年（1704年），蒲松龄65岁的时候，他还又陪同邱行素师徒来过一次东流水——关于邱行素，我们在前边讲《豹山》那首诗时已经提到过了——并写下一首七言绝句《邱子行素师弟邀游东流水》。

邱子行素师弟邀游东流水

石家金谷避嚣尘，可奈挝门众恶宾。
便了涕长强开户，犹将白眼看游人。

蒲松龄说"石家金谷避嚣尘"，尽管说这个地方远离尘嚣，是个清雅幽静的好地方，可还是把它比作晋朝石崇富贵荣华的金谷园。"可奈挝门众恶宾"，这一句是站在开门者的角度写的。"可奈"，是可恨的意思。"挝（zhuā）门"，是敲门的意思。"众恶宾"，是说邱行素师弟——老师和弟子——再加上蒲松龄等来敲门的时候，可能那位看门人正在忙着或睡午觉，就很不耐烦，把他们看作是一伙庸俗不堪或不怀好意的客人。

"便了涕长强开户"，"便了"，是汉朝文学家王褒家的一个童仆的名字，在此代指看门的仆人。"涕长"，是说这个仆人流着长长的鼻涕。"强开户"，就是很不情愿地来开门。"犹将白眼看游人"，是说这个看门的仆人就算勉强开了门，也是斜楞着白眼看他们，对他们表示很蔑视。

蒲松龄是小说家，用这种小说笔法描写人物当然在行。因为这个仆人的态度不友好，惹得蒲松龄就用这种描写来讽刺他。蒲松龄上次来是13年前，那时可能就是这个人看门，给蒲松龄的印象也不友好，所以蒲松龄就把这里比作富豪石崇家，把这个仆人看作是达官显贵家的恶仆。

古历亭

济南有一条古老的水流叫泺(luò)水。

关于泺水，我国古老的地理著作、北魏郦道元《水经注》中有一段记载，因为一般读者很少有机会接触到《水经注》原文，即使接触到也很难完全看懂，所以我借机把这段文字引在这里并加以翻译，以便大家顺利阅读，了解一点儿济南水系的旧日风貌。

《水经注》卷八《济水二》云：

济水又东北，泺水入焉。水出历城县故城西南，泉源上奋，水涌若轮。《春秋·桓公十八年》，公会齐侯于泺是也。俗谓之为娥姜水，以泉源有舜妃娥英庙故也。城南对山，山上有舜祠。山下有大穴，谓之舜井，抑亦茅山禹井之比矣。《书》：舜耕历山，亦云在此，所未详也。

其水北为大明湖，西即大明寺，寺东北两面侧湖，此水便成净池也。池上有客亭，左右楸桐，负日俯仰，目对鱼鸟，水木明瑟，可谓濠梁之性，物我无违矣。湖水引渎东入西郭，东至历城西而侧城北注陂(bēi)。水上承东城历祀下泉，泉源竟发。其水北流，迳历城东，又北，引水为流杯池，州僚宾燕，公私多萃其上。

分为二水：右水北出，左水西迳历城北。西北为陂，谓之历水，与泺水会。又北，历水枝津首受历水于历城东，东北迳东城西而北出郭。又北注泺水，又北，听水出焉。泺水又北流注于济，谓之泺口也。

译文：

济水再向东北流，泺水就注入进来。泺水发源于历城县老城西南面，源泉往上喷发，浪头滚滚如车轮。《春秋·桓公十八年》记载，鲁桓公在泺水会见齐侯，说的就是这条水。俗称娥姜水，因为泉源有舜的妃子娥皇、女英庙的缘故。这座城南面朝向一座山，山上有舜祠。山下有个大石洞，叫作舜井,或许也和茅山禹井性质相同。《尚书》上说:舜在历山耕种,也说就是这个地方,不大清楚。

　　泺水北流就是大明湖,西边就是大明寺,大明寺东北两面靠近湖,这湖水就成为净池了。池上有客亭,左右是楸树和桐树,在日光照射之下仰观俯察,水中是游鱼高处是飞鸟,湖水树木相映衬,明净亮丽极了,真就像庄子在濠梁之上,和自然融为一体了。湖水沿着沟渠,东流进入西边的城郭,往东进入历城西面,沿着城边往北就注入了池塘。池塘上边连接着东城历祠下的泉水,源泉争相喷涌。泺水再往北流,经过历城东面,继续往北,在那里引水蓄成流杯池,州里的官员设宴招待宾客,或公或私都在这里聚集。

　　然后,泺水分为两条:右边一条往北流,左边一条往西流过历城北面。西北有一道水流,称为历水,和泺水汇合。接着往北流,有一条历水的支流上口在历城东边承接历水,再往东北流过东城的西面,就北流出城墙了。历水再往北注入泺水,再往北,又分出听水。泺水继续往北流注入济水,这里就称为泺口。

若是没有古地图对照着,文中的东西南北太过复杂,一会儿就把人给转晕了。但是其中几个大的问题,还是能够看明白的。

第一,这"泉源上奋,水涌若轮",说的就是趵突泉,也就是说趵突泉是泺水的源头。第二,这"城南对山,山上有舜祠。山下有大穴,谓之舜井",说的就是历山(今千佛山)上有舜祠,山的下边有舜井。第三,这"其水北为大明湖",点明了大明湖的位置。第四,这"泺水又北流注於济,谓之泺口",点明了泺口的位置。

我们知道,《水经注》中所记这些水流的地理方位和流经方向,都是1500年前的样子了,现在多已发生了变化。反过来说,我们今天还能知道1500年前的泺水的详细情况,也多亏了《水经注》的详细记载。

我们这篇文章重点是说古历亭。我们来看《水经注》中的这句话:"其水北为大明湖,西即大明寺,寺东北两面侧湖,此水便成净池也。池上有客亭……"这里的"客亭",指的就是古历下亭。元人于钦《齐乘》"大明湖"条云:"城西五龙潭侧古有北渚亭,岂池、亭遗迹邪?"——城西的五龙潭旁边古有北渚亭,这难道就是郦道元所说的"净池"和"客亭"的遗迹吗?虽说用的是疑问语气,但对此还是有所肯定的。可我们知道,现在的历下亭不在五龙潭而在大明湖内,这是怎么回事呢?

原来历下亭历史悠久,位置也多次发生变迁。北魏至唐代,历下亭在五龙潭处,称"客亭",顾名思义就是官府为接迎宾客而建造的,至唐朝初年始称为历下亭——因为在历山下边,故名。唐朝天宝四年(公元745年),杜甫因到临邑县(今属德州市)看望其异母弟杜颖——时任临邑县主簿——途经济南,正碰上北海郡太守李邕在济南,两人一起游宴于历下亭。

杜甫即席赋诗一首《陪李北海宴历下亭》,其中的名句是:

海右此亭古,济南名士多。

译文:

大海的西边这座亭子最古老,济南是一个名士辈出的地方。

现代作家郁达夫有句诗说"江山也要文人捧"(《乙亥夏日楼外楼坐雨》)——江山也是需要文人来赞美的。自从被杜甫捧过之后,这座历下亭更是名扬天下、声传遐迩了。

这座历下亭,后来因年久失修,就逐渐废弃了。到了北宋年间,又重建历下亭,位置在大明湖南岸的州衙宅后。后来又屡经兴废变迁,到了清康熙三十二年(1693年),山东盐运使李兴祖在大明湖湖中岛上重建历下亭,坐北朝南,悬挂匾额为"古历亭",这就是现在我们见到的历下亭。

历下亭是夏天修建竣工的,竣工后不久,蒲松龄因事到济南,就游览了新建的历下亭,并赋七言律诗一首《重建古历亭》。

重建古历亭

大明湖上一徘徊,两岸垂杨荫绿苔。
大雅不随芳草没,新亭仍傍碧流开。
雨余水涨双堤远,风起荷香四面来。
遥羡当年贤太守,少陵嘉宴得追陪。

重建古历亭　王春荣绘

　　历下亭在大明湖湖中岛,进了大明湖要走一段路程,并且须乘船才能到达。所以蒲松龄说"大明湖上一徘徊","徘徊"就是散步、溜达的意思。古历亭在大明湖重建了,这是轰动山东的一件文化大事,蒲松龄这个未来的文化名人闻讯也来观光,可是因为是第一次来,一下子还找不到,拐弯抹角跑了不少路,问了好几个人才找到,才登上了湖中岛,才见到了历下亭。

　　站在历下亭,左右一望,"两岸垂杨荫绿苔",高处是青翠轻抚的垂柳,地面是碧绿的青苔,碧绿的青苔都躲在垂柳的浓荫里。照理说,隔着开阔的水面,两岸的翠柳能够看得见,翠柳下的青苔一定看不见。

　　可是现在是看不见,刚才来的时候走在路上却看得清清楚楚,因为古人说"应怜屐齿印苍苔"(宋叶绍翁《游园不值》)——应该是因为怜惜苍苔,怕被我的鞋踏伤,我还一路躲着走呢,所以这写的是记忆中的印象。

　　到了历下亭,就看到了楹柱上那副对联:"海右此亭古,济南名士多。"刚才我们说过,这是诗圣杜甫的著名诗句。"大雅"指的就是以杜甫为代表的历代歌咏历下亭的那些诗歌。"大雅不随芳草没",就是说随着芳草的枯荣,古历亭毁掉很多次了。可是古人的这些诗句,没有随着时间的推移而被人们忘掉。古历亭之所以旋毁旋建,就是因为人们还记得这些诗句。

诗句是古老的，现在看到的亭子却是新的。亭子虽然是新的，可让人还能感到历史的传承，因为"新亭仍傍碧流开"。古历亭建在五龙潭的时候和建在大明湖南岸的时候，都是靠近流水的，今天的亭子依然靠近流水，所以看起来并没有任何违和的感觉。

蒲松龄来游观古历亭的前几天正好下了雨，大明湖的水涨了，南北两岸看起来格外远了。因为历下亭在湖中岛上，四周都是水面，水面上长满了荷花，所以小风一吹，四面都是荷花的香味。"雨余水涨双堤远，风起荷香四面来"，这一联语写得非常细致形象，也可以划入"大雅"之列。

在这样一个水涨荷香的美好日子里，若是有人陪着喝喝酒、作作诗是最好不过了。可是今天竟没有。于是蒲松龄不由得又想起了著名文士、书法家，北海太守李邕（yōng）和著名诗人杜甫宴历下亭的那个美好的故事。

"遥羡当年贤太守"，从那时到现在已经近千年了，所以说是"遥羡"——隔着遥远的时光羡慕。"贤太守"，指的就是北海郡太守李邕，人称李北海，杜甫在诗题中也称他为李北海。北海郡治所在今山东潍坊青州市，李邕也是大老远跑来的。

"少陵"就是杜甫。杜甫寄居长安时期，曾居住在杜陵（汉宣帝墓）北、少陵（汉宣帝许皇后墓）附近，所以称"杜陵野客""少陵野老"。"嘉宴"就是盛宴，美好的宴会。"少陵嘉宴得追陪"，杜甫到济南来，追随着李邕在历下亭进行盛宴，这是蒲松龄很羡慕的事情。

蒲松龄尽管没有考中举人、进士，从而进入仕途，可他一辈子写诗作赋不辍，他是把自己看作和杜甫没有多大区别的文学之士的。杜甫能有李北海陪着宴历下亭，留下了千古佳话；自己来到历下亭，没有人陪着酒宴。蒲松龄很自信地想："千百年后，这可能不是我的遗憾，而是当地官员的遗憾吧？"

不管是谁的遗憾，蒲松龄当时逛完了历下亭确实觉着有那么一丝遗憾。所以第二年，也就是康熙三十三年（1694年），他又来到历下亭，再留下一首七言律诗《古历亭》。

古历亭

历亭湖水绕高城，胜地新开爽气生。
晓岸烟消孤殿出，夕阳霞照远波明。

谁知白雪清风渺，犹待青莲旧谱兴。
万事盛衰俱前数，百年佳迹两迁更。

现在的济南城大了，大明湖小了。古时的大明湖几乎占去济南城的一半，所以才有"一城山色半城湖"的说法。"历亭湖水"，说的是历下亭所在的大明湖水。"绕高城"，看起来是湖水绕着高高的城墙，实际上是高高的城墙护绕着大明湖。可是由于湖水面积太大，到底是谁绕着谁，在一定范围内，还真是看不清楚。"历亭湖水绕高城"，就把济南城水城相绕的特点给写出来了。

在这样的一座名城，又新建了一座古历亭，真是使整个城市都清新爽朗起来了。"胜地新开爽气生"，"胜地"就是风景优美的地方。"新开"，去年刚刚重建了古历亭，所以算是新开辟的。"爽气"指明朗开豁的自然景象。

打个比方，济南城，特别是大明湖一带，因为新建了古历亭，就像一个人换上了一身新衣服，整个精气神都抖擞起来，连走路都与往日有些不同了——格外轻松带劲儿。

历下亭北边坐北朝南，还有大厅五间，硬山出厦，花雕扇扉，名曰"名士轩"，是历代文人雅士的宴集之地。每天早晨湖岸上烟消云散的时候，人们首先看到的就是这座名士轩。"晓岸烟消孤殿出"，"孤殿"，四周没有遮挡物的大殿，这里指名士轩。

"出"这个位置应该是个仄声字，而"出"现在读平声，似乎不合格律了。其实在《佩文诗韵》中，"出"属于"入声四质"韵，也就是说和"质"一个声调，这样就完全符合格律了。

早晨烟消雾散之后看到的是名士轩，晚上夕阳将落之时看到的是远处明亮的水波。"夕阳霞照远波明"，站在历下亭远望湖面，夕阳之下水波粼粼、光影闪闪，这种景象很容易让人想起法国画家莫奈那幅有名的《日出·印象》，相同的意境，我们在江苏篇分析那两首《堤上作》时已经说过了。

七言律诗的中间两联，最好是一联写景，一联抒情。写景的这一联是实写，抒情的这一联是虚写。《红楼梦》第四十八回，香菱跟着林黛玉学写诗，林黛玉教导她说："虚的对实的，实的对虚的。"很多人说林黛玉说错了，应该是"虚的对虚的，实的对实的"。从词语的对仗方面来说，确实是虚词对虚词，实词对实词，相同词性的词语才能形成对仗。但林黛玉说的或许不是这个意思，她是想说律诗中间的这两联，最好是一联实写，一联虚写，虚的一联和实的一联相对应才好。

当然了，正像林黛玉所说，确实有了好句子，就算虚实不对应，也是不碍事的。

上一联是写实景，下一联来写虚情。当然这里说的"虚情"不是虚情假意的意思，而是说与真实可见的景物比起来，诗人所抒发的感情都是看不见摸不着的，似乎是一种虚空的存在。正因为是一种虚空的存在，所以才能把诗歌的意境从有限引向无限，因此最好是虚实相对。

"谁知白雪清风渺"，"白雪"，指的是明朝"后七子"之首李攀龙建在大明湖百花洲上的白雪楼，代指李攀龙所代表的文学成就。"清风渺"，是说李攀龙的文学成就和他的白雪楼，其影响就像清风一样越来越渺茫了。

但是不要紧，正像后来的赵翼所说的那样，"江山代有才人出，各领风骚数百年"（《论诗五绝》其二）——天地之间每一代都会有才子出现，各自领袖诗坛几百年——李攀龙的影响是越来越小了，"犹待青莲旧谱兴"，我们还期待着像李白那样的诗人在不久的将来出现呢。

"青莲"指的是李白，因为李白号青莲居士。李白也曾在济南留下诗篇《陪从祖济南太守泛鹊山湖三首》。"旧谱兴"，是说老的谱系上再出新人。从李白到李攀龙，"旧谱"算是"兴"过一次，那么李攀龙之后李家还有"领风骚"的人吗？

目前看来还没有，但是重建古历亭的山东盐运使李兴祖，虽然不以写诗出名，却也是有一定影响力的文人。何况他的名字是"兴祖"，说不定振兴李家祖业真的会从他开始。那么，我们就耐心等待着吧。

是啊，万事都由前定，急也急不得，就算你不急，到时该来也就来了。"万事盛衰俱前数，百年佳迹两迁更"，谁能想到百年之间，李攀龙的白雪楼和古历亭这两座名胜古迹都能搬迁到大明湖中来呢？由此看来，未来还是可期的。"前数"，前生命定的运数。

通过这两句诗，我们看出蒲松龄对山东的文学运势是充满期待的——其中有没有一定的自我期许呢？我想是有的吧。

蒲松龄写了这两首描写古历亭的七言律诗，感觉仍然意犹未尽，就再写一篇《古历亭赋》，以表达自己对古历亭的喜爱之情。其篇末云：

噫嘻！于今百年来，再衰再盛，恰逢白雪之宗；焉知千载下，复废复兴，不有青莲之后哉！

译文：

哎呀！距今百年以来，衰了再盛，正碰上李攀龙的同姓李兴祖；怎么知道千年之后，废了再兴，不会有李白的同姓后代呢？

蒲松龄对山东的文学事业念兹在兹，只遗憾自己不是姓李的，若是姓李，能续上李白、李邕、李攀龙、李兴祖这一脉，就好了！

稷门客邸

清初文坛领袖、神韵派大师王士禛是山东济南府新城县（今淄博市桓台县）人，青少年时期，他曾在济南居住过一段时间，对济南感情很深，并留下了著名的诗作《秋柳四首》和名胜古迹"秋柳园"。

由于这层关系，王士禛常常喜欢自称为"济南人"。比如他说："婉约以易安为宗，豪放为幼安称首，皆吾济南人，难乎为继矣。"（《花草蒙拾》）——婉约词以李易安为正宗，豪放词以辛幼安称第一，他俩都是我们济南人，是后人难以超越的。王士禛是以和李清照、辛弃疾同乡而自豪的。

几十年间，蒲松龄无数次到济南，对济南也充满了感情，写下了数十篇与济南有关的诗文，甚至和担任过山东盐运使、山东按察使、山东布政使的喻成龙还颇有交情。可是他到济南，除了唯一一次拜见喻成龙时住在官舍里，其他时候都是住在客舍里。济南没法接纳他，他自觉也成不了"济南人"，永远都是一个过客，所以他的诗题中就常常出现一个"客"字。

康熙三十六年（1697年），蒲松龄58岁。此年不是乡试年，据学者考证，此时蒲松龄大概也已死了心，不再参加乡试考试了。不知是陪着学生参加府、院考查秀才的考试，还是有别的事情，这年秋天，他又来到了济南，并留下一首七言律诗《稷门客邸》。

稷门客邸

年年作客芰菱乡，又是初秋送晚凉。
露带新寒花落缓，风催急雨燕归忙。
浅沙丛蓼红堆岸，野水浮荷绿满塘。
意气平生消半尽，惟余白发与天长。

我们知道，战国时期齐国首都临淄有著名的"稷（jì）下学宫"，可以说是世界上最早的官办高等学府，也相当于最早的社会科学院。"稷下"是春秋时候的古地名，因为在临淄稷山之下而得名。那么，稷山为什么叫稷山呢？元人于钦《齐乘》"稷山"条云：

稷山，临淄西南十三里。《隋志》曰：临淄有稷山。《齐记补》曰：山旧有后稷祠，故名。

译文：

稷山，在临淄西南13里处。《隋书·地理志》说：临淄有一座稷山。《齐记补》说：山上以前有一座后稷祠，所以叫稷山。

"稷门"就是临淄稷山之下齐国故城的西门。可是不知是什么原因，蒲松龄在诗文中多次称济南为"稷下"或"稷门"。有人说山东是齐国故地，所以也称省治为"稷下"或"稷门"。这种说法似乎有道理，但我一直感觉不够惬心贵当。在没有找到更准确的说法之前，我们先这样信着。

蒲松龄这首诗的题目叫《稷门客邸》，意思就是住在济南的客店里。"邸(dǐ)"，就是旅店。比如宋人林昇有一首《题临安邸》，就是题写在临安（今杭州）的旅店里。

"芰菱"，菱是水生植物，所开之花叫菱花，所结之果叫菱角，芰是菱角的古称。"芰菱乡"，济南有七十二名泉，几乎是家家泉水，故称泉城，也可以称为水城。因为水中长满菱花、菱角，所以也叫作"芰菱乡"。蒲松龄说"年年作客芰菱乡"，就是说年年都到泉城济南来。

至于他年年因何事到济南来，他没有说，我们猜测，以前是他自己来参加乡试，后来是陪着学生参加府试和院试，当然还有其他原因，比如替主人毕际有到济南选取好的菊花品种等。他参加乡试的时候，是三年来一次，现在可能一年来数次，总之"年年"是一种概括宽泛的说法。

今年秋天他又来了，又是初秋季节，又是晚风送凉。"又是初秋送晚凉"，虽说年年都是一样，估计也没什么好看的，可还是出去转转吧，看看能否发现什么新鲜东西，也好写首诗解解忧愁，消消烦闷，总比在客店里闷着强。

其实真没什么新鲜东西。又是"露"啊"花"啊，又是"风"啊"燕"啊，这些东西年年到了此时都会呈现出相同的情景。尽管今年的情景和往年相同，可是还是值得写一写。为什么呢？因为在仔细的观察当中，蒲松龄发现了与往年不一样的一些细节,或者说往年虽然发现却没有写到诗中的一些细节。

"露带新寒花落缓,风催急雨燕归忙",我认为这一联应该是倒装句,就是说后一句应该在前,前一句应该在后,只是为了"缓"是个仄声字、"忙"是个平声字,才写成了现在这个样子。

为什么这样说呢?因为那时刮起了疾风,紧接着就是骤雨,疾风骤雨当中,燕子归去得很匆忙。不一会儿,雨停了,可是因为天气刚刚变冷——正所谓一场秋雨一场寒——露珠似乎凝冻在花朵上了,又吹了几阵寒风,才和花朵一起慢慢落下来。

你看,那里正是一片水,水边是浅浅的沙滩——其实是沙滩旁的水浅浅的,或浅浅的水边的沙滩——沙滩边上一丛一丛的水蓼堆积着,迎风摇曳,像是燃烧的火焰,整个水岸都成了红色的,给这寒冷的秋天增加了不少暖意。

蓼(liǎo),一年生草本植物,喜欢生长在浅水中,味道辛辣,所以也叫辣蓼。花期在夏秋之交,开白色或浅红色小花。蓼花中有一种叫水荭(hóng),多见于北方的田野道旁、河边湿地,花呈穗状花序,长而下垂,微风吹来姗姗而动,颇具神韵媚姿,深得文人雅士的喜爱。

宋人梅尧臣《水荭》诗说:"无香结珠穗,秋露浥罗巾。"——没有香味却结着珍珠般的穗头,好像丝罗的巾帕沾湿了秋露。宋人刘克庄《水荭》诗说:"分红间白汀洲晚,拜雨揖风江汉秋。"——在沙洲的傍晚,看到的是红白相间的水荭;在这长江汉水之滨的秋天,水荭像在对着雨下拜对着风作揖。"浅沙丛蓼红堆岸",蒲松龄看到的估计也是这种水荭。

看完了红蓼,我们接着再来看绿荷。"野水浮荷绿满塘","野水"有两个意思,一是野外的水流,二是非经人工开凿的天然的水流。在这里两方面意思是都有,既是野外的,也是天然的。野外天然的水流中,绿色的荷叶浮满了池塘,远远看去,就像是铺着一层绿色的锦缎。

小风一吹,很容易让人想起朱自清《荷塘月色》中的句子:"叶子本是肩并肩密密地挨着,这便宛然有了一道凝碧的波痕。叶子底下是脉脉的流水,遮住了,不能见一些颜色;而叶子却更见风致了。"

现代作家林语堂说:"唐诗中间的两联必须名词、形容词对仗,有时中间的两组对句完全是修饰用语,前两句和末两句才代表真正的诗题,不过结构完美的唐诗应该浑然一体。"(《苏东坡传》)

现代学者施蛰存说:"一首律诗,主题思想的表现,都在第一联和第四联。第二联和第三联,虽然必须做对句,较为难做,但在表达全诗思想内容,并不占重要的地位。我们如果把这首诗的第二、三联删去,留下第一、四联,这首诗的思想内容并没有重要的缺少。"(《唐诗百话·王绩:野望》)

施蛰存说的"这首诗"是唐初诗人王绩的《野望》,我们要说的蒲松龄的这首诗,情形也是一样:

年年作客芰菱乡,又是初秋送晚凉。
意气平生消半尽,惟余白发与天长。

年年都到这泉城水乡来做客,当年的王士禛常称自己为"济南人",我什么时候也能毫无愧色地说自己是"济南人"呢?在这样一个凉风吹起的初秋的傍晚,想起我平生的意志与气概,当年是多么豪壮,而现在有一半消磨尽了。现在还剩下什么呢?只剩下和天一样长的白发。

李白说自己"白发三千丈"(《秋浦歌十七首》其十五)——头上的白发有三千丈长,蒲松龄的白发和天一样长,看来他的忧愁比李白还要厉害了。

过舜庙

我们知道,尧、舜、禹是中国古代赫赫有名的人物。而在济南,其中的舜格外有名,可以说是无人不知,无人不晓,整天挂在男女老少的舌头上和耳垂上。为什么会这样呢?因为尧和禹与济南没有直接联系,而舜则和济南关系密切。不说别的,假如没有舜,济南的许多地名现在还不知叫什么呢。

我们还知道,济南南部有一座绵延起伏的大山,古称历山,也叫舜山或舜耕山。这座山为什么叫历山?据清人顾祖禹《读史方舆纪要》卷三十一《山东二》云:

历山……或以为即靡笄(mǐ jī)山,"靡"与"歷"相近也。《春秋》成二年:鞍之战,晋师从齐师至于靡笄之下。

译文:

历山……有人认为就是靡笄山,因为"靡"和"歷"不管是字形还是读音都相近,所以就讹为历山了。《春秋》成公二年所说的鞍之战,晋军追赶齐军到了靡笄山下——这个靡笄山就是历山。

历山之所以叫历山,算是基本明白了。"历城""历下"这些名字都是因为历山的缘故。可历山为什么叫靡笄山呢?大概总和头发、簪子之类有点儿关系,这里就不去追究了。

那么历山为什么又叫舜山或舜耕山呢?这有个传说故事。先秦的《墨子·尚贤下》中说:"昔者,舜耕于历山。"——很久以前,舜在历山耕田种地。汉代司马迁的《史记》也说"舜耕历山"。由此看来,是因为舜曾在历山上耕种过田地,所以才叫舜山或舜耕山。

到了隋代开皇年间,佛教盛行起来,信徒们在舜耕山的山崖峭壁上凿刻了千百座大大小小的佛像,所以舜耕山也叫千佛山。现在千佛山和趵突泉、大明湖一

起,并称济南三大名胜,也是闻名全国的旅游胜地。元人于钦在《齐乘》"历山"条中说:

历山南属泰山,东连琅邪。崇冈迭嶂,脊脉不断。钦尝有诗云:"济南山水天下无,晴云晓日开画图。群山尾岱东走海,鹊华落星青照湖。"

译文:

历山南边紧连着泰山,东边连着琅邪山。山岗高耸山头相连,一条山岭连绵不断。我曾经写诗说:"济南的山水是全天下所没有的,晴天的白云和早晨的日光像打开了图画。群山作为泰山的尾巴直奔东海,鹊山和华不注山就像两颗落下的星星,把青翠反照在大明湖中。"

于钦的诗虽然写得很一般,气势还是有的。历山作为泰山余脉,其千里奔走东海边的气势,也确实能够动人心魄。

由于千佛山气象万千,对古今文人具有极强的吸引力。其中著名的"佛山倒影",在清人刘鹗《老残游记》中就有一段精彩描写:

到了铁公祠前,朝南一望,只见对面千佛山上,梵宇僧楼,与那苍松翠柏,高下相间,红的火红,白的雪白,青的靛青,绿的碧绿。更有那一株半株的丹枫夹在里面,仿佛宋人赵千里的一幅大画,做了一架数十里长的屏风。正在叹赏不绝,忽听一声渔唱。低头看去,谁知那明湖业已澄净得同镜子一般。那千佛山的倒影映在湖里,显得明明白白。那楼台树木,格外光彩,觉得比上头的一个千佛山还要好看,还要清楚。这湖的南岸,上去便是街市,却有一层芦苇,密密遮住。现在正是着花的时候,一片白花映着带水汽的斜阳,好似一条粉红绒毯,做了上下两个山的垫子,实在奇绝。

大明湖上边是千佛山,千佛山下边是大明湖,湖和山就奠定了济南这座城的基本格局。《老残游记》接着说:

老残心里想道:"如此佳景,为何没有什么游人?"看了一会儿,回转身来,看那大门里楹柱上有副对联,写的是"四面荷花三面柳,一城山色半城湖",暗暗点头道:"真正不错!"

铁公祠楹柱上这副对联"四面荷花三面柳,一城山色半城湖",可以作为济南大明湖和整个城市总体景观的定评——最起码在清代以前是这样。其中所说的"一城山色",千佛山又占去了一大半。可见千佛山也就是舜耕山对济南城的重大意义。

前边我们讲《古历亭》那首诗时,曾引用过《水经注》,其《济水二》中说泺水的源头是趵突泉,泺水又称为"娥姜水",因为趵突泉附近有舜的妃子娥皇和女英的庙的缘故。"娥姜水"的这个"娥"是指娥皇,那"娥姜水"的这个"姜"是什么意思呢?不知道,估计有可能是女英之"英"的误写。正如千佛山之所以叫千佛山是因为山上佛像多,之所以叫舜山或舜耕山是因为舜曾在山上耕种,那因为娥皇和女英的缘故,这条河就称娥英水了。

《济水二》还说,城南面对着山,这就是历山了。山上有舜祠,这就是祭祀舜的庙宇了。山下有大穴,谓之舜井,这就是现在舜井街所在的地方了。蒲松龄60多岁的时候,又一次来到济南,顺便前往拜访了舜庙,并写下一首七言律诗《过舜庙》。

《济水二》还说"水上承东城历祀下泉,泉源竞发","祀"是祭神的地方,这个"历祀"也有人写作"历祠"。或许离历水源头舜井不远的这个"历祠",就是济南的另一处舜庙。清雍正《山东通志》卷二十一记载:"帝舜庙,在府治西南,庙西有二妃宫,祀娥皇、女英。旁有舜井。"——舜帝的庙,在府治的西南,庙的西边有二妃宫,祭祀着娥皇和女英。舜庙旁边有舜井。这说的都是一个地方。

蒲松龄拜谒的不是舜耕山上的舜庙,而是舜井街舜井旁的这座影响更大的舜庙。

过舜庙

辛巳,开府集僧道各百,醮(jiào)祝圣寿于大舜祠。祠灾火,三日不熄。明年夏,舜井泛溢,弥漫阶墀(chí)前,莽为墟,今汇为渚矣。

松杉祠庙总悲凉,万古游人吊舜皇。
十二牧重经烈火,三千年复见洪荒。

　　　　　劫灰断碣残烟黑,泡影摇波落照黄。
　　　　　谟盖当时存圣迹,孝名今一历沧桑。

我先把小序翻译一遍:

　　清康熙辛巳年,山东巡抚召集僧人、道士各百人,在大舜庙给皇上祝寿。庙里发生火灾,燃烧三天不熄灭。第二年夏天,舜井水流满溢泛滥成灾,大水淹没了台阶前面,庭院杂草丛生成为废墟,现在又回流汇集成为小洲了。

　　清康熙辛巳,是康熙四十年(1701年),那一年蒲松龄62岁。那一年山东巡抚召集僧道在大舜庙焚香祈祷给皇帝祝寿,不小心失了火把庙宇烧了个精光。第二年夏天发生水灾,舜井喷涌,又把地面全部淹没,后来成为废墟,现在又成了小洲。我们不清楚蒲松龄所说的这个"今汇为渚"的"今"是哪一年,所以也不好判断蒲松龄是哪一年来的,大概总是六十四五岁吧。
　　蒲松龄还没到舜庙,就先对舜庙的历史来了一番回顾。"松杉祠庙总悲凉,万古游人吊舜皇",舜庙庭院里的松树和杉树、祠堂与庙宇,平日里都显得非常悲凉。为什么会是这样呢?因为千秋万代以来,人们到这里吊唁的都是大舜帝。是啊,吊唁这样一位伟大的帝王,人们的心情肯定是凝重悲凉而不会是喜气洋洋的。
　　这样想着就到了舜庙。蒲松龄来到舜庙,看到的是怎样的景象呢?"十二牧重经烈火,三千年复见洪荒",经过烈火之后,这里是一番洪荒景象。古老的《尚书·尧典》中说:"咨十有二牧。"——舜对当时的十二州的君长长叹一声。"咨(zī)",表示叹气的声音。"牧",古代州的长官。
　　我们知道,《孟子·滕文公上》中说"孟子道性善,言必称尧舜"——孟子说人性本是善良的,开口不离尧和舜。《孟子》同篇还说:"舜使益掌火,益烈山泽而焚之,禽兽逃匿。"——舜命令伯益掌管用火的工作,伯益便用烈火将山野沼泽的草木烧毁,鸟兽都逃跑隐藏了。"十二牧重经烈火",是说自从舜划分十二州,让伯益焚烧山泽以来,天地之间又一次经历了大火灾。当然这是运用古书上舜的典故的夸张说法。"重(chóng)"是又一次的意思。
　　"洪荒",指混沌、蒙昧的远古状态。远古时代是一种什么样的状态呢?《孟子·滕文公上》"舜使益掌火,益烈山泽而焚之,禽兽逃匿"这几句话的上文是这样的：

> 当尧之时，天下犹未平。洪水横流，泛滥于天下。草木畅茂，禽兽繁殖，五谷不登，禽兽逼人。兽蹄鸟迹之道，交于中国。尧独忧之，举舜而敷治焉。

译文：

> 在尧管理天下的时候，天下还不安定。大水四处流淌，到处泛滥。草木疯了似的生长，禽兽不停地繁殖，粮食没有收成，鸟兽危害人类。中国大地上，到处都是兽的蹄印和鸟的爪印。尧自己感到很忧愁，就把舜推选出来总体管理各项工作。

这就是所谓的"洪荒时代"。从舜的时代到现在，大概有 3000 年了，没有想到"舜井泛溢，弥漫阶墀前，莽为墟，今汇为渚"，又一次见到了"洪荒时代"的景象。"复"也是又一次的意思。

在这一联诗中，蒲松龄的感情是深沉而梗阻的，为了配合这种哽咽感情，他写了两句句式很特别的诗。我们知道，在七言律诗中，句式一般是"上四下三"，并且上四还得是二二结构，下三则为一二或者二一结构。可是这两句却是"上三下四"。也就是说，按照音节结构，这两句诗应该这样读：

> 十二牧重——经——烈火，
> 三千年复——见——洪荒。

可是按照语法结构，要读成：

> 十二牧——重经——烈火，
> 三千年——复见——洪荒。

那么我们朗读这两句诗的时候，应该按哪一种结构来读呢？我认为理解诗意当然得按诗的语法结构，朗读还得按照诗的音节结构。施蛰存先生说："许多人朗诵古诗，只会按照语法结构读，所以读不出诗的音节美来。"（《唐诗百话·杨炯:从军行》)当然,按照"十二牧重——经烈火,三千年复——见洪荒"这样的节奏来读,总觉有点儿别扭。可你要知道,这点儿别扭劲儿,正是蒲松龄为了感情的需要,所特意设定的呢。我们若是体会不到,反而辜负了他的一番用心。

眼前的景象确实让人伤心,若把这种伤心之感直接表达出来,怎么都觉着浅白而不够沉郁。蒲松龄读书多,是运用典故的大师,接下来他还是借助典故来抒情。"劫灰断碣残烟黑",眼前看到的是劫火燃烧过的黑灰、被大火烧断的碑碣和残垣断壁上残留的黑烟。"劫灰"是一个典故。

晋人干宝《搜神记》卷一三说:

汉武帝凿昆明池,极深,悉是灰墨,无复土。举朝不解,以问东方朔。朔曰:"臣愚,不足以知之。可试问西域胡人。"帝以朔不知,难以移问。至后汉明帝时,西域道人入来洛阳。时有忆方朔言者,乃试以武帝时灰墨问之。道人云:"经云:'天地大劫将尽,则劫烧。'此劫烧之余也。"乃知朔言有旨。

译文:

汉武帝开凿昆明池,挖得非常深,池里全是黑灰,没有一点儿土。满朝人都弄不明白,就去问东方朔。东方朔说:"我很愚笨,不知道这是怎么回事。可以去问问西域的胡人试试。"汉武帝认为连东方朔都不知道,很难再去问别人了。到了东汉明帝的时候,有一个西域的僧人进入中原来到洛阳。当时有人想起东方朔所说的话,就试着拿汉武帝时的黑灰这件事问他。那西域僧人说:"佛经上说:'天地大劫将要结束时,就会有劫火焚烧。'这是劫火焚烧后留下的灰烬。"人们这才明白东方朔说的话是有深刻含义的。

蒲松龄认为舜庙这一次遭受火灾,是一次劫难,是一件冥冥之中有定的事情,是不以人的意志为转移的。因此尽管沉痛,却也无可奈何。而这种无可奈何的沉痛,就显得更为深入内心。

"泡影摇波落照黄",眼前看到的是水波上泛起的泡影,随着清风摇动,在夕阳的照耀下闪出黄色的光芒。"泡影"也是一个典故。《金刚经·应化非真分》说:"一切有为法,如梦幻泡影。"——人的所有行为,都像变幻的梦境和水泡的影子一样,是虚假不实和稍纵即逝的。舜庙虽说有千百年的历史了,可禁不住一场火灾,转瞬之间就如梦幻泡影一般灰飞烟灭了。这说起来仍然是痛彻心扉的感觉。

蒲松龄为什么有这样沉痛的感情呢?他看重的是舜对后世的影响。舜对后世的影响大而且多,蒲松龄最看重其哪一方面呢?是他的"孝"——"谟盖当时存圣迹,孝名今一历沧桑。""谟(mó)盖"就是谋害的意思。这说起来还有一个故事。

让我们先从古老的《尚书》说起,其《大禹谟》中说:

帝初于历山,往于田,日号泣于旻(mín)天。于父母,负罪引慝(tè)。祗(zhī)载见瞽叟(gǔ sǒu),夔(kuí)夔斋栗,瞽亦允若。至诚感神……

译文:

舜最初在历山的时候,到田野里去耕作,天天对着上天号哭。对于自己的父母,将他们的罪行和过错自己承担起来。恭恭敬敬地侍奉和往见瞽叟,庄重战栗,瞽叟也就相信他、顺从他。他的至诚感动了神灵……

"瞽叟",有的地方也写作"瞽瞍",就是双目失明的老头儿,传说中是舜的父亲。瞽叟有什么过错需要舜隐藏起来并且归罪于自身呢?《孟子·万章上》中万章说:

父母使舜完廪(lǐn),捐阶,瞽瞍焚廪。使浚(jùn)井,出,从而掩之。象曰:"谟盖都君咸我绩,牛羊父母,仓廪父母,干戈朕,琴朕,弤(dǐ)朕,二嫂使治朕栖。"象往入舜宫,舜在床琴。象曰:"郁陶思君尔。"忸怩。舜曰:"惟兹臣庶,汝其于予治。"不识舜不知象之将杀己与?

译文:

父母打发舜修理谷仓,等舜上了仓顶,就抽去梯子,瞽瞍就焚烧谷仓。又让舜去掏井,舜从井旁的洞穴逃出来,瞽瞍不知道就用土填井。舜的弟弟象说:"谋害舜都是我的功劳,牛羊归父母,仓廪归父母,干戈归我,琴归我,他的弓也归我,两位嫂嫂照顾我睡觉。"象朝舜的住房走去,却看到舜坐在床上弹琴。象说:"我想死你了。"样子却是忸怩不安。舜说:"我也想念这些大臣和百姓,你去给我管理他们吧。"——我不相信舜不知道象要杀死他。

象和瞽叟要杀死舜,我们都看得明明白白。舜装得好像什么事情也没发生,不光孟子的弟子不相信他不知实情,我们也不相信。可就是这样,舜不但不怨恨他的父亲,还归罪于己,这不就是"孝"的最高表现形式,或者说是极致的"孝"吗?

"谟盖当时存圣迹",是说瞽叟和象当年想谋害舜,没想到舜不但没被害死,还成了大圣人,留下了舜井、舜庙这样的圣人遗迹。"孝名今一历沧桑","一"同"已",舜的孝名至今已是历尽沧桑,可依然盛传不衰——为了宣扬舜的孝名,这座庙一定还会重建起来。

不错,这座庙在清代还得到了重修,香火依然旺盛。只是到了20世纪中叶前后,这里成了学校用房,后来拆除旧建筑盖起教学楼,舜的"圣迹"也就荡然无存了。

不过舜的事迹还存在济南人的心里,尽管越来越单薄,但短期内还不会完全消失。随着文化复兴运动的兴起,说不定还能再一次繁荣起来呢。

客邸晨炊

清康熙四十四年(1705年),蒲松龄66岁。这一年,他又来到了济南。年纪尽管大了,诗兴依然浓厚,又写下一首七言律诗《客邸晨炊》。

客邸晨炊

大明湖上就烟霞,茅屋三椽赁作家。
粟米汲泉炊白粥,园蔬登俎带黄花。
雁荒幸不沟渠转,充腹敢求脍炙嘉?
余酒半壶堪数醉,青帘虽近不曾赊。

蒲松龄是这一年的什么时候来到济南的呢?诗歌本身看不出来。诗歌中的"园蔬登俎带黄花"一句,也只说明了园里的菜蔬上顶着黄花,冬季显然不是,可春、夏、秋三季园蔬都开花,这到底是哪一季呢?若是实在不知道也就算了,偏偏同一年蒲松龄还写了一首七言律诗《三月赴郡途中作》,给我们做了提示。

此诗题中的"郡",指郡城,也就是郡治所在地。郡是古称,相当于明清时候的府,故这里指府城济南。蒲松龄此次因何事到济南,我们依然不清楚,可通过这首诗我们能够清楚蒲松龄《客邸晨炊》这首诗的时节背景,加之这首诗本身也写得很漂亮,我们不妨先来看一下。

三月赴郡途中作

马上吟鞭背晓晖,杏花卸尽燕飞飞。
风开细柳黄初褪,暖入平芜绿欲肥。
晚麦如丝春惨淡,旧村经眼梦依稀。
长途人自愁边至,惟见随阳雁北归。

蒲松龄的一生,由于生活条件所限,游迹并不广远。除了到过一次江苏的宝应、高邮和扬州——这在江苏篇已经说过,到过一次青岛的崂山,到过一次泰安的泰山,到过一次青州——这在后文也将慢慢说到,他最常走的道路也就是两条。这两条路几乎不用人亲自去,只放下蒲松龄的两只鞋子,也能轻车熟路吧嗒吧嗒走到目的地,因为蒲松龄走了几十年,走得太熟了。一条从王村西铺往西通往济南,一条从王村西铺往东通往蒲家庄。说白了这也只是一条路,以今天的眼光看来,都是经十路和经十路的延长线。

诗题叫《三月赴郡途中作》,诗中写的也是暮春三月蒲松龄赴济南途中的所见所感。蒲松龄会不会体育项目?我们不知道,因为那时没有体育比赛。但有一点我们都十分清楚,就是他非常善于骑马。

31岁那年,千里迢迢骑马去江苏宝应;32岁那年,又从江苏高邮骑马千里迢迢赶回淄川。在后来于西铺坐馆的数十年间,不管是赴济南还是回淄川,都是骑马。我认为,他的骑术一定是不错的,只不知他这一生骑老了几匹马。你看这一次,他又骑上马"嘚嘚嘚嘚"奔赴济南了。

通过"马上吟鞭背晓晖"这一句,我们可以看出,蒲松龄是早晨,最晚也是上午出发的,因为他出发的西铺毕府在东边,济南城在西边,而太阳是从东边升起,所以他才是"背晓晖"——背着早晨的阳光赶路。有人说了,假如是下午或者傍晚蒲松龄从济南回来,不也是"背晓晖"吗?是啊,你说得没错,可你忘了看题目。人家蒲松龄明明说的是"赴郡"而不是"离郡",那就只能是早晨或者上午了。

蒲松龄既然骑在马上,手里就一定拿着马鞭。既然拿着马鞭,并且又想作诗,口中还念念有词,那手里的马鞭就一定会比比画画——这时候的马鞭就成了"吟鞭"。蒲松龄由于经常骑马,经常作诗,所以也很喜欢"吟鞭"这个词,渐渐也迷恋上了执鞭吟咏的这个身段。若是看过本书前边的文章,就应该还记得我们在讲《夹山道上书所见》那首诗时,已经说过这个词。"吟鞭萧撼过长桥,三尺红尘小驷骄",那同样是一个很美的造型——在行人的眼里,这也是古经十路上一个熟悉而抢眼的造型。

由此,我就想起了清人袁枚的《随园诗话》。袁枚在卷三讲到陈楚南的《题〈背面美人图〉》,诗云:"美人背倚玉阑干,惆怅花容一见难。几度唤她她不转,痴心欲掉画图看。"——一个美女背倚着玉石栏杆,惆怅的花容想见一次都难。好几次喊她她头也不回转,我竟痴心妄想着掉过图画来从背面去看。这诗写得很有孩子气,所以袁枚赞其为"孩子语"。

蒲松龄那时虽然还没有"文言短篇小说之王"或"世界短篇小说之王"的称号,可他的《聊斋志异》早已写完多年,并逐渐在社会上产生了影响,剩下的只是零打碎敲的修修补补。

我们想象着这样一个当时已经出名、将来辉耀中国文坛的巨人,早晨起来兴兴头头骑马向济南赶去。他执鞭轻吟,自东徂西,马将他驮在背上,他将朝晖驮在背上,这是多么精美耐看的一幅剪影啊。

假如当时我正好也在赶往济南的路上,并且我的马走得不如蒲松龄的马快,我在蒲松龄背后看到这幅剪影,而我并不知道前头这个人是谁,我一定假装犯了神经病大喊一声,让前边的那个人回过头来,让我看看他是谁,怎么这般潇洒帅气,就像一个未来的国际巨星——最起码看起来如同奥林匹克赛场上趾高气扬的马术高手。

蒲松龄骑在马上,一边手执马鞭比画着,一边吟诵着,不知那匹马有什么感觉,反正我感觉他一定是身心轻松愉快的。他的身心轻松愉快,不光我感觉到了,那匹马的屁股被朝霞晒得热乎乎的,应该慢慢也感觉到了,就"咻儿咻儿"小步跑了起来。

这只是一匹代步的马,不是什么骐骥,肯定也上不了任何赛场,可跑起来也觉两耳生风,仿佛飞起来一般,其自由翱翔的快感,几乎就要赶上天空杏树之间来回"飞飞"穿梭的燕子了。

"杏花卸尽燕飞飞",三月里是暮春时节,杏花已经落尽了。"卸"就是凋谢的意思。蒲松龄当然不知道,而我们还记得《红楼梦》中林黛玉所吟咏的《葬花吟》中的开头两句:"花谢花飞花满天,红消香断有谁怜?"——花凋谢了随风乱飞飞满了天空,鲜红消失芳香中断有谁对它哀怜?

还有鲁迅《悼杨铨》中的句子"花开花落两由之"——花开也罢花落也罢,只好任由它去。蒲松龄所说的"卸",就是林黛玉的"谢"和鲁迅的"落"。

这时候,杏花是谢尽了,可往年来的时候早,是一路上都是杏花的。写到这里我倒想,经十路上的绿化带中似乎还没有大规模的杏花栽种,将来有关负责人若有机会看到我这本书中的这个段落,或许就会兴致大起,大笔一挥——不是写诗,而是批款——在经十路旁栽种杏树,形成一架数十里长的杏花屏风,那应该是一种很美的景观。只是不管多大的官,似乎都没有权力批准在经十路上骑马吟诗,这不能不说是一种遗憾了。

在诗中,我们读着"杏花卸尽"这四个字,仿佛还能看到杏花从繁盛到凋零殆尽的整个过程。正如唐人杜甫《曲江二首》其一所说:"一片花飞减却春,风飘万点正愁人。"——落下一片花瓣春色就会减损,风飘万点春色怎不使人发愁?杏花盛开的时候,燕子还在南来的路上,现在杏花落尽,就有燕子飞舞着来填补春天的原野和天空了。

唐人杨巨源《城东早春》说:"诗家清景在新春,绿柳才黄半未匀。"——诗人最喜欢的清新景色在于早春,那时绿柳枝头嫩叶初绽鹅黄之色尚未匀称。现在已是暮春三月,柳黄已褪,细叶泛碧。

唐人元稹《生春》诗之九说:"何处生春早?春生柳眼中。"——春天从哪里最早生出来呢?春天是从柳眼中生出来的。

"春天在哪里呀/春天在哪里/春天在那小朋友眼睛里/看见红的花呀看见绿的草/还有那会唱歌的小黄鹂"(《春天在哪里》歌词),早春初生的柳叶如小朋友的睡眼刚刚睁开,所以称为"柳眼";我认为也像黄鹂鸟唱歌的嘴巴,所以也应该叫"柳喙"或"柳嘴"。

"风开细柳黄初褪",唐人贺知章说"二月春风似剪刀"(《咏柳》)——二月里的春风就像明亮爽快的剪刀,咔嚓咔嚓就把柳树的眼皮给剪破了;还说"万条垂下绿丝绦"——千万条柳枝垂下来就像飘动的绿色的丝带。这些绿色顺着眼角滴落到地上,就把大地也给染绿了。"暖入平芜绿欲肥",平展展的原野上的杂草正疯长着茁壮起来,暖风吹拂,正是"绿肥红瘦"的景象。

柳绿了,草肥了,这固然好看。可地里的庄稼却不见旺相,又不免让人郁闷惆怅。这时的农田里长的是什么庄稼呢?是小麦。"晚麦如丝春惨淡",去年晚种的麦子细如丝线,在春天的田野里,显得无精打采、黯然无光。"晚麦",晚种的麦子。

我们知道,"白露早寒露迟,秋分种麦正当时",可是去年秋天大旱,麦子没有及时种上。后来虽然种上,但年前不出麦苗,要到春天才发芽出苗,这就是所谓的"埋头麦"。由于错过了季节,这种麦子一般来说长势不好,是会减少产量的。

前一年(康熙四十三年),淄川一带大旱,我们只要看蒲松龄的一个长长的诗题就会知道情况之惨:《诸灾并作,秋稼已空,十月犹旱,麦田未耕。月来雨频降,吾乡独不及沾。延息待苏,不免憾造物之偏也》——各种灾害一起发生,农田里秋天的庄稼已经空了,十月里还是不下雨,麦田没法耕作。本月多次下雨,淄川一带却独独滴雨未见。

人们忍受煎熬等待复苏,忍不住对造物主的偏心感到失望。直到十月二十二日,才普降甘霖,可是为时已晚,"可怜一夜绵绵雨,迟下秋田两月多"(《十月二十二日雨》)——可怜雨绵绵地下了一整夜,对秋天的农田来说已经晚了两个多月。这时就只能种"埋头麦",聊胜于无了。

小麦播种晚,出苗自然就晚,秋后不能盘墩积攒养分,春天当然就禁不住风霜严寒,所以今年春天的麦苗,细瘦如丝,仿佛画家张乐平笔下的那个苦孩子的头发。这样的惨淡春景,夏天能填饱肚子吗?看着就让人肚子乱叫、心内发愁。蒲松龄刚开始上路时的轻松愉悦之情,瞬间就烟消云散了。

去年五月,蒲松龄从济南城回淄川,曾写有一首五言古诗《五月归自郡,见流民载道,问之,皆淄人也》——五月从济南回来,满路上都是流亡的人群,打听一下,都是淄川人,其中云:"大旱已经年,田无寸草青。"——大旱已经一年了,田野里没有一寸青草。又云:"大村烟火稀,小村绝鸡鸣。"——大的村落里很少有烟火,小的村庄里连鸡叫声也没有了。"旧村经眼梦依稀",现在回忆起去年沿途见到的景象,迷迷糊糊仿佛还在梦境之中。

这次蒲松龄从灾难深重的淄川,带着忧愁长途赶往济南。一看到稀疏纤细的麦苗,早晨被旭日晒着脊梁得到的一点儿吟诗之乐,很快也就消失了。这时他什么也不想看了,反正看到什么都会让人伤心落泪。

于是他为了防止眼泪掉落砸伤那细瘦的马脖子,就仰起头来看天。"长途人自愁边至,惟见随阳雁北归",天上什么也没有,只有一行大雁变换着队形,"啾啾"地叫着,飞向北方。

我们还记得宋人范仲淹那一首《苏幕遮》词,其中说:"塞下秋来风景异,衡阳雁去无留意。"——秋天到来,边塞上的风光和往日不同了;栖宿衡阳的大雁又飞回去,片刻也不再停留。古人认为,秋天北雁南飞,飞到湖南衡阳的回雁峰就不再南飞了,所以称为"衡阳雁"。那么蒲松龄这里所说的"随阳雁"又是怎么回事呢?

古老的《尚书·禹贡》中说:"彭蠡既潴(zhū),阳鸟攸居。"——彭蠡泽积聚了很多水,就成了阳鸟栖居的地方。"阳鸟"是什么鸟呢?就是随着太阳迁徙的鸟类。蒲松龄说"随阳雁",就是指随着太阳的南北移动而迁徙的大雁——原来"随阳"不是地名。

去年秋天,太阳南移,大雁随之而去,到南方草茂食丰的地方栖息;今年春天,太阳北上,大雁又随之而来,到北方食丰草茂的地方就食。哪里暖和有东西吃,大雁就飞向哪里,可人呢?——蒲松龄从愁云笼罩的淄川长途奔波到济南,路上少有行旅,村庄毫无生气,看看到了目的地,先找家旅店住下,看能否吃顿饱饭?

蒲松龄这次到济南,看来是要住些日子。"客邸"就是客舍,就是旅店。"客邸晨炊",是在旅店里做早饭的意思。一般情况下,只要付上钱,酒饭都是由旅店提供的。

可这一次,蒲松龄却需要自己做饭。这可能有两方面原因:一是他们这次来的人太多,旅店里也没有余粮了,招待不过来;二是他们早就知道这种歉收的年景中,旅店就算有余粮招待,价格也会昂贵得很,所以自己带着粮食上路,吃饭便宜。

写到这里,我不禁想起了多年前看过的当代学者、作家张中行《负暄续话·起火老店》中对"起火老店"的描述:

> 顾名思义,是旅客可以在这里起火,自己动手。自己动手有好处,是吃什么有较多的自由,而且可以合口味,省财力。但这样的优点并不是人人能利用,因为没有人力和技术就办不到。

看来蒲松龄们这次住的这家旅店,也是一家起火老店。他们有备而来,肯定带足了"人力和技术",这样"合口味"虽然不一定做到,"省财力"却是必定无疑了。蒲松龄年年到济南来,路子熟,所以都住在风景优美的地方,这次是住在大明湖边。

关于大明湖,前边我们已经多次提及,在刚讲过的一篇《过舜庙》中我也引用清人刘鹗《老残游记》中描写"佛山倒影"的片段做了重点介绍,大家可以参看。"大明湖上就烟霞",为什么要住在大明湖边呢?因为这里的"烟霞"——烟雾和云霞——好。"就"是凑近、靠近的意思。"就烟霞",就是住到大明湖的烟云霞光之中。但我初读这句诗,竟然把这个"就"读成"就着花生米喝酒"的"就"了。这说起来还有个故事。

我小时候住过的村子的北山上,有座古老的玉皇殿。听我爷爷说,多少年以前殿里来了个道士,一住就是几十年,也没人见他吃过饭种过菜。有人就问他:"你平时吃啥呀?"道士说:"我师父告诉我了,让我烧腿煮石头吃。"对于这种荒诞的说法,一开始我不信,后来读到唐人韦应物的《寄全椒山中道士》,就信了。

因为韦应物诗中说:"涧底束荆薪,归来煮白石。"——从山涧深处打柴回来,生上火煮白色的石头吃。尽管是烧柴火不是烧腿,也知道这种煮石头吃的说法是有来历的。

只是不知道煮石头的滋味是和炖土豆一样还是和煮地瓜一样,做酒肴合不合适。也曾经幻想过趁老婆不在家,用液化气煮一锅鹅卵石试试,石头都从河沟捡来了,一瓶二锅头也买好了,终觉液化气热度不够煮不熟,徒增笑料,只好悻悻作罢。

再后来读晋人葛洪《神仙传》,见他说:"(白石先生)常煮白石为粮,因就白石山居。"——(白石先生)一直煮白色的石头当干粮,于是就住到白石山上,吃白石方便。就更知道此说的源远流长、言之不诬了。

初读"客邸晨炊",我就对"炊"字印象深刻,再读"大明湖上就烟霞",马上就想到"吃煎饼,就咸菜"的这个"就"字。认为古人住在白石山上以白石做主食,蒲松龄住在大明湖上以"烟霞"当就菜,真是雅得超过古人了。等读完了第二联,才明白不是这个意思,蒲松龄没有成仙,吃的还是人间烟火——留仙,留仙,就算是成了仙也还是要留在有烟火味的人间的。

蒲松龄说"茅屋三椽赁作家","椽(chuán)",本是放在檩(lǐn)棒上托着屋顶的木条,后来代指房屋的间数。"三椽"就是三间屋。蒲松龄若是孤身一人,是无论如何不会租赁三间房子居住的。既然租了三间房子,就有可能是陪群弟子来济南参加府里的秀才考试,一起暂住在这里。虽然是暂住在这里,却和在家里没有什么区别,你看把家里做饭的老仆人都带来了。

唉,虽说把厨师也给带来了,可毕竟年景不好,就算毕府这样的大户人家,也不能像张中行说的那样"吃什么有较多的自由",而只能是"粟米汲泉炊白粥",顿顿都喝小米稀饭了。尽管这小米稀饭是用泉城的泉水煮成的,可也毕竟是稀饭,餐餐都当主食吃,也是有些受不了。

"白粥",工具书上解释说是白米做成的粥,可蒲松龄明明说粥是用粟米——小米——做成的,小米不应该是黄色的吗?难道是小米存放的时间长了,走了油变白了?不大清楚。

哈哈,就算光喝粥,也得多少有点儿"就菜"啊。就着"烟霞"吃饭,说起来挺好听也挺好看,可毕竟不是硬道理,不管真事。粮食的生产过程长,碰上自然灾害人力也难为,可济南是泉城,水自然不缺,在园子里种点儿蔬菜,还是没有任何问题的。

当然了,蔬菜也不是现种现吃,那也来不及,因为这是现实生活,毕竟不是

《聊斋志异》。你看,人家店主人早就种好了,"园蔬登俎带黄花",把园子里顶着小黄花的蔬菜——比如黄瓜——采摘来放在案板——"俎(zǔ)"就是菜板——上,"嘭嘭嘭嘭"切好,烧好油,"刺啦"一声放到锅里,大明湖上的"烟霞"里,就充满了油烟味。

是啊,生活富足的时候可以吃得好一点儿,碰上贱年就得让肚子委屈委屈,只要饿不死,就算命大,不敢有多少苛求了。"罹荒幸不沟渠转,充腹敢求脍炙嘉",遭遇这样的荒年,不死于沟渠之中就算万幸了,还敢奢求用美味佳肴来填肚子?"罹(lí)",遭遇,遭受。"脍炙(kuài zhì)",是切细的肉和烤熟的肉。"嘉",是美好的意思。

不管怎么说,蒲松龄是先生,每晚礼节性地喝点儿小酒还是必需的。可现在是早晨,就算肚子再饿,也得忍住:"先别急,晚上再喝。"可是晚上也不能喝个痛快,因为带来的酒存货不多了。"余酒半壶堪数醉,青帘虽近不曾赊",剩下的只有半壶了,节省着喝还能喝好几次,坚持到回西铺。不远处虽说就是酒楼,还是不去赊账的好。就算赊酒喝,主人也不会说什么,可毕竟显得有点儿嘴馋,还是忍了吧,就是少喝点儿让肚子多叫两声,也死不了人。

这种生活,真像他在《聊斋自志》中所描绘的那样"冷淡如僧、萧条似钵"——冷淡如同僧人住在庙里,萧条似乎僧人沿门乞讨——真抵得上仙人的"煮白石"了。

蒲松龄写了这首《客邸晨炊》之后不久,天就下了雨。那时他们还住在客店里没走,他又写了一首七言律诗《阴雨连朝》——不下就一年不下,说下就下好几天。

阴雨连朝

东风迟日燕来初,近傍湖亭僦一庐。
旅邸思生归雁后,雨声愁在晚钟余。
登山屐作乘泥辎,贳酒藉为引睡书。
喜是吾乡春早久,青畴此日麦新舒。

通过这首诗,我们又知道蒲松龄此次来济南的时间大概是清明前后。他说"东风迟日燕来初","迟日",就是说春天天长了,日子仿佛过得慢了。唐人杜甫

《绝句二首》其一云:"迟日江山丽,春风花草香。"——春天到来,江山秀丽;春风吹动,花草芳香。说的就是这个时候。

"燕来初",就是燕子刚刚到来的时候。宋人晏殊《破阵子》词云:"燕子来时新社,梨花落后清明。"——燕子飞来的时候正赶上春社,梨花落去的时候又迎来清明。说的也是这个时候。

"近傍湖亭僦一庐",在靠近历下亭的地方赁一座房屋居住。"湖亭"就是历下亭,这在前边讲《古历亭》时我们已经说过了。"僦(jiù)",租赁。"庐",就是简陋的房屋。这个时候本是一年中最为清朗明亮心情大好的时候,可是偏偏生起了"思"和"愁"。

"思"是因为不能回家而生的。"旅邸思生归雁后",大雁都回到北方的老家了,可人却不能回去。隋人薛道衡《人日思归》云:"人归落雁后,思发在花前。"——回家的日子要落在大雁的后面了,想家的念头却产生在开花之前。蒲松龄用的就是这个典故。往年的寒食节,蒲松龄都是要回家给父亲蒲槃上坟的,那么这次为什么有家回不去呢?

因为连日下雨,从济南到淄川两百多里路,不是个短距离,再说也不能丢下群弟子独自冒雨回去,群弟子也不会让他独自冒雨回去,因此就生出无限忧愁。"雨声愁在晚钟余",傍晚时分,雨声当中掺杂着水月禅寺的钟声,一声一声传来,更增加了心中没完没了的惆怅。

回不了家出去登山旅游也行啊,可是竟然也不能。因为"登山屐作乘泥辑"了。"登山屐"是南朝诗人谢灵运游山的时候常穿的一种带齿木屐,这在前边讲三台山那首诗时,我们已经说过了。"辑(chūn)",是古代在泥泞道路上用的一种交通工具。蒲松龄说,在这样的阴雨天,鞋子都变成"辑"了,意思是鞋子都被泥水湿透了,没法出去游玩。

没法出去游玩,在屋里也没有事做,于是就睡觉。可是都睡了好几天把一年的觉都补回来了,再睡也睡不着啊。于是就想了个办法,大概壶里的那点儿酒早就喝完了,还是到不远的酒楼上赊了点儿酒,喝得醉醺醺的,然后睡一觉。可能这次来没想住这么久,就没带书来引睡——看来借书引睡是古今之人都喜欢的——只好求助于酒了。"贳酒藉为引睡书","贳(shì)",赊欠。"藉(jiè)",借助。

凡事都有利有弊。现在连日下雨回不了家,可是却也解除了淄川一带长期的春旱,所以不由得还是喜上心头。"喜是吾乡春旱久","吾乡",我的家乡,指淄川一带。来的时候不是"晚麦如丝春惨淡"吗？等天晴了回去的时候，就是"青畴此日麦新舒"了。

那时青绿的田野之上，麦苗都抽出了新芽茁壮地生长起来，虽然晚了点儿，毕竟还能获得一个不错的收成，也可以少饿死几个人。"畴（chóu）"，田地。

蒲松龄这趟差出得时间有点儿长，经历的事情比较多，心情也有点儿复杂。幸亏有诗记录，否则我们就无从知道这些事情和这些心情了。

稷门湖楼

　　康熙四十五年（1706年），蒲松龄67岁，这年夏天他又来到了济南。他还是租房子住在大明湖边，只不过上次住的是三间平房，这次住的是楼房，可谓站得高看得远，更上一层楼了。

　　平时不写诗的人，感觉写诗很难。据会写诗的人透露，写诗对诗人来说其实并不难。当然要写出好诗来也并不容易，可是只要掌握了套路，随手写几首合格的格律诗算不上难事。你看蒲松龄就年近古稀了，还说写就写，提笔就是两首七言绝句。当然，蒲松龄写了一辈子诗，功底深厚，气韵悠长，这两首诗还是很优秀的。

　　由于诗题较长，我们取"稷门湖楼"四字作为本篇的题目。

夏客稷门，僦居湖楼

其　一

西来僦屋水云间，枯坐摊书四壁闲。
雨过开窗风满座，独持杯酒看华山。

其　二

半亩荒庭水四周，旅人终日对闲鸥。
湖光返照青连屋，荷气随风香入楼。

　　稷门，是战国时齐国国都的城门名，在今淄博市临淄北古齐城西边的南首，因为在稷山之下而得名。不知为什么，在聊斋诗和《聊斋志异》中，蒲松龄老是用"稷下"或"稷门"代指济南，这在前边我们讲解《稷门客邸》那首诗时也已经说过了。"僦（jiù）"，是租赁的意思。"湖楼"，就是大明湖边上的楼房。

　　在江苏篇我们就说过，淄川一带虽说也有孝妇河、般河、范阳河等水流，但流量不大，并没有形成大面积的湖泊——现在我们看到的留仙湖、文昌湖都是20世纪中后期修建的——所以算不上是水乡。和江苏宝应一带的江河湖泊相比，

稷门湖楼　王春荣绘

简直可以称为干燥地区。蒲松龄是真喜欢济南、喜欢大明湖,这和他在宝应形成的水乡情结应该有一定关系。

蒲松龄从西边干燥的淄川来到东边水流满眼的济南,住到大明湖襟袖之间的层楼上,说说居住在了"水云"之间,一点儿也不夸张。"西来僦屋水云间","水云",水和云;"水云间",水和云彩之间。楼下边是湖水,楼上边是云彩,楼正在水云之间。

唐人戎昱《湘南曲》说:"虞帝南游不复还,翠蛾幽怨水云间。"——大虞帝南游没有再回来,娥皇、女英两位美女的幽怨充满了水云之间。舜号有虞氏,史称"虞舜",所以"虞"就是舜。蒲松龄所租住的湖楼面朝大明湖,背靠千佛山,湖水潋滟着从远处荡过来,山云叆叇(ài dài)着从高处飘过来,简直胜过湖湘水乡,绝对算得上人间仙境。

蒲松龄虽然字"留仙",也在《聊斋志异》中写了很多仙人,可自己终究做不得仙人。假如我们个子足够高、目光足够好,能从远处透过窗隙——那时还没有玻璃窗子——望进楼去,看到他倒有几分苦行僧的架势——他在《聊斋自志》中就说自己是个和尚转世。四壁之内,空空如也,正可作为修行的禅房。此时蒲松龄枯坐在那里,摊书嚼读着,若是再加上"唪唪唪唪"的木鱼声,就真是那位前世的僧人了。

"枯坐摊书四壁闲",去年来济南的时候正好碰上连阴天,忘了带书又出不去门,只好借酒引睡。今年接受了教训,提前带好书来打发寂寞。好在这里是客店,不是自己的家,四壁没有什么摆设也由它,冷清点儿就冷清点儿吧,正好借机整理一下自己的思绪,让自己的心情也清闲下来,稍事休息。

因为是夏天,不比去年的春雨连绵,雨虽然下得大,可说过也就过去了。"雨过开窗风满座",刚才为防雨水潲(shāo)进屋来,窗子是关着的,现在雨过天晴,推开窗子,面朝大湖。凉风呼的一声拥进屋来,连座位上屁股底下都布满了凉意,真是舒坦极了。

这一次蒲松龄真是一个人来的,因为他说"独持杯酒看华山"。"华山",就是华不(fū)注山,在济南东北,是济南的一座名山,这在前面那篇《白雪楼》中,我们已经说过。

《左传·成公二年》记载了一场春秋时期齐国和晋国之间的战争,史称"鞍之战":

  癸酉,师陈于鞍。邴夏御齐侯,逢丑父为右。晋解张御郤克,郑丘缓为右。齐侯曰:"余姑翦灭此而朝食。"不介马而驰之。郤克伤于矢,流血及屦(jù),未绝鼓音,曰:"余病矣!"张侯曰:"自始合,而矢贯余手及肘,余折以御,左轮朱殷,岂敢言病?吾子忍之!"缓曰:"自始合,苟有险,余必下推车,子岂识之?——然子病矣!"张侯曰:"师之耳目,在吾旗鼓,进退从之。此车一人殿之,可以集事,若之何其以病败君之大事也?擐(huàn)甲执兵,固即死也。病未及死,吾子勉之!"左并辔(pèi),右援枹(fú)而鼓,马逸不能止,师从之。齐师败绩。逐之,三周华不注。

译文:

  十七日这天,齐晋两军在鞍地(今济南历下)摆开阵势。邴夏给齐侯驾车,逢丑父作为车右。晋国的解张给郤克驾车,郑丘缓作为车右。齐侯说:"我姑且消灭了他们再吃早饭。"马没有披上甲就冲向晋军。郤克中了箭,血流到鞋上,仍然鼓声不断,说:"我受伤了!"解张说:"从两军相接,箭就穿透了我的手和肘,我折断箭继续驾车。左边的车轮都染成黑红色了,怎敢说受伤? 您就忍着点儿吧!"郑丘缓说:"从两军相接,若是遇到危险,我一定下去推车,您知道这些吗?——你确实受伤了!"解张说:"军队的耳目,在于我们的旗子和鼓声,进退都要听从它。这辆车子一人坐镇,就可以成功,怎能因为受伤而败坏了国君的大事呢?身披铠甲,手执兵器,本就是准备死的啊。受伤还没有到死,您还是加油吧!"于是就左手一把攥着马缰绳,右手拿着鼓槌击鼓,马控制不好狂奔出去了,全军也就跟着猛冲。齐国的军队被冲垮了。晋军乘胜追击,围着华不注山转了三圈。

这就是著名的"三周华不注"的故事。蒲松龄是个《左传》迷,此时他肯定想到了这个故事。

元人赵孟頫有一幅《趵突泉诗帖》,其中的名句是:"云雾润蒸华不注,波澜声震大明湖。"——趵突泉云雾蒸腾一直润泽到了华不注山,趵突泉波涛汹涌声势震动着大明湖。华不注山在远处,还能受到趵突泉的云雾润蒸,更何况就在眼皮底下之大明湖呢? 据今人杨伯峻《春秋左传注》说,明人陈继儒《书蕉》引《九域志》云:"大明湖望华不注山,如在水中。"——在大明湖上望华不注山,华不注山如同在水中一般——那应该也是很美丽的景观了。

看着看着,蒲松龄手持酒杯,神情逐渐幽远起来。在他的眼里,华不注山和山上的云雾定格成了一幅画;从窗外看去,他也在窗口上定格成一帧古色古香的艺术剪影,而心里,或许还正在咂摸着《左传》中那段"三周华不注"的往昔旧事呢。

"半亩荒庭水四周",湖楼下边是半亩大的一个长满杂草的庭院,庭院的周围环绕着水流。唐人张若虚说"江流宛转绕芳甸"(《春江花月夜》)——江水转来转去绕着花草茂密的原野流淌,宋人王安石说"一水护田将绿绕"(《书湖阴先生壁》)——一条流水护着田边流过,将碧绿缠绕在它的身上。

我相信,假如不是为了韵脚的需要,蒲松龄一定会将第一句的这个"周"字改为"绕"字。大明湖水爱抚地缠绕着这半亩荒庭,好似恋人那合抱的双臂。"旅人终日对闲鸥",蒲松龄则镇日无事,坐对着悠闲的鸥鸟,闲人对闲鸟,说这是一幅天人合一的悠闲图画,也不为过吧?

宋人李清照"兴尽晚回舟,误入藕花深处。争渡,争渡,惊起一滩鸥鹭"(《如梦令》）——一玩到兴尽就在傍晚乘船返回，却迷路驶进了荷花的深处。怎样才能渡出去，怎样才能渡出去，桨声惊醒了沙滩上的鸥鹭。只不知道此时蒲松龄眼前的这些"闲鸥"，是不是当时李清照惊起的那些"鸥鹭"的后代子孙？

宋人苏轼《饮湖上初晴后雨》说："水光潋滟晴方好，山色空蒙雨亦奇。欲把西湖比西子，淡妆浓抹总相宜。"——水光闪烁的晴天西湖最好，云雾迷蒙的雨天西湖最奇。若把美丽的西湖比作漂亮的西施，无论晴天的淡妆还是雨天的浓妆，都是无比合适的。

"湖光返照青连屋"，若用苏轼看西湖的眼光来看大明湖，刚才下雨的时候，大明湖就是"浓抹"；现在天晴了，大明湖就是"淡妆"。湖光返照回来，仍然水光潋滟，湖水青碧的縠纱不但连着屋，直接就进了屋撩到湖楼的楼梯上，湖楼俨然变为婷婷的舞女，宽阔的大明湖水则成了舞女的宽摆的裙子。

"荷气随风香入楼"，我绝不是喜欢生拉硬扯将蒲松龄和朱自清掺和到一起，看到蒲松龄这句"荷气随风香入楼"，只要是中国人——当然得是读过中学的，可是中国还有读不起中学的人吗——任谁都会想到"微风过处，送来缕缕清香，仿佛远处高楼上渺茫的歌声似的"（朱自清《荷塘月色》）这几句话。

而朱自清和蒲松龄共同的老祖宗，则是唐人孟浩然的"荷风送香气，竹露滴清响"（《夏日南亭怀辛大》）——风从荷花上吹过送来香气，露从竹子上滴下传出轻响，这以前我们也不止一次说过了。

出城见杏花

我若说蒲松龄最喜欢杏花,你可能不相信。我若说蒲松龄在《聊斋志异》中最喜欢婴宁,你可能就没有异议了。

因为在《婴宁》篇的"异史氏曰"中,蒲松龄说:"我婴宁殆隐于笑者矣。"——我的婴宁大概是通过笑来隐藏自己的真相吧。婴宁隐藏的是真相还是假相,我们且不去管他,蒲松龄说"我婴宁"却是千真万确并且引人注目的。《聊斋志异》中那么多可爱女孩,婴宁是唯一一个被作者看作"我的"的。因此,我们说蒲松龄最喜欢婴宁,应该是不会带来多少反对意见的。

女孩子都是喜欢花的,婴宁自然也不例外。上元节的时候她拿着一枝梅花游春,和王子服结婚后,都是少妇了她还上树摘过木香花簪玩。这些我们也不去细说。我们只说王子服翻山越岭走 30 多里路去找婴宁,在人家门外不敢进去,坐在石凳子上傻等。

俄闻墙内有女子,长呼"小荣",其声娇细。方伫听间,一女郎由东而西,执杏花一朵,俯首自簪。举头见生,遂不复簪,含笑拈花而入。审视之,即上元途中所遇也。

译文:

一会儿,听到墙内有个女孩,拉长声音喊"小荣",声音甚是娇嫩纤细。刚站起来细听,就看到一个姑娘由东向西走过来,手执一朵杏花,正低着头往发髻上戴。一歪头看见王生,就不再插了,微笑着拿着花进了屋。王子服仔细一看,正是上元节在路上遇见的那位姑娘。

不用问,这位簪花女郎就是王子服日思夜想的婴宁了。我们来捋一捋:王子服喜欢婴宁,婴宁喜欢杏花,王子服也喜欢杏花。婴宁是王子服的,蒲松龄说是"我的",婴宁也就是蒲松龄的,蒲松龄也喜欢杏花——即使不是最爱,也是比较喜爱了。

大前年，也就是 66 岁那年的暮春三月，蒲松龄到济南出差，因为时间稍晚，沿途没有看到杏花，说"杏花卸尽燕飞飞"(《三月赴郡途中作》)，不免深感遗憾。这前边我们已经讲过。

今年是康熙四十七年(1708 年)，蒲松龄 69 岁，二月里他又来到济南，有七言古诗《二月十五日赴郡，作钝蹇(jiǎn)行》为证，也终于出城看到了杏花，并写下一首七言绝句《出城见杏花》。

出城见杏花

雪余道上少尘埃，二月深寒雁未来。
乍暖犹疑春事浅，南城惊见杏花开。

那时经常下大雪，不像现在想见到一场大雪甚是困难。别说小冰河期的蒲松龄时代，就是我小时候的 20 世纪六七十年代，村里下了大雪，都打到膝盖那么厚，打扫到路旁堆积起来，要化好些时日，直到春暖花开了才能化完，化得河滩里的水哗哗流淌。这样的景象现在是见不到了，在蒲松龄的清代，那还是稀松平常的事情。

"雪余道上少尘埃"，一场大雪过后，并且还是仲春二月里的一场雪，把道路都覆盖了，没有尘埃飞起。照理说这是一个好日子，那时候的道路没有铺沥青，没有洒水车，也没有隔不远就一个的环卫工，春风一起尘土飞扬是自然的。现在雪后路上没有尘土，不正是出去游玩的好时候吗？

可是不能出去游玩。"二月深寒雁未来"，因为天太冷了，别说人不愿出去，就是往年照例呼叫着飞来的大雁，抬头往天上看了多次，也还是没有动静。《礼记·月令》中说：

孟春之月……东风解冻，蛰虫始振。鱼上冰，獭(tǎ)祭鱼，鸿雁来。

译文：

孟春正月……东风吹来大地解冻，冬眠的昆虫开始活动。鱼从深水中游到正在融化的冰上，水獭将鱼捕获陈列开来像在祭祀，鸿雁从南方飞来了。

可是过了正月都到二月里了,还看不到大雁的影子,真让人怀疑春天是不是来了?还会不会来?宋人欧阳修在《戏答元珍》诗中说:"春风疑不到天涯,二月山城未见花。"——我怀疑春风吹不到这天涯之地来,因为已经二月里了这山城里的花还没有开放。

估计六七百年前的欧阳修碰到的和今年蒲松龄碰到的是同样的严寒气候,该开花的时候没有见到花,该有大雁的时候也没有见到大雁。

春天毕竟来了,没过几天严寒停止,说暖和就暖和起来了。可是由于暖和得太突然,蒲松龄认为这不正常,"乍暖犹疑春事浅",他觉得刚刚还在冬天,今年的春天太短了。理智上知道这是二月,可情感上感觉似乎从腊月一下子到了三月,换衣服都来不及。

蒲松龄年纪大了,都快七十了,懂得春捂秋冻的道理,所以尽管暖和了,还是穿着厚厚的棉衣——再说春天的衣服也没有带来——到外边游逛。我们还记得康熙二十七年(1688年),蒲松龄49岁那年,他写有一首七言律诗《郡城南郊偶眺》。看来今年他还是住的这个地方。

20年前,蒲松龄是秋天来的,看到的是"池边绿冷黄花发",今年他是春天来的,是"南城惊见杏花开",在城南看到杏花开放不免吃了一惊,因为他觉得才暖和了几天,春天还长,杏花还早呢。

当然蒲松龄虽然年纪大了,却还没有老糊涂了,他这样说只是诗歌艺术表达的需要,通过春浅来说明严寒的时间长,从而表现久寒乍暖之后见到杏花的惊异喜悦之情。蒲松龄喜爱杏花,也终于见到杏花了,可杏花究竟开得怎样呢?我们还想跟他去看看呢,他却没有继续往下说。

我现在写着这篇谈杏花的文章,日子是虎年的正月十一,用不了多久,淄川城南的杏花也会开的,我一定不会错过观花时机的。

蒲松龄写完这首《出城见杏花》,没过几天又写了一首七言绝句《旅邸》,告诉了我们一些和上一首诗有关的事情。

旅 邸

湖上天阴旅客愁,蹚泥溅水几时休?
穆门半月浑无事,十日僵眠五日游。

刚才我们说过,蒲松龄这次到济南,似乎还是住在20年前住过的南郊客店里。可是从这首《旅邸》来看,蒲松龄又似乎是住在常住的大明湖畔。他有可能是住在大明湖畔而跑到城南去看杏花,也有可能是住在城南,又穿过大半个城市跑来看大明湖。他还有一首七言古诗《风寒泛舟》,证明他还冒着寒风乘船游览了大明湖。这些问题,也暂时不去管他。

在天气晴朗的日子里,人的心情也会晴朗起来。相反,在天气阴沉的日子里,人的心情也阴沉沉的,郁闷不爽。"湖上天阴旅客愁",湖上是阴沉的天空,地下是阴沉的旅客——当然就是诗人自己。假如打个比方,整个天地之间是一锅用忧愁煮成的黏粥,蒲松龄就是这锅粥中的一粒米,或一粒豆子。不但是"愁",而且是"稠",简直有点儿稠得滚不动了。

不光心里感到黏稠难以滚动,脚底下也是黏稠难以迈动。"蹋泥溅水几时休?""蹋(tà)",就是踩或者踏的意思。"蹋泥溅水",脚踩在路上,扑喳扑喳,踏进泥中,溅起浊水。哪里来的这泥和水呢?上一首诗已经告诉了我们,"雪余道上少尘埃"。那时因为寒冷雪未化,路上没有尘埃;现在天暖和了,雪化了,就变成了泥水。在这样的路上行走,泥水湿透了鞋袜,泥巴溅脏了衣裤,人的心情又怎能好起来呢?

讲到这里,我又想起了唐人杜牧那首有名的《清明》诗:"清明时节雨纷纷,路上行人欲断魂。借问酒家何处有?牧童遥指杏花村。"——清明时节的细雨纷纷飘洒,路上奔波的诗人显得落魄断魂。借问路旁人何处可以买酒浇愁?牧童笑嘻嘻地指一指远处开满杏花的山村。牧童骑在牛背上,脚不点地当然不怕泥泞,看着因为泥泞而狼狈不堪的游人,发出嘻嘻的笑声。杜牧也是无可奈何,只想找家酒店,先刮刮鞋上的泥,再喝着酒休息,等着晾干衣服。

蒲松龄本身就住在酒店里,倒不用到处找酒店。他在城南看到了杏花,却没写喝酒。难道是忘了杜牧这首有名的诗歌,还是年纪大了,酒喝得不像过去那般勤了?我们也不大清楚,当时的人也都死了,我们也无处打听。我们知道的是,蒲松龄这次在这里住了半月,日子过得不是很舒服。

日子过得不舒服,几天就结束回淄川西铺也行啊,可是偏偏这次不知为了何事,在此耽搁的时间又很长。长也不要紧啊,有事做就行,偏偏又没事可做,整天闲着。蒲松龄这次到济南是来干吗的?又无事可做,又不能回去,这是什么道理?

接下来《聊斋诗集》还有一首长篇五言古诗《历下吟》,描写当时科举考试的情况。前边有个小序,说:"薄游稷门,适值试士。少见多怪,因志所感,索和同人。"——游览济南,正碰上官府考试士子。少见多怪,就把所见所感写下来,寻求有同好的人写和诗。

看语气,不像是带着弟子来考试,而是正好碰上了科举考试的日子。这一次来济南,蒲松龄可能是陪别人来的,别人出去办事,一时办不完,他就在旅店里边干等着,有时也不免出去转悠转悠。

"稷门半月浑无事,十日僵眠五日游",在这里已经住了半月,由于天气不好,路况也不好,所以在旅店里完全没有事做,只好10天睡觉,5天游玩。这对蒲松龄来说,不是一件好受的事情,可也没有办法,只好牢牢记着一个字:"熬!"

熬过去,就一切都好了;再熬几年,就一切都了了。

珍珠泉抚院观风

济南是泉城,城内及其周围大小泉池百余处,有名的就有72座,故人称济南有"七十二名泉"。

关于这72座泉水的名字,元人于钦《齐乘》"大明湖"条有详细记载,他说这是抄录自金朝人的《名泉碑》,可惜这块碑今已不存。七十二泉中最为著名的有"四大名泉"——趵突泉、黑虎泉、珍珠泉、五龙潭——珍珠泉是"四大名泉"之一。

现在的珍珠泉,位于今大明湖公园南侧泉城路北的山东省人大院落——也叫珍珠泉大院——内,明清时期这个大院是山东最高行政长官巡抚的驻地,也就是巡抚衙门所在地。现在这里是山东省人民代表大会所在地。你若是有兴趣到济南看珍珠泉,可以从院前街1号的省人大院落南门进入,也可以从院落西北面曲水亭街上的北门进去。

清康熙四十八年(1709年),蒲松龄70岁。这一年江南常熟人蒋陈锡升任山东巡抚,照例在珍珠泉抚院衙门考试士子,蒲松龄以古稀之年前往应试,有七言律诗《珍珠泉抚院观风》二首。

珍珠泉抚院观风

其 一

稷下湖山冠齐鲁,官寮胜地有佳名。
玉轮滚滚无时已,珠颗涓涓尽日生。
泡涵天影摇空壁,派作溪流绕近城。
远波旁润仍千里,直到蓬莱彻底清。

其 二

一曲寒流印斗杓,凭轩载酒尽金貂。
萍开珠串凌波上,池涌瑶光弄影消。
偶倚斜栏清睡梦,暂听哀玉静尘嚣。
扁舟月夜弹清瑟,爱近泉声叙画桡。

"抚院"就是巡抚衙门。"观风"就是学政——地方文化教育的行政长官——以及地方官员到任之后命题考查士子,故学政又称"观风使"。蒲松龄考完了这次试,第二年夏天,顺天府大兴县人黄叔琳任山东学政,在省城主持岁试济南府诸生。蒲松龄又和儿子蒲箬、蒲篰、蒲筠一起赴济南应试,还受到黄叔琳的接见。

从此之后,蒲松龄就彻底告别了不间断来往了数十年的济南城,再也没有去过。

珍珠泉是一个大池子,周围以雪花石栏围砌,岸上杨柳轻垂,池中水清如碧,白玉似的气泡一串一串从池底冒出,就像漂散的万颗珍珠。清人王昶《游珍珠泉记》记载:

> 泉从沙际出,忽聚忽散,忽断忽续,忽急忽缓。日映之,大者为珠,小者为玑,皆自底以达于面。

译文:

> 泉水从沙滩边上涌出来,水珠有时聚在一起有时突然散开,有时断开了有时又连续起来,有时很迅速有时又忽然慢下来。阳光照在水面,大的水珠就像珍珠,小的水珠就像不圆的珠子,都咕噜咕噜从水里冒到水面。

清人刘鹗《老残游记》第二回,写老残到明湖居听书——

> 那明湖居本是个大戏园子,戏台前有一百多张桌子。那知进了园门,园子里面已经坐的满满的了,只有中间七八张桌子还无人坐,桌子却都贴着"抚院定""学院定"等类红纸条儿。

此"抚院"即指巡抚衙门,"学院"即指学政衙门。

《老残游记》第三回还写,老残游览了趵突泉,玩赏了金线泉,观看了黑虎泉,可就是没写"巡抚衙门里的珍珠泉"。老残被人请进巡抚衙门,我本以为是作者安排他游观珍珠泉的,谁知道竟然不是。那时的巡抚衙门不能随便进去,估计刘鹗也不曾实地考察过珍珠泉,所以不好落笔,便也没有着笔。

刘鹗没有写到的东西,蒲松龄写了。通过蒲松龄的这两首诗,我们也可以卧游一番珍珠泉,补上阅读《老残游记》的缺憾了。

"稷下湖山冠齐鲁","稷下"指的就是济南,这是蒲松龄的习惯用法。"湖山"指大明湖和千佛山。"冠齐鲁"就是齐鲁之冠,也就是山东第一的意思。"官寮胜地有佳名","寮(liáo)"指房屋或长排的房屋。"官寮"就是官员住的房屋,即官署,这里指巡抚衙门。珍珠泉在巡抚衙门里,这是美名远扬的风景绝佳之地。这一句也可以解释为珍珠泉是官府和名胜结合在一起的绝佳之地。

元人于钦《齐乘》"大明湖"条引其《汇波楼记》云:

济南山水甲齐鲁,泉甲天下。盖他郡有泉一二数,此独以百计。涛喷珠跃,金霏碧淳,韵琴筑而味肪醴(fáng lǐ),不殚(dàn)品状。在邑者潴(zhū)市之半,在郭者环城之三。棋布星流,走城北陬(zōu),汇于水门。东流为泺,并于汶,过于时,入于海。

译文:

济南的山水齐鲁第一,济南的名泉天下第一。其他城市也就有一两处泉子,只有济南的泉子数以百计。波涛喷涌、珍珠跳跃,云气闪着金光、水面澄碧明净,像琴和筑那样动听、似美酒一样甘醇,写也写不完。在城里的水面占据了市区的一半,在城外的环绕着城的十分之三。泉眼像棋子一样分布着、泉水如星光一样流动,奔流向城的北城角,汇流向水门。往东流成为泺水,然后合并进汶水,再流过时水,最终流入渤海。

济南"泉甲天下"——济南的趵突泉,就有"天下第一泉"的美称。

正因为济南有名山、名湖、名泉这样的名胜,所以就地灵人杰,政府长官同湖光山色两相辉映,相得益彰,芳名远播。诗是写给主持考核的官员看的,所以蒲松龄一上来就借山水之胜来歌颂地方官员,既文雅得体,又不算离题。

"玉轮滚滚无时已",是说泉水就像珠玉组成的车轮,滚滚涌动没有停止的时候。看这情景,写的似乎是趵突泉。因北魏郦道元《水经注》中描写趵突泉:"泉源上奋,水涌若轮。"——泉源往上喷涌,就像圆转的车轮。

其实,我们也不必固执认为只要"水涌若轮"就一定是趵突泉,"玉轮滚滚"的这个"玉"字，似乎已经指明了这写的是珍珠泉。"玉轮"和"滚滚"主谓搭配得真好，只看到车轮滚滚，却没有丝毫移动，这是一种少见的原地旋转的美妙而奇异的景观。

"珠颗涓涓尽日生"，上联说的是"玉"，下联说的是"珠"，"珠""玉"结合，如"珠"似"玉"，这真是抓住了珍珠泉的神韵。结合王昶《珍珠泉记》的描写以及此诗其二中的"萍开珠串凌波上"来看，珍珠泉的美好景致，能给人如在目前的感觉，同时耳朵里仿佛还能听见池塘中那珠圆玉润的咕噜声。

"泡涵天影摇空壁"，"泡"，水池中冒出的水泡，所谓的"珍珠"，也就是这些水泡。"涵"是涵容、包容的意思。"泡涵天影"，就是水泡里包含着天光云影。这说得有点儿玄虚，水泡很小，不会从中看到天光云影。蒲松龄可能是想说，池水里倒映着天光云影，一串一串的水泡都像是从天空中冒出来的。实际上也就是"天影涵泡"。

"空壁"是没有装饰物和藤萝攀缘的墙壁，就是水池旁边建筑物的墙壁。谁都知道，建筑物的墙壁是不会摇动的，除非地震。蒲松龄说的是日光把水中的气泡和天光云影反射到墙壁上，因为水被气泡吹得动荡，所以墙壁上的影子也像是在摇动。蒲松龄没看过电影，却懂得投影的道理。

"派作溪流绕近城"，"派"是水的支流，长江流到湖北、江西一带，分为很多支流，因此人们就以"九派"称这一段长江。如唐人孟浩然《泛舟经湖海》云："大江分九派，淼漫成水乡。"——大江至此分为九个支流，浩茫无边成了一片水乡。

蒲松龄这句诗的意思是说，珍珠泉群的水流汇成溪流后，作为河水的一个分流，流向远处，绕城环流，为泉城的湖光山影增添了不少色彩。

最后，蒲松龄说："远波旁润仍千里，直到蓬莱彻底清。"意思是说，珍珠泉水绕城而流还算不了什么，它远流的水波还会润泽千里之外的水流两岸，一直流到蓬莱仙山还是一清见底。实际上珍珠泉水汇入小清河后流到渤海，而蓬莱仙山就在渤海中。一路流淌清澈见底，也正点出了小清河名副其实的一个"清"字。

这两句诗表面是在颂水，实际是在歌颂地方官的恩泽与清廉。含而不露，颇有情致。当然，地方官是会看懂其中寓意的。

"一曲寒流印斗杓"，"斗杓（biāo）"，古代指北斗星的第五、六、七颗星，也叫"斗柄"，这里指北斗星。那时大概到了晚上，天上的北斗星倒映在泉群组成的曲折的水流中。因为水流刚从地下冒出，还非常清冷，所以称为"寒流"。"印"就是倒映的意思。

这句话也有双重含义,可能是那些主持考试的官员都伏在栏杆上看泉水,人的影子倒映水中,蒲松龄说他们就像天上的北斗星。

不错,通过这下一句,我们看出我们刚才的解释是对的。"凭轩载酒尽金貂","金貂"本是毛带黄色的紫貂,后来成为侍臣的饰品,也借指侍从贵臣。这句诗的意思是说,伏在栏杆上举着杯子劝酒的,都是些陪伴地方官员的富贵之人,这从他们的穿戴上就可以看得出来。

"萍开珠串凌波上",珍珠泉池水上面也有少许浮萍,浮萍之间都是成串的泉水。由于泉水的压力较大,所以显得气势很猛,仿佛是泉水冲开了浮萍,一直蹿到了水面上,一串一串浮动着。这不是上朝,若是这群人戴着朝珠的话,那就好看多了,就分不清谁是谁的倒影了。

"池涌瑶光弄影消","瑶光"是北斗七星的第七星。"弄影"就是物体活动使得影子也随着摇晃或移动,有卖弄身姿的意思。宋人张先《天仙子》词云:"沙上并禽池上暝,云破月来花弄影。"——黄昏后鸳鸯在池边并眠,云彩破处月光照射着花枝舞弄自己的倩影。蒲松龄的这个"弄影"虽然也很好看,可惜时间太短,池里的泉水一涌动,北斗星的影子就消失了。

"偶倚斜栏清睡梦,暂听哀玉静尘嚣",这两句写到诗人自己了。天色很晚了,若在平时都进入梦乡了,可是今天晚上因为各位官员兴致好,要看泉赏月,他们这群士子也跟着风雅起来,斜倚在栏杆上看月亮,使快要入梦的大脑清醒起来。"哀玉",指如玉声般凄清的乐声,也比喻诗文的清妙。蒲松龄说听着远处传来的动听的音乐,或者是听着考官们诵读有关珍珠泉的美妙的诗文,心里一下子宁静下来,仿佛远离了尘世的喧嚣。

"扁舟月夜弹清瑟,爱近泉声舣画桡","扁舟"是小船,"画桡(ráo)"是有画饰的船桨,代指画船,装饰华美的游船。在这样一个月夜,一叶扁舟上有人弹起清逸的瑟声,有人摇着画船从远处靠近岸边,因为他们喜欢这里的泉声。舣(yǐ)就是让船靠岸。

我们还记得,这一年蒲松龄70岁了。月夜弹瑟这种生活他是羡慕的,可是因为他有家室之累和仕途之欲,他不能抛却这些去做出世之人。画舫听泉这种生活他也同样羡慕,可是因为命运不济没有做上官、也没有发大财,又怎有机会过这种豪华的生活呢?——唉,反正人生快到尽头了,就一切随缘吧。

这时,他似乎把考试的事也忘干净了。

超然台

康熙九年(1670年)蒲松龄31岁。此年他南游江苏宝应、高邮作幕，第二年回来，此后几十年内就在淄川境内的缙绅先生家坐馆授徒。除了自己考试和带领学生考试连年到济南外，足迹几乎不出淄川。

很少的两次例外，是一次东南游青岛的崂山，一次西南游泰安的泰山。我们这篇文章和下篇文章，先说他的崂山之游。

康熙十一年(1672年)，蒲松龄在从南方回来的第二年，随同淄川的乡贤和文学前辈高珩——后来是第一个为《聊斋志异》作序的人、唐梦赉——后来是第二个为《聊斋志异》作序的人、张绂(fú)——张笃庆的父亲等一行八人，东去游览崂山，来回用了十天时间。蒲松龄《聊斋志异》中有一篇著名的《崂山道士》，可能就是这次游历所催生的。

淄川属于济南府，几乎在济南府的最东边。那一年，他们八人在淄川城集合起来，就向更东边的青州府出发了。崂山在现代的青岛市，当时属于莱州府。要到莱州府的崂山，必须经过青州府的诸城县。诸城县城有座著名的超然台，他们就便道游览了超然台，蒲松龄写下一首七言律诗《超然台》。

超然台

插天特出超然台，游子登临逸兴开。
浊酒尽随乌有化，新诗端向大苏裁。
蛾眉新月樽前照，马耳云烟醉后来。
学士风流贤邑宰，令人凭吊自徘徊。

说起超然台，那可是诸城非常有名的名胜古迹。诸城在宋时称密州，宋神宗熙宁七年(1074年)，苏轼调往密州任知州，习惯上称为太守。在密州期间不但写下了千古名作《江城子·密州出猎》《水调歌头·中秋》，还写下了一篇名文《超然台记》。文中有云：

于是治其园圃,洁其庭宇,伐安丘、高密之木,以修补破败,为苟全之计。而园之北,因城以为台者旧矣,稍葺而新之。时相与登览,放意肆志焉。南望马耳、常山,出没隐见,若近若远,庶几有隐君子乎!……台高而安,深而明,夏凉而冬温。雨雪之朝,风月之夕,予未尝不在,客未尝不从。

译文:

于是修整这里的花园菜圃,清扫这里的庭院房屋,砍伐安丘和高密的树木,来修补破败的房屋,打算勉强度日。园子北面靠城墙筑起的高台很破旧了,就稍加整修使它焕发新貌。我经常和大家登台观览,尽情游玩抒发情志。站在台上南望,马耳山、常山时隐时现,似近似远,或许有隐者住在其中吧!……此台高大而安稳,幽深而又明亮,夏天凉快冬天温暖。下雨飘雪的早晨,风清月朗的夜晚,我没有不在那里的时候,朋友们也没有不和我在一起的时候。

从中可以看出,这本是一个旧台子,苏轼对其进行了翻新,以供自己随心畅意之游,可还没有取名字。苏轼写信将此事告诉弟弟苏辙,苏辙就给它取名"超然台",所以苏轼最后说:

予弟子由适在济南,闻而赋之,且名其台曰"超然",以见余之无所往而不乐者,盖游于物之外也。

译文:

我弟弟子由恰好在济南,听说我修了这个台子,就写了一篇赋,并给这个台子取名为"超然",点出我无论到哪里都感到快乐的原因,是由于我的心能超脱世俗之外啊。

那时苏辙——"子由"是他的字——担任齐州掌书记。齐州的州治在济南历城县,掌书记就是掌管记录文史等文秘工作的官员。苏辙为苏轼命名"超然台"的事记载在他的《超然台赋》中。苏辙说:

今夫山居者知山,林居者知林,耕者知原,渔者知泽,安于其所而已。其乐不相及也,而台则尽之。天下之士,奔走于是非之场,浮沉于荣辱之海,嚣然尽力而忘反,亦莫自知也。而达者哀之。二者非以其超然不累于物故邪?《老子》曰:"虽有荣观,燕处超然。"尝试以"超然"命之,可乎?

译文:

现在住在山里的人了解山,住在林中的人了解树,耕田的人了解原野,打鱼的人了解池泽,只不过是安于自己所处的环境罢了。这与所说的乐趣没有关系,而在这个台上却可以尽享乐趣。天下的士人,在是非场上奔走,在荣辱海中浮沉,尽情轻狂浮躁而流连忘返,自己还不知其危害。通达的人却为他们悲哀。两者的差别不正是在于那超然不被世俗所连累的缘故吗?《老子》说:"虽有荣华之乐游观之景,仍然要安闲处之而超然物外。"我就尝试着用"超然"二字为它命名,你看可以吗?

这样好的名字,并且还是自己的亲弟弟取的,别说苏轼,叫我我也喜欢。于是"超然台"的名字就此传开,并且迅速成为当地的旅游打卡地。据说苏轼那首有名的《水调歌头·中秋》,也是在这座台上写成的,怪不得有凌风欲去之势。

超然台,最初是靠着诸城的西北城墙而建成的。苏轼而后,经过元明清三代十数次重修题刻,超然台踵事增华,更是蔚为大观。1947年,诸城解放前,因打仗的需要,诸城城墙被全部拆除,超然台也毁于一旦。好在2009年超然台又重建完成,使这一古典建筑能够以崭新的面貌呈现于世人面前,再次供人游观,抒发思古之幽情。

当然,这首诗也是蒲松龄抒发思古之幽情的。

"插天特出超然台",这是从远处看超然台的感觉。"插天",插入云霄,直抵天空。"特出",特别出众,格外突出。当然这是诗人惯用的夸张手法,却也真把看到这闻名已久的超然台时的震撼惊异感给表达出来了。说白了,超然台就是贴着城墙修建的一个台子,不会多么高,否则蒲松龄就要大喊一声"危乎高哉"了。

"游子登临逸兴开",这是登上超然台以后的感觉。"游子"就是离家远游的人,这里是蒲松龄自指。"逸兴"就是超逸豪放的意兴。唐代诗人王勃登上滕王阁后说："遥襟甫畅，逸兴遄飞。"（《滕王阁序》）——旷远的胸怀刚刚舒畅，超逸的兴致油然而生。

蒲松龄写这句诗的时候，一定想起了王勃这两句话，同时产生了相同的感受。7年之后，蒲松龄40岁的时候，《聊斋志异》初步结集，他写一篇序言《聊斋自志》，还说："遄飞逸兴，狂固难辞；永托旷怀，痴且不讳。"——逸兴飞动，不怕人说自己狂；胸怀久远，不避人说自己痴。看来蒲松龄对"逸兴"这个词真是非常喜欢了。

"浊酒尽随乌有化"，蒲松龄不是自己登上超然台，而是8个人一起登上超然台的。宋人范仲淹《岳阳楼记》云："登斯楼也，则有心旷神怡，宠辱偕忘，把酒临风，其喜洋洋者矣。"——登上这座楼，就会感到心胸开阔、神情愉快，光荣和屈辱一并忘掉，端着酒杯面对清风痛饮，那种喜悦的心情真是美极了。

蒲松龄这些人都是文学之士，当然也记得"把酒临风"这个成语，于是就高兴地喝起酒来。

我们知道，高珩和唐梦赉都是在朝廷上做过官的，在官僚阶层广有人脉，走到各地也受到地方官员的优待。从诗的倒数第二句看来，他们这次到来还得到了诸城县令的盛情接待。也就是说，这次喝酒不但有当地政府陪着，而且酒和酒肴也都不用自己掏钱，所以得喝个痛快，尽管酒只是一般的浊酒，也不是什么琼浆玉液。

"乌有"是人名。汉人司马相如《子虚赋》中有虚拟人物乌有先生，《史记·司马相如列传》中记载，司马相如虚构"乌有先生"这个人，就是想说明"乌有先生者，乌有此事也。"——之所以叫他乌有先生，就是因为他说的这些事都是没有的。后来人们就用"乌有"指虚幻或不存在的事。

在律诗中，这一句必须和下一句对仗，下一句的"大苏"是人名，这一句相同位置的"乌有"也一定是人名。蒲松龄语义双关，用"乌有化"巧妙地说明化为乌有，就是说把"浊酒"都喝光了。其实既然有人招待，喝光了可以再回县衙拿，这里说喝光了，只是表示喝得尽兴而已。

我们知道，在蒲松龄佩服的古代作家里边，指名道姓再三提及的就是苏轼了。他在《聊斋自志》中说"情类黄州，喜人谈鬼"——爱好类似黄州，喜欢和人谈鬼。"黄州"就指苏轼。在《次韵答王司寇阮亭先生见赠》中说："十年颇得黄州意，冷雨寒灯夜话时。"——十年以来已经领会了黄州的心意，在下着冷雨挑着寒灯夜里拉呱的时候。"黄州"还是指苏轼。

因为平生服膺苏轼,而这次慕苏轼之大名而来,登临的又是苏轼修建的超然台,当然得写首新诗向苏轼请教了。"新诗端向大苏裁","端"是应该的意思。苏轼和苏辙是弟兄俩,苏轼是哥哥,苏辙是弟弟,所以以"大苏"指苏轼。苏轼是古代著名的诗人,鉴赏水平极高,所以写出诗来请苏轼评定,也有向苏轼致敬的意思。

"蛾眉新月樽前照","蛾眉",蚕蛾的触须细长而弯曲,因以比喻女子美丽的眉毛。"蛾眉月",指像美人的秀眉一般弯曲尖细的一弯月牙,也就是农历月底和月初的月亮的形状。蛾眉月分为新月蛾眉月和残月蛾眉月。新月蛾眉月在月初的傍晚出现在西方天空,月面朝西,呈反"C"形。残月蛾眉月在月末的黎明,出现在东方天空,月面朝东,呈"C"形。

蒲松龄诗中说是"蛾眉新月",当是指月初的新月蛾眉月。据有关文献,我们知道他们是在初夏游崂山的,所以诗中所写一定是农历四月初的那一弯新月了。

这时天色已晚了,新月蛾眉月升起来了,虽然只是一弯,但像美人的眼睛一般已经亮晶晶地照耀着眼前的酒杯了。酒也喝得差不多了,就站起来趁着月光看看远处的山峦回去睡觉吧。"马耳云烟醉后来","马耳"指诸城县城西南的马耳山。

元人于钦《齐乘》云:"马耳山,密州西南六十里。"是鲁东南的第一高山,因其主峰有双石并举,形状如同马的两个耳朵而得名。其实在诸城县城西南20里处,还有一座常山;诸城以南120里处还有一座九仙山,就是现在的五莲山。

这些山,蒲松龄或者没看到,或者看到却因为诗歌的字数限制,也没法写到诗里。在这一联诗中最让人称奇的是"蛾眉"对"马耳",亏他想得出来。

苏轼《雪后书北台壁二首》其一说:"试扫北台看马耳,未随埋没有双尖。"——试着扫除北台上的雪去看马耳山,马耳山还没有完全被雪埋没露着两个耳朵尖。大概写这首诗的时候,超然台还没有取名,所以苏轼称他为"北台",因为它在城的西北。

蒲松龄说,当时苏轼一定没有喝酒,只看见了马的两个耳朵尖,现在我醉眼蒙眬之中,仿佛看到马耳山蠢蠢欲动,并发出"咴儿咴儿"的叫声,云缠烟绕之中,苏轼手扭耳尖骑马朝这边赶来——他是要赶来同我喝酒吗?

是的,我想"大苏"听说蒲松龄来了,一定会赶来的。钱锺书的父亲钱基博说:"轼则好为嬉笑,虽羁愁之文,亦出以嬉笑,萧然物外,意趣横生,栩栩焉神愉而体轻,令人欲弃百事而从之游焉。"(钱基博《中国文学史》)——苏轼喜欢写嬉笑的文章,就算是旅人愁思,也用嬉笑的文字写出,潇洒于俗物之外,使文章意趣横生,生动喜人,读之精神愉悦而身体轻健,让人想放下各种事情而随他一起游玩。这一次说不定翻了个个儿,"大苏"是跑来跟着他的这位大"铁粉"游玩了。

尽管蒲松龄也写过"湖海飘零物外身"(《拨闷》)——在江湖上独自飘零,就像身在物外——这样的诗句,似乎很是潇洒,但面对千古风流的苏学士和令人景仰的贤邑宰——那位盛情招待他们的诸城县令——他还是不能完全超然物外。"学士风流贤邑宰,令人凭吊自徘徊",这座超然台已经成了令人凭吊的对象,这没什么可说的了,该说的我也都写在诗中了。可是这位贤能的县令,不能不勾起我的一番思虑:我何时也能金榜题名,做个贤能的县令,吟诗作赋、修建亭台,也好留名千古啊!

心有戚戚焉,徘徊而神伤。抬头看看天上的月亮,都有些模模糊糊看不大清楚了。

崂山观海市

游完了超然台从诸城东行,就到了莱州府地面。继续东行绕过胶州湾,就到了向往已久的崂山。我估计他们是绕道过去的,不会是坐船驶过胶州湾,否则定会有诗记之。

蒲松龄一行登上崂山,看到了传说中的海市蜃楼。我们知道,《聊斋志异》中有一篇《山市》,写的是淄川城西15里处奂山上的山市。那篇文章因为选入中学《语文》课本,所以几乎家喻户晓。可奂山上的这种奇幻景象,蒲松龄只是听人说过而没有实际见过。再说那时候《山市》这篇文章可能还没有写呢。

今天蒲松龄登上崂山,亲眼见过了比传说中的奂山山市更为玄幻壮观的神秘景观,就抑制不住激动和震撼,提笔写下一首七言歌行《崂山观海市作歌》。

诗题较长,我们选取前五字做题目。

崂山观海市作歌

山外水光连天碧,烟涛万顷玻璃色。
直将长袖扪三台,马策欲挞天门开。
方爱澄波净秋练,乍睹孤城悬半天。
埤堄横亘最分明,缥瓦鱼鳞参差见。
万家树色隐精庐,丛枝黑点巢老乌。
高门洞辟斜阳照,晴光历历非模糊。
缒属一道往来者,出或乘车入或马。
扉阖忽留一线天,千人骚动谯楼下。
转眼城郭化山丘,猎马百骑皆兜牟。
小坠腾骧逐两鹿,如闻鸣镝声颼飗。
飘然风动尘埃起,境界全空幻亦止。
人世眼底尽空花,见少怪多勿须尔。
君不见:
当年七贵赫如云,炙手热焰何腾熏!

崂山,又称"劳山",蒲松龄《聊斋志异》中的《劳山道士》,就写作"劳山"。位于今山东省青岛市崂山区。元人于钦《齐乘》"大小二劳山"云:

即墨东南六十里,岸海名山也。

译文:

崂山在即墨县东南60里处,是沿海一带的名山。

现代人认为,崂山是中国海岸线上的第一高峰,所以有"海上第一名山"之称。崂山的最高峰叫巨峰,又称崂顶,海拔1132.7米。我们知道,泰山主峰玉皇顶海拔1532.7米,比崂山还高400米。可是由于崂山紧临黄海,以海平面做基准,"海拔"的意义体现得更明显,所以感觉格外高大。所以《齐乘》又引《齐记》云:

泰山自言高,不如东海劳。

译文:

泰山自称很高,还不如东海边上的劳山。

从今天的地理方位来看,崂山在黄海之滨而不在东海之滨,可是在古代"东海"不仅指今天的东海,还指东方滨海地区。如《左传·襄公二十九年》云:"为之歌《齐》,曰:'美哉,泱泱乎!大风也哉!表东海者,其大公乎?国未可量也。'"——为吴公子季札唱《齐风》,季札说:"美啊,气魄宏大,真是大国之风啊!为东海各国做出表率的,应该就是姜太公开创的齐国!其国运未可限量啊!"所以说"东海劳",就指现在黄海之滨的崂山。

海市,是物体反射的光经大气折射而形成的一种虚像。不管是辽阔的海面、宽展的江面,甚至湖面、雪原或者沙漠、戈壁等,偶尔都会在空中出现各种高大楼台、城郭、树木等幻景,人们称之为"海市"。

山东蓬莱一带的海面上常出现此类幻景,古人认为这是蜃——神话传说中的海怪,形似大牡蛎——吐气而形成的楼台城郭,因而得名"蜃楼"。海市和蜃楼是性质类似的现象,所以统称为"海市蜃楼"。

"作歌",不是唱歌或者写歌词,而是写一首歌行体的诗。"歌"就是歌行体——一种音节、格律比较自由,形式采用五言、七言、杂言,篇幅可长可短,一般来说诗题中常见有"歌""行"字样的古体诗。例如唐人岑参的《白雪歌送武判官归京》共 18 句,杜甫的《茅屋为秋风所破歌》就有 24 句,白居易的《长恨歌》竟有 120 句。杜甫的《兵车行》有 37 句,白居易的《琵琶行》则有 88 句,唐诗中最长的歌行体诗歌是韦庄的《秦妇吟》,共有 238 句,真可谓洋洋洒洒一泻千里了。

蒲松龄的这首诗,一共 29 句,199 字,因为以七言为主,所以称为七言歌行。

这首诗可以分为三部分。开头四句为第一部分,写真实的海景,并开始想象虚幻的海市蜃楼。从第五句至倒数第六句为第二部分,描绘见到的海市蜃楼。第三部分是最后五句,抒发观海市蜃楼后的感受。

"山外水光连天碧",蒲松龄站在崂山上,大海在山的外边;大海上水光碧绿,一直连接到远处碧蓝的天边,再远处就看不见了。"烟涛万顷玻璃色",如烟似雾的波涛辽阔万顷,反射着玻璃的光芒。"玻璃"不是指今天门窗上的玻璃,这个词古代常写作"颇黎"。

明人李时珍《本草纲目》云:

> 玻璃,本作颇黎。颇黎,国名也。其莹如水,其坚如玉,故名水玉,与水精同名。

译文:

> 玻璃,本来写作颇黎。颇黎,是一个国家的名字。玻璃晶莹如水,坚硬如玉,所以称为水玉,和水精的名字相同。

这里所说的"水精",就是今天我们所说的"水晶",是一种无色透明的结晶石英,属于贵重矿石。《本草纲目》又云:

> 水晶,莹澈晶光,如水之精英,会意也。《山海经》谓之水玉,《广雅》谓之石英。

译文:

水晶,莹洁透明、亮光闪闪,就如同水的精英,是按照它传达的意趣取的名字。《山海经》上叫它水玉,《广雅》中称它为石英。

不光在古代,就是现代人们也是很喜欢各种水晶制品,如项链、手链、耳环和观音像、内画鼻烟壶等。当然,古代的普通人很少见到水晶制品,更增加了它的名贵度和神秘性,诗人们也往往用它来比喻精光闪烁而又精美无比的东西。蒲松龄借它来描写阳光下烟波浩渺的大海,也确实能带给读者一种光烁耀眼的刺激感和舒畅感。

这时候蒲松龄眼睛被晃得有点儿迷离,也就开始产生幻想了。"直将长袖扪三台","扪(mén)",是抚摸的意思。"三台"不是我们前边讲过的三台山,而是天上的星名,共六颗星,两两排列,分为上台、中台、下台。

蒲松龄幻想着用长长的袖子触摸三台星,然后"马策欲挝天门开",用马鞭敲开天门。"马策"就是马鞭。"挝(zhuā)"就是敲打。"天门"就是神话传说中的天宫的大门。

从这里开始就进了天宫了。进了天宫,所看到的景象自然就与平日不同了。一开始看到的人间的大海,不是"烟涛万顷玻璃色"吗?现在变了样,现在是"方爱澄波净秋练,乍睹孤城悬半天",正在喜欢着明净如秋练的海面,突然之间又看到孤零零一座城悬上了半天空。"秋练"是洁白的丝绢,让我们想到《聊斋志异》中洞庭湖里那个喜欢唐诗的可爱女孩白秋练。"乍睹",就是突然看见。

既然有城,就会有城墙和房舍。"埤堄横亘最分明,缥瓦鱼鳞参差见",城墙上的女墙横亘着看得清清楚楚,房舍上的瓦片鱼鳞一般参差排列着。"埤堄(pì nì)",城上呈凹凸形的矮墙,又称女墙。"缥(piāo)瓦",淡青色的琉璃瓦。"鱼鳞",指房舍上的瓦片像鱼身上的鳞片一样,虽然参差倒也整齐地排列着。

"万家树色隐精庐,丛枝黑点巢老乌",是说千家万户人家之中还看到几处佛寺,都隐藏在树的影子里;一丛一丛的树枝上有很多黑点,虽然看不十分清楚,根据经验也知道那是乌鸦做的窝。"精庐"指佛寺。"老乌"就是乌鸦,俗称老鸹(guā)。《红楼梦》第五十七回云:"众人笑道:'这更奇了!天下老鸹一般黑,岂有两样的。'"说的就是乌鸦。"乌"就是黑的意思,有时我们形容一件东西黑,也说"乌黑"。如鲁迅《花边文学·偶感》就说:"每一新制度,新学术,新名词,传入中国,便如落在黑色染缸,立刻乌黑一团。"

接下来就越看越细致,越看越清楚了。"高门洞辟斜阳照,晴光历历非模糊",高大的城门豁然打开欻(chuā)地照进斜阳来,就像舞台上打开了追光灯,晴光闪烁,一切都历历在目,毫不模糊。"洞辟"就是洞开,也就是大开。"晴光"就是晴朗的阳光。也就是隔得远,若是隔得近,就有可能听到轧轧的开门声。

那时蒲松龄年轻,视线很好。"缰属一道往来者,出或乘车入或马",他看到城门之下连续不断有行人进进出出,有的乘着车子有的骑着马。"缰属(qiǎng zhǔ)"是连续的意思。"出或乘车入或马",这用的是互文笔法,说出来进去的人或者乘着车或者骑着马。并不是说出来的人都坐车,进去的人都骑马。

忽然之间,城门就要关闭了。"扉阖忽留一线天,千人骚动谯楼下",透过两扇门缝之间的一线明亮,看到很多人骚动不安地聚集到谯楼之下。"扉阖(hé)",大门关闭。蒲松龄在这里仿佛写出了大门关闭的动程,我们似乎又听到了"轧轧"的关门声。"谯(qiáo)楼"是城门上的望楼。

他们这些人凑到谯楼下有什么集体活动呢?蒲松龄没看过电影,却十分精通摄影技巧,这里他用了个"淡出"和"淡入"技巧,就把场景进行了不露痕迹的转换。

你看,就像一幅泼墨山水,一眨眼的工夫,刚才的城郭就变成了山丘。城郭之中行走的自然是人民,而山丘上奔驰的也自然是打猎的队伍。"转眼城郭化山丘,猎马百骑皆兜牟",这两句也很容易让我们想起苏轼《江城子·密州出猎》中的情景。"兜牟(dōu móu)",即"兜鍪",古代士兵戴的头盔,也就是甲胄的"胄(zhòu)"。这里用来代指骑兵。如宋人辛弃疾《南乡子·登京口北固亭有怀》就说:"年少万兜鍪,坐断东南战未休。"——孙权年轻的时候率领着千军万马,占据住东南一带不停地作战——用的也是这个意思。

接下来继续描写打猎的队伍。这时大队人马又变成了一小队,骑马奔驰追赶两头小鹿。就如同看电影,以上看的都是默片,或者说就像看电视,刚才一直没有调出声音来,现在突然连声音也有了。风声阵阵,夹杂着一声一声响箭的飞鸣。"小队腾骧逐两鹿,如闻鸣镝声飗飕","小队"就是一小队人马。"腾骧(xiāng)",飞腾,奔腾。"鸣镝(dí)",一种响箭,又叫"嚆矢(hāo shǐ)"。"飗飕(liù sōu)",和"飕飕"一个意思,是疾风吹动的声音。

果然,一说到风,不但听到了风,还看到了风。"飘然风动尘埃起,境界全空幻亦止",突然之间就刮起了大风,尘埃滚滚,画面上的各种事物全部消失,虚幻的一切都停止了。整个人好像做了一场梦,也真像在电影院中看了一场电影,演员表都出完了,人还愣在那里。

蒲松龄很快就清醒过来,因本身就喜欢编造虚幻的东西,所以也早就见怪不怪了。"人世眼底尽空花,见少怪多勿须尔","空花",佛家指隐现于有眼病者视觉中的繁花状的虚影,常用来比喻纷繁的妄想和假象。"见少怪多",就是少见多怪。如汉人牟融《牟子》中云:"少所见,多所怪,睹橐驼(tuó tuó),谓马肿背。"——见的东西少,感到奇怪的事情就多,见到骆驼,就说是马肿了背。唐梦赉为《聊斋志异》写序言,第一句话也是"谚有之云:'见橐驼谓马肿背。'此言虽小,可以喻大矣。"——有谚语说:"看到骆驼就说马肿背。"虽然说的是小事,从中也可以看出大道理。"勿须尔",不必当真。"尔",这样。

最后,诗人就和同行者讨论并得出一致结论,也好比双臂一挥指挥大家齐声合唱,来宣告他所看出的大道理:"君不见:当年七贵赫如云,炙手热焰何腾熏!"你没有看到过吗,当年的七个贵族声势如云、炙手可热,是何等盛大呀!"七贵"指西汉时七个把持朝政的外戚权要家族。隋朝末年,洛阳人也称段达、王世充等七人为"七贵",后泛指权贵之家。"赫如云",盛大如云势喧腾。"炙手热焰",火热的气焰能够烧手,形容气焰权势盛大。"腾熏",炽热盛大的样子。

蒲松龄最后一句诗戛然停止,停在权贵的声势赫大上,就没有再往下说。因为眼前的海市蜃楼就已经做了最好的说明,不必再说了。这样的先煊赫而后败亡的景象,他在后来的《聊斋志异》中也多次描写。富贵荣华和衰败消亡的关系,说起来谁都明白是虚幻的,可做起来谁都是认真的。这也是此类作品永久魅力所在的原因。

我们还记得《聊斋志异》中有一篇《香玉》,其第一句就是:"劳山下清宫,耐冬高二丈,大数十围,牡丹高丈余,花时璀璨似锦。"——崂山的下清宫里,有一株耐冬有两丈高,几十围粗,还有一株牡丹高一丈多,花开时节,璀璨如一团锦绣。

《香玉》这篇名作,大概也是此次崂山之游催生的吧。

登岱行

"泰山,一座顶天立地的圣山;Mount Taishan,一个闻名世界的中国符号。

"1987年5月,联合国教科文组织委派国际自然资源保护协会副主席卢卡斯先生到中国考察泰山。他说:'泰山把自然与文化独特地结合在一起,并使人们在人与自然的概念上开阔了眼界,这也是中国对世界人民的巨大贡献。'

"同年12月,泰山被联合国教科文组织世界遗产委员会列入世界'自然与文化双遗产'名录,成为中国第一个获此殊荣的世界遗产,同时也开创了世界遗产新类型。"

2021年夏天,山东电视台应中宣部之命,拍摄两集纪录片《脉动泰山》,解说词由山东省社会科学院的姜维枫研究员和我一起撰写。姜维枫是我的师妹,我们合作愉快。纪录片已于当年7月20日和21日22点,在央视中文国际频道重磅推出。播出之后,社会反响和学界评价都很高。

以上所引,是纪录片上集的开头语。因为大家对泰山都很熟悉,也可以去网络看看《脉动泰山》,我这里就不过多介绍了。

清康熙九年(1670年),蒲松龄就在南游宝应的路上远远地看到过泰山的影子了。康熙十二年,蒲松龄34岁。这年农历七月,他和淄川师友西南行,出济南府、过青州府、入泰安府,终于游览了闻名天下而向往已久的东岳泰山,并留下了一首七言歌行《登岱行》。

登岱行

兜舆迢迢入翠微,往来白云荡胸飞。
白云直上接天界,山巅又出白云外。
黄河泡影摇天门,千峰万峰列儿孙。
放眼忽看天欲尽,跂足真疑星河扪。
瑶席借寄高岩宿,鸡鸣海东红一簇。
俄延五更黍半炊,洸漾明霞射秋谷。
吴门白马望依稀,沧溟一掬堆琉璃。

七月晨寒胜秋暮,晓月露冷天风吹。
顷刻朝暾上山脊,山头翠碧连山尾。
及到山下雨新晴,归途半蹅蹄涔水。
回首青嶂倚天开,始知适自日边来。

登岱行　王春荣绘

"岱",是泰山的别称,也叫岱宗、岱岳。"行"是指歌行体,这在前文刚刚说过。全诗22句,前4句写登山的情况。接着4句写在山上看到的情况。再接着4句写住宿和看到日出。接下来6句,写泰山日出。最后4句,写下山的情景。

"兜舆",一种两人抬的山轿子。"翠微",青绿的山色,也泛指青山。唐人李白《下终南山过斛斯山人宿置酒》说:"却顾所来径,苍苍横翠微。"——回头看看来时的山间小路,只见苍苍茫茫一片青翠——说的就是这个意思。蒲松龄说"兜舆迢迢入翠微",就是说他这一次是坐着山轿慢慢经过长长的山路的。

到了山腰,特别是快活三里那一段,轿夫的脚步轻快起来。也不知是白云在人眼前飞动,还是人在白云中飞动,反正感觉像是飞了起来。蒲松龄不是普通百姓,他是文化人,既然要登泰山,他一定提前做好了功课,把有关泰山和描写登山的传说和诗文忆上一忆,翻上一翻,以供自己写作时参考。

蒲松龄是1715年去世，蘅塘退士孙洙1711年出生，所以那时还没有《唐诗三百首》，蒲松龄不知道看的是哪个唐诗选本。1705年《全唐诗》才开始编辑，他看的也不是《全唐诗》。

刚才我们引过了李白的《下终南山过斛斯山人宿置酒》，接着我们再来看杜甫的《望岳》。《望岳》说："荡胸生层云，决眦入归鸟。"——敞开胸襟吸纳激荡的层层白云，张开大眼眺望归巢的对对飞鸟。蒲松龄说"往来白云荡胸飞"，用的也是这个典故。

刚才或许是仰躺在山轿上，所以看到白云飘来飘去从胸前来回。现在坐直了身子一看，"白云直上接天界"，白云直上山巅，已经接触到天的边界了。也就是说，再往上就到了天上头了。天上头是什么地方？大概就是传说中的天宫了吧？可是等蒲松龄到达山顶上，却看到山顶比白云还要高呢。"山巅又出白云外"，难道这山上的寺庙道观，就是人们传说的白云之上的天上的宫殿？

这些还没有看清楚，视线又被引向了远方。在江苏篇中我们讲《黄河晓渡》那首诗时说过，蒲松龄时代的黄河，不像现在的黄河在泰山之北，而是在更为遥远的泰山之南的苏北地界。蒲松龄站在南天门上能看到那么遥远的地方，一是视力很好，二是天气很好，三是黄河流势很大，确实引人注目，同时也表现出泰山确实很高，没有遮挡物。

"黄河泡影摇天门"，表面上是说黄河里边水泡的影子摇动着南天门，实际上是说站在南天门就能看到黄河水泡的影子。不管怎么说，这都是用了极度夸张的手法。

在讲《夹谷行》那首诗时我们也说过，蒲松龄非常喜欢用"儿孙罗列"来描写山峰的形状。这不忍不住又在这里用了一次，"千峰万峰列儿孙"，泰山太高，看完了苏北的黄河，视线一落还看到泰山黄河之间有千万座山峰罗列着。

当然这些山峰都没有泰山高大，在蒲松龄看来，他们都是泰山的儿孙辈。唐人杜甫还有一首《望岳》诗，望的是西岳华山，诗云："西岳崚嶒（léng céng）竦处尊，诸峰罗立似儿孙。"——华山主峰高高耸立像一位长者，其余诸峰像儿孙一样罗立身旁。对于这个典故，蒲松龄用得是很纯熟了。

这时，蒲松龄又移动了一下视线，看向了天尽头。"放眼忽看天欲尽，跂足真疑星河扪"，跂起脚来都可以摸着星河了。当然这又是用了一个和高山有关的典故。唐人李白《自巴东舟行经瞿塘峡，登巫山最高峰，晚还题壁》云："青天若可扪，银汉去安在。"——青天似乎可以摸到，可不知银河去哪里了。蒲松龄肚子里不知装着多少此类典故,真是层出不穷啊。"跂(qí)足",就是提起脚跟,用脚尖着地,以增加眼睛的高度。

这时天就黑了,什么也看不见了,只好找个地方住下。"瑶席借寄高岩宿,鸡鸣海东红一簇",这虽然是两句诗,却写了一夜的时间。晚上在一个建在高大的悬崖底下的房子里借宿,鸡叫的时候东方的海面上就现出了一簇红光。"瑶席",用瑶草编成的华美的席子。

因为这里在白云之上,就像住在仙人的宫殿里,所以幽默地称普通的席子为"瑶席"。说白了吧,现在是七月里,天气还算暖和,住在室内还能凑合,什么"瑶席",也就是在光草席上躺了一宿而已。

那时登泰山不像现在这么容易,先坐动车、再坐索道,半天时间就行了。那时多数情况下得靠步行,上山尽管坐的是山轿,自己比较轻松,可速度还是比自己步行快不了多少,所以来一次实在不容易。这一次登山,一定要看到传说中的泰山日出,否则就会留下终生遗憾,下一次再来还不知什么时候呢?

事实证明,蒲松龄从此再没来过泰山——假如这次看不到日出,他还会再来吗?

到这里我才明白,蒲松龄为什么上山的时候坐轿而不步行了。因为他要保存精力,预备着早起看日出。否则的话,累得躺下像死猪,一觉睡到大天亮,啥都耽误三秋了,还看什么日出。这不鸡一叫他就一个激灵从"瑶席"上起来了,跑出去看了看,东方的天空才刚刚亮了"一簇"。店主人就说了:"看你心盛的,还早呢,吃了饭去看也不晚。"

那么大的一个太阳,运转了上千万年,当然沉得住气,它不出来谁也拿它没办法,也就只好等一等了。好不容易等到五更,黄米饭才做了半熟,晃荡明亮的霞光就灌满了山谷。"俄延五更黍半炊,洸漾明霞射秋谷","俄延"是拖延的意思,照我的看法就是"挨",焦躁不安而又无可奈何地度过时光。"黍半炊",就是店主人做小米饭,蒲松龄心急,让人家揭开锅看看,人家说还不能吃,因为才半熟。"洸漾(guāng yàng)",就是水波动荡闪光的样子。"明霞",灿烂的云霞。"秋谷",秋天的峡谷,草木的色彩也开始绚烂起来,与天上的彩霞交相辉映,十分好看。

我们知道,在泰山顶上有一个牌坊叫"望吴胜迹",来源于一个传说故事,汉人王充《论衡·书虚篇》引古书云:

颜渊与孔子俱上鲁太山。孔子东南望吴阊门外有系白马,引颜渊指以示之,曰:"若见吴阊门乎?"颜渊曰:"见之。"孔子曰:"门外何有?"曰:"有如系练之状。"孔子抚其目而正之,因与俱下。下而颜渊发白齿落,遂以病死。盖以精神不能若孔子,强力自极,精华竭尽,故早夭死。

译文:

颜渊和孔子一起登上鲁国的泰山。孔子望向东南,看见吴国的阊门外拴着一匹白马,就指着让颜渊看,说:"你看见吴国的阊门了吗?"颜渊回答:"看见了。"孔子又问:"那门外有什么?"颜渊回答:"好像系着一匹白绢。"孔子擦擦颜渊的眼睛给他纠正,然后就一起下山。下山之后,颜渊就头发变白、牙齿脱落,然后就病死了。这是因为颜渊的精神不如孔子,勉强用力达到极限,自己精华用尽,所以就早死了。

对于这段传说,王充是不相信的,我家老哥既然不相信,老弟我当然也不相信。站在高山上看远方,看个三五十里,就算那时空气好没有污染,看个百八十里是有可能的,可是看到千里之外的吴国,还能看清阊门外拴着的白马,那是任谁也不会相信的。其实看到上文他说能看到"黄河泡影"时,我就有些将信将疑了。

可蒲松龄偏说:"吴门白马望依稀,沧溟一掬堆琉璃。""吴门"指春秋时吴国的国都苏州。"沧溟",大海。"一掬",一捧。"堆琉璃",就是琉璃堆。怪不得蒲松龄到了泰山上"望吴胜迹"牌坊那里也看见了苏州城门下拴着的白马呢,这有两方面的原因。

一是向伟大的孔子致敬,圣人说的话怎会有错呢。二是用了诗歌艺术的夸张手法。你看,整个大海都像捧在手里的一堆琉璃,那"吴门"还不近在眼前吗?别说"吴门"的"白马",就是再远,连吴刚家的白兔都可以看个清楚。唉,蒲松龄不愧为蒲松龄,说出话来真是滴水不漏。

还有一点我们要明白,就像前边我们说过的"玻璃"不是现在的玻璃一样,这里的"琉璃"也不是现在的琉璃。唐人杜甫《渼陂(měi bēi)行》云:"天地黤(yǎn)惨忽异色,波涛万顷堆琉璃。"——天地之间忽然暗淡下来改变了颜色,万顷波涛之上仿佛堆满了琉璃。若说杜甫时代就能生产我们现在见到的琉璃,那是谁也不信的。

明人李时珍《本草纲目》云：

《魏略》云：大秦国出金银琉璃，有赤、白、黄、黑、青、绿、缥（piǎo）、绀（gàn）、红、紫十种。此乃自然之物，泽润光采，逾于众玉。今俗所用，皆销冶石汁，以众药灌而为之，虚脆不贞。《格古论》云：石琉璃出高丽，刀刮不动，色白，厚半寸许，可点灯，明于牛角者。《异物志》云：南天竺诸国出火齐，状如云母，色如紫金，重沓可开，析之则薄如蝉翼，积之乃如纱縠（hú），亦琉璃、云母之类也。按此石今人以作灯球，明莹而坚耐久。

译文：

《魏略》上说：大秦国出产金银琉璃，有赤、白、黄、黑、青、绿、缥、绀、红、紫等十种颜色。这种东西是自然生成的，润泽而有光彩，超过各种玉石。现在俗众所用的，都是熔炼石汁，灌上各种药而制成的，既虚且脆不够坚硬。《格古论》云：石琉璃出自高丽国，用刀割削也毫无破损，颜色发白，有半寸来厚，可用来点灯，比牛角的明亮。《异物志》云：南天竺各国出产火齐，形状如同云母，颜色如同紫金，一层一层摞着可以分开，分开就薄薄的如同蝉的翅膀，堆积起来就如同绉纱，也是琉璃、云母一类。这种石头今人用来制作灯球，光泽明亮透彻而又坚固耐用。

蒲松龄"掬"在手里的，大概也是李时珍所说的这种自然的琉璃，若是现在的琉璃堆在手里，不扎破手才怪呢——好看倒是好看，就是不大好受。

是啊，泰山日出的景色倒是挺好看，可身上确实不大好受，因为七月里虽说还是孟秋，可架不住山高风大天冷——"高处不胜寒"，连苏东坡都不愿忍受，蒲松龄也同样忍受不了。"七月晨寒胜秋暮，晓月露冷天风吹"，这时毕竟还是早晨，寒冷仿佛暮秋，一轮晓月挂在天空，天空洒下露水吹起冷风，蒲松龄不由得抱起胳膊，缩起了脖子。

好在不一会儿，太阳就升起来照过来了，身上暖煦煦的，赶紧蹦跶两下，用手搓搓脸。再向远处看去，又是另一番景象了。"顷刻朝暾上山觜，山头翠碧连山尾"。"顷刻"就是极短的时间。"朝暾（zhāo tūn）"，初升的太阳。"山觜（zuǐ）"

就是"山嘴",山口。这时从山头至山尾,满山都是翠碧。

当时,蒲松龄可能又想起了唐人杜甫"齐鲁青未了"(《望岳》)——泰山的青绿之色,齐国和鲁国都盛放不下——那句诗了。

该看的都看了,那就下山吧。诗的第三四句不是早说过"白云直上接天界,山巅又出白云外"吗?蒲松龄在泰山顶上过了一夜,看了日出也看到了月亮,天肯定是晴朗的了。谁知来到山下,才又发现了泰山的另一番神奇。"及到山下雨新晴,归途半蹅蹄涔水",在自己不知不觉之间,山下刚下了一场雨并且已经晴天了。

虽说已经晴天了,可路上依然不好走。"归途半蹅蹄涔水","蹅"这个字,字典上说读 chǎ,意思是"(在雨雪、泥水中)踩。"其实这个字在淄博方言中还另有读音 zhā,意思就是踩或者踏的意思,倒不一定非得在水中或泥中。比如"你蹅了我一脚""小心别蹅着地上的小鸡"等。"蹄涔(cén)水",地上牛蹄印里边的雨水。

在这里,蒲松龄所踩踏的未必就是牛蹄印里边的水,他是泛指路上所有脚印里边都灌满了水,水中到处都是脚印,以显示道路之泥泞难行。

又不是什么达官显贵,口袋里的银子也不是路上捡来的,所以尽管不好走,也得以省钱为主,回去免得惹老婆生气。走啊,走啊,眼看就要离开泰安了,再回头看一次泰山吧,这一辈子不会再来了。

"回首青嶂倚天开,始知适自日边来",回头一看,青翠的山峦像画幅一样倚天打开,这才明白自己刚才是从太阳边上回来的。这样的想象既在情理之中,又在一般人想象之外,真是达到了"人人心中有,个个笔下无"的境界了。

蒲松龄有一支神笔,这次泰山之游很不容易,光写一首诗——尽管是篇幅较长的七言歌行——还觉不过瘾,然后又写了一篇《秦松赋》来描写和颂扬那棵"五大夫松"的相貌和品质。

至于《聊斋志异》中和泰山有关的小说,那就更多了。

青州杂咏

我们知道,蒲松龄出生于明崇祯十三年(1640年)农历四月十六日戌时,也就是公历6月5日19点至21点之间。那一天是芒种节,那一年出生的孩子都属龙。

蒲松龄是济南府的秀才,参加考试本来是应该到府城济南的。康熙五十年(1711年),72岁那一年的十月,蒲松龄应该参加岁贡生的考试。可是那时,山东提督学院——也就是学政——黄叔琳正好在青州视学,就将岁贡生的考试安排在青州府举行。

青州府治所在益都,就是今天潍坊青州市益都镇益都城。当月二十二日,蒲松龄一仆一骑,从淄川启程赴考。据山东大学教授邹宗良考证,他是经过"三里沟—昌城—金岭镇—牛山—淄河"这条路到青州的。

这条青州古道,蒲松龄是第一次走,沿途之中,看着既熟悉又陌生的城市和乡村景物诗兴大发,挥笔写下一组五首七言绝句《青州杂咏》。

青州杂咏

其 一
淄河断续水潺潺,日夜西流去不还。
霸绩不知何处是?高坟累累似群山。

其 二
行李萧条马首东,山川寥廓霸图雄。
重城连亘规模远,想见当年大国风。

其 三
河流未冻岁寒初,晓析重城胜国余。
此处人家农事毕,带花绵梗压茅庐。

其 四
晓烟四塞远濛濛,沃野连阡气象雄。
槐实经冬犹满树,行人传说主年凶。

其 五
随地束妆自觉工,青州十里有殊风。
城中犹自兴高髻,绕出城门便不同。

"杂咏",因为诗有多首,诗中所吟咏的内容较多而主题不统一,不好用一个共同的题目来概括,所以就用"杂咏"为题,实际上就相当于"无题"。这是写诗,若是写散文,就叫"杂感"或"杂记"。

淄河,发源于山东省济南市莱芜区东部,主要流经淄博市境内。其大致流向为自西南向东北,先后流经鲁中山区、鲁中平原,再汇入小清河,然后注入渤海南部的莱州湾。淄川因淄河而得名,淄河在淄川县城东边 60 里远处,蒲松龄之前从没有到过淄河,今天才第一次看到淄河的真实面目。临淄也是因东临淄河而得名,可是因为是"临"得太近,抬头就能看见,迈腿就能到达。

淄河属于季节性河流,千百年来常年流水,并且水质良好。可是我们知道,"淄"这个字除了"淄水"之外,没有别的意思。也就是说"淄"这个字,是专门为"淄水"造的。那么"淄"是什么意思呢?古人说"水黑为淄"——因为这条水是黑色的,所以叫作淄水。淄水怎么会是黑色的呢?元人于钦《齐乘》"淄水"条引《元和志》云:

俗传禹理水功毕,土石黑,数里之中波流皆黑,故谓之淄水也。

译文:

民间传说,大禹把这条水挖通之后,看到这里的土和石头都是黑的,好几里路之内水波也都是黑的,所以就给它取名叫淄水。

不光淄河水是黑的,就连发源于临淄离淄河不远的乌河水也是黑的。《齐乘》"时水"条云：

> 道元云：时水出齐城西南廿五里，平地出泉，即如水也。水色黑，又名黑水。今按：时水之原，南近淄水，详其地形水脉，盖伏淄所发，土人名曰乌河。

译文：

> 郦道元在《水经注》中说：时水发源于齐国故城西南25里的地方，有泉水从平地涌出，这就是如水。水是黑色的，又叫黑水。今按：时水的源头，南边靠近淄水，仔细观察这里的地形和水脉，应该是潜伏的淄水所喷发出来的，当地人都叫它乌河。

关于乌河，我们还是顺带一提，不去细说。可惜的是，自从大禹看到淄水的土石水流是黑的之后，再没有人看到过这样的景象。反正不管怎么说，这条水就叫淄水了，据说清代以后才改称淄河。这是中国一条有名的水流，北魏郦道元《水经注》中有更为详细的记载。

淄河的水虽说早就不黑，可自20世纪70年代淄河上游的太河水库建成蓄水以后，水库以下就长年干枯了。临淄在太河水库的下游，蒲松龄时代，太河水库还没有修建，所以还有水流。可是因为是冬十月的旱季，尽管河床上没有上冻，可水流是断断续续、时隐时现的。

《齐乘》"淄水"条又云：

> 淄多伏流，潦(lǎo)则薄崖，旱则濡轨而已，俗谓九干十八漏。

译文：

> 淄水多潜伏地下，雨水大的时候水流就靠近两岸的悬崖，干旱的时候只漫过车辙辘印罢了，民间说是有九处干十八处漏。

因此我们知道淄河滩有很多漏水的地方，因而干旱的时候水流就不连贯。

水流尽管不连贯,可哗啦哗啦的流水声还是不断传来。顺着流水声望去,淄河朝着西方流去日夜不停,并且一去不还。"淄河断续水潺潺,日夜西流去不还",说的就是这个意思。

可是还有一个问题,我们知道淄河的大致流向是自西南向东北的,蒲松龄在这里说"西流"是不是搞错了方向呢?我想可能不会。蒲松龄尽管没有到过淄河,可淄河毕竟是淄川的名河,关于它的流向蒲松龄不会不清楚。在这里蒲松龄之所以这样说,可能不是就淄河整体而言,而是说的眼前看得到的一小段河流。当然若是说成"东流"就更好了。那么能说成"北流"吗?从方向上来说没问题,从格律上来说就不允许了,因为那样一来"日夜北流去不还",这个"流"字就犯了"孤平"的忌讳了。

临淄是春秋战国时期的齐国古都,春秋五霸、战国七雄中,齐国都是赫赫有名的存在,其国君中的齐桓公、齐威王、齐宣王等,也都是建立了赫赫之功的大人物。"高坟",高大的坟墓,指的是"四王冢"和"二王冢"。

"四王冢"即田齐威、宣、湣(mǐn)、襄四位国君的陵墓,位于临淄城东南方牛山——关于牛山,我们在江苏篇讲《射阳湖》那首诗时已经提到过——的东边,在淄博市、潍坊市交界处。其墓方基圆顶,均匀排列,巍然耸立,异常醒目。"二王冢",据元人于钦《齐乘》"女水"条云:

> 今临淄东南十五里俗呼"二王冢"者,因山两坟,谓是桓公与其女之冢,水出冢侧,因以名焉。

译文:

> 现在临淄东南十五里俗称"二王冢",因为山上有两座坟,据说是齐桓公和他女儿的坟墓,水从坟墓旁边流出,因此就叫女水。

于钦认为,"二王冢"是齐桓公和他女儿的坟墓,而据今人考证,此中埋葬的可能是齐侯田剡(yǎn)和桓公田午。于钦所说的"因山两坟"的"山",指的就是位于临淄城东南方向的鼎足山。"四王冢"和"二王冢"这些坟墓,都高达数十米,周长数百米,从远处看去,真像"累累"的"群山"。"累累(léi léi)",重叠不断的样子。

"霸绩不知何处是？高坟累累似群山"，霸主的功绩表现在哪里呢？你看就在那些像群山一样的高高的坟堆中了。这个意思，后来的曹雪芹又说了一遍，并且也说得更明白了："世人都晓神仙好，惟有功名忘不了！古今将相在何方？荒冢一堆草没了。"(《红楼梦》)——世人都知道做神仙好，只是建功扬名的事情忘不了！自古以来的将军宰相都在哪里呢？只剩下一堆坟墓盖着满身荒草。

蒲松龄这次东去，就是为了参加岁贡生的考试，没有别的事情，所以带的行李很简便。"行李萧条马首东"，"行李"，外出之人所带的东西。"萧条"，简陋，少。晚清欧阳巨源《负曝闲谈》第六回说："他们是阔排场，我这样的行李萧条，未免叫他瞧不起。"

蒲松龄都70多岁了，瞧得起瞧不起都无所谓了。这次来考试，也是有枣无枣打一竿的意思。"马首东"，马头朝东。从淄川出发朝青州走，不光马头，连人头都朝着东方。

"山川寥廓霸图雄"，是说眼前的这片大好河山辽阔无垠，正是一展雄才大略的好地方。"寥廓(liáo kuò)"，高远空旷。"霸图雄"，称霸的图谋最为高远雄杰。唐人陈子昂《蓟丘览古赠卢居士藏用七首》小序中说：

> 丁酉岁，吾北征。出自蓟门，历观燕之旧都，其城池霸业，迹已芜没矣。乃慨然仰叹。忆昔乐生、邹子，群贤之游盛矣。因登蓟丘，作七诗以志之，寄终南卢居士。亦有轩辕之遗迹也。

译文：

> 丁酉这一年，我从行北征契丹。从蓟门出发，遍观燕国的旧都城，它的城池和霸业，遗迹已经荒芜了。于是感慨着仰天长叹。回想当年乐毅、邹衍，以及众位贤士的燕国之游，可谓盛极一时了。于是登上蓟丘，作了七首诗来记录此时的感想，寄给终南山的卢藏用居士。这里也有黄帝的遗迹。

蒲松龄读书真多，记性也真好。我敢肯定，他到了齐国古都，看着眼前城池旧迹，一定想起了陈子昂这组诗。陈子昂写了七首，蒲松龄就写五首来向他致敬。

其中《燕昭王》说："南登碣石坂，遥望黄金台。丘陵尽乔木，昭王安在哉。霸图怅已矣，驱马复归来。"——往南登上碣石山的山坡，远远地看见了黄金台。丘陵上长满了乔木，燕昭王又在哪里呢。称霸的雄图令人惆怅啊，今天我骑着马又来到这里。

陈子昂来到这里，可惜已经没有了求贤若渴的燕昭王，蒲松龄来到这里，更是见不到当年的那些有雄图的霸主了。

"重城连亘规模远"，是说临淄城重叠相连、规模宏大。临淄城有大城和小城之分，大城东临淄河，小城位于大城西南部，大城小城相连，占地面积相当大。从此可以看出当年齐国的泱泱大风："想见当年大国风。"

"大国风"也是用了一个典故，据《左传·襄公二十九年》记载，吴国的公子季札访问鲁国时，鲁国为他表演全本《诗经》，当乐工演奏《齐风》时，他说："美哉，泱泱乎，大风也哉！"——太美了，气魄宏大，真是大国风度啊！蒲松龄自幼熟读这些经典，这对他来说已经如数家珍，伸手就来了。

这次蒲松龄赴青州考试，是在十月。那时是冬季的第一个月，气候还不十分冷，河流还未结冰，所以说是"河流未冻岁寒初"。蒲松龄走到青州城外的时候，正是拂晓时分，这时他又看到了青州连绵横亘的城墙，远远地传来报晓的梆子声。

"晓柝重城胜国余"，"晓柝（tuò）"，就是报晓的梆子声。"重城"，城郭相互重叠。"胜国"，灭亡的国家，这里指明朝；"胜国余"，就是说这里的城池是明朝遗留下来的。

虽然眺望见了青州城，可是还没到青州城，那就先看看周围的情景吧。这里和淄川不大一样，淄川人的地里都是种庄稼，这里的地里喜欢种棉花。你骗谁啊，冬天还种棉花？谁说冬天种棉花了？俺是从眼前所见判断出来的。你看见啥了，说给俺听听？好吧，"此处人家农事毕，带花绵梗压茅庐"，你看，这里的家家户户已经把各种农活儿都忙完了，连带花的棉花梗都压到茅屋上去了。棉梗压到茅屋上去干啥？我也不知道，大概是压在墙头上，蒲松龄没看清楚吧？棉梗怎么还带着花呢？这"花"不是成熟的棉花，是极个别没有完全成熟的棉花桃，还没有完全长成棉絮，农民们就让它待在棉梗上装点这冬天的风光，供蒲老先生写诗用了。"绵"通"棉"。

反正已经看见青州城了，也就不急了，就是急，人家此时也不开城门哪。那就再溜达溜达看看吧。这时太阳就要出来,夜间的烟雾到了早晨因为阳气上升,都纷纷散向四方。我们都有这样的感觉,远远地看着雾气蒙蒙,可是走到跟前雾气反而没了,回头一看,刚才走过的地方本来没有雾气,现在却又雾气蒙蒙了。所以唐人王维《终南山》诗说:"白云回望合,青霭入看无。"——回头一看走过的地方,白云又合上了;眼前充满青霭的地方,走过去看看又没有青霭了。"晓烟四塞远濛濛",这天早晨,蒲松龄也有了王维那般的感觉。"四塞",散向四方。"濛濛",迷茫不清的样子。

雾气越散越远,视线越来越清晰,地上的一切都看清楚了。"沃野连阡气象雄",青州一带不像淄川到处都是山,而是沃野千里的平原,看惯了山的高大,再看看这种绵延无尽的原野,也感到气象颇为雄壮,胸襟为之开阔起来。"沃野",肥沃的田野。"连阡",阡陌相连,形容田野之间道路纵横,一望无际,很有画面感。

看完了远处就再看看近处吧。"槐实经冬犹满树",这里的"槐"指的是国槐,花蕾未开时叫槐米,花开后的果实叫槐豆,俗称"槐当啷"。秋后槐豆大多凋落,若经冬不落,民间传说主来年是凶年,所以蒲松龄说"行人传说主年凶","主",预示吉凶祸福或自然变化等。"凶年",荒年,年景不好。这种说法有没有科学依据呢?不知道。

这组诗的题目叫《青州杂咏》,一共五首诗,都到了第四首了还没进青州城,这"咏"是够"杂"的了,可这"青州"却有点儿名不副实啊。真是这样吗?不是的,因为临淄清朝时属于山东省布政司青州府,所以蒲松龄一路上写的都是青州府地面上的景观,并没有离题。

最后这一首由写景转为写人,写青州府的女人。老蒲真是越老越年轻,这次考试也蛮有把握,所以《聊斋志异》中写了那么多美女还没写够,还得再写写青州城的美女。青州城是府治所在地,一切都比淄川县城高一个档次,美女也当然不例外。

"随地束妆自觉工",这一路走来看到青州地界的妇女是随着各地的风俗打扮起来,每一种打扮都感觉很工巧。"束妆",收拾整理服饰和修饰容貌。"工",精致,工巧。"青州十里有殊风",俗话说十里不同俗,因为不同俗,所以就有不同的梳妆打扮,青州地面上当然也是这样。"殊风",风尚不同。

"高髻",就是高高的发髻,是汉朝时盛行的妇女发型。《后汉书·马援传》云:

长安语曰:"城中好高髻,四方高一尺;城中好广眉,四方且半额;城中好大袖,四方全匹帛。"斯言如戏,有切事实。

译文:

长安人传说:"城中的人喜欢高髻,四方的人就把发髻弄得有一尺高;城中的人喜欢宽眉,四方的人就把眉毛画得有半个额头那么大;城中的人好穿大袖子衣服,四方的人就用整匹布来做袖子。"虽然是游戏之言,却也说出了部分事实。

唐朝人也有喜欢这种高髻的。唐人康骈《剧谈录》卷下《玉蕊院真人降》说:

忽一日,有女子年可十七八,衣绿绣衣,乘马,峨髻双鬟,无簪珥之饰,容色婉约,迥出于众。

译文:

忽然一天,有一位女子大约十七八岁,穿着绿色的绣衣,骑着马,高高的发髻梳成两个鬟形,没有戴发簪耳坠等首饰,姿容非常含蓄委婉,超出众人一大截。

蒲松龄说,青州城内不愧是汉族遗风之地,到现在还时兴这种高高的发髻。"犹自",尚且,仍然。"城中犹自兴高髻,绕出城门便不同",可是出了城门呢?一出城门女人们的发型就不一样了。

汉唐时期是城外的人跟着城里的人学,现在是城外的人不再跟着城里的人学了。为什么会是这样呢?因为这里的城里只是府城而不是京城,汉唐时候女人们是跟着京城学习的。这说明,现在青州城里的女人们没有与时俱进,在服饰打扮上太守旧,已经远远落后于时代了。

我们早就知道了,这次蒲松龄顺利考中了岁贡生。所谓"岁贡生",就是各地的府、州、县学,按照规定名额选拔优秀秀才贡入国子监。据山东大学邹宗良教授考证,淄川县学每两年才"出贡"——秀才成为贡生——一人,可见名额还是很珍贵的。

因为名额珍贵,所以不是人人都有资格的,而是照例由老资格的"廪生"——即廪膳生员,明清两代由府、州、县按时发给银子和粮食补助生活的生员——论资排辈选出,所以俗称"挨贡"——排队等候出贡。

秀才若能够出贡,就相当于在府、州、县学毕业了,成了国子监的监生,也就是太学生了。也就相当于当代中学毕业考上大学,有资格参加工作了。在清代,参加工作就是做官,所以蒲松龄也就有资格做官了。

按照当时的定例,岁贡生一开始只能做"候补训导",就是等着各州、县学的副学官——相当于教育局副局长或县中学副校长——调任或退休,才有机会任职。蒲松龄考中岁贡之后被授予的就是"候补儒学训导"的头衔,由于年龄太大,没有等到机会就去世了。

不过幸运的是,蒲松龄考中岁贡生得到候补儒学训导头衔的同时,还得到了一身公服,相当于他的学士服或制服。尽管一直没有上班,也没有正式穿过,可74岁的时候,他的四儿子蒲筠请当时寓居济南的江南名画家朱湘鳞为他画了一幅肖像画,这也算是他的毕业照或者身份证照了。

我们现在在蒲松龄故居"聊斋"正面墙上看到的那幅画,就是蒲松龄300多年前穿着制服的写真标准图片。

归 途

清康熙五十年(1711年),蒲松龄72岁,十月二十二日,他一仆一骑远赴青州。考中岁贡之后,心情大好,等不到天亮,就披星戴月上路返回淄川,还写下一首七言律诗《归途》。

归 途

旅店趣装向晓行,一鞭残月马蹄轻。
青连近郭山无缝,翠接长桥路入城。
日上烟消村舍出,雨余风动道尘清。
归来投老应栖隐,百里奔波第此程。

唐人杜甫诗云"人生七十古来稀"(《曲江二首》其二)——自古以来就很少有活过70岁的人。今年蒲松龄已经72岁了,只要活着就是纯赚,已经到了无欲无求的年龄。但是别的都好说,就是这个科举功名实在割舍不下,就算它像淄川本地那句古老的谚语所说"大年五更打个兔子——有它也过年,无它也过年",或者《三国演义》中曹操所说的"鸡肋"——"食之无味,弃之可惜"。

说到"鸡肋",古人有很多很好玩儿的说法。宋人杨万里《晓过皂口岭》诗云:"半世功名一鸡肋,平生道路九羊肠。"——拼搏半生取得的功名不过是一根鸡肋,一生经历如同曲折不尽的羊肠小路。用这两句诗来概括蒲松龄的一生,可谓再贴切不过,只须把"半世"改为"一世",因为他这"岁贡生"的功名是晚年才取得的。

明人吾丘瑞《运甓记·辞亲赴任》中说:"征舠(dāo)已集,拜辞偷泪滴,只为鸡肋功名,把北堂杳隔。"——远行的小船已靠岸等待,拜别亲人偷偷地落泪,只为了这鸡肋一般的功名,就把母亲隔在远方。蒲松龄一生十余次到济南赶考,"把北堂杳隔"。若真能考中做官,还真能有点儿用。可现在母亲都去世30年了,只怕蒲松龄获得功名回来也没法告诉北堂老母了,就算老母知道了也不会兴高采烈了,因为这是不折不扣的"鸡肋"。

再说了，就算是"鸡肋"，只要不太费劲儿，顺手捡一个不也是不捡白不捡吗？其实说白了，获得功名的人说功名是鸡肋容易，没有获得功名的人说功名是鸡肋就不容易了。蒲松龄获得"岁贡生"头衔之后，不管对家庭收入还是社会名望都是有帮助的。

当时淄川县令没有及时支付"贡金"——官府按规定发给贡生的生活补贴——和插旗挂匾，蒲松龄还给县令写信催促过呢，看来他还是把这件事看得比较重的。

因为看得重，所以考中之后心情就异常轻松。"旅店趣装向晓行"，考完之后住在旅店里，第二天拂晓就整治行装回家报喜。"趣（cù）装"，快速整理行装。前边讲《超然台》那首诗时我们说过，"蛾眉月"分为新月蛾眉月和残月蛾眉月。新月蛾眉月在月初傍晚悬挂在西方天空，残月蛾眉月在月末的黎明悬挂在东方天空。蒲松龄往回赶正在十月末，他看到的就是一弯残月蛾眉月。

"一鞭残月马蹄轻"，蒲松龄写诗也是一丝不苟，他在写《超然台》时因为是月初，他说是"蛾眉新月"——越来越丰满的月亮，现在十月末他说"残月"——越来越消瘦的月亮，真是弄得明明白白。"一鞭"是指骑在马上，拿着马鞭。"马蹄轻"证明身心轻松，很容易让我们想起唐人贾岛那句名诗"春风得意马蹄疾"（《登科后》）——得意扬扬迎着春风纵马奔驰。现在不是春天，蒲松龄考中的也不是进士，可那样的心情还是有点儿的。

现在虽说是十月末，可远处的山峦看上去还是青绿的，一直绵延过来和青州城连成了一片。"青连近郭山无缝"，"郭"，在城的外围加筑的一道城墙，也就是外城。"无缝"，表示连绵不断。"翠接长桥路入城"，青翠的草色蔓延到长桥边，顺着桥就进了青州城。

蒲松龄这是从远处看到近处，实际上他是出了城过了桥向远处走去。当然也有可能他是走到远处之后回望长桥尽头的青州城。不管怎么说，这句诗是受到了唐人白居易"晴翠接荒城"（《赋得古原草送别》）——阳光照耀下的翠绿草色连着荒凉的古城——的启发，这是毫无疑问的。

"日上烟消村舍出"，这时太阳升高了，烟雾消尽了，道路两旁的村庄也看得清清楚楚了。夜里下过一场小雨，怪不得刚才烟雾那么浓。现在好了，雨停了，小风吹起来，道路上也没有尘土。"雨余风动道尘清"，"雨余"就是雨后。我们还记得江苏篇蒲松龄南行的第二首诗《雨后次岩庄》吗？它的第一句就是"雨余青嶂列烟鬟"，也是"雨"也是"烟"，写得都很好看。

蒲松龄一边走一边想，这次回去就再也不出门远行了，就算隐居了吧。"归来投老应栖隐"，"投老"，垂老，临老。"栖隐"，隐居。到百里之外去奔波，也只有这最后一次了，"百里奔波第此程"，"第"，但，只。"第此程"，只有这次行程了。事实证明，蒲松龄说话算话，此后再无长途远行，直到四年后去世。

除了这首《归途》，在从青州返回淄川的路上，他还写了好几首诗，比如这首《口号》，就也值得读一读。

口　号

七十老僧尚远奔，玉楼起墟马鞯温。
余年可学长安叟，风雨暑寒不出门。

"口号(háo)"，指作诗文不起草稿，随口吟成，也叫"口占"。

"七十老僧尚远奔"，本年蒲松龄72岁，说"七十"是因为诗歌字数限制取其整数。"老僧"，蒲松龄自称。他为什么自称为"老僧"呢？这有两个原因。首先，30多年前，他在《聊斋自志》中给我们讲过一个故事：

松悬弧时，先大人梦一病瘠瞿昙(qú tán)，偏袒入室，药膏如钱，圆粘乳际，寤而松生，果符墨志。且也，少羸多病，长命不犹。门庭之凄寂，则冷淡如僧；笔墨之耕耘，则萧条似钵。每搔头自念，勿亦面壁人果是吾前身耶？

译文：

我出生的时候，先父梦见一个病瘦的和尚，袒露着右肩闯进房中。有一块铜钱大小的膏药粘在乳旁。等父亲醒来，正好我出生了，乳旁也真有一块黑痣。再说，我小时后体弱多病，长大了也命不如人。门庭凄凉孤寂，冷淡如寺庙幽居；笔耕墨耘谋生，萧条似托钵化缘。我常常搔头自念，难道那和尚真是我的前身吗？

其次，他在写这首诗前，还写有一首《憩僧寺》，写这次早晨赶路，看到路上纷纷攘攘都是为名为利为生活之人，而到僧寺里休息一下，却看到僧人还在駒駒

(hōu hōu)大睡——这又让他想起了他惦记了大半生的那个有关僧人的传说。所以他在此称自己为"老僧"。

畢竟是冬天了,畢竟是老人了,冻得缩着双肩坐在马鞍上,只觉屁股底下还有点儿温暖。前边我们讲《超然台》时,曾引过苏轼《雪后书北台壁二首》其一中的"试扫北台看马耳,未随埋没有双尖",蒲松龄对这首诗心心念念一直忘不了,现在又想起了其二中的两句"冻合玉楼寒起粟,光摇银海眼生花"——两个肩膀像是被冻住了起满了小疙瘩,两只眼睛都被雪光摇晃花了。"玉楼"是道家语,指人的肩部;"银海"也是道家语,指人的眼睛。

"墟",可能是"粟"的误写,照平仄格律,这句诗的第四个字应该是仄声,在《佩文诗韵》中,"墟"是"上平声六鱼"韵,不合格律,"粟"是"入声二沃韵",才合格律。

再说,康熙四十二年(1703年),蒲松龄64岁的时候有一首七言古诗《四月十八日与筎过岜山,风雹骤作》,其中有句云:"烈烈如刀寒粟起,鞯辔濡湿下汍澜。始羡高人四不出,此时何必非神仙?"——寒风如刀冻得皮肤上起了小疙瘩,马鞍和辔头都打湿了滴着雨水。这才羡慕高人风雨寒暑不出门,岂不就是闲适的神仙?这里也写到了"粟",也写到了"鞯",和《口号》中的用法是一样的,再加上后两句的"高人""神仙"和此诗表达的也是一个意思,所以这个地方一定是"粟"而不是"墟"。

"马鞯(jiān)",垫在马鞍子下面的东西。"玉楼起墟马鞯温",就是两肩被冻得起了鸡皮疙瘩——老百姓也俗称"起小米"——只有马鞍上还有一小块温暖。

关于"四不出"和"长安叟"还有一个故事。宋人李昉等《太平广记》卷二百〇二引五代人孙光宪《北梦琐言》云:

> 孔拯侍郎为遗补时,尝朝回值雨,而无雨备,乃于人家檐庑下避之。过食时,雨益甚,其家乃延入厅事。有一叟出迎甚恭,备酒馔亦甚丰洁,公侯家不若也。拯惭谢之,且假雨具。叟曰:"某闲居,不预人事。寒暑风雨,未尝冒也,置此欲安施乎?"令于他处假借以奉之。拯退而嗟叹,若忘宦情。语人曰:"斯大隐者也。"

译文:

孔拯侍郎做拾遗、补阙的时候，上朝回家碰上下雨，正好没拿雨具，就在一家人的房檐下避雨。都过了吃饭的时间了，雨却越下越大，这家人就把他请到客厅里。有一位老翁恭敬地走出迎接他，还准备了丰盛洁净的酒菜，就算公侯家也没有这样好。孔拯惭愧地表示谢意，并向老翁借雨具。老翁说："我闲居在家，不参与外界的事情，寒暑风雨我都不出家门，准备雨具有什么用呢？"就让人到别家去借雨具给他用。孔拯离开后感慨不已，仿佛忘了自己的官员身份。他常对人说："这老翁是位大隐者啊！"

"余年可学长安叟，风雨暑寒不出门"，蒲松龄说，在剩下的时光里，我就开始学习这位长安老叟，"风雨寒暑"这四种天气都可以不出门了。整天忙于考学、教学和小说创作，还看了这么多书，并且记得这清楚。以后若是不出门光看书，肚子里还不知要再装下多少典故呢——我们只有羡慕的份儿了。

好不容易回到淄川蒲家庄的家中，当天夜里就下了一场大雪。得亏及时回来了，否则被悬隔在青州或掩埋在路上，那可就麻烦了。蒲松龄非常庆幸，又写下一首五言律诗《二十七日旋里，至夜大雪》。

二十七日旋里，至夜大雪

行旅休装日，马蹄带晓晖。
途遥苦倦惫，雪甚幸旋归。
炉火怵房暖，儿孙笑语围。
始知在家乐，禽犬俱忘机。

蒲松龄这次青州之旅，从十月二十二日出发到二十七日归来，来回共用了六天时间。"旋"，就是归来，我们经常用一个词"凯旋"，就是胜利归来。"里"，乡村的庐舍、宅院，泛指故乡。"旋里"，就是返回故乡。蒲松龄返回故乡是一种什么情形呢？

蒲松龄说，结束旅行的那一天，马蹄正带着早晨的阳光——看来又是连夜赶路。"休装"，停止整理行装，也就是到家了的意思。"晓晖"，拂晓的日光。蒲松龄在《青州杂咏》其四中说"晓烟四塞远濛濛，沃野连阡气象雄"，在《归途》中又说"旅店趣装向晓行，一鞭残月马蹄轻"，在此诗中还说"行旅休装日，马蹄带晓晖"，处处不离一个"晓"字,披星戴月赶路忙,真是难为这个70多岁的老头儿了。

是啊,"途遥苦倦惫,雪甚幸旋归",路途这么远,疲倦困惫真是辛苦,万幸的是雪下得这样大,我已经回家了。"甚",程度厉害,严重,这里指雪大。是雪等蒲松龄回家才开始下的,还是蒲松龄赶在雪之前回了家,这也是一个颇有意思的话题。

回来了就好,"炉火帏房暖,儿孙笑语围",在生着炉火、吊着棉帘的内室里感到很暖和,儿子孙子围坐一堂欢声笑语,一边拉着家常,一边恭维着蒲松龄的考中功名,这样的情景很久没有出现过了。这也就是早晨,若是中午或晚上,一定得喝点儿酒庆祝庆祝。

笑着,谈着,蒲松龄忽然就悟出了一个道理:"始知在家乐,禽犬俱忘机。"还是在家里快乐啊,不光人们之间感情融洽,就连那些鸡狗鹅鸭也进进出出,叽叽咕咕,和人亲近无比。"忘机",忘掉机诈之心,指对人毫无戒备之心。不知蒲松龄家里喂没喂狗,若是真的喂着的话,听到蒲松龄回来,不等他下马,就会一蹦三尺高,迎将上去。

1949年10月19日,是鲁迅先生逝世十三周年纪念日,诗人臧克家参加了北京的纪念活动。随后在11月1日,写了一首诗《有的人》,其中有一句说:"有的人死了,他还活着。"这句话虽然是对鲁迅先生而发,我认为它适用于所有为人类做出巨大贡献的人——我们淄川的蒲松龄就是这样一个人。

蒲松龄死了。

蒲松龄有一篇《述刘氏行实》,回忆妻子刘氏的生平事迹。他说:刘氏60岁的时候,就催促着打寿坟。正好有一个卖柏木棺材的,蒲松龄就买了下来。他对妻子说:"咱俩谁先死谁就占这个棺材。"刘氏笑着说:"这是给我准备的,我肯定死在你前头,只是不知道哪一天罢了。"11年后,毕竟还是刘氏夫人抢先一步,走了。那时,蒲松龄74岁,这对蒲松龄是个很大的打击。

第二年,二儿子蒲篪、四儿子蒲筠的两个孩子,都因为出水痘死了,这对蒲松龄又是个打击。过了年,至正月初五日,是蒲松龄父亲的忌日。这天天气阴寒,大家都劝蒲松龄不要亲自去上坟了,还遭到他的训斥。上坟归来后,蒲松龄就觉着不舒服,似乎是感冒了,第二天出了点儿汗也就好了。过了几天两肋又疼,并且咳嗽不止,请医生来看了看,吃了几服药也就不要紧了。

但从此以后,饭量大减,不过早晨起来还照常洗漱,一天两顿饭也照常吃,还自己坚持拄着手杖到院外上厕所,不要儿孙扶持,嫌他们碍事。想不到正月二十二日早晨,弟弟蒲鹤龄去世,晚上酉时(5点至7点),蒲松龄也倚窗危坐而溘然长逝,享年76岁。那一年是康熙五十四年(1715年),蒲松龄逝世的正月二十二日,是公历2月25日,星期一。

但是,蒲松龄还活着。

现在蒲松龄故居的正房,我们都叫它"聊斋",每天门前来参观膜拜的人,都络绎不绝。如果说蒲松龄出生的房子就是"聊斋",去世的房子也是"聊斋",那他就是生于聊斋,死于聊斋了。对于这样一个与"聊斋"相始终的人,人们称他为"聊斋先生",后来他的所有著作名前都冠以"聊斋"二字,人们还把研究蒲松龄及其著作的这门学问称为"聊斋学",这都是理固宜然的。

聊斋遗著,特别是《聊斋志异》,是一笔优秀的文化遗产,得到各国人民的喜爱,在世界范围内有着广泛的传播和深远的影响。到目前为止,《聊斋志异》已有20余种不同语言的译本传世。海外汉学家和翻译家根据本民族的喜好和理解,对《聊斋志异》进行选择翻译,传播了中国文化,也丰富了世界各国人民的精神食粮。

海外受《聊斋志异》影响最早和最巨的是日本。比如日本近代著名小说家芥川龙之介就有四篇小说取材于《聊斋志异》。《聊斋志异》在欧洲也有很大影响。奥地利作家卡夫卡读过《聊斋志异》德文译本,也写过一系列与动物有关的短篇小说,如《变形记》等。《聊斋志异》也影响了美洲作家。阿根廷作家博尔赫斯受《聊斋》影响,写出了迷宫一样的杰出小说。

蒲松龄与法国的莫泊桑、俄国的契诃夫等一样,都是世界短篇小说史上的超级大师。

蒲松龄的《聊斋诗集》,也会越来越受到人们的喜爱。

蒲松龄永远活在人们心中。

告别的话

时间过得真快,我们研究聊斋学的脚步一刻也没有停歇。

去年这个时候,我们写完了《聊斋题咏赏解》,并于9月由山东大学出版社出版。之后,我们就想写一部蒲松龄诗歌的通俗读本,供广大聊斋学爱好者学习鉴赏之用。今年这个时候,我们又写完了这本《跟蒲松龄诗去旅行》,也拟10月正式出版,我们的愿望就要实现了。

《聊斋诗集》共收蒲松龄诗歌1000余首,我们这本书在50篇文章中讲解赏析了其中的81首——"江苏篇"24首,"山东篇"57首。这在数量上虽说还不到其全部作品的十分之一,从中也可以看出蒲松龄诗歌的大致风貌了。

蒲松龄诗歌内容极其丰富,我们这本书只是从他南游江苏和在淄川至济南一带活动的诗歌中,选取那些以模山范水和记录游迹为主要内容的作品,分为江苏篇和山东篇,让读者在感受蒲松龄心路历程的同时,饱览两地的自然风光和人文遗迹,用精神的旅游指导和带动身体的旅游。

为了使我们的旅行地点相对集中,便于观览,本书所讲诗篇不按写作时间,而是按所写地点排序。当然总体还是沿着蒲松龄的生平顺序展开的。

旅游从卧游开始,我们这本书将是读者卧游时的好读物。

为了在这次旅行中,多给读者一些最真切的认识,我们引证了大量的古典文献。为了让普通读者能够看得懂,我们都进行了尽量通俗易懂的白话翻译。当然,读者朋友若只是随便翻翻,借以消愁解闷,并不打算由此进入蒲松龄诗歌和中国传统文化的深入研究之中,在阅读过程中直接跳过这些引文也并不妨碍你的阅读快感。

本书还有一个特点，就是用小说和散文笔法来欣赏诗歌作品，把蒲松龄诗歌和其生平结合在一起，用讲故事的语气把诗歌中的事和情叙述给读者听。近几十年来，学界有所谓"文化大散文""历史大散文"和"跨文体写作"，我们这种文体算一种什么样的写作呢？我们一时也说不上来，就交给读者去评价和定义吧。有一点我们是自信的，就是本书的阅读过程将是一次愉快的精神之旅，在愉快的精神之旅中一定也能提高写作能力。

本书的主要参考资料是赵蔚芝先生的《聊斋诗集笺注》、袁世硕先生的《蒲松龄事迹著述新考》、邹宗良先生的博士论文《蒲松龄年谱汇考》和盛伟先生编校的《蒲松龄全集》。在此对诸位先生表示深深的感谢。赵蔚芝先生是著者的业师，已去世多年，其著作却久久流传嘉惠后学，在此对先生表示崇高的敬意和无尽的思念。

王春荣先生是知名画家，热爱聊斋诗词，有《王春荣聊斋诗意画集》出版。经王春荣先生同意，我们从中选取20余幅作品作为插图，使本书生色增辉不少，在此表示感谢。

至此，我们这趟诗歌之旅、山水之旅、文化之旅和心灵之旅就结束了，我们和读者朋友也要暂时告别了。但聊斋文化之旅还有很多课题要做，我们要走的路还有很长。期待再次相聚，一起开启新的旅程。

2022年3月12日
于淄博师范高等专科学校刘悦工作室

此书本拟去年10月出版，因故拖到现在，终于看到一校样稿了。由于文稿中提到许多时间节点，并与"告别的话"的落款时间相呼应，所以上文不做改动，只在这里再补充几句。

感谢学校领导的大力支持，感谢文汇出版社领导的倾情助力，感谢责任编辑张涛先生的精心编辑，感谢封面设计、责任校对、特约编辑等所有为本书出版付出心血的出版人。

期待此书早日与读者见面。

2023年5月5日